ROBIN'S READINGS

ROBIN'S READINGS

By W. G. LYTTLE,

AUTHOR OF "SONS OF THE SOD," "BETSY GRAY," &c., &c.

The Author.   The Author as "Robin."

VOL. I.—

The Adventures of Paddy M'Quillan

VOL. II.—

The Adventures of Robin Gordon

VOL. III.—

Life in Ballycuddy, Co. Down

Frontispiece from the first omnibus edition, 1910

ROBIN'S READINGS

Omnibus edition of Ulster-Scots stories

by
WG Lyttle

Volumes I, II and III

Robin's Readings

Published by AG Lyttle

Typographical presentation, Introduction, Notes and
Glossary © 2021 AG Lyttle

First edition, RA Lyttle, October 1910
Second edition, R. Carswell and Son, Belfast, circa 1913
This third edition, AG Lyttle, November 2021
Printed by Kindle Direct Publishing

ISBN: 9798490436737
Imprint: Independently published

Dedicated to all the talented writers of Ulster, Scotland and beyond who celebrate the Ulster-Scots language by continuing to write in the Hamely Tongue.

Contents

Contents

ACKNOWLEDGEMENTS

I have to thank my grandfather, WG Lyttle's son, Roland, for first combining all three parts of *Robin's Readings* in one book – upon which text this new omnibus edition is based. I am grateful, too, to Anita Lyttle for helping me with the proofreading. Of course there are many errant spellings due to WG's chosen representations of some Ulster-Scots words that have been preserved for authenticity. Inevitably, however, a few genuine errors will likely have escaped our combined diligence for which I can only apologise and accept full responsibility.

FOREWORD

By Derek Rowlinson of Books Ulster

In the late Nineteenth Century just about everybody in North Down and the Ards peninsula would have known of W. G. Lyttle. He was a provincial newspaper owner and journalist, a raconteur, and a successful author of local interest books. But in 2021, the 125th anniversary of his death, relatively few people in the area have any knowledge of who he was and the legacy he left behind.

Stories of great events played out on the world stage and of prominent people who participated in them are taught in our schools, and novels of universal appeal are studied, yet local history and literature are all but entirely disregarded, so people like Lyttle and their works, more often than not, fall into obscurity. The republication of his works can but raise his profile again and hopefully generate renewed interest in the man and his writing, encouraging more among the current and future generations to reconnect with their cultural heritage.

The publication of this new omnibus edition of *Robin's Readings* coincides with the release of *The Storyteller,* the revealing biography of W. G. Lyttle by his great-grandson, A. G. Lyttle. Hitherto, biographical and bibliographical information relating to the author has been somewhat patchy and inaccurate. Fortunately, that has now been remedied.

W. G. Lyttle was born in Newtownards on the 15th April, 1844, and died in Bangor on the 1st November 1896. The following is inscribed on his monument in the grounds of Bangor Abbey, the engraved lettering now partially effaced by time and weather. It reads:

> *A man of rare natural gifts, he raised himself to a high position among the journalists of Ireland. He was a brilliant and graceful writer, a true humourist and an accomplished poet. Robin was a kind friend, a genial companion and a true son of County Down.*

"Robin" was the name he assumed when giving his humorous recitals around the country in the guise of a County Down farmer and by which he became affectionately known. It was the publication of these readings that merited his inclusion in David James O'Donoghue's *The Poets of Ireland* (1912). Although the entry contains some errors, it includes this useful description:

> *[Lyttle] was known all over Ulster as "Robin," author of a great number of poems and sketches in the dialect of a Downshire farmer, which he used to give as public readings in that character. These entertainments were enormously popular... Lyttle also published some stories, such as "Sons of the Sod," "The Smugglers of Strangford Lough," and "Betsy Gray, a Tale of '98." He was successively a junior reporter, a school teacher, a lecturer on Dr. Corry's "Irish Diorama," a teacher of shorthand (having been, perhaps, the first to teach it publicly in Belfast), an accountant, a newspaper proprietor, editor, and printer...*

W. G. Lyttle's performances and stories were extremely popular in their day, especially, of course, in North Down and the Ards. *Robin's Readings* produced no end of amusement because Lyttle (as Robin) was affectionately mimicking the way the locals spoke and put his fictional characters into all sorts of laughter-provoking situations with elements of comedy drawn from the dialect and innocence of the common folk. Rather than taking umbrage at being mimicked in this way and having fun poked at them, they seemed to delight in the celebrity. They understood that Lyttle's intention was not to be condescending or malicious, but that his representations were derived from a deep love for the people and their language. The purpose was not to have a joke at their expense, but rather to be a joke in which all could share.

In the late 1870s Lyttle's stories were printed in a number of newspapers and journals including the *Newry Telegraph* and the *Newtownards Chronicle*, before he founded his own paper, the *North Down Herald*, in 1880, extending the title to the *North Down Herald and Bangor Gazette* when he moved the newspaper to Bangor. Thereafter, his sketches were kept exclusively for his own journal.

One reason for his enormous success was that the places, people and events mentioned in his stories were obviously very familiar to the local community, who therefore readily identified with them.

Lyttle went on to publish his tales in a number of anthologies initially called *Humorous Readings by Robin.* These extended to three volumes and by the time the third volume appeared he had changed the titles to *Readings by Robin.* Later, he re-worked the collection and produced a new three-volume set under the title of *Robin's Readings.* Volume I was called "The Adventures of Paddy M'Quillan," volume II, "The Adventures of Robin Gordon" and volume III, "Life in Ballycuddy."

These ran to a number of editions during Lyttle's lifetime and beyond, when his son, Roland, oversaw the production of 4th, 5th and 6th editions. In 1910, Roland also produced a hardcover version with all three books bound together in one volume. Lyttle's main publisher, R Carswell & Son, published a second, undated, hardcover omnibus edition a few years later.

After that, a full century passed before Books Ulster republished *Robin's Readings* as three separate books in 2015. Now the author's great-grandson, A. G. Lyttle, has produced this third edition of the omnibus collection to accompany the publication of *The Storyteller.*

For today's scholars, Lyttle's writing is a valuable source of social and linguistic history for the area, and we are indebted to him for that. This new omnibus edition should delight current users of the Ulster-Scots language as well as those who would like to become better acquainted with it. The extensive glossary at the back will prove useful for any who are less familiar with some of the vocabulary.

Derek Rowlinson
Bangor
2021

INTRODUCTION

Wesley Greenhill Lyttle was a celebrated, late-19th century, Ulster newspaper proprietor, writer, poet and storyteller *par excellence*. He enjoyed much local fame with his stage appearances reading his own stories, frequently in the broad Ulster-Scots of North Down and Antrim.

Today, WG Lyttle—or just WG, as he is still often affectionately known by his fans—is probably best remembered for his most popular novel, *Betsy Gray*, about the 1798 rebellion in Ireland but, as well as novels, he wrote many short stories, and poems too, often in Ulster-Scots. While his tales are mostly comedic, some touch on civil and religious topics, too. "The Meer's Proclamation," for example, is about a ban on marching in Belfast and "The Newtownbreda Harmoneyum" tackles the church instrumental music controversy, which was rife at the time.

To celebrate the publication of WG's biography, *The Storyteller,* this new omnibus edition of *Robin's Readings* is now published along with two companion volumes—*Robin's Further Readings* and *Robin's Rhymes.*

The comparativley recent (2015) Books Ulster editions of *Robin's Readings* in three separate volumes took the texts from the R. Carswell and Son editions (c 1915). These had removed WG's many references to the names of specific business owners and their premises' addresses. He had included these, doubtless in return for remuneration from the businesses thus advertised, to help offset the book's production costs. In 1910, when Roland Lyttle published his omnibus edition, he took the text from an earlier version printed by his father on their own printing press, which thus retains all the original references. It is that text that I have used for this new omnibus edition. Some of the longer stories are divided into parts which, presumably, correspond with weekly newspaper episodes where the stories first appeared.

WG started writing stories to amuse his friends and small private audiences; then, later, for the entertainment of the readers of newspapers, principally his own *North Down Herald*. But increasingly, as his poularity grew, they were for his stage appearances in concert venues large and small; from school rooms and Temperance halls around the country to the grand new Wellington Hall in Belfast.

WG's stage appearances dressed as an elderly country farmer with a full head of grey hair and a bushy beard—the character that became his alter-ego, "Robin Gordon of Ballycuddy"—instantly endeared him to his audiences wherever he appeared. Reviews in the press were always full of praise. Typically, the *Belfast News-Letter* wrote, on one occasion:

> *The room was crowded to excess, and many were unable to obtain admission. "Robin's" recitals drew forth peals of laughter. They were given in inimitable style, eliciting rounds of plaudits. The audience seemed as if they had inhaled laughing gas.*

In written form, too, the popularity of his stories was immense. During his own lifetime his anthologies, alone, sold well over 50,000 copies and countless more have been sold since WG was taken from us. Their popularity has been aided by the fact that the Ulster-Scots text is, to a great extent, sufficiently like English to be reasonably easily read by all.

Much work has been done in recent times to standardise Ulster-Scots spelling and grammar, including in such works as James Fenton's *Hamely Tongue,* Robert Lee Moore's *The Leevin Tongue* and Philip Robinson's *Ulster-Scot's Grammar.* These guides did not exist in the latter half of the 19th century and writers like WG spelled many of the Ulster-Scots words phonetically as best he could. Unfortunately, however, WG wasn't too concerned about consistency and often used two or even three variant spellings for the same word—sometimes in the same paragraph!

To help avoid confusion I have capitalised the Ulster-Scots personal pronoun, "A," wherever it occurs (WG sometimes used "a" instead.) And I have tried always to include an apostrophe after "an" where it means "and" (WG sometimes omitted an aprostophe) But otherwise, I have aimed to reproduce the original text as accurately as possible to maintain authenticity, although, like any editor, I cannot claim infalibility.

It is my earnest hope, in spite of any errors that may have sneaked through, that this latest collection of my great-grandfather's writings will bring pleasure to many from a new generation of readers who either love, or who would like to get to know, the delights and charms of the Ulster-Scots language.

AG Lyttle (great-grandson to WG)
Woking
2021

Monochrome reproduction of the full-colour cover of an
early R. Carswell and Son edition.
(Note the incorrect second initial in WG's name.)

1

ROBIN'S READINGS

Volume I
The Adventures of Paddy M'Quillan

HIS CHRISTMAS DAY

YIN Christmas Day A thocht A wud gang tae Bilfast an' spen' a wheen hooers there. A had niver seen the place, an' A had been savin' up a' ma happens fur a guid while, so that A wud be able tae enjoy mysel'. A put on my new claes, an' startit' fur the train.

A saw naebody that A kenned till A got tae Bilfast. Waens, dear, it's a big toon that! An' an awfu' place fur spendin' money. Ye cud har'ly get ower the lang Brig afore layin' oot a saxpence. Whun A got oot at the station-hoose, an' saw the crowds o' fowk rinnin' this road an' the tither road, A got that scaured fur feer o' loasin' mysel' that A had a noshin' o' lyin' doon ahint the station-hoose till the train wud be reddy tae birl back hame again. Hooaniver, A pluckit up heart an' went oot tae the front daur. A seen sumthin' there that pleesed me. A'm shair there wusnae less nor twunty horses an' jauntin' cars. Some o' them wuz birlin' awa' wi' fowk on them, an' ithers wuz stannin' waitin'. A wuz aye terble fand o' horses, so A stud lukin' at them an' admirin' them. Behold ye, A hadnae stud glowerin' very lang till yin o' the drivers noddit at me, an' lauched.

A lauched back at him.

"A merry Christmas tae ye," sez he.

"The same tae you, sir," sez I, wonderin' in my ain min' hoo he kenned me.

"Diz yer mither know yer oot?" sez he.

"Oh, deed she diz," sez I.

"A hope she's in good health," sez he.

"Purty middlin', sir," sez I, "except that she's noo an' then bothered wi' the roomatics."

"Wull ye take a drive?" sez he, rubbin' the dust aff the cushions, fur feer they wud dirty my new claes.

"Oh, thank ye, sir," sez I, "it wud be ower muckle trouble, an' A'm weel used tae travellin'.""

"Jump on," sez he; "it's no ivery day ye get a drive, an' Christmas only comes yince a yeer."

So A got on the car.

"Whaur tae?" sez he.

"Oh, jist whativer road yer gaun yersel'," sez I; "A'm nae wae particular—dinnae let me tak ye aff yer ain road."

"Weel," sez he, "the shaps are a' closed up, an' the toon luks like a Sunday; but if ye like A'll tak ye tae see the College, an' the Thayeter, an' some ither big buildins'."

"Whativer ye like, sir," sez I; "A wuz niver here afore."

A thocht A saw the chap lauchin' twa or three times till he had tae wipe the water oot o' his een, but then he wud say sumthin' funny, aither tae me or tae the horse, that made us a' lauch.

Sez I, as we want alang,

"Sir, what's the meanin' o' them riles laid through the streets? They jist luk like rileroads."

"Oh, deed," sez he, shakin' his heid, "there'll suin be nae wark fur the like o' me, fur the trains frae Newton, an' Bangor, an' Donaghadee an' ither places wull suin be rinnin' intae the toon an' drappin' the fowk whauriver they want tae stap."

Puir fellow! A thocht a peety o' him. A'm shair he wuz roarin', fur he put his hankerchy up tae his face, an' whun he tuk it doon agin it wuz like tae burst it wuz that rid.

"An A suppoas ye hae a wife an' femily?" sez I.

"Oh, deed A hae," sez he, "an' it's no easy to purvide fur them."

"Ay, man dear, it's ower ocht hoo muckle waens can eat." sez I.

"Ye wad say that," sez he, "if ye had seen them at their brekfast this mornin' afore A cum oot."

"Hoo mony hae ye?" sez I.

"The baker's dizen," sez he, "an' whun their ma an' me sits doon wi' them, that maks fifteen at the table. Weel, its a sicht tae see fifteen knives playin' dab at the yin prent o' butter! Och, anee, anee, it's no lang till it's oot o' sicht, A can tell ye."

"The dear man, that bates ocht!" sez I.

"Ye had a big day wi' the Freemasons a while back," sez he.

"Man, we had that," sez I, "it's a fine confederation an' A hae a great noshin' o' joinin' them. A'm tell't it's a gran' thing tae be a Mason."

"Ye'd better beleev it," sez he, winkin' at me an' lauchin'.

"Whun yer a Mason ye may gang whaur ye like, an' get whativer ye want fur naething," sez he.

"Dae ye tell me that?" sez I. "Sang, A wud like tae ken some o' them. A believe the ticket-clerk at oor rileway staishin is a Mason."

"Weel," sez he, "if ye had throw'd him the sign he micht a gien ye a free ticket."

"Man," sez I, "A wush A had kenned that. A suppoas ye daurnae show me the sign."

"Na, A daur not," sez he, "but if ye railly mean tae join the Masons, ye micht try the plan A'm gaun tae describe."

"A'll be for iver ableeged tae ye," sez I, "an it'll gang nae farder, ye may depend on't."

"Weel," sez he, "on account o' the femily ye belang till, A'll trust ye, an' A'll shew ye whaur a ludge meets."

"And what's yer plan?" sez I.

"Tak yer richt knee," sez he, "an' hit the daur six times, as hard as yer able. If they dinnae apen it, tak yer tither knee

5

an' hit the daur six times. Then, if a man apens it an' axes what ye want dae this," an' he laid doon his whup, an' put his left han' on the tap o' his heid, an' gruppit the point o' his nose wi' the tither han'. He made me dae that efter him.

"Then," sez he, "ye'll mebbe be axed what ye want."

"An' what wull A say or dae?" sez I.

"Jist revarse the sign," sez he, "pit yer richt han' on yer heid an' grup yer nose wi' the left."

"Weel, what nixt?" sez I.

"He'll likely luk as if he didnae unnerstan' ye, an' purtend tae shut the daur."

"An' what wull A dae then?"

"Pit yer fit inside an' say, 'It's a wat nicht that.' Then, if he apens the daur again, reach up yer han' tae his ear an' pu' it. That's what we ca' the grup."

"Pu' his ear!" sez I.

"Oh, ay," sez he, "but ye neednae tak' the ear wi' ye."

"An' what wull A dae then?" sez I.

"A daurnae tell ye ony mair," sez he. "The man wull show ye what comes nixt!—an' here we're at the College."

We had a dale mair talk that A haenae time tae tell ye. He tuk me through the hale toon, an' at last A said that A wudnae keep him aff his wark ony langer.

"Ye hae din verra weel," sez I, "an' A'm shair A'm muckle ableeged tae ye. The first time ye're in oor cuntry side, dinnae gang by athoot callin' an' we'll aye be able tae gie ye twa or three prittas an' a drop o' buttermilk at ony rate. Guid mornin' tae ye, an' A hel' oot my han' tae shake han's wi' him.

"Guid day," sez he, "an' A'll only cherge ye five shillins."

"Five shillins fur what?" sez I.

"Fur yer drive," sez he.

"Presarve me!" sez I, "didn't A think ye wur gien me a sail fur naethin."

"Oh," sez he, "ye maun wait till ye're a Mason afore A cud dae that. A wud cherge ye mair only ye're gaun tae join."

"Weel," sez I, "A wush ye had a tell't me suiner, fur, indeed, indeed, a cannae spare the money. Wull ye tak twa shillin, sir?

The end o' it wuz that A had tae pye him the five shillins, although it went tae my heart tae dae it; hooaniver, he cheered me up by tellin' me A wud mak' fair mair nor that if A got intae a Mason ludge.

A wuz gie an' hungery by this time fur A had tuk an early brekfast, an' jist by chance A saw a hoose whaur A had a noshin' A wud get sumthin' tae eat, an' in A went. The place wuz nearly fu' o men eatin' as they wur fear'd o' missin' the train. A sut doon, an' a nice young lass cum up tae me, an' sez she,

"What'll ye hev, sir?"

"Oh, gie me prittas," sez I; "there's naethin' like prittas cruffles, if ye pleese."

"Verra weel," sez she; "an' what wull ye tak wi' them?"

"A pickle saut," sez I, "if ye hae naethin' better."

"Oh," sez she, "we hae roast turkey, ham, chops, roast beef, an' mutton."

"Heth, it's weel fur ye," sez I, "its no a bad meat hoose yer in, ma lass!"

"Did ye say roast beef, sir?" sez she, lauchin'.

"Na," sez I, "A said ye wur in a brave meat hoose; but A wull tak' some roast beef."

"Lerge or small?" sez she.

"Oh, lerge, if ye pleese," sez I, an' awa' she went.

A thocht it wuznae a big lukin' denner that she brocht me, an' sez I:

"Is that a lerge roast beef, dear?"

"Yes, sir," sez she; "ye axed fur a lerge plate."

"Oh, the plate's big eneuch," sez I; "but it's the beef A'm gaun tae eat an' it's no very big. A'm gled A didnae order a

7

sma' yin, fur A think A wud a needed a pair o' specs to see it."

A very suin cleened my plate. Then the lass cum back, an' says till me.

"Wull ye hev ony desert?"

"Ony whut?" sez I.

"Desert," sez she.

"An' what's that?" sez I.

"Why epple pie, or rice, or plum puddin', or tappyyokey," sez she.

"Tappy what?" sez I. "What's the name o' the last thing?"

"Tappyyokey," sez she.

"A'll tak' sum o' that," sez I. It wuz rael nice, so it wuz.

"Hoo much is a' that?" sez I, whun A had din.

"A shillin'," sez she; "but pye at the daur."

There wuz anither terble purty lass in a wee box place, takin' the money. Jist as A pu'd the shillin' oot o' my pokit, the thocht struck me that this lass micht ken sumthin' aboot the Freemasons, an' that A micht get my denner athoot p'yin' fur it. So, A lauched in her face, an' pittin' yin han' on the tap o' my heid, A gruppit my nose wi' the tither.

"Ye ken what *that* means?" sez I, fur A thocht by her smile that it wuz a' richt.

She shuk her heid, an' lauched at me.

"What!" sez I, "dae ye no unnerstan' that?" an' A revarsed the sign.

She jist lauched the mair, so as A seen she kent naethin' aboot it, A pied my shillin' an' then went an' tuk a danner through the streets.

A wud niver be able tae tell ye a' that A saw, but A maun let ye hear aboot my visit tae a Mason ludge. Whun A cum tae the place the carman tell't me aboot, doon in Arther Square, jest furnenst the Theyater, A made my way up the stairs iver sae heech, an' A dunted the daur that hard that my knee dinneled. It wuz apened by a big man that had a beautifu' apron an' collar on him, shinin' like goold.

He lukit at me.

A made the sign.

"What dae ye want?" sez he.

"A'm a' richt," thinks I, an' wi' that A made the sign backwards.

He glowered at me as if A had been an escapit loonatic, an' A declare if A hadnae pit my fut in the daur he wud a shut it in my face.

"It's a wat nicht," sez I.

He lauched at that, an' seein' me pushin' in he stoopit his heid doon as if he hadnae heerd me.

"It's a wat nicht," sez I, purty lood, thinkin' he wuz hard o' hearin', mebbe.

"Ye hae tell't me that twice," sez he, "but A want sumthin' else."

"Oh, weel," sez I, "*A can gie ye the grup.*"

A wunnered shud A pu' it hard, so A got haud o' his ear. He gied a jump an' a gulder at me as if A had struck him. A wuz that nervish A nippit him ower hard. It wuz my turn to roar out nixt, fur the furst thing A felt wuz his shut fist atween my een. He sent me heid ower heels doon the stair, an' A seen mair stars nor A had seen fur a guid while. A gethered mysel' up, an' withoot iver lukin' ahint me, made fur the train, thinkin' in my ain min' that if A wanted intil a Mason ludge A wud hae tae set aboot it sum ither way.

It's wonnerfu' hoo news gets oot! A wusnae twa days hame till iverybuddy roon the hale cuntry side kent aboot my adventures in Bilfast, the visit tae the Freemason Ludge, an' iverything else. Jamey Menyarry an' a wheen o' the boys made sayries fun o' me, an' mony a time A cud not help loasin' my temper wi' them. Whuniver yin o' the fellas met me he wud begin mayin' like a goat, an' then he wud clap yin han' on his heid an' catch his nose by the tither.

HIS TRIP TAE GLESCO

PART FIRST

Guid bye, Ma!—Departure of the "Buffalo"—Home-sick or Sea-sick—
A Scotchman—Ingredients of Snuff—Keep the Wecht in the Middle—
Arrival in Glesco.

DID iver A tell ye aboot my trip tae Glesco? That wuz the biggest spree iver A had in my life.

Yin mornin' whun A wuz at my brekfast, sez I, "Ma, A'm thinkin' o' gaun frae hame a bit."

"It's no very far, A hope," sez she, "fur there's a guid wheen o' the prittaes tae be riz yet, an' ye cannae be weel spared awa. Whaur ir ye gaun?"

"A'm gaun ower the shough tae Glesco," sez I.

"Ye're gaun tae the mischief," sez she.

"Whaur's that?" sez I; "if it's ony pert o' Glesco A'll be there, fur A mean tae see a' that's worth lukin' at."

"Ye'll no gang yin fit," sez she, "an' if ye persist in it A'll lock up yer claes."

"Weel, if ye dae," sez I, "A'll gang an' list;[1] A wull as shair as daith!"

A hadnae anither word tae say. Whuniver my ma refused me ocht, A jist threatened tae list, an' then A got whativer A wanted.

Puir buddy, she made as muckle preparations fur me as if A had been gaun tae Amerikay. She bakit aboot three

---

[1] Enlist (in the Militia)—Ed.

griddle fu's o' hard breid, an' a hale lot o' soda an' pritta breid, an' then she put up a wee crock o' butter.

Sez I, "Ye dinnae mean me tae sterve, onyway."

"Oh," sez she, "yer gaun tae a gie cauld cuntry, an' ye'll no fin' mony in it as kin' tae ye as yer auld ma."

"A'm very shair o' that," sez I, "an' A'll no forget ye whun A'm awa; hoo muckle money will ye gie me wi' me?"

"What'll pye yer passage, an' half-a-croon fur yer pokit," sez she.

"Ah, haud yer tongue!" sez I; "it'll tak' a cupple o' pun' at the least," sez I.

"Sorra a cupple o' pun' ye'll tak' there tae get robbed o'," sez she; "ye wudnae be lang there till ye wud be releeved o' yer money."

"Yer far ower hard on the Scotch folk," sez I; "A dinna beleeve they're half as bad as ye mak' them appear."

An' railly a wuz richt whun A said that, fur A deklare A met the nicest, kindest fowk in Glesco that iver A saw in my life. They're jist like oorsels, only they're a wee bit sherper, an' A think their hearts ir mebbe aboot twa inches farder doon than Irishmen's.

Weel, A got awa at last, but A didnae get very muckle money wi' me. My ma made a bargain wi' me that she wud gang intae the toon an' sen' me a money order. Puir buddy, whun A wuz startin' that day she roared like a waen.

"Paddy, dear," sez she, "A hope you'll no be drooned, but A hae a forebodin' that sumthin'll happen ye. It's gaun tae be a coorse nicht, an' A'll no sleep a wink fur thinkin' aboot ye."

"Hoots, woman!" sez I. "Cheer up, an' tell me what A'll bring ye frae Scotlan'."

"Oh, Paddy, jist bring me yersel' safe hame. Keep the middle o' the boat, dear, an' watch yer fit gettin' intil her. Guid bye, an' Guid bliss ye, watch the Scotch folk, an' dinnae be bringin' a wife hame wi' ye, or A'll pit ye baith oot," sez she.

A wuz red o' her at last, an' whun A got the length of Bilfast, A made my wae doon tae the quay, an' bocht my ticket. My guidness, but yon's big boats! A dinnae ken hoo they mak' them ava. There maun be a gie lot o' timmer in them. A wasnae lang on the boat till they startit her, an' A declare they let her aff as aisy as A wud oor meer an' kert. Whun A saw the fowk and hooses movin' past me, my heart begood tae quiver, an' a lump got up in my throat. A went an' leaned ower the side o' the boat, an' the great big tears drippit doon intae the sea.

"Oh, ma, deer," sez I, "A'll mebbe niver see ye mair."

Wi' that A hears sumbuddy sayin'—

"Yer no sick a'reddy?"

Thinks I, "that's sum Scotch buddy, but it'll no be me he's speakin' tae," so A niver moved.

"Yer no sick a'reddy?" sez he agen, an' this time he touched me on the shooder.

Wi' that A birled roon an' lukit at him. He wuz a Scotchman, ivery inch o' him, an' he had a thing on his heid as big as a griddle, wi' a tassel on the tap o' it. They ca' them Tam o' Shanters in oor cuntry.

"Hoo dae ye fin' yersel'?" sez he.

Sez I, "A didnae ken A wuz loast."

"Oh," sez he, "A mean hoo dae ye feel?"

"Man," sez I, "A feel a' ower."

"A thocht a kenned ye whun a spauk tae ye," sez he, "an' A think A hae seen ye sumwhaur."

"A'm shair ye hae," sez I, "fur A'm there mony a time."

"Weel, ir ye gaun tae Glesco?" sez he.

"A tuk a ticket fur it, onywae," sez I.

He tuk a big snuff-box oot o' his pokit, an' pit aboot the fu' o' a tay spoon up his nose; then he hel' the box ower tae me an' tell't me tae tak a pinch.

"Na, thank ye," sez I, "A wull not."

"An' what fur, no?" sez he; "man, it's the very best."

"An' that's no sayin' very muckle fur it," sez I, "fur what's the best o' it but a pickle coffee an' grun gless that tickles yer nose an' maks ye sneeze."

"Ye hae a gie sherp tongue in yer heid," sez he.

"Very near as sherp as a Scotchman's," sez I, "but it's a cauld nicht," sez I, "an' A'll awa an' warm mysel' an' A startit aff tae anither pert o' the boat tae get red o' him.

"That's the wrang road," sez he.

"Dae ye ken whaur A'm gaun!" sez I.

"Na," sez he.

"An' hoo dae ye ken whuther it's the richt road or the wrang?" sez I.

Sez he, "A thocht ye wur gaun tae the steward fur a gless o' toddy tae warm ye."

Whun A seen him sae ceevil A axed him if he wud eat a piece o' hard breid an' butter.

"A wull that," sez he, "fur A'm gettin' hungry wi' sniffin' the strong sea air."

"Oh," sez I, "ye'll sniff a dale o' that afore ye fatten on it."

A turned roon tae luk fur my bunnel, but jest wi' that the boat gied a heeve that nearly knockit me aff my feet, an' only fur Sauny (that wuz his name) A think A wud a fell. Then the boat gied a plunge forrit till the water flew ower her.

Sez I, "Whaur's the captain?"

"What dae ye want wi' the captain?" sez Sauny.

"There's ower muckle wecht in the front en' o' the boat," sez I, "an he'll hae tae shift them kye tae the tither en'."

"Oh, there's nae danger," sez he.

"Weel, A hope no," sez I.

Wi' that the boat gied anither rowl that sent me on my han's an' knees.

"A wush A wuz hame," sez I. "Ma! Ma! A wush A had taen yer advice."

A saw Sauny blawin' his nose, an' A kenned it wuz only an excuse tae hide his lauchin' but A didnae heed him. He steppit ower nixt the side o' the boat, but A gruppit hoult o' him.

"Dinnae gang there!" sez I. "Keep a' the wecht in the middle o' her, or she'll capsize!"

A didnae min' ocht mair fur a guid while except that A wuz lyin' yin minit on my face an' the nixt on the braid o' my back, that sick that A didnae care the boat had gied down.

A'll niver forget that nicht as lang as A leev. We reached Glesco at last, an' a gled sicht it wuz tae me. Sauny niver left my side the hale time, an' A declare A begood tae feel a likin' fur him.

"Ye'll be a' richt whun ye get yer brekfast," sez he, "Come awa wi' me till we get a snack, an' then if ye like A'll show ye a bit o' Glesco."

"Yer jist as dacent a man as iver A met," sez I, "an' if A said onything last nicht that offended ye, A beg yer pardon; A dae indeed."

"There's my han'," sez he; "A'm no yin bit angery, an' A'll no see ye stuck fur a freen in a strange cuntry; cum awa noo an' get yer brekfast."

PART SECOND
Scotch Fare—Oor Bill—The Money Order—Paddy's Gossip—Post Office Regulations

"MAN, Sauny," sez I, "A wuz niver as reddy fur my brekfast in my life. But tell me," sez I, "what'll we get. Diz the fowk here eat the same wae as in the Coonty Doon?"

"Weel," sez Sauny, "they eat purty much the same wae, A beleev, an' A daur say the vittels are verra near alike tae. But here we ir," an' wi' that he turned up a kin' o' entry that he ca'd a "close."

"Man," sez I, "it is a 'close,' shair eneuch; A can har'ly draw my breath!"

Wi' that he turned intae a hoose fur a' the wurl like what ye wud see in Princes Street, in Bilfast, fur A noticed that the wundey wuz fu' o' bowls o' broth, pigs' feet, an' sheets o' sand-paper—A mean farls o' hard breid. A lump o' a barefitted lass, wi' her heid a' in a toother, cum up tae us an' stud glowerin' at me as tho' A had been sumthin' no canny.

"Weel, dear," sez I, "what wae ir ye? Is the brekfast reddy yit?"

She niver spauk.

"Cum, lassie," sez Sauny, "niver min' Paddy. What hae ye reddy?"

"A hae sum parritch here in the luggy," sez she.

"A dinnae cum here tae sup parritch," sez I, "A get plenty o' them at hame. Get me a guid cup o' tay."

"And what wull ye tak' tae yer tay?" sez she. "Wull ye hae finnin haddie or kippered herrin?"

"What sorts that?" sez I. "A hae heerd o' fresh herrin', saut herrin', Ardgless herrin', an' rid herrin', but A niver heerd tell o' kippered herrin' afore. Let me see yin."

She run awa an' brocht in sumthin' atween her finger an' thoom, an' hel' it up afore my face.

"Tak it awa," sez I, "an gie me a bit o' beef; I dinnae like the luk o' it."

"Bring me a bowl o' brose," sez Sauny.

"A bowl o' what?" sez I.

"Pease brose," sez he; "ye ken that's Glesco goold in a refined state."

Weel, the lass brocht him a bowl o' the brose, an' the smoke o' it risin' tae the ceilin'.

"Wull ye taste it?" sez he, an' he reached me the fu' o' the big iron spoon.

"Oh, A'll try it," sez I, an' so A did, but the yin spoonful wuz eneuch fur me. It wuz waur than the "crowdy" my ma maks.

"Tak a taste mair," sez Sauny.

"Na, thank ye," sez I, "the spoon's ower big fur my mooth." Sauny suin let me see that the Scotch fowk cud eat the same wae as we dae; but my word, it wuz a caution tae see him at it. Whun he had finished his brose he fell tae the breid an' tay, an' in aboot twa minutes he had tae shout at the lass—

"Mair breid, mair breid, lassie!"

Whun he had finished the fifth cup he sez tae me, sez he—

"Ye see A drink a guid dale o' tay tae my breid."

Sez I, "Man ye dae that, an' ye eat a guid dale o' breid tae yer tay."

A cried the lassie in an' axed hoo muckle wuz tae pye.

Sez she, "A'll gang ben an' speer."

"A dinnae want 'Ben' nor his 'spear' ether," sez I; "it's yer bill A want."

"Oor Bill," sez she; "ou, ay; A ken yer meanin'; Wully, we cal' him, but he's no in the noo."

"Yer a percel o' haythens!" sez I; "this is as bad as the fellow an' the gridiron. Here, Sauny," sez I, an' A throwed him doon a wheen shillin', "pye for what we hae et."

That left me very little money, fur, as A tell't ye, my ma wudnae gie me muckle wi' me, but she had promised tae sen' me an order on the Post Offis.

"Sauny," sez I, "is it far tae the Post Offis?"

"Na, no very far," sez he. "Cum awa, an' A'll show it tae ye."

A used tae think Bilfast a gran' big place, but Glesco bates ocht iver A saw in my life. My! the heecht o' the hooses? An' the length o' the streets! Sum o' them maun be ten miles A'm shair. A niver saw the likes o' it. An' it's as true as A'm here but the trains rin ower the taps o' the hooses. They dae indeed! An' Sauny tell't me ye wud get ridin' a wheen o' miles fur a penny.

"Noo, there's the Post Offis," sez Sauny, "an' A'll wait here till ye cum back."

A had sum bother gettin' tae the richt place, an' whun A did get there, as A didnae want iverybuddy tae ken my bizziness, A waggit my finger at yin o' the fellows, an' whun he cummed forrit tae me, sez I—

"That's a nice mornin', sir."

He noddit his heid.

"This is a gie big Post Offis by what we hae," sez I.

"What can A dee fur ye?" sez he.

Thinks I. "Yer a prood sort o' chap, an' dinnae want tae hae ony crack wi' me."

"Hae ye a letter fur me?" sez I.

"What name!" sez he.

"Sur?" sez I.

"What's yer name?" sez he.

"Patrick M'Quillan," sez I; "or mebee she'll pit 'Paddy' on it."

He wuznae lang till he pickit a letter oot o' a bunnel, an' brocht it ower tae me.

"Gie me echtpence," sez he.

"What fur?" sez I.

"There's money in it," sez he.

A cleen lost my temper at thet, fur A thocht he had apened it, knowin' me tae be a stranger in Glesco.

"Bad manners tae ye!" sez I, "fur an inquisitive Scotch buddy, hoo daur ye apen my letters? It's weel A cum sae suin or ye micht hae run awa wi' it. Nae wunner ye fun' it fur me sae quick, whun ye ken sae muckle aboot it."

"What's this? what's this?" sez a fussy wee man cummin' forrit.

"It's that fellow there," sez I, "he haes a letter fur me, an' he maun hae stewed it ower the kettle an' apened it, fur he kens ther's money in it."

The chap wuznae a bit angry; he jist lauched an' flung the letter tae the tither man that had spauk tae me. He lifted it up an' sez he—

"Ay, there's money in it, an' it's no reejeestered; ye'll hae tae pye dooble reejeestry fee."

Weel, seein' that he wuz a ceevil lukin' man A didnae like tae say ony mair, so A gied him the echtpence, an' got my letter.

Whun A apened it there wuz an order in it fur three pun', an' there wuz a shillin' rowled up in a bit o' paper. What's the shillin' fur? sez I, so afore A went farder A read the letter, an' my ma said that Wully Kirk sent a shillin' fur me tae buy him a tabaka box in Glesco. A bocht him the box, but A beleev A made him pye me echtpence whun A went hame.

Weel, a man shewed me whaur tae get my money order changed, but A had tae stan' a lang time afore it cum my turn. Thinks I, "Noo, he'll hae a' the money pyed awa, an' mebbe A shud cum back agen," so A sez to the young man, sez I—

"Sir, A hae an order here for three pun'; hae ye that muckle money in the hoose? Because," sez I, "dinna pit yersell aboot, an' A'll cum back the morrow."

He lauched at that, an' sez he—

"A cud pye three hunner as fast as three pun'."

"Is that a fact?" sez I. "Man, but Glesco's a fine place; why, doon at oor Post Offis, sum times ye cudnae get a postage stamp, an' at the Ballycuddy Rileway Station if ye offered a half sovereign fur yer ticket, ye wud hae tae stan' fur half-an-ooer, till they got in as muckle money as wud gie ye change."

"It's a queer place that," sez he. "Write yer name there," sez he, pointin' whaur A wuz tae sign. A wrote my name as weel as A cud, an' reached him back the paper.

"Wha sent ye this?" sez he.

"A frien' o' mine," sez I.

"What's their name?" sez he.

"Oh," sez I, "it's a' richt; a wunner what ye tak me fur."

He throwed it doon, an' begood tae serve ither fowk.

"Noo," sez I tae myself, "that jist serves me richt fur bein' sae free wi' the fowk; the imperence o' the fellow tae axe me wha sent it. A'll no tell him yin bit."

Efter A stud a guid while, A sez, whun he got slack—

"Ir ye gaun tae gie me that money, boy?"

"Ay, whun ye tell me wha sent it," sez he.

"Deed an' A'll jist no pleese ye," sez I, "an' if ye say muckle mair A'll gang fur a pleeceman."

"Cum here," sez he; "wur ye born in Timbuctoo?"

"Na, A wuz not," sez I, "A wuz born at hame."

"A see," sez he, "Weel, it's the rule o' the offis that ye maun tell wha sends the money afore A daur pye ye."

"Oh, weel," sez I, "A beg yer pardin; my ma sent it."

He lauched frae ear tae ear.

"What's her name though?" sez he.

"Mary," sez I, "Mary M'Quillan."

Then he lukit at the paper again, an' sez he—

"Ye dinnae spell yer name richt."

"Noo," sez I, "dinnae provoke me ower far! Hoo dae ye ken what wae A shud spell my name?"

"Ye dinnae spell it the same wae as yer mither," sez he.

"Oh," sez I, "it wuz the faut o' the bad pen ye gied me; naebuddy cud spell richt wi' that pen; sum drunk buddy haes been writin' wi' it, an' there's no as muckle ink in yer bottle as wud droon a new born flea."

A got my money at last, but afore A gang through the same bother again A'll carry a wheen pun' in my pokit.

PART THIRD

Sauny's Shoon—The Rid Handkerchey—Irish Blood—The Arrest—
Scotch Tea—A Scene in Court.

"CUM awa," sez Sauny, "till A buy a pair o' shoon, an' then A'll tak ye twa or three places wurth lukin' at."

"A wull dae that," sez I, "wha's yer shoemaker?"

"Alick Rabertson, o' sayventy-fower, Croon Street," sez he, "yin o' the dacentest men in Glesco, an' the only man that cud iver fit me."

A luckit doon at Sauny's feet, an' A thocht tae myself that it wud be nae easy jab tae fit him. He had a pair o' the biggest feet A iver seen on man or wuman.

"Diz he cherge ye muckle mair nor a man wi' ordinary sized feet?" sez I.

"Na, no yin bit," sez he, "an' min' ye, A hae a couple o' brave insect crushers."

"Beetle crushers, ye mean," sez I, "Man, Sauny, if A had ye at my place, A wud niver pit a rowler on the grun, fur ye cud jest tak a danner ower the fields, an' flettin' ivery clod wi' yer feet."

"Yer verra sair on me," sez Sauny, "but here we ir," an' he steppit intae a nice shoe shap.

Mister Rabertson wuz verra kin' an' ceevil. A bocht a pair mysel' an' they wur a darlin' fit.

Then we went an' had a lang walk. Sauny shewed me Paddy's Market an' the Saut Market an' Glesco Green, an' a lot o' places that A forget the names o'. My, it's a wunnerfu' place that Glesco!

We dannered alang lukin' at this thing an' the tither, an' glowerin' in the shap wundeys. A saw sum nice cotton hankercheys in a shap, an' sez I—

"Sauny, stan' there a minnit or twa till A buy my ma a hankerchey."

A stepit intae the shap, an' a nice lukin' well-dressed man cum up tae me, an' sez he—

"Weel, sur, what can we dae fur ye the day?"

Sez I, "A want tae see if ye have ony nice coloured hankercheys."

"Lots o' them," sez he, an' wi' that he taks me up tae the coonter, an' sez he tae a big, fat, lazy lukin' fellow that wuz stannin' wi' a yerdstick in his han', sez he—

"Mister M'Allister, shew this gentleman sum o' yer coloured hankercheys," an' then he went awa tae speek tae sumbuddy else.

A saw the big fellow lauchin' whun the mesterman ca'd me a "gentleman," an' sez he, glowerin' at me frae head tae fit—

"What colour wud ye like?" sez he.

"Rid, if ye pleese," sez I.

"Is it fur yersel'?" sez he.

"Na," sez I, "it's fur my ma; she likes tae rowl a hankerchey roon her heid in the mornin's, an' she'll be pleesed if A tak her hame yin frae Glesco."

"Weel, there's a nice yin," sez he, throwin' doon a tartan thing, an' A noticed him winkin' at the tither chaps. A saw he wanted tae tak a rise oot o' me,[2] so A shuk my heid, an' sez I—

"Na, that yin's no jist rid eneuch."

"Weel, A'll shew ye sumthin' better," sez he, an' wi' that he flung doon a flamin' orange yin.

"That's gie an' near the thing," sez I, "but it's no jist the shade that A want yit."

As shair as A'm here but the nixt yin he threw doon wuz a' white but the border.

"A'm shair that'll pleese ye," sez he.

"Man, it wull that," sez I, "What's the price o' it? But bliss me," sez I, "what a quer smell it haes!"

"Smell!" sez he, an' wi' that he put his nose doon tae the coonter. That wuz jist what A wanted.

---

[2] Have a joke at my expense—Ed.

"Noo," thinks I, "my boy, A'll learn ye tae mak fun o' me,"; so jist as he stoopit forrit A laid hoult o' his ears, an' if A didnae gie his nose twa or three gie sherp dunts agen the coonter my name's no Paddy M'Quillan! The bluid floo out o' it a' ower the hankerchey, an' it wuz rid eneuch then.

"Dae ye ken the colour A want noo?" sez I, "because if ye dinnae, that's it!" A turned roon an' steppit oot like a lord, an' A seen the fellows in the shap lauchin' till they wur haudin' their sides.

Whun A went oot Sauny saw that A wuz a wee bit excited lukin', an' he axed me what wuz wrang.

"Oh," sez I, "yin o' them coonter-happer buddies wuz tryin' tae tak a rise oot o' me, but A beleeve his nose feels bigger than iver it did afore, an' his ears'll no cool fur a wee bit."

Then A tell't him aboot it. A had hardly din speekin' whun sumbuddy tippit me on the shoulder. A birled roon, an' there wuz the very boy A had haen the row wi'.

"What dae ye want?" sez I, "Dae A owe ye onything?"

"Ye dae not," sez he, "but A'm sumthin' in your debt."

"Weel," sez I, "be quick an' pye me, for A want my denner."

Sez he, "A hae a guid min' tae thresh ye while there's a hale bane in yer buddy!"

"Is that a fact?" sez I; "what wages hae ye?"

"What dae ye want tae ken that fur?" sez he.

"Because," sez I, "if ye dae what ye say A'll gie ye a week's wages an' the price o' the hankerchey A spoiled intae the bargain."

"A want nae fechtin' wi' ye," sez he; "but if ye dinnae apologise A'll gie ye in cherge."

"Ye'll what?" sez I, "If ye stan' there much langer A'll sen' ye hame that yer mither'll no ken ye."

Sauny pookit my coat-tail, an' sez he—

"Here's a peeler."

"That's nae peeler," sez I, as a great big, lang fellow, that A tuk tae be a fireman, cum steppin' up wi' white gloves on him.

"Move on oot o' that," sez he.

"Move on yersel," sez I, "awa an' throw water on yersel'!" Sauny tuk tae his heels an' A made efter him. A wush ye had a heerd the clatter o' thon peeler's big feet efter us. He was far ower soople for us, an' afore we had went twunty yerds he gruppit me by the back o' the neck an' hel' me like a vice.

"That's richt," sez M'Allister, "tak him tae the offis, for he haes maist killed me, an' A'll sweer my life agen him."

Tae the offis they tuk me shair eneuch, an' only that Sauny went an' got a frien' tae bail me, a wud been lockit up a' nicht. There wuznae muckle sleep for me A can tell ye, an' A wuz up gie an' early the nixt mornin'.

"Try an' tak yer brekfast," sez Sauny, "for ye'll mebee be kep' a' day in the coort."

"Weel, weel," sez I, "get me a drap o' guid tay, an' A'll eat a piece o' my ain breid an' butter till it."

A wush ye had seen the tay they brocht in.

Sez I, "Sauny, that's Scotch tay, A suppoas. A wunner what my ma wud say if she seen that. Wait till ye cum tae Coonty Doon, an' she'll gie ye a cup that strong that it wud bend your spoon tae stir it."

"Weel," sez Sauny, "A suppoas ye'll no ca' what yer drinkin' very strong."

"Strong!" sez I; "why, man, luk at it; it haes harly strenth eneuch tae rin oot o' the pot."

* * *

Whun we went tae the coort, A felt mysel' a bit nervish an' floostered like, but Sauny whuspered tae me—

"The heid Bailyee's a verra ceevil buddy, an' he'll no' be hard on ye."

"Wha dae ye mean?" sez I, "is it a man on the bench?"

"Ay," sez he, "the middle yin; A ken him richtly."

"An' is it 'Bailyee' they ca' him?" sez I.

A made up my min' tae ask him if he wur ony frien tae Rabert Bailyee o' Ballyviggis Mill.

It wuz twa hoors afore my case cum on. The shapman had a returney engaged, an' the story he tell't wuz nearly eneuch tae hang me. Whun he had din they got me up an' begood tae catechise me a' sorts. A tell't my wae o' the story like a man, an' A thenk Mr. Bailyee beleeved me, frae his menner.

"Whaur dae ye cum frae, my man?" sez the returney.

"Frae the Coonty Doon," sez I.

"Dae ye wush ye had stied there?" sez he.

"Na," sez I, "A dae not; A wud niver hae made yer acquaintance if A had stied at hame."

"Yer inclined tae be funny," sez he, "but tell me, noo, what brocht ye tae Glesco?"

"Weel, sur," sez I, "it wuz a big boat they ca' the 'Buffalo.'"

"Cum, sur," sez he, "what business had ye tae cum here?"

"A suppoas," sez I, "A jist cum tae see the place."

"Hoo dae ye leev?" sez he.

"A leev richtly," sez I.

"Answer the questyun!" sez he.

Sez I, "A dinnae understan' ye; dae ye mean what dae A eat?"

"A mean hoo dae ye get yer breid?" sez he.

Sez I, "My ma bakes the maist o' it, but noo an' then we get a bit o' white breid frae the baker."

Man if ye had heerd the fellows in the gellery lauchin'.

"Cum, cum," sez yin o' the megistrates, "don't ye understand the questyun? He means—How dae ye get along in the world, how do you do?"

"Purty weel, thank yer honour," sez I.

"Wha ir ye at all?" sez the megistrate in the middle.

"A'm a very dacent man," sez I, "an' A ken a frien o' yours that wud gie me a richt guid kereckter if he wuz here."

"What's that?" sez he.

Sez I, "A beleeve yer name's Bailyee, sur; ir ye onything tae Rabert Bailyee that warks in the mill at Bellyviggis?"

A think he wuznae pleesed at me for makin' sae free wi' him, for he niver ansered me, but begood tae read a book he had afore him.

"A doot, my man," sez the returney chap. "ye hae been drinkin' this mornin'."

A hung doon my heid at that.

"Cum, noo," sez he, "tell the truth; wur ye drinkin' this mornin'?"

"Weel, sur, A wuz," sez I.

"Speak up," sez he, "tell the Coort what ye wur drinkin'."

"TAY!" sez I.

"Are ye shair it wuz tay," sez he.

"No very," sez I, "but they tell't me it wuz a' they hae in this cuntry for it."

"But hadn't ye sumthin' in yer tay?" sez he.

"What dae ye mean?" sez I.

"Oh, yer very innocent," sez he; "ye ken sumtimes fowk tak sumthin' in their tay; noo, wusn't there sumthin' strong in yours?"

"Sumthin' strong?" sez I; "there wuz a metal spoon in it that wud amaist dae ye for a coal shovel."

"Really this maun be stappit," sez the heid megistrate.

"Weel, Mr. Bailyee," sez I, "it's no my faut; he wants tae mak it appear that A wuz takin' drink, but it's as he leads his life he judges his neighbours; an' it wuz nae drinkin' buttermilk made his nose sae rid, onyway—beggin' yer pardin', sur."

"Niver mind my nose, sur!" says the returney.

"Dinna be scaured," sez I, "A'll no meddle wi' it. A wudnae like tae haud a pun' o' gunpooder near it, onywae."

"Weel, noo," sez he, "let's get on. Ye say yer frae the Coonty Doon; hae ye a ferm there?"

"My ma haes a wee bit o' grun," sez I.

"An' a fine hoose?" sez he.

"Weel, it's no a bad hoose," sez I, "it's as like the yin you wur reared in as ocht iver ye saw."

"Why, ye appear tae ken me," says he, "ah, noo yer cumin' roon," and he pu'd up his shirt neck, an' lukit a' roon the coort; "cum, noo," sez he, "describe the hoose tae us."

"Oh, it's no ill tae dae that," sez I; "it sits on aboot three square yerds o' grun, an' ye cud pit yer han' doon the chimley an' tak the bar oot o' the daur."

If ye had heerd the fowk in coort whun A said that!

Sez the megistrate, sez he—

"Mr. M'Guirk, A'm afeerd ye've met yer match, an' the time's being wasted," sez he.

"Beggin' yer pardon, sur," sez I, "A'm in nae hurry sae lang as A get awa hame the nicht."

"A mean ye tae spend a wheen months in jail, my frien'," sez the returney.

"What fur?" sez I.

"Fur yer abuse o' my client," sez he.

"Yer worship," sez he, "he tuk my respected client by the ears an' hemmered his nose wi' impunity."

"A did naethin' o' the kin'," sez I. "A had naethin' in my hands ava, an' A nether tuk a hemmer nor an 'empunity' tae him; A jist gied his nose a dunt or twa on the coonter, an' he deserved it, fur he wuz tryin' tae mak fun o' me."

"Dismiss the case!" sez the heid megistrate.

"Lang life tae yer honor, an' guid luk till yer tired o' it," sez I. "A kent richtly ye wur a frien o' Rabert Bailyee's, fur he wud jist a din the same thing."

PART FOURTH
The Return Voyage—The Captain's Adventure—No Place like Home

EFTHER A left the coort A made up my min' tae start fur hame that verra nicht.

"Sauny, my man," sez I, "A'm gaun hame; A think A hae got my fill o' Glesco, an' my ma wull be thinkin' lang[3] tae see me."

"Weel, Paddy," sez he, "A'll be sorry whun ye gang, an' A hope ye'll sen' me a wheen lines noo an' then."

"A wull dae that, Sauny," sez I, "an' mebbe A'll cum back nixt year tae see ye."

That nicht saw me oot on the braid ocean, wi' naething but watter roon me, an' the sky aboon my heid, an' A wud hae gien a guid dale tae a fun' mysel' safe an' soond at my ain fireside. It wuz a nice quate nicht, an' A wuz dannerin' back an' forrit on the wuden flair o' the boat, whun a brave guid-lukin' man, wi' a goold band roon his cap, an' a nice blue jacket on him, cum up alangside o' me. A had seen him mony a time up on a heech place, jist like a roost; awa up whaur the boat's chimleys ir, an' heerd him givin' orders tae the sailors, an' A said tae mysel' that it beat tae be the captain. Weel, what dae ye think but he cum up tae me, an' spauk tae me, an' sez he—

"It's a nice quate nicht that."

"It's jist that, sur," sez I.

"Ir ye a seafarin' man?" sez he.

"Na, sur, A em not," sez I, "A wuz niver on the watter in my life till the nicht A cum across here tae Glesco."

"A think A hae min' o' seein' ye," sez he. "Ye wur a weethin' seek that nicht?"

"A wuz mair nor a *weethin'*," sez I; "man, A wuz that bad A didnae care that the boat had went tae the bottom."

"Ay, it wuz a bit rough that nicht," sez he.

---

[3] Longing—Ed.

"It wuz a perfect hurrycan," sez I, "an' it's a wunner tae me that ye tak yer boats oot on sich nichts."

"Ye ken little aboot it," sez he. "We're oot sumtimes whun the water's dashin' ower the funnels."

"Wharaboots is the funnels?" sez I.

"Them chimleys," sez he, "that ye notis the smoke comin' oot o'."

"Man, the boat wull be rowlin' aboot terbly on a nicht like that," sez I.

"Ay, it wud tak ye busy tae keep yer feet," sez he.

"Hev ye nae wae o' kepin' her study?" sez I.

"A doot no," sez he.

"A wuz thinkin," sez I, "that if ye wud mak' a' the fowk stae in yin place, an' no rin' aboot sae muckle, that it wud be better."

He lauched at that.

"A hope we'll hae nae storm the nicht," sez I, "we'll be in Bilfast suin eneuch, an' there's no yin bit use in wastin' yer coals an' weerin' oot yer boat; so dinnae drive her ower hard."

"Oh, ye neednae be yin bit afeared," sez he.

"Ir we near Paddy's Milestone[4] yet?" sez I.

"We hae a guid bit tae gang yit afore we're at it," sez he. "Did ye no abserve it as ye wur comin' ower?"

"Na," sez I, "A wuz that seek A cud see naethin'."

"We'll be in sicht o' it in half-an-hoor," sez he.

"Weel, keep a guid bit aff it," sez I, "fur A'm tell't it's a very dangerous pert."

A declare he wuz the nicest conversible man iver A seen.

"Wur ye iver wreckit, sur?" sez I.

"A wuz," sez he, "three times."

"My guidness!" sez I, "an' war ye no drooned ony o' the times?"

"Na," sez he, "A aye escapit wi' my life."

---

[4] Ailsa Craig, an island in the Firth of Clyde—Ed.

"Man, dear, but that wuz a mercy," sez I; "an' whaur wur ye wreckit?"

"The first place wuz among the *ice bags* in the *Antick* Ocean," sez he.

"Ice bags!" sez I, "it's a doonricht shame for fowk tae pit them there. It's waur than throwin' orange skins on the street for fowk tae slide on.[5]"

"The ship wuz crushed tae pieces," sez he.

"A niver heerd ocht like that!" sez I. "An' hoo did ye escape?"

"A got ontil a big ice bag," sez he, "an' stied there till anither boat pickit me up."

"Whaur wur ye wreckit the nixt time?" sez I.

"We wur awa in the Rid See," sez he, "an' yin nicht the mate discuvered a leek in the bottom o' the boat."

"An' what herm cud a leek dae her?" sez I.

"A dinnae mean a gerden leek," sez he; "there wuz a hole in her that let in the watter, an' we ca' that 'a leek.'"

As true as A'm here he wuz the nicest spaukin' man iver A talkit tae!

"An' hoo did ye git aff?" sez I.

"We workit at the pumps," sez he, "fur three days' an' then we tuk tae the boats, an' reached the land, efter bein' nearly sterved."

"Isn't that whaur they catch the rid herrins?" sez I.

"Whaur?" sez he.

"A'm tell't," sez I, "that they a' cum frae the Rid See."

He lauched ower ocht.

"Whaur wur ye wreckit the nixt time?" sez I.

"The third time," sez he, "we run ashore at Greenland."

"Wuz it at the Icy Mountains?" sez I.

---

[5] This would have raised a tremendous roar from the 'Coonty Doon' audiences familiar with the bizaar account of how William Henry, the founder of the *Newtownards Chronicle* had the misfortune to do just that (see WG Lyttle's biography, *The Storyteller,* AG Lyttle, 2021) —Ed.

"Very near them," sez he, lauchin'.

My but he wuz a nice ceevil speekin' man!

"Wull ye tak a taste o' sumthin'?" sez he.

"What wud it be?" sez I.

"Ocht ye like," sez he, "frae ginger-ale tae shampain, but A tak nae drink mysel'."

"Na, thank ye a' the same, sur," sez I. "A didnae tak ony stimilatin' lickers; an' A think ye shudnae hae onythin' o' the kin' on yer boat. Mony a guid boat, A'm tell't, has been loast jist wi' haen drink in her."

"It's ower true," sez he, an' he touched his hat tae me, an' went awa doon the stair.

It wuz a lang nicht, an' A wuz gie an' gled nixt mornin' tae see Bilfast. A tuk the furst train A cud get gaun my road, an' anither hooer seen me dannerin' up the road nixt hame, an' wunnerin' tae mysel' if the neibours wud ken me efter my trevels.

Jest as A apened the gate, A seen my ma sittin' milkin' the coo in the close. The coo wuz that gled tae see me that she gied her heid a flourish an' let a roar. Then my ma lukit roon tae see what wuz wrang, an' A can tell ye it wuznae lang till she had me in her erms, an' sez she—

"Paddy, dear, A'm gled tae see ye safe hame agen, an' yer no yin bit altered."

"Weel, ma, A hae seen a guid dale since A left ye," sez I, "an' it'll tak me a lang time tae tell ye it a'."

By that time we had got intil the hoose, an' the servint lass put on the kettle tae mak me a cup o' tay. A changed my claes, an' got on my slippers, an' whun A sut doon at the tay-table an' lukit at the bleezin' fire, the big dug waggin' his tail wi' joy, an' the smilin' face o' my ma, A laid mysel' back in my ermchair, an' sez I— "Ma, there's nae place like hame."

HIS COURTSHIPS

PART FIRST

Definition of Love, Some of its Effects—Kirker Greer's Whiskey—
Arranging a Match—Fashionable Tea-drinking—A Scanty Meal—
High-class Music—"A'll gang nae mair tae thon toon."

EH, but this coortin's a quer thing! It's a sinless infirmity
o' the human race; a sort o' universal complaint; an' A
need harly tell ye that A hae had a wee touch o' the diseese
mysel'. Iverybuddy in the earthly worl' talks about Love;
yin tells ye it's like this thing, an' the tither tells ye it's like
that thing. A declare tae ye but it's sumthin' like the
maisles; ye cannae aye tell whun ye catched it, yer no apt
tae hae it terble severe mair nor yince in yer life, an' it's no
coonted muckle worth unless it streks inwardly! A hae richt
guid min' searchin' thro' an auld dickshunery that belanged
tae my puir da afore me, fur the meanin' o' the word
"Love." It said that it wuz the "Tender Pashun;" a
"Saftness;" a "Yearnin'!" A dinnae think it's very "tender,"
fur A ken sum fowk an' their love's as teugh as the sole o'
my auld shoe; but dear knows it's "saft" eneuch, fur A ken
ithers that fair melted awa' wi' it. "Yearnin'." A dinnae ken
what that is. Mebbee it means a "langin'." An' A can verra
weel unnerstan' love tae be like a langin'. A knowed a man
yince, an' aye whun he wud be drinkin' a gless o' whuskey
he wud smack his lips an' say, "Man, A wush my throat wuz
a mile lang, till A cud fin' the taste o' it the hale road doon!"

Noo, that wuz jist like me whun A wuz coortin' Maggie.
She leeved aboot a mile frae oor hoose, an' A used tae

glower thro' the trees in the evenin's, an' wush my erms wur a mile lang, till A wud get shakin' han's wi' the wee darlin'!

My ma used tae sing a song, an' the ower word o' it wuz—

> *"Oh, love is like a dizziness, a dizziness, a dizziness,*
> *It winna let a puir buddy gang aboot their biziness."*

Oh, the sorra muckle biziness ye'll dae whun yer coortin'. There ye gang! sumtimes trailin' yin fut efter the tither, jist as if there wuz a big stane tied tae ivery yin o' them, an' at ither times rinnin' up agen iverybuddy ye meet. Sumtimes ye'll no eat very muckle, an' ither times ye'll forget tae stap whun yer fu'. Sumtimes ye'll sleep terble little at nicht, an' ither times ye'll forget tae gang tae bed ava. Oh, it's as true as yer stannin' there! A min' yin nicht that A went hame efther seein' Maggie, an' if A didnae pit my hat an' umbrella in bed, an' A stud ahint the daur till the mornin'!

A wuz nae waen at that time, min' ye, but a big, stoot, strappin' fellow, sumthin' aboot thirty yeer auld. A had made up my min' no tae merry as lang as my ma wuz alive, but A begood tae think she wuz gaun tae leeve me oot fur it; so A tell't her A wuz gaun tae luk aboot me fur a wife. She said she wud get yin fur me, an' A wuznae tae merry unless A got plenty o' money wi' the lass. Weel, there wuz an odd sort o' crayter—A kin o' wud-be-lady—in oor cuntry side that wuz said to be gie an' wealthy. Her name wuz as odd as hersel'—they ca'd her Olivia Oglesby Norris. A declare but my ma tuk it intil her heid that she wud mak up a match atween us. What wae she set aboot it A'm shair A cannae tell; but at ony rate, yin day whun A wuz at my denner she sez tae me, sez she—

"Paddy, my boy, your breid's bakit."

"Is it?" sez I, "Wha bakit it? Wuz it, Betty?"

"Yer aye talkin' blethers," sez she; "A mean there's guid luk afore ye."

"Weel," sez I, "it haes kept afore me a guid while; dae ye think A'll catch it this time?"

"It's yer ain faut if ye dinnae," sez she.

"Weel, tell me aboot it," sez I.

"Wha dae ye think wuz here the day inquirin' aboot ye?" sez she.

"A'm shair A dinnae ken," sez I; "wha wuz it?"

"Miss Norris," sez she; "an' she haes invited ye tae drink tay wi' her nixt Thursday nicht."

"A'll no gang yin peg! No the length o' my fit!" sez I; an' A wuz that mad A neerly chokit on a hot pritta.

"Dinnae daur tae speak back tae yer mither that wae," sez she; "A hae said it, noo, an' gang ye wull, or A'll lock up yer new claes, an' ye'll niver pit them on yer back agen."

A wuz heart feerd o' my ma, fur she haes a terble bad tongue. A declare whun her temper's up she cud "clip cloots wi' it,"[6] as the sayin' is.

Tae change the discoorse. A sez to her—

"Weel, A suppoas A maun dae what ye bid me; but A wud rether walk tae Bilfast on my heid than drink tay wi' that wuman!"

"Ay indeed ye'll gang," sez she, "an' mak yersel' pleesant an' agreeable, an' A'll hae ye married tae her afore a twal-month."

A tuk nae mair denner that day!

Whun Thursday nicht cum A declare A jist felt like a man that wuz gaun tae be hanged. A put on my new claes an' startit fur Miss Norris's. Whun A got up near the hoose whaur she leeves A sut doon on the dyke a while to think ower what A wud say tae her. "She'll begin a talkin' French tae me," sez I tae mysel'; "or she'll begin tae gie me lessons

---

[6] cut cloth with it—Ed.

in 'eat-the-cat,'[7] or whativer ye ca' it, fur she's a terble yin fur shewin' airs, an' cuttin' capers, an' teachin' menners tae iverybuddy roon her." Jist wi' that her wee servint boy cum alang the road drivin' a big soo an' a litter o' wee pigs.

"That's a brave evenin'," sez he.

"It is," sez I; "wha owns them nice wee pigs?"

"That auld soo, their mither," sez he.

"Yer a richt smert wee boy," sez I. "What age micht ye be?"

"Weel, indeed," sez he, scratchin' his heid, "A'm no shair; but if ye tak that wee swutch o' a rod in yer han' an' hird the pigs fur me A'll rin hame an' ax my ma."

"Oh, ye neednae bother," sez I; "but tell me," sez I, "is this whaur Miss Norris leeves?"

"It is that, man," sez he; "ir you the fellow that's invited tae drink tay wi' her the nicht? She sent me intae the toon the day fur a stale loaf an' a wheen o' crackers tae fill up the far lan'.[8] A hope ye tuk a guid fill afore ye left hame," sez he; an' A heerd him lauchin' till A got inside the hoose."

Miss Norris wuz very gled tae see me, an' tuk me doon the room whaur the tay wuz waitin'. Noo, it's bad menners tae pass remarks aboot ither folk's hooses, an' ye mauna let on what A'm tellin' ye. A niver felt as miserable in a' my life. Sich a tay drinkin'! A niver did see a wuman that cud tak as mony slices oot o' a sixpenny loaf as Miss Norris. Why, ivery slice wuz aboot as thick as a sheet o' san' paper. An' the butter—och, the butter! She shud a been ashamed tae luk a coo strecht in the face! Ye wud a needed a pair o' specs tae tell what side the butter wuz on. A declare A wuz ashamed tae lift a piece aff the plate fur feer A wud mebee eat it with the wrang side up! An' then A wush ye had seen the cups! They wur aboot the size o' hen eggs, an' fur a' that she cudnae fin' in her heart tae fill them.

---

[7] etiquette—Ed.

[8] To have enough food to travel on—Ed.

"Noo, Mr. M'Quinnan," sez she, "ye may jist begin."

Sez I tae mysel', "A wush A had din."

Weel, A stirred my tay, an' gruppit the hannel o' my cup tae coup the tay oot intae the sasser, whun Miss Norris gied a wee scraich that made me jump till A neerly spilt it ower the table.

"What's wrang, mem?" sez I.

"Dinnae pit yer tay in the sasser," sez she.

"An' what fur, mem?" sez I. "Dae ye think the heat wud split it?"

"Na, na," sez she, "but it's bad menners."

"Weel, A dinnae ken what they made sassers fur," sez I, pittin' the thing aff wi' a joke, ye ken. Then she begood tae lauch at me; an' tae mak' things waur, the tay wuz that hot that it neerly scalded the tongue oot o' my heid, an' whun A tried tae swallow it, it run doon the wrang throat. A made glam at my pokit fur my hankerchey, an' whun A did get it oot A let it drap. Weel, A wuz in sich pain that A had my een nearly shut, so A played snap at[9] the fluir, an' gruppit what A thocht wuz my hankerchey, an' wipeit my face wi' it, then A wuz busy stickin' it intil my pokit, whun the chaney begood tae jump on the table, an' Miss Norris begood tae scraich. A declare but A had wipeit my face wi' the table-claith, an' wuz pittin' it intil my pokit!

A got my first cup finished at last, an' o' coorse there wuz a taste o' what we ca' "slaps" in the bottom. Weel, A jist did as A wud dae at hame, an' played fling wi' the slaps intil the fire! Och, if ye had seen Miss Norris then. She lauched that hearty she cudnae speek, but aye kept pointin' wi' her finger tae a white bowl on the table.

"Oh, niver mind," sez I, "A neednae dirty yer nice chaney bowl, mem."

"But," sez she, "that's what it's fur, an' it's no very convaynient tae throw it sae far."

---

[9] I snatched at—Ed.

"Hoots wuman, deer," sez I, "A cud throw it ten times as far."

A got anither o' them half cups o' tay, an' wuz waitin' till she wud ask me fur a thurd. But she niver proposed it, an' there A had tae quat afore A wuz richt startit.

"An' whun wull ye cum back fur yer tay?" sez she.

"Deed, mem," sez I, "A'm no shair." Thinks I tae mysel', "A wush A wuz at hame, for A cud tak it this minnit again."

Then she cleared awa' the tay things, an' begood tae play on the pianer, an' she throwed her een up tae the ceilin' an' sung tae me till A fell that soond asleep that my ain snorin' waukened me.

It wuz a guid thing she didnae catch me sleepin', fur if she had A wud a got a lekter, A'm shair, aboot my bad menners. A wudnae a fell asleep if she had played a wheen o' the guid auld tunes, but noo-a-days folk wud rether hae this soart o' new fangled music that A can compare tae naethin' but noise. A cud make better music on a tin can.

So A got up an' went hame, determined in my ain min' that the nixt time A went tae coort it wudnae be tae Miss Norris's.

A didnae tell my ma that, though. A tell't her that Miss Norris wuz a fine woman, an' that her an' me wud get on bravely thegither. The auld buddy wuz sae pleesed wi' me that fur a guid while efter that she buttered my breid on baith sides!

PART SECOND

Maggie Patton of Kilwuddy—Love at First Sight—How Girls Dress their Hair—Kissing in the Dark—An Awkward Predicament—Paddy's Love Sonnet—Jack Sluthers and the Pigs—A Stormy Interview—All's Well that Ends Well.

THEY say that ivery Jock haes his Jean, an' A met mine at last, only they ca'd her Maggie. A'll niver forget the furst time A saw Maggie. As true as A'm here but A wud leev my hale life ower again jist tae hae the pleesure o' seein' that wee darlin' again fur the furst time. She cum on a visit tae Wully Rabertson's, o' the "Hill Heid," an' the nixt Sunday she cum tae the meetin'-hoose wi' Sarah Ann Rabertson. A jist happened tae lift my een an' drap them on her as she cum in the daur, an' A declare my heart jumpit tae my mooth. "Wha in a' the wurl can that be?" thinks I tae mysel'. A didnae hear muckle o' the sermon that day. A hope it wuz nae sin, but indeed A cudnae keep my een aff her. She hadnae a big tapitoorie[10] heid o' hair like the maist o' the lasses in them days, aboot the size o' a kist o' drawers. A dae not ken hoo they made them sae big, but A'm tell't it wud mak ye lauch tae see them dressin' their heids. A used tae watch my sister Susanna, an' A declare she tore a' the stuffin' oot o' the guid parlour chers, an' yin day I catched her makin' pads fur her heid oot o' an auld pair o' my korderoy breeks. But as A wuz sayin', there wuz nae capers wi' Maggie. Everything aboot her wuz plain an' nice.

Whun A wuz gaun hame that day Davey Duncan owertook me on the road, an' sez he—

"Man, Paddy, A saw ye takin' quer luks at Maggie Patten the day."

"Me!" sez I, "A wuz listenin' tae the sermun."

"Wur ye?" sez he, "A'll bate ye a ha'penny ye cannae tell me the text."

"Deed," sez I, "my memory's no the best. But wha's Maggie Patten?" sez I.

"She's a frien' o' the Rabertson's," sez he, "an' she leevs doon in Kilwuddy."

Sez I, "A think A did notis a strange lass at the meetin'."

---

[10]**Tapitoorie**: possibly tapsil teerie, Ulster-Scots for upside-down or tossed, in a mess, cf English, topsy-turvy; or, tapiterie, Romanian, upholstery, covering—Ed.

"Ay, A think ye did," sez he; "but this is my road," sez he, "an' A suppoas ye'll be at the concert on Tuesday nicht at the schule-hoose?"

"A'm no shair that A wull," sez I.

"Oh, ye maun cum," sez he, "an' ye'll see Maggie there." That wuz eneuch! Sez I tae mysel', "A'll gang tae the concert, an' hae anither luk at her."

Weel, Davey Duncan wuz coortin' Sarah Ann Rabertson, an' A had a purty strong noshin they wud a' be cumin' in thegither. It wuz jist as A thocht. A wuz at the schule-hoose gie an' early, an' whun A went in, there they wur, Davey, Sarah Ann, an' the strange lass. Davey waggit his finger at me, an' A went an' sut doon aside them.

"Here's a sweetheart fur ye, Maggie," sez Davey, an' the wee deer shuk han's wi' me. A thocht tae mysel' A wud niver wesh my han's ony mair! Whun the singin' wuz nearly ower Davey whuspered tae me that Maggie wuz gaun hame tae her ain hoose that nicht, an' sez he, "A'm gled yer here, Paddy; it'll save me the trouble o' gaun wi' her, fur A want tae hae a crack wi' Sarah Ann the nicht."

"Wull she no' object?" sez I.

"Nae fear o' that," sez he, "man, she wuz axin Sarah Ann wha the nice fellow wi' the Jenny Lin' hat[11] wuz—meanin' you, Paddy."

Noo, A beleev there's sich a thing as deein' wi' happiness, an' A wuz very near it then! It cum sae unexpected, ye see, an' there wuz like a lump got in my throat, an' very near chokit me.

---

[11] According to the website, *brontesisters.co.uk/Straw-Hats-&-Cloaks*, the Swedish opera singer, Jenny Lind caused a sensation when she toured Great Britain in 1847. A hat that she wore in Donizetti's opera *'La figlia di Reggimento'* was described as being virtually identical to a man's 'wide-awake' hat—low-crowned with a broad brim sweeping up at the sides. It was quickly copied by milliners throughout the land and became very popular as a 'Jenny Lind.' Apparantly, the style was still well-known in Ulster 40 years later.—Ed.

Davey managed it nicely, an' we wur suin on the road fur Kilwuddy. Maggie had a big shawl over her erm, an' she made me rowl mysel' up in it, fur fear A wud catch cauld. It wuz a gie lang walk, an' whun we got tae the hoose Maggie invited me in.

A shud tell ye here that in oor cuntry side whun ye gang hame wi' a lass ye may sit an' crack at the fireside as lang as ye like, nae metter hoo late it is. We're no sae stuk-up in the cuntry as the boys ir in the toon, liftin' their hat tae their lass whun they meet her, an' mebbe her cleen oot o' sicht whun they dae that.

Weel, A niver wuz as much put aboot in my life as A wuz whun A went inside the hoose. Maggie tuk a chair an' sut doon at yin side o' the fire, an' A sut doon on a creepie stool[12] at the tither. A tried tae speak, but A declare my tongue wuz tied. Maggie lukit at me, an' A lukit at Maggie; then A cleered my throat.

"Ye hae got a cauld," sez she.

"A hae that," sez I.

Then we sut a while langer. A pickit up a strae that wuz lyin' on the hearthstane, an' begood tae chow it.

"It's bad wather fur the prittaes," sez Maggie.

"It is that," sez I; "terble bad wather fur the craps in general."

"Wur ye in the fair on Seturday?" sez she.

Sez I, "A wuz."

"Hoo wuz the hay a sellin'?" sez she.

Sez I, "It wuz twa or three prices, an' frae that doon."

There wuz anither lang quate spell, an' A tuk up the tangs an' begood tae poke among the greesugh.

"Ye'll be hungry," sez Maggie.

"No yin bit," sez I; "A et neer a griddle fu' o' pritta breid tae my tay the nicht."

---

[12] a low, wooden stool—Ed.

She went awa an' brocht me a bowl o' sweetmilk an' a big plate o' breid, an' a glass sasser fu' o' watter an' wee yellow things aboot the size o' merbles sweemin' in it.

"What dae ye ca' that?" sez I.

"Butter," sez she.

"Weel," sez I, "A niver saw butter dressed that wae afore. A suppoas," sez I, "ye sup it up wi' a spoon."

Puir Maggie lauched at me an' sez she, "Diz Miss Norris no dress her butter that wae?"

"Oh, haud yer tongue aboot her," sez I, "A ken naethin' aboot her."

"A thocht it wuz a match atween ye," sez she.

"Weel," sez I, "there was a tay drinkin' match atween us yince, but A think A'll no bother her again."

Weel, Maggie cleered aff the things, an' we drew oor stools up tae the fire again an' crackit awa like crickets, till aboot twa o'clock in the mornin'.

"Noo," sez Maggie, "it's time ye wur steppin' hame, fur A hae tae rise at six o'clock tae churn, an' A'll no be fit fur my wark if A dinnae get a sleep."

"Weel," sez I, "A suppoas A maun gang; but A think A'll hae a kiss. A dinnae ken muckle aboot coortin', but A'll kiss ye fur a start!"

"A'm shair ye'll dae naethin' o' the soart," sez she, an' wi' that she jumpit up an' made aff tae the tither side o' the hoose. A made efther her, but in my hurry a knockit doon the wee table that the cannel was sittin' on, an' there we wur in the derk. Weel, of coorse, Maggie kenned whaur she wuz; but me bein' a stranger, A hae tae gang creepin' aboot wi' my han's spreed oot afore me, fur fear A wud brek my nose again sumthin'. A had naethin' tae guide me but the geeglin' o' Maggie, an' she did giggle wi' a vengeance. A katched her at last an' my shockin'! if she didnae kick an' squeal an' struggle. A thocht she wud wauken up the hale hoose.

"Agh, Maggie wuman! Maggie wuman!" sez I, an' A hel' her ticht in my erms, an' kissed her half-a-dizen times.

"Oh, Maggie, wuman, but that's guid. Wait till A pit them back whaur A got them."

Jist wi' that A heerd a match strickin'. Weel, as ye may imagine, A glowered with baith een, an' held on by Maggie a' the time. What dae ye think I saw? There was Maggie at the far side o' the hoose lichtin' the cannel, an' lauchin' as if she wud split. Of coorse my nixt luk wuz tae see wha A had been huggin' an' kissin'; an' wha wuz it but Maggie's ma, that had cum doon stairs tae get a drink. Weel, A gruppit my hat an' tuk oot, an' A didnae stap rinnin' till A wuz hame an' in bed.

Maggie niver let that drap on me, but we suin got tae be grate friens, an' A tell't her A cudnae leev without her. She lauched an' hung doon her heid, an', of coorse, A kenned the meanin' o' that.

Yin day whun A wanted tae ax her faither's consent, she sez tae me—

"Ye neednae bother, Paddy, for he'll refuse ye. He wants me tae merry Jack Slouthers[13], an' A hate him in my heart, fur he's a drunken niver-dae-weel."

So she tell't me tae let her work her faither her ain wae. Fur a guid while efter that A went back an' forrit tae her hoose, an' whun A cudnae get tae see her A wud stan' glowerin' through the trees nixt her side o' the cuntry, or A wud sit an' write letters an' sangs tae her. A wush ye had heerd them. A'm shair naebuddy wud think tae luk at me that A cud write poetry, but it's wonnerfu' the pooer that a bonnie lass haes ower a fella. A beleev it wuz a lass takin' thistles oot o' Rabbie Burn's thoom that startit him till makin' sangs, an' a suppoas Maggie's kindly han' had the same effect on me. A'm shair A wrote a hunner bits o'

---

[13] In a footnote on 'Slouthers' in the Books Ulster, 2015 edition, Derek Rowlinson points out that a 'sloother' is an idle, slovely person, implying that WG chose the name with intent.

poetry, but A throwed the maist o' them intil the fire.[14] A fun' yin o' the sangs the tither day in Maggie's band-box, an' A may as well let ye heer it:—

> *Oh, Maggie, darlin', my love, my starlin',*
> *My ain wee Maggie wi' the lauchin' een,*
> *Yer the sweetest crayter, wi' yer saft guid natur,*
> *That auld Kilwuddy haes iver seen,*
> *Och, my heart it's burnin', an' my heid it's*
>   *turnin',*
> *A'm no worth leevin', nor fit tae dee;*
> *A'll kill yer daddy, or my name's no Paddy,*
> *If he'll no consent tae yer merryin' me,*
> *A feel a' quer noo, an' my very hair noo*
> *Wi' doonricht trouble is turnin' white;*
> *My mind's tormented—och, A'm half demented,*
> *An' A've lost my yince noble appetite.*

An' noo A maun tell ye hoo we got red o' Jack Slouthers. Maggie's faither wuz very fond o' Jack, but he did not like his drinkin' hebits. Weel, yin nicht there wuz a perty at Maggie's hoose; Jack wuz invited an' so wuz I. Whun Jack made his appearance we saw he wuz "gie an' far on,"[15] as the sayin' is; so Maggie's father tuk him ootside tae see if the fresh air wud sober him. He left him stanin' doon aside the pighoose, an' sez he, "Noo, Jack, stan' there fur aboot ten minits, an' A'll cum back fur ye." He hadnae lang left him when we heerd a dreadfu' squealin' amang the pigs, an' a wheen o' us run oot tae see what wuz wrang. Puir Jack had been leanin' ower the wa' an' had tumiled in amang the

---

[14] WG added these lines about Robbie Burns from, "A'm shair naebuddy…" to "…intil the fire" during a later revision; they do not appear in the original text that was published in *Humorous Readings by Robin* in 1879—Ed.

[15] drunk—Ed.

pigs. There he wuz, lyin' on the braid o' his back, the auld soo wuz lickin' his face an' gruntin', an' the young yins wur rinnin' amang his legs an' squealin' like mad. A suppoas Jack thocht he wuz amang a wheen o' his drunken compenions fur he wuz shoutin' as hard as he wuz able—

"Fair play, boys! fair play! Wait till A get aff my coat, fur A can lick the best man amang ye!"

A thocht Davey Duncan wud a went intae fits lauchin', an' sez he—

"Weel, Jack, by the time ye wud lick that auld soo a' ower ye wud be tired."

That spree finished Jack's coortin' there, an' left the road clear fur me. It wuznae lang till we got it a' settled, an' the day fixed fur the weddin'.

A begood tae think that it wuz time A had tell't my ma aboot it, fur the puir auld buddy thocht a' this time that A wuz coortin' Miss Norris. So yin mornin', jist as A wuz gaun oot efther my brekfast, A sez tae her, sez I—

"A hae din that at last, ma."

"Din what?" quo' she.

"A hae axed her tae merry me," sez I.

"Weel?" sez she, an' pit on her specs an' glowered fair doon my throat.

"Oh, weel," sez I, "she'll tak me."

"Och, Paddy," sez she, "yer a darlin'! Noo A'm prood o' ye, an' the hale cuntry side wull envy ye; min' ye the like o' Miss Norris is no tae be catched ivery day."

"Ma, dear," sez I—an' A felt the tug o' war wuz cumin' noo —"Ma, dear," sez I, "A niver tried tae catch her."

"What dae ye mean, boy," sez she. "Didn't ye tell me this minit that she wud tak ye; ye didnae mean tae say that she did a' the coortin' hersel'!"

Sez I, "A niver coorted ony at her, an' it wuznae her A wuz talkin' aboot ava."

"An' wha then?" sez she.

Sez I, "A lass that deserves a far better man than me—Maggie Patten, o' Kilwuddy."

A declare A wuz scaured at the change that cum ower the auld buddy's face. As shair as ye're stanin' there but A cud see the hair turnin' far whiter on her heid—she tried tae speak twa or three times, but the words cudnae cum.

"Wud ye like a moothfoo' o' cauld watter?" sez I.

"A shud tak an' throw ye in the hoose hole," sez she, "ye unmennerly houn' ye. Didn't A think ye wur coortin' Miss Norris a' this time."

"Agh, haud yer tongue," sez I. "What use wud that wuman be tae me unless A wud set her up tae scaur craws aff the prittaes! Is it her," sez I, "the cross-lukin', lanky, flet-fitted crayter!"

"She's naethin' o' the soart," sez my ma.

"Isn't she," sez I, "why if she wud only luk into the crame crock it wud soor it; an' she's that thin that whun she turns sideways A cannae see her."

"Weel, she's no flet-fitted," sez my ma.

"Why," sez I, "her feet's as flet as flounders, an' whun she pits them doon—och, sudden daith tae a' creepin' things."

She sut doon on a wee stool, an' begood a rockin' hersel' back an' forrit.

"Noo," sez I, "ye neednae say anither word, for my mind's made up, an' if ye dinna let me tak Maggie A'll gang an' list."

She said nae mair, an' the nixt day she begood tae mak preparations for the weddin'.

HIS WEDDING

Bespeaking the Marriage Licence—An Inquisitive Official—Handy
Andy the Second—The Wedding Outfit—A Big Day's Shopping—The
Marriage Ceremony.

WEEL, Maggie an' me were tae get married in yin o'
the big churches in Bilfast, fur we didnae want tae
mak a fuss amang the neibours, so A went up in the train yin
day tae see a frien' o' mine that had promised tae tell me
hoo A wud get the leeshins.

The first place A had tae gang was tae an offis tae get oor
names set doon. As A wuz gaun up the stairs A met a young
fella cumin' doon wi' a pen stuk ahint his ear, an' sez I—

"Sir, wud ye be pleesed tae tell me is this the place whaur
the fowk pits doon their names tae get married?"

Sez he, "It is that, man; cum up stairs."

Weel, A went wi' him intil the offis, an' there wuz a hale
lot o' fellows sittin' writin' an' a big man comes up tae me,
an' sez he— "What dae ye want?"

Sez I, "Sir, if ye pleese we're gaun tae be merried, an' A
want the names set doon."

"Wha's gaun tae be merried?" sez he.

"Maggie an' me," sez I; "did ye no hear aboot it?"

"What's yer name?" sez he.

"Paddy M'Quillan," sez I.

"Whaur dae ye leeve?" sez he.

Sez I, "A leeve in Ballymacdermott, in the Coonty
Doon."

"What bizness dae ye follow?" sez he.

45

"A'm a fermer?" sez I.

"What's the young wuman's name?" sez he.

Weel, dae ye know, A begood tae think the fellow wuz terble inquisitive, an' that seein' me tae be a cuntryman an' a bit saft-lukin', he wuz takin' a "rise" oot o' me, so A made up my mind that A wud gie him his anser if he axed me ony mair questions.

"What's the young wuman's name?" sez he again.

"Mister," sez I, "it's a name that nether her nor me's ashamed o'; they ca' her Maggie Patten."

"Yer a Presbyterian," sez he.

"Em A?" sez I.

"Ir ye not?" sez he.

"Oh," sez I, "you said A wuz, an' A suppoas you ken best."

A saw he wuz gettin' a wee bit rid in the face, an' gie an' angry-lukin', an' sez he, "Cum, cum, sir! what's yer religion?"

Sez I, "It's the richt sort, that's what it is."

"An' what's that?" sez he.

"My mither's afore me," sez I.

"An' what diz she beleeve in?" sez he.

"Man," sez I, "she haes great faith in a cup o' guid strong tay in the mornin'."

Weel, whun A said that, the young chaps in the offis roared clean oot, an' the fella himself wuz fair mad.

Sez he, "A suppoas ye think yersel' a gie cliver boy, but A'll fin' ye oot; what place o' wurship dae ye gang tae?" sez he.

"No that yin at the corner," sez I, "but the tither yin doon aside Menyarry's coal-yerd."

"Nane o' yer humbuggin'," sez he; "if ye wur seek an' like tae dee, wha wud ye send fur?"

"Fur the doktor, of coorse," sez I.

"Cum, cum," sez he, "gang oot o' this, or tell me yer religion; ir ye a Presbyterian?"

"Tae be shair A em," sez I.

"An' why cudn't ye tell me that at yince."

Sez I, "Ye never axed me."

"Yis, A did," sez he.

"Na, ye did not," sez I, "ye said A wuz this thing an' the tither, but ye niver axed me what A wuz."

A had been readin' a book the ca' "Handy Andy,"[16] or else A wudnae a been half sae able fur this imperent fella.

Weel, he wrote sumthin' doon in a book an' then sez he "That'll dae; cum back in aboot a week an' ye'll get yer leeshins."

"Very weel," sez I, "guid mornin' tae ye."

"Wait a minit," sez he, "gie me a shillin'."

"What fur?" sez I.

"Fur pittin' doon yer names," sez he.

"Man," sez I, "but ye tak me tae be a terble gassoon; dae ye think A'm no able tae write doon my ain name?"

"Oh, A suppoas ye can," sez he.

"Na, there's nae supposin' aboot it," sez I; "an A micht as weel a wrote them an' saved a shillin'. It wud a pyed my train hame."

A gied him the shillin', but as A went doon the stairs A said tae mysel—

"My boy, A hope it'll no be you that'll serve me whun A cum back fur the leeshins, fur Maggie wull be wi' me then, an' if ye cut ony o' yer capers, there'll be a row as shair as A'm leevin'."

Weel, Maggie, the crayter, went up tae Bilfast tae spen' a week wi' sum o' her friens, an' tae get her weddin' things reddy; an' yin day A went up, an' her an' me went oot tae get what wuz needed.

"What'll we buy first, Maggie?" sez I.

"A suppoas the ring," sez she.

---

[16] a novel, "a tale of Irish life" by Samuel Lover—Ed.

"Very weel," sez I, "A wuz lukin' in a nice shap wundey jist twa or three daurs up High Street,[17] an' A saw a wheen o' gie nice yins there. Cum awa till we see them."

Whun we went intil the shap there wuz a nice pleesint lukin' man behin' the coonter, an' sez I, "Sir, A want tae luk at some o' yer rings; we're gaun tae be married, an' A want a ring that'll fit this young lass."

"Very weel," sez he, "an' A suppoas ye'll want a 'keeper'?"

"A'll want what?" sez I.

"A keeper," sez he.

"Na," sez I, "A jist want a ring; A'll try an' keep her mysel'."

He lauched, an' sez he—

"Weel, hoo mony karats wud ye like?"

"Hoo mony what?" sez I.

"Hoo many karats?" sez he.

"Noo, what in a' the airthly wurl dae A want carrots fur at this time o' the year?" sez I; "an shair ye didnae sell carrots?"

A declare A thocht he wud a split himsel' lauchin' at me; an' as suin as he wuz able tae speak he tell't me that 'karat' wuz the name that shewed the quality o' the goold.

"Weel," sez I, "A'll niver pit a ring on Maggie's finger that'll affront her, so," sez I, "ye had better gie me yin at a hunner karats." He niver lauched hearty till then, an' A saw a nice lady that wuz aside him pooin' his coat tail tae quat lauchin' at me.

"A beg yer pardon," sez he, "but A cannae help it. There's nae sich thing as a hunner karat."

"Oh, weel," sez I, "gie me the best ye hae," an' he did gie me yin that he said wuz jest newly made.

---

[17] The 1910 edition has this footnote here: "R. W. Dowell and Co. High Street, famed for value in wedding Rings." No doubt a sponsorship arrangement was in place—Ed.

Whun we went oot o' that, sez I tae Maggie, sez I, "ye cannae dae athoot a nice parasole."

"Oh, A can dae athoot it richtly," sez she.

"Na wuman, ye can not, indeed. A'll hae ye that gran' when we gang intil the meetin'-hoose on Sunday the fowk wull dae naethin' but luk at ye."

Maggie lauched an' made nae mair objeckshin.

A tuk her doon tae Mister Johnson's shap in High Street jist appasite the en' o' Bridge Street. We stud lukin' in the wundey iver sae lang an' Maggie, the crayter, wuz taen on ower ocht wi' thon thing in the wundey stuck fu' o' umbrellas an' birlin' roon an' roon. She cud a watched it a' day. Whun we went in Mister Johnson was there, himsel', an' whun A tell't him what A wanted he got a nice young lady till attend tae Maggie, an' he stud an' crackit wi' me. A axed him hoo he got the umbrella aboon the daur an' the things in the wundey tae birl roon, an' he tuk me ahint the coonter an' showed me the pulleys and rapes that wurked them. He explained tae me at the same time a' aboot the Eleck Trick licht that he haes in his shap.

Maggie got a darlin' parasole, an' she haes it till this day maist as guid as new. A seen Mister Johnson no lang ago, an' he said whun it got shabby, he wud cover it wi' new silk fur Maggie, an' no' cherge her much fur it.

The nixt place we went wuz doon tae M'Bride and Kumpany[18] at the corner of Ann Street, fur the furniter o' the hoose an' real darlin' things A got. They're the talk o' the hale cuntry side. Whun ye sit doon on the sofa or chers ye gang awa doon that far, an' ye get sae cumfurtable that ye jist wush ye niver had tae rise agin.

Sez I, "Maggie, deer, it's neer twa o'clock, an' we maun gaun doon noo an' get the leeshins."

---

[18] The 1910 edition has this footnote here: "M'Bride and Company, Corner of Ann Street and Victoria Street, Belfast." More sponsorship— Ed.

When A went doon tae the offis fur the leeshins, wha shud cum up tae me but the very chap that anger'd me the last day A wuz there.

"What dae ye want?" sez he.

"A want the leeshins," sez I.

Then he went awa intae anither room. Sez I tae mysel', "My boy, A hope it'll no be you that'll serve me the day, fur Maggie's wi' me, an' if ye cut ony o' yer capers, or ax ony imperent questyins, it'll no be tellin' ye."

Back he cum wi' a wee book in his han' tied roon an' roon wi' a piece o' string.

"Tak' that in yer han'." sez he.

"What's that?" sez I.

"It's a Testament," sez he.

Sez I, "My frien', a doot ye dinnae read yer Testament affen if ye aye keep it tied up that wae."

"Young wuman," sez he, "tak haud o' the book tae."

Sez I, "Sir, if ye pleese, her name's Miss Patten. Although we're country fowk," sez I, "ye micht be a wee bit ceevil whun yer speakin' tae us. Noo, A wudnae min' yer ca'in me 'young man,' but A wull not stan' here an' let ye ca' Maggie oot o' her richt name."

That appeared to stagger him a bit, an' then he begood tae gabble ower sumthin' as fast as iver he cud. Whun he had din, sez I—

"If ye pleese, sur, wull ye say that ower again?"

Weel, he said it ower again, but A wuznae a bit wiser than afore.

"What's that yer sayin' onywae?" sez I.

Sez he, "A'm sweerin' ye."

"Oh, deer!" sez I, "A suppose that's the wae ye sweer cuntry fowk."

"It's the wae A sweer iverybuddy," sez he.

"An'," sez I, "what dae ye want tae sweer us fur? Dae ye think A'll no tell ye the truth? Shair we hae naethin' tae hide frae ye!"

"Kiss the book, sir!" sez he.

"Tak yer time a bit," sez I, "an' dinnae be in sich a hurry. Is Miss Patten tae kiss the book likewise?" sez I.

"Tae be shair she is," sez he.

"An'," sez I, "ye unmennnerly houn' ye, cud ye no ax her tae kiss it furst? Kiss the book, Maggie deer," sez I.

Then A kissed it efter her.

"Are you Patrick M'Quillan?" sez he.

"Yis," sez I, "A'm Patrick M'Quillan, an' A tell't ye that afore."

"Hev ye a wife alive?" sez he.

"Hev A what?" sez I.

"Hev ye a wife alive?" sez he.

"Weel, no' tae the best o' my knowledge," sez I. "Haes onybuddy been talkin' tae ye aboot me," sez I, "that ye ax me sae mony questyins?"

"Oh, niver mind," sez he, "but jist anser me."

Then he turned roon tae Maggie, an' puir wee thing, ye cud a lichtit a cannel at her face.

"Wur you iver married afore?" sez he.

Mebbe that didnae tak the breath frae me!

"Stap, noo," sez I, "ye hae jist went far eneuch wi' yer fun. Sich a questyin," sez I, "wuz she iver married afore? What's yer een guid fur," sez I; "diz she luk as if she had been married afore, ye great big donkey ye!"

"Cum, cum," sez he, "A insist upon an anser."

Sez I, "A'll gie ye a whustle across the ear, ye imperent kerekther ye! She niver wuz married afore, an'," sez I, "if she wuz, what's that tae you?"

Maggie pookit my coat tail, tae haud my tongue, an', sez she, "Indeed, sur, I wuz niver married in my life."

"Noo," sez he, "haes this merriage the consent o' yer perents?"

"It's nane o' yer bizness," sez I, "whuther it haes or no'. Gie me the leeshins," sez I, "an' let me awa oot o' this; if A had kent there wud a been sae muckle bother, A wud a got married at hame."

Sae efter a while's mair talk he handed me a paper, an' awa we went.

Whun A left that, A taen Maggie up tae Mister Beverland's o'North Street,[19] as A had seen his name in the *Gazette,* tae buy her a pair o' weddin' shoon. A declare A cudnae mak up my min' what tae tak. The man that tuk the mizher o' Maggie's fit showed us that mony soarts that we were baith cleen bewuldered. At last A tuk a pair wi' darlin' goold buckles, glitterin' ower ocht. Ye niver seen the like o' them A'm shair, an' it's ower ocht the fowk that haes cum jist tae get a luk at them.

Mister Beverland is a terble nice pleesint man. Him an' me had a lang crack thegither, an' a trystit a pair o' strong shoon fur mysel', tae weer aboot the ferm. Thon's the nicest shoe shap that iver A wuz in, an' A'm tell't he haes shaps in ither perts o' Bilfast. A tell't him that we wur gaun tae be married, an' he wushed us baith ivery happiness, an' said that the furst time he wuz doon in our cuntry side he wud call an' see us.

"Hae ye iver been in Bellycuddy, Mester?" sez I.

"A hae not," sez he, "but it's a place that A'm thinkin' grate lang tae see. A ken auld Rabin Gordon," sez he, "an' mony's the time A hae promised tae gang doon an' spend a day wi' him an' Peggy."

"Heth, an' ye shud gang," sez I, "fur there's no kinder fowk in the cuntry, an' ye'll be rale weel treeted."

"A'm shair o' that," sez he.

---

[19] The 1910 edition has this footnote here: "Beverland, 'The' Bootmaker, 7 and 9 North Street, Belfast". Sponsorship, again and note WG goes on to confirm that Beverland advertises in his newspaper, the *Bangor Gazette.*

By that time we wur gie an' hungerry, so we went an' had a nice denner at the Crown,[20] efter which we startit fur hame.

Then cum the weddin' day, an' ochone! but that's the tryin' time! As we went up the church A cud hear my heart batin' ower ocht, A wuz that nervish. There wuz a wheen o' freens wi' us, an' we wur a' ranged up afore the meenister. He stud up wi' a book in his han, an' gied us a lang leckter, but A declare A forget a' that he said except a wheen o' questyins he axed me, an' my heid wuz a' sweemin' roon an' roon wi' the distress A wuz in, an' A wuz haudin' on by the railins tae study mysel' when the meenister lukit intae my face, an' sez he,

"Dae ye tak this wuman tae be yer wedded wife?"

"What's that, sur?" sez I.

"Dae ye tak this wuman tae be yer wedded wife?"

"Man, A dae that," sez I.

Then he lukit at Maggie, an' sez he,

"Wull ye tak this man tae be yer wedded husband?"

Sez I, "Tae be shair she wull."

A wush ye had seen the luk he gied me. Then he axed her the questyin again, an' Maggie hung doon her heid, an' said, "Yes, sir," Then he made me say a hale lot o' things efther him, promisin' that A wud niver run awa' frae my wife; that A wud niver coort ony mair sae lang as my wife wuz alive, an' A cudnae tell ye what a'.

Maggie got through her pert bravely till he tell't her tae say she wud obey me. Weel, ye ken, mony a time she had said she wud niver promise tae dae that, an' A suppoas that had cum intae her heid at the minit for, sez she, talkin' after the meenister, ye ken— "A promise tae love—honour—an'

---

[20] The 1910 edition has this footnote here: "The Crown Dining Rooms, High Street, Belfast."

[Note that all these adverts were taken out of the subsequent R. Carswell and Son Ltd edition a few years later]—Ed.

ob—ob—ob," but no yin bit o' her cud say "obey." A declare it set the very meenister a lauchin'.

A wuz the prood man whun A got hame wi' Maggie fur my wife. If ocht shud happen in the hoose A'll be shair tae let ye hear aboot it.

HIS WEE PADDY

The Best Waen in the Hale Cuntry—The Cares of a Father—Sleepless
Nights—Teething—Preparingfor the Christening—A Lecture upon
Good Manners.

WAENS dear, hoo time birls roon! It luks jist like yisterday since A wuz a young fellow coortin' an' here A em noo a married man wi' a nice wee boy that ca's me "Da." A promised a while back tae let ye hear if ocht shud happen in oor hoose, an' my word sumthin' haes happened indeed!

Ye tauk aboot yer waens noo, but A wush ye seen my wee Paddy! There's no yin in the hale cuntry side cud haud a cannel tae him. Och, if ye seen him jumpin', an' heerd the "boos" o' him whun A gang in fur my denner. Ye wud think he wud flee oot o' his ma's erms tae get till me.

But the cares o' the wurl ir cumin' on me fast. It's a' vera weel tae hae a wheen o' waens roon yer fireside, but the bother ye hae wi' them's sumthin' dreedfu'. A used tae be that whun A had din wi' my wark in the evenin' A cud a tuk a race oot tae see sum o' the neibors, but it's no that wae noo. Maggie maks me sit an' rock the creddle frae day'l-agaun till bedtime. Then wee Paddy's gettin' his teeth noo, an' A niver get a nicht's sleep like what A used tae dae. A dinnae like tae be makin' complaints aboot my ain waen, but min' ye it's nae joke tae be waukened up in the middle o' the nicht wi' the screeches o' him, an' tae hear Maggie sayin'—

"Paddy! A'm sayin' Paddy! Dae ye hear me, boy?"

An' then A'll say—snorin' awa at the same time as hard as A'm able—

"Eh? What's wrang, dochter?"

"Dae ye no' hear the waen roarin'?" she'll say: "A hae carried him here through the flair till A'm nearly frozen. Get up an' tak him awhile, fur it's your turn noo."

An' there A hae tae crawl oot o' the warm blankets an' begin tae dannel the waen. A'm the wurst nurser in the wurl, fur A cannae talk tae a waen ava. The only thing A can say tae him is—

"There noo, there noo, that'll dae noo; stap yer roarin' like a wee man, an' da'll gie ye shugar in the mornin'!"

Sorra a bit o' him heeds me, but there he yells till he's black in the face.

Maggie cannae stan' that, an' so she'll say,

"Here, Paddy, gie me the waen here; yer nae menner o' use tae him."

"Oh, deed, A'll gie him tae ye an' welkim," A'll say, "fur he's a cross carnapshus wee brat, so he is!"

"He's naethin' o' the sort, Paddy!" she'll say, an' then A wush ye heerd the flooster she maks aboot him, an' she can talk tae him as nayterally as if she had nursed half-a-dizen. She'll cuddle him up in her erms, an' she'll say,

"Och, hims wuz a dear, so hims wuz. An' did hims no like hims da tae nurse him? A'll pye da! Wheest, my wee birdie, fur hims wi' his ain mammans; och, luvin's on him fur a wee mannins; an' wuz hims vera bad? Wuz him's wee tootles sore? Och, luk at him's wee eysey-pysie! An' him's wee nosey-posey! An' hims wee mousey-pousey!"

She can gang on that way fur mair than an hooer.

But that's no' the warst o' my troubles, fur my heart's at my mooth a hunner times a day fur fear sumthin' happens that waen. Bliss me! whun he begins tae trevil he'll mebee fa' intil the well an' be drooned. A'm gaun tae hae it filled up an' a pump made; or he'll tumble doon the stairs an' brek his wee neck; or he'll pit the stroup o' the taypot in his mooth an' scald his wee throat tae daith; or he'll choke himsel' on a piece o' a half-boiled pritta; or mebbe he'll stick his wee han' intil the boilin' parritch, an' hae tae get it cut aff! Noo dinnae let on that A tell't ye, but as true as ye're there A sumtimes work up my feelin's tae sich a pitch that A sit doon ahint the dyke an' roar my bellyfu'.

Sez I tae Maggie yin day, sez I—

"What'll we ca' the waen, Maggie?"

Sez Maggie, sez she, "Jist ca' him 'Paddy,' it's the nicest name A know."

Sez I, "Dear he cudnae be named efter a better man nor his da, an' so we'll jist ca' him 'Paddy,' an'," sez I, "Maggie, we'll name the nixt yin efther you."

Maggie lauched at that.

"An' noo, Maggie," sez I, "A hae been thinkin' o' hae'in a big day o' it whun the waen's a chris'nin', an' A'm gaun tae ax a wheen o' fowk that A ken tae the perty."

Weel A got a sheet o' paper an' sut doon an' wrote oot the names o' the fowk A wuz gaun tae ax.

Whun a' things had been fixed, an' the day settled, A went doon tae Tam Jamison's, an' bocht a big lump o' beef wi' aboot thirty pun in it. A wuz feered it micht be a weethin' teugh, so A hemmered it wi' the beetle an' rubbed saut intil it till A had it as tender as a chicken."

"Noo, Maggie," sez I, "if ye boil the fu' o' the twa-bushel pot o' them guid skerries,[21] A think that them an' the lump o' beef ocht tae fill up the far-lan[22] at ony rate, fur min' A'm tellin' ye sum o' them boys that's cumin' can tak their denner gie an' hearty. Wait till ye see Billy Skelly an' Jamey Menyarry walkin' intil the beef. A can tell ye the price o' beef wud cum doon gie an' quick if them twa wud turn vegytariens."

---

[21] a redish-blue variety of potato—Ed.
[22] be enough food to travel on—Ed.

"Paddy, dear," sez she, "A'll hae a terble dale tae dae; A wush ye hadnae axed sae mony fowk; A dinnae ken hoo A'll attend tae them."

"Niver bother yer heid," sez I, "A'll get ye plenty o' help; Johnny Fisher wull carry in peats an' keep up the fire for ye, an' John Neevin wull watch the beef roastin'. If ye gie auld Rabin Gordon a big chair at the hearthstane he'll superintend things generally fur me. Then Mistress Johnston wull nurse the waen fur ye, an' Jennie Broon an' Susanna Todd wull help ye to lay the table an' attend tae the fowk, an' noo, dochter," sez I, "A'll awa an' gie the knives an' forks a rub fur ye."

A can tell ye A had a jab that warmed me at them knives an' forks. Mebee they wur steel yince in their time, but they wur like iron noo. They had been in the twa femilies for generations. Some o' the forks had three prangs, some o' them twa, an' ithers o' them only yin. Some o' the knives had black hannels, some white hannels, an' some had lost the hannels athegither.

While A wuz workin' at these, Maggie wuz huntin' up her crockery, an' it wuz little better nor my knives an' forks. There wusnae twa plates the same colour; some wur white, ithers blue, an' ithers agen wur black wi' age an' the smoke o' the lum. Puir Maggie stud lukin' at them wi' a face as lang as a Lurgan spade.[23]

"What ails ye, dochter?" sez I, "shair they'll dae richtly. The fowk kens yer no lang ta'en up hoose an' that'll be an excuse fur ye."

"Oh, A'll be able tae get through wi' the denner," sez she, "but it's the epple dumplin' A'm bothered aboot; A hae nae plates for it."

"Cock them up wi' second plates!" sez I; "pit the dumplin' on the yins they get their denner on."

---

[23] looking miserable or depressed—Ed.

"Noo, Paddy dear, hae ye nae sense?" sez she; "hoo in the wurl cud A pit dumplin's on the plates the fowk et their denners aff, an' them a' covered wi' saut an' cauld gravy!"

"A didnae think aboot that," sez I; "but A'll tell ye what ye cud dae—turn the tither side o' the plates up."

Noo A jist tell ye this as a spaycimen o' the bother we had gettin' up that perty. A wush ye had heerd Meggie drillin' me aboot hoo A wuz tae conduct mysel'. A'm a wee bit free an' easy in my menners ye ken, an' Maggie wuz nearly as bad as Miss Norris on me."

"Noo, Paddy," sez she, "try if ye can be a weethin' dacent afore the strange fowk, an' dinnae tak' a bite till ye see ivery ither yin served."

"A cudnae stan' tae see them a' eatin' an' me gettin' naethin' mysel'," sez I, "an' if that's the wae it's tae be, A'll hae tae get sumthin' tae pit the hunger aff me afore they cum in."

"Na, no' yin bit," sez she.

"Ah, noo, Maggie, ye wudnae a treated me that wae whun we wur coortin'; ye wud aye hae served me furst."

Then she wud lauch. But the wee clip she's able fur me, an' sez she,

"But, Paddy, yer the same as mysel' noo, whun we're man an' wife."

"Weel, weel, wuman, let it be onywae ye like."

"An' watch yer menners at the table," sez she; "dinnae let me see ye dippin' yer pritta in the sautcellar; an' whun ye tak a drink o' buttermilk, try if ye can use yer hankerchey, an' no be drawin' yer coat sleeve across yer mooth."

THE CHRIS'NIN'

A Big Day in Ballymacdermott—Arrival of the Guests—Country
Fare—Capacious Stomachs and Keen Appetites—The Christening
Ceremony

THE day cum at last, an' a' the fowk wi' it, an' my! but
they wur the kindest fowk iver A seen. Ivery yin o'
them brocht praisents for the waen, or Maggie, or me. Efther
a guid while's floosterin' an' bletherin', we a' got set doon
tae oor denner, an' it wud a din yer heart guid tae a seen
them fowk eatin'. Dinnae let on that A tell't ye, but without
ony jokin', some o' yon boys' stumaks maun be made o'
indianrubber. Mosey Mertin had got in aside Susanna Todd;
but A cud tell ye that if it's true, as the fowk sez, that they're
saft aboot yin anither, it hasnae tuk awa' their appetites. A
set doon a hale plate o' prittas atween them, an' in less nor
five minits there wuz naethin' but skins. A dae not ken what
they din wi' them! Big John Neevin cudnae eat a bit for
lauchin'. But A cud harly keep Johnny Fisher gaun. A sliced
aff the beef till A wuz clean tired, an' then auld Rabin
Gordon releeved me.

"Mistress Gordon," sez I, "wud ye be sae kin' as tae gang
up tae the kitchen an' bring doon the fu' o' yer apron o'
them prittaes?"

"'Deed, Paddy," sez she, "they're a' din."

"Weel," sez I, "mebee some o' ye wud like a piece o'
hard breid, but dinnae forget tae leev room for the epple
dumplins."

"A'm gled ye spauk in time," sez Jamey Menyarry; an' A seen him takin' a cupple o' buttons oot o' his weskit.

John Neevin lukit intil his face an' lauched, an' sez he, makin' fun, ye ken—

"Yer no din a'ready, Jamey!"

"Oh, ay," sez Jamey, "A maun quat, an' A'm sorry at it, for that's the nicest bit o' beef iver A et."

"Did ye pokit ony Jamey?" sez Mosey Mertin.

This wuz the wae we got on, lauchin' an' jokin' till the dumplins cum in, an' nae suiner wur they set on the table than some o' them struck up a sang that A heerd them singin' at a suree, aboot "Dumplin' Joe."

Jist as we had finished, in cum Peggy Gordon, an' sez she, "Haud yer tongues, waens, for A see the meenister comin'."

We had barely time tae get oor faces strecht afore his reverence steppit in.

"If ye had cummed a wee bit suiner, sir," sez I, "ye wud a been in time for yer denner."

"Oh, it's nae metter," sez he; "an' ye micht bring in the waen as suin as poasible, for A'm in a hurry, as A'm gaun up tae Bilfast the nicht," sez he.

Mistress Neevin carried in the waen, a' dressed in white, an' Jeanie Broon brocht in a big bowl o' watter.

"Noo, sir," sez I; "ye'll no' hurt him A hope."

"Na, what wud A hurt him for?" sez he.

Mistress Neevin put the baby intil my erms, an' Maggie whuspered till me—

"Gie him a wee dannel, Paddy, if he offers tae roar."

Then the meenister sprinkled a taste o' the watter on his face, an' gied him his name. Ye talk aboot cauld water revivin' fowk, but mebee that didnae revive wee Paddy. He begood tae scraich maist dreedfully, an' sez Rabin Gordon, sez he—

"There maun be a pin jaggin' him, A think."

Sez Jamey Melville, sez he, "They shud a tuk the deid cauld aff the watter."

Weel A got intil a sort o' nervishness, an' A cleen forgot whaur A wuz, and wha wuz there, an' A begood tae cuddle up the waen, an' tae talk tae him the wae that A dae in the mornin's, an' sez I—

"There noo, there noo, that'll dae noo; stap yer roarin' like a wee man, an' da'll gie ye shugar in the mornin'."

The fowk begood tae titter an' lauch a' roon the hoose, an' Maggie tuk him oot o' my erms an' had him lauchin' in twa or three minits. A dae wush A cud talk tae him like her. Sez she—

"What did they dae on my wee sonnikins—on my wee mannikins—on my ain wee Paddykins. Ah, hims wuz hims ain ma's wee pet, so hims wuz," an' the wee buffer lukit up in her face an' lauched like onything.

Before the meenister went awa he gied us a bit o' advice in regerd tae the reerin' up o' the waen an' ither metters, an' as suin as he wuz weel oot o' the daur, the tay wuz brocht in an' the fun begood as brisk as iver.

A din my very best tae mak' the fowk feel at hame. "Cum, Mister Fisher," sez I, "pit forrit yer han' an' tak breid; ye neednae be feered o' it; Mistress Gordon, is it poasible yer eatin' yer breid dry; pit butter on it wuman; cum, Mistress Neevin, pit the waen aff yer knee, fur yer gettin' nae guid o' yer tay. Sen' in yer cup, Mister Fisher; A wuz wantin' Maggie tae gie you a bowl, but she said that ye michtnae ken the odds atween it an' a cup, an' mebee dae yersel' herm."

"Agh, Paddy," sez he, "dinnae be ower hard on me."

The tay wuz ower at last, an' then we had a wheen sangs; an' efther that John Neevin recited a nice piece o' poatry that he made himsel'.

Then they begood tae mak' speeches, an' my! if ye had heerd the nice things they said. A wush the *Gazette* man had been there tae a tuk it doon in his book, an' A wud a got them prented. Mister Fisher wuz the furst that spauk, an' he said that he hopit wee Paddy wud be an honor an' a credit till his ma an' da, an' mak the name o' M'Quillan yin that wud niver be forgotten.

Auld Rabin Gordon spauk tae. He tell't us aboot iver sae mony waens that had been born in humble serkumstances, an' that had risen up tae be grate men. He said it wuz hard tae tell what wuz in store for wee Paddy M'Quillan, an' that he micht yit be the Lord Livtenant o' Ireland, or mebee Preem Meenister o' Inglan.

My, if ye had seen Maggie whun he said that! The tears cummed intil her een, an' she cuddled up the waen till A did think she wad smuther him.

Weel efter a wheen mair o' them had spauken they cried on me tae mak a speech.

"Noo, boys," sez I, "that's a thing A cud not dae, an' ye ken that richtly"; but they kept hemmerin' the table wi' their neeves, an' shoutin' at me till a fair thocht shame, an' so A had tae get up till my feet.

"Weel, my friens," sez I, "A'm for iver obleeged tae ye, an' A'm shair so is Maggie, for a' yer kindness an' guid wushes for oor wee waen. He's in Guid's han's tae take him frae us or tae leev him wi' us, an' if he's spared we'll baith dae a' we can tae mak him an honest man, for it's better tae be a puir honest man than tae grow rich by roguery. Wi' these few remarks A beg tae sit doon."

The fowk cheered like onything whun A sut doon, an' then they cried on Jeanie Broon tae sing a sang that had been writ for the occasion.

This wuz the sang:—

Long life tae brave Paddy M'Quillan, an' Maggie, his bonnie wee wife,
May they leev here thegither contented an' blythe a' the days o their life:

*An' may blissins attend their wee Paddy we've
helpit tae chrisen the day,*

*May he be a guid boy, an' niver annoy, but his
da an' his ma aye obey.*

*Shair Paddy's a kin' hearted fellow, ye min' hoo
he made us a' laff,*

*Whun he tell't hoo he coorted Miss Norris that
leeved doon in Ballymeglaff;*

*An' hoo he cud niver be gruppit, tho' Cupid
throwed mony a dart,*

*Till he met wi' his wee Maggie Patten, an' she
run awa wi' his heart.*

*An' noo that they're wedded thegither, may they
niver know sorrow nor care;*

*May the sun iver shine on their dwellin', may
they aye hae eneuch an' tae spare;*

*May we niver forget this gran' chris'nin, the
tay, an' the toast, an' the feast,*

*An' may Paddy and Maggie invite us to a dizen
mair chris'nin's at least.*

HIS TWINS

A Fruitful Vine—An Unlooked for Occurrence—Is Life Worth
Living?—A Father's Care—The Brighter Side.

A TWEEN twa an' three yeer efther the chris'nin
ceremony o' Paddy M'Quillan's waen, A had been oot
yin day aboot the byre daein' sumthin' or ither, an' wuz jist
steppin' across the close tae the barn for a pickle stray fur a
bed fur the moiley coo[24] whun Peggy cummed till the
kitchen daur lauchin' ower ocht, an' cryin' at me—

"Rabin, cum here till A tell ye this."

"What is it, dochter?" sez I, dannerin' up till the daur.

"Shair Paddy M'Quillan's wife haes twuns!" sez she.

"Haud yer tongue!" sez I, "yer shairly jokin'."

"It's as true as yer stannin' there, Rabin," sez auld Betty
Gunyin,[25] that wuz sittin' at the fire, warmin' hersel'.

"Oh, is that you Betty?" sez I.

"It is that, Rabin," sez she; "dae ye fin' yersel' gettin'
ocht stronger?"

"Oh, weel, A dae, Betty," sez I, "An' what news is this
ye hae brocht?"

---

[24] hornless cow—Ed.

[25] In a footnote in the Books Ulster, 2015 edition, Derek Rowlinson
points out that, as with the name 'Slouthers' (see His Courtships), WG
appears to be relating the name to a prominent characteristic of the
individual; the verb gun can mean to chatter away—emphasising Betty's
proclivity for gossip.

"Bliss yer heart, Rabin, the hale cuntry kens it by this time," sez she, "an' Paddy's amaist wild. The fowk says he'll pit han' on himsel'.""

"Hoots, blethers," sez I, "he shud hae mair sense nor that, Betty."

"Rabin, ye shud gang ower an' speek tae him," sez Peggy.

"Ay, deer bliss ye, dae," sez Betty, "fur it's as true as A'm tellin' it till ye that he's nether tae haud nor tae bin' aboot it."[26]

"Here, Peggy," sez I, "get me my coat an' my stick, an' A'll jist gang the noo."

Paddy leevs in the nixt toonlan', an' A wuznae lang till A wuz at the hoose. Whun A liftit the latch an' went in, there wuz naebuddy in the kitchen bit the auldest waen, wee Paddy. He wuz sittin' stridelegs on the beesum shank, an' trailin' it throo the floor for a horse.

"Whaur's yer da, dear?" sez I.

"Da's in a barn, A sink," sez he.

As A turned roon till gang oot tae the barn, A heerd the waen tryin' till say sumthin' or ither, so A lukit back intil the kitchen. Puir wee man, he's terble fand o' me! He wuz in the biggest splutter that iver ye seen tryin' till get aff his horse, bit the shank o' the beesum had got gruppit in his wee pettycoats sumhoo, an' he cudnae get cleer o' it. A went in an' helpit him aff, an' gied him a kiss. He lukit up in my face a' oot o' breth, an' sez he—

"Oh, Misser Dorden, vait till A tell ee iss."

"What is it, sonny?" sez I.

"Ma haes dot twa nice wee babbys," sez he.

"Luvins on ye, dear!" sez I.

"Ay, deed an' deed," sez he. "Tum doon a hoose an' see em."

---

[26] neither to hold nor bind – in a state of agitation, out of control—Ed.

A suppoas the fowk heerd my voice, fur a strange wuman cummed up the hoose an' axed me till tak a sate.

"Thank ye, A'll no' be sittin' the noo," sez I; "if ye ken whaur the guid man is, A wuz wantin' till hae a crack wi' him."

A hadnae richt said the words till Paddy cummed steppin' in. His face wuz as lang as a Lurgan spade, an' his een startin' oot o' his heid. A declare my heart jumpit till my mooth, fur A did think there wuz sumthin' dreedfu' wrang.

He gruppit me by the han' an' sez he—

"Oh, Rabin, isn't this ower ocht that haes happened till me?"

"What is it ava, Paddy?" sez I.

"Twa at yince, Rabin," sez he; "wha wud a thocht it? Twuns!" an' he sut doon, an' A thocht he wuz gaun tae roar.

"Man ye micht be very prood," sez I.

"Ay, A think that," sez the strange wuman; "jist wait till ye see them. They're a pair o' the purtiest wee crayters that iver ye clappit yer een on."

"Bring them up here till A luk at them," sez I.

Paddy got up till gang oot, bit A made him sit still whaur he wuz, an' sez I—

"Paddy, A dinnae unnerstan' ye, sittin' there as if ye wur dumfoonered; ir ye no kontent?"

"Na, indeed A em not," sez he.

"Weel, an' did ye want anither yin?" sez I.

He lukit at me as angerry as ocht.

"Dinnae be huft wi' me, Paddy," sez I, "A thocht mebbe ye wur wantin' the Queen's boonty."[27]

---

[27] From 1849 the Queen's (or King's) bounty of a gold sovereign per child was paid to married British mothers giving birth to live triplets or quadruplets or more. The practice continued until 1957 after which only congratulatory telegrams were sent to the happy coupls. In 1995, this, too, ceased.—Ed.

"What in the wurl em A tae dae wi' them?" sez he. "Luk at the hervest cumin' on, an' the like o' this happenin' till us."

"Hoots, blethers, an' nonsense!" sez I, "twuns is thocht naethin' aboot noo-a-days."

"A dae not ken what we'll dae wi' them," sez he, wringin' his han's, "twa helpless waens, an' wee Paddy no mair nor trevillen yit! If they cud rin aboot an' divert themsel's it wudnae metter sae muckle."

Jist wi' that Mistress Neevin cummed oot o' the room wi' yin wee bunnel in her erms, an' the strange wuman wi' anither yin.

"Weel, Rabin," sez Mistress Neevin, "it wuznae lang till you cum tae pye yer respeks tae the wee strangers. Luk at that fellow," sez she, sittin' doon in frunt o' me, an' layin' the wee bunnel o' flennen across her lap.

"A'm nae judge o' waens," sez I, "but that diz luk tae be a brave helthy yin. My what a colour he haes in his cheek a'reddy!"

"An' luk at this yin," sez the tither wuman, haudin' her bunnel doon till me.

"Ir they baith wee boys?" sez I.

"Na," sez Mistress Neevin; "there's a wee boy an' a wee lass."

"Isn't that nice!" sez I; "man, Paddy, A think A see ye sittin' at the fireside wi' yin on ivery knee dannellin' them an' singin' till them."

"We'll get a perambelater," sez Mistress Neevin, "an' wee Paddy wull help his da tae whurl them through the close an' alang the roads."

Puir Paddy! We got a lauch oot o' him at last, when he thocht o' the figger he wud cut.

"Cum, stir yersel' up," sez I, "mony a man wud be gled o' yin, let alane twa; A ken fowk that's brekin their hearts acause they hae nae waens."

"A kent there wuz sumthin' dreedfu' gaun till happen," sez he, "that wud rise a talk in the country side, fur A hae been dreemin' this hale week aboot breid kerts an' things o' that soart rumlin' an' rattlin' aboot the daurs."

"There's yer dreem redd this minit," sez I, fur jist wi' that the breid kert driv up till the close. The driver jumpit aff an' apened the daur o' it, an' the nixt minit in he cummed wi' a cheese in his erms very near the siz o' a kert wheel.

"What dae ye think o' that?" sez he, as he cloddit it doon on the table wi' a thud. "That's a praisent for the mistress frae the boss."

"Man, that's sonsy lukin'." sez I.

"An' jist in the nick o' time," sez Mistress Neevin."

"Ay, ye'll no hae lang tae wait till ye cut it," sez I.

The man lauched whun he seen the waens, an' sez he—

"A see A em in guid time; ye'll no be like Jamey Muckle o' the Hill Heid."

"What wuz that," sez I.

"Oh, he wuz expectin' sumthin' o' this soart," sez he, "an' had a cheese an' a jar o' stuff laid in three months afore it wuz needit."

"A suppoas it wuz a' used afore that," sez I.

"Na, it wuz not," sez he, "nether him not the mistress wud let it be lippit, an' whun they did cum fur till use it the cheese wuz that hard that Jamey had till get the servint boy till hag it up wi' the hatchet."

Paddy lauched ower ocht, an' sez he—

"Tam, my boy, that yin deserves sumthin'," an' he gets oot a big kervin' knife an' cuts the cheese clean in twa.

"Sit doon, my boy, an' eat a piece o' breid and cheese," sez he.

"Wait till A finish my wark," sez the man, an' oot he steps an' brings in twa o' the biggest curned loaves iver A seen in my life."

"Noo, A'll eat ocht ye like tae offer me," sez he, "but if ye hae a farl o' hard breid A wud rether eat it till cheese than ocht else."

He hadnae richt sut doon till yin efther anither cum droppin' in, an' Paddy wuz kep' as busy as a nailer cuttin' cheese. A got up an' helpit till han' it roon.

"There's nae sign o' hard times here," sez I.

"Weel, indeed," says Tam Bunt, "my mistress wuz sayin' that it wuz a terble bad saison for sich a thing till happen."

"What fur?" sez I.

"Why," sez he, "luk at the wather an' the craps."

"Agh, haud yer tongue," sez I, "there wuz wather an' craps afore ony o' us wuz born, an' there'll be wather an' craps whun we're awa."

"A'm no sae shair aboot that," sez he; "A think the pritta crap wull be a complete failyer this year."

Sez I, "A hae as guid prittas as iver A had. Thon champions bates ocht ye iver seen. A got the seed o' them frae Mister M'Ervel,[28] and A'll ken whaur tae gang agen."

"It's weel fur ye," sez Tam, "whun A'm diggin' mine ye cud mak champ o' them wi'out iver pittin' them in a pot."

"Weel," sez I, "as far as the waens ir conserned they'll no be wantin' mony prittas this saison onywae, an' the mooth was niver yit sent but there wuz the bits an' sup fur it."

Tam didnae say ocht mair fur he seen that while he wuz talkin' the tither fowk wur eatin', so he fell till an' made up loast time. Yon man wud not be weel, A'm shair, efther what he et!

"Paddy," sez I, "the chris'nin o' wee Paddy wull be naethin' till the chris'nin o' the twuns."

"A'm sayin', Paddy," sez Mistress Neevin, "wull ye hae a big nicht fur the chris'nin' jist for auld times sake?"

---

[28] The 1910 edition has this footnote here: "T. and J. M'Ervel, 40 Victoria Square, Belfast—Ed.

"A wull," sez Paddy, "A see there's nae use frettin', an' we maun jist tak' things as they come."

"Noo, that's spauken like a sensible man, Paddy," sez I, hittin' him a slap on the back, "an' there's no a man, wuman, or waen in the country side but wushes ye weel."

A notised a wheen o' the boys pittin' their heids thegither, an' efter a bit they slippit oot, yin by yin. Whun nicht cummed on A seen what they wur up till. There wuznae a whun dyke for miles roon that wuznae in a bleeze, an' the boys had a' the auld Queen Anne guns and six-an-sixpenny rifles oot, an' ye cudnae a heerd yer ears fur the shots gaun aff.

"Noo, Paddy, my man," sez I, "that shows what the fowk think o' ye an' yer mistress. Why man, if the squire had half a dizen waens the fowk cudnae shew him mair respek than they're tryin' till shew you."

A got him cheered up wonnerfully, an' afore A cum awa he walkit a wheen times up an' doon the hoose wi' a waen in ivery erm, an' wee Paddy hingin' on by his coat tail. Puir fellow, A declare its a peety o' him. But he haes as brave a wee wife as iver a puir man wuz blist wi', an' A hope waur wull niver happen till them nor the arrival o' twuns.

HIS TAY PERTY

Paddy's Responsibilities Peggy's Counsel—Sit up till the Fire—Tam
Gunyin's Tay—Nancy MacLane's Roomytics.

PART FIRST

IT'S a peety that fowk iver get auld an' din oot. Jamey
Menyarry wuz sayin' that fowk that's cum till my time o'
day shud hae sumthin' else tae think aboot nor talkin'
blethers. A suppoas A shud be sittin' in the corner girnin'
an' whungin' an' grumelin', an' makin' mysel' an' ivery
buddy roon me as miserable as poasible. A'll niver dae ocht
o' the soart. Guid be thankit, it's nae sin tae be mirry, an'
there's naethin' diz fowk as muckle guid as a rael hearty fit
o' lauchin'. It's better nor doctor's drugs, an' clears awa' the
collywabbles frae aboot yer heart.

A hae lauched that muckle since Paddy's twuns wuz born
that A fin' mysel' ten year younger like, an' it's the hale talk
in the cuntry side. Peggy an' me wuz jist sittin' hevin' a
crack aboot it yin nicht atween day'l-agaun an' bed time,
whun wha shud lift the latch an' step in but my brave Paddy
M'Quillan.

"Morrow, Rabin," sez he, "what wae ir ye?"

A jumpit till my feet an' gruppit him by the han', an'
Peggy run doon the hoose fur a cher, an' whuskit the dust
aff it wi' her apron.

"Man, Paddy, bit A'm gled till see ye!" sez I.

"Thank ye," sez he, "an' Peggy, my wuman," sez he,
"hoo ir ye gettin' on?"

"A daurnae compleen, Guid be thankit," sez Peggy. "An' hoo's the mistress cumin' on?"

"She's richtly thank ye," sez he.

"An' what aboot the waens," sez I.

"Man, dear, they're growin' ower ocht," sez he, "an' ye wud ken them bigger a'reddy."

"The wee dears," sez Peggy; "A maun be ower the morn's morn till see them."

"A wush ye wud," sez he, "for Maggie wonners what's cum on ye that ye niver luk neer us noo."

"Weel, indeed, indeed, but A wull gang," sez she.

Paddy drawed up his cher till the fire, an' sez he—

"Weel, Rabin, A haenae been fit till cum ower as affen this while back as A wud a likit, an' A doot A'll see less o' ye noo nor iver unless ye cum ower till oor hoose."

"What's that fur?" sez I.

"Agh, man dear, jist luk the wae A'm fixed," sez he, "A thocht it bad enough whun A used tae rise oot o' my bed in the wunter nichts tae dannel up wee Paddy; bit, save my heart, there's three o' them noo. A'm near wrang in the min' thinkin' aboot it."

"Ah, blethers!" sez Peggy, "ye'll niver ken the time gaun roon till they're baith rinnin' aboot."

"Peggy, dear," sez he, "it'll be a lang time till that."

"I seen sumthin' in the paper," sez I, "that wull just anser ye, an' if ye hadnae been in the nicht A wud a been ower till a tell't ye aboot it."

"What wuz that?" sez he.

"Get me my specs, Peggy," sez I, "an' luk if ye can lay yer han' on that paper that Tam Forgyson left in."

"Here it is," sez she.

"Noo Paddy," sez I, "lissen till this, my boy. Here's an advertizement frae a man in Bilfast, that keeps a furneter place, an' it says that he haes a nice dooble peramelater that coast ten pounds, an' that he'll gie it for three pounds."

"Sit up till the fire!" sez Paddy.

That's a kin' o' a bye-word wi' Paddy, an' aye whun he's astonished or weel pleesed wi' ocht he'll bring his han' doon wi' a slap on his leg, an' he'll cry—

"Sit up till the fire!"

"A wonner hoo he can sell it sae chape," sez he.

Sez Peggy, sez she, "it's jist a rael Provedenshal thing, Paddy, an' ye shud gang up an' buy it."

"Bit what diz he mean by a double yin?" sez Paddy.

"Yin for haudin' twa waens," sez I, "an' it's a thing ye cannae dae wi'oot."

"A wuz thinkin' we micht a whurled them aboot in the wheelbarrow," sez he.

"Blethers an' nonsense," sez I; "the time wuz whun ye micht a din that, bit noo-a-days ye cudnae stir fur fowk watchin' ye, an' clatterin' an' talkin' aboot yin anither's affairs, an' ye maun dae the thing gran' if ye want tae get leevin' a quate life."

"A wunner wud he no tak' a poun' for it," sez he.

"A'm shair he wud not," sez I, "it is an erticle that cost ten poun' whun it wuz new?"

"Weel, A'll speek till Maggie aboot it," sez Paddy, "an' mebee A'll hev a luk at it for A'm gaun up till Bilfast till order sum things for the tay perty."

"Ay, A heerd ye wur gaun till hae a big perty," sez I.

"Sit up till the fire!" sez he. "Did ye heer that? A declare a buddy cannae speek a wurd but its carried far an' near."

"It's a fact," sez I, "but tell me, whun ir ye gaun up?"

"A'm no jist shair yit," sez he. "A'll likely gang nixt Thursday, cud ye cum wi' me, dae ye think?"

"Na, Paddy," sez I, "A maun get my lint pu'd for it's jist a loasin',[29] bit A dae wush A cud gang wi' ye."

"Man, A wush ye cud," sez he, "an' A wud stan' a cup or twa o' koffey in that big place ye used tae gang till."

---

[29] It's just a-losing (possibly its seeds? And so over-ready for harvesting.)

"A'm quat gaun there," sez I, "they'll no bother their heid attendin' till ye onless yer dressed in yer very best."

"A'll no gang neer them then, if that's the soarts o' them," sez he.

"Ir ye gaun tae buy a' the things fur yer perty in Bilfast?" sez I.

"Indeed A jest am," sez he.

"What's that fur?" sez Peggy; "Tam Gunyin'll no be pleesed at the order gaun by him."

"He may ether be pleesed or no'," sez Paddy, "fur a' that A care. The fowk talks a guid dale aboot his licht wechts, but there's waur nor that the metter wi' him."

"The dear man!" sez I, "what is it?"

"He needulterates the goods," sez he, "A went in the tither nicht, as Maggie cudnae gang oot, fur a quarter o' tay, an' whun A went in he wuz sittin' wi' his han's stuk up till the elbows in his pokits smokin' a pipe aboot a yerd lang. 'A wuz wantin' a quarter o' yer best tay,' sez I. 'Oh, A'll no' be lang gettin' that fur ye,' sez he, an' he slithered awa till the tither side o' the place he ca's a shap, an' sticks his han' intil an auld roosty tin canister, an' begins scrapin' like a hen amang shunners. 'Gie me the best, noo,' sez I, 'fur A didnae think muckle o' the last,' 'Ye hadnae put enouch in the pot,' sez he. 'A put in fower spoonfu's,' sez I, 'for the twa o' us, an' it hadnae the culler o' tay, nor the taste o' it ether. Maggie said it wuz jist like leaves aff the sloe bushes.' Sez he, 'There's sumthin' pekyoolyer aboot this tay o' mine; in the furst place, ye shud see that the water's saft, then ye shud put plenty in the pot, an' let it draw a guid while, an' efter a' it'll hae nae grate culler in it, bit then that's the purity o' the erticle.' A' this time he wuz scrapin' at the auld canister an' dunin' it wi' his fist, an' at last he said he had only twa unce o' it, bit he made up the wecht sum ither place, an' I beleev in my heart he put peet coom in it."

"He wud shairly niver dae that," sez Peggy.

"Weel, at ony rate," sez Paddy, "A hae loast confidence in the man. A hae been heerin' aboot a place in Bilfast whaur the tay cums strecht frae Indyee for sixteen pence a pun', so A'll try it; then A'm gaun tae buy a hale lot o' tarts an' nice things fur the tay perty', an' A'll gie the fowk sich a nicht as niver wuz in the country."

"Weel, A cud forgie a man for ony yin thing, but sellin' bad tay," sez Peggy.

"A think, Mistress Gordon, A'll get ye till mak' the tay fur us the nicht o' the perty," sez Paddy. "Fur there's no a wuman in the country can set doon a better cup nor you can."

"She lerned that frae her Granny," sez I, lauchin'. "A'm shair ye hae mony a time heerd the wae auld Betty Mewhunyee, that Peggy wuz reered wi', made her first bowl o' tay. Her feyther had been ower in Inglan' sellin' a wheen heifers, an' he bocht a pun' o' tay, an' brocht it hame wi' him, an' gied it till Betty till mak' reddy fur him. Puir Betty had niver seen tay before, but she had the name o' bein' a grate cook, an' cudnae be far stuck, so she boiled the hale pun' o' tay in a half bushel pot, throwed oot the water aff it, clodded in a grate lump o' butter, an' champit a' up wi' the beetle."

"Sit up till the fire!" sez Paddy, hittin' me a slap on my leg till he made it dinnel, an' he lauched ower ocht.

"Wull ye hae mony fowk at the tay perty?" sez I.

"A'll hae mair nor the hoose wull haud," sez he, "an' A wuz wonnerin' hoo it wud dae fur till hae it in the new barn."

"Man it's the very place," sez I, "ye cud sate a hunner fowk in it."

"Ay, if A cud get the sates fur them," sez he.

"An' what's till hinner ye?" sez I, "A'll get ye the len o' the forms at the skuilhoose."

"Man, that's the very thing," sez he, "All tak doon the kert an' get Mickey Mooney till gie me a lift wi' them."

"Is it that lazy fellow?" sez I.

"Agh," sez Peggy, "he's no lazy, the crayter, he wuz jest born tired."

Sez I, "He's that fat an' lazy that he'll throw himsel' doon in the corner, an' lie there till ye wud lift him. A'll gang doon wi' ye mysel', Paddy."

"A'm fur iver obleeged till ye," sez he, "an' whun yer sae kin, you an' Peggy micht think ower what we shud christen the waens. Ye see there's twa this time, an' A dinnae ken whaur we'll get names fur them baith."

Puir Paddy! My bit he's a saft, kin'-hearted crayter!

"Cud ye tell me," sez he, "what haes becum o' auld Nancy MacLane that she haesnae been aboot this while back. We wur wantin' her till gie us a han' the nicht o' the perty daen wee odds an' ends, bit Maggie says she haesnae seen her this echt or ten days."

"Oh, indeed A can tell ye that," sez Peggy, "did ye no' heer what happened till her? She wuz up at the Squire's helpin' tae clean the hoose, an' he heerd her compleen o' bein' terble bad wi' the roomytics in her legs, so he gied her aboot a pint o' brandy in a bottle, an' made her promise till rub the sair places wi' it. What diz my brave Nancy dae whun she gets hame, but she drinks the brandy, an' then rubs her legs wi' the empty bottle."

"Sit up till the fire!" sez Paddy.

"It's as true as yer there," sez Peggy, an' she got that drunk she didnae ken what she wuz aboot. Her dochter Ann wuz makin' broth, an' Nancy ploups her han' intil the boilin' pot tae grape ether fur the beef or a dumplin', but she got what she hadnae bargained for. It kin' o' sobered her fur a minit, an' she flew doon the hoose till hide frae Ann, an' got a towel tae rowl up her han' in, an' then she tummeld intil bed an' fell asleep. But the best o' it a' wuz that she wuz that drunk she rowled up the wrang han' an' whun she waukened up the sair yin wuz blistered till the very elbow, an' she's no fit till be oot iver since. Puir buddy, she cummed up till get me tae pit a powltis on it!"

PART SECOND
A Heavy Train—A Rustic Gathering—A Noble Appetite—A Tender Joint—A Catastrophe

THE nicht afore the tay perty, Paddy M'Quillan an' me went doon till the Bellycuddy Juncshun, fur the fowk he bocht the things frae wur till sen' them doon by the last train. Sumthin' had happened till keep the train aboot half an hooer late, bit whun A remarkit that till Paddy, he said that it beat till be the wecht o' his things that wuz keepin' her back.

"Blethers," sez I. "Ye dinnae mean till tell me that ye hae that muckle stuff."

"A hae indeed," sez he, "ye niver seen ocht like it."

"What hae ye been buyin' onywae?" sez I.

"A declare A cud har'ly tell ye, Rabin," sez he, "in the furst place A hae three hunner wecht o' loaves, an' buns, an' cakes, an' sally lums,[30] that A bocht.[31] Then A hae aboot sixty pun wecht o' beef, sum o' it nice an' tenner fur the weemin fowk, an' ither bits o' it shootable fur the likes o' Jamey Menyarry, an' A hae ten pun o' tay."

Wi' that A heerd the train cumin' up alang as slow as ocht.

"Luk at thon," sez Paddy, "she can har'ly move; an' man, lissen the wae her wheels ir squeelin' wi' the wecht o' the boxes A hae in her."

It wuz nae wunner Paddy talkit, fur raelly he had a sayrious lot o' things. We had the fu' o' the kert o' boxes an' hampers an' barrels, an' the auld meer wuz gie an' warm whun we got hame. We went intil the barn till pack them in

---

[30] Sally Lunn's Buns, the original Bath Buns—part bun, part bread, part cake—Ed.

[31] In the 1910 edition WG added, "from Inglis," the bakery.

a corner, but mebbe we didnae get a surprise. There wuz Sarah Jane Mewhunyee an' Susanna Broon, an' Mary Ann Mekonkey, an' half a dizen ither lasses busy dressin' the wa's wi' laurels an' teeshy paper, an' big bunches o' flooers. A declare it wuz darlin'. Jist as ye steppit in the daur the furst thing that gruppit yer een wuz the word "Welkim," made oot o' green leaves, nailed till the wa', an' then at yin en' they had in grate big letters, "Long live the Twins." It wuz real purty, an' whun Paddy seen it he wuz cleen owercum, an' had tae sit doon for a bit.

"Cum awa' intae the kitchen, Paddy," sez I, "an' let the lasses get on wi' their wark."

So we went in an' had a bit crack, an' afore A left him he made me promise till gang across early the nixt day.

It got oot through the country aboot the wae the lasses had dressed up the barn, an' behold ye the boys thocht they wudnae be ahint them. What diz they dae but sumwhaur aboot twenty o' them gethers thegither the nixt mornin' jist as daylicht wuz breckin' an' didn't they fa' till, an' afore denner time they had Paddy's lint pu'd an' tied up, an' put in the holes. Paddy wuz terble weel pleesed. He wantit them tae stap fur their denners, but they wudnae dae it.

Hooaniver they tell't him that they wud mak' up fur it whun nicht cum.

Weel, a wonnerfu' nicht it wuz. Peggy went ower in the fore part o' the day till gie a han', an' ivery thing wuz rael weel din. Whun A went intil the barn that nicht it wud a din yer heart guid till a seen it, an' the happy lauchin' faces a' roon ye. The minit they seen me they cried oot fur a cheer fur "Rabin," an' they made the rafters ring. They had a' the lamps in the country A think, an' the place wuz jist in a bleeze. The Eleck Trick Light wuz naethin' till it, an' ye cud a seen till a pickit up pins an' needles. The fowk wur a' dressed in their best, an' the lasses had darlin' ribbons tied in their hair an' roon their necks. The crayters! bit they did luk nice. A had nae noshin A wud a seen Tam Gunyin there, bit he wuz yin o' the first my een gruppit whun A went in. He had a dickey on him that A hae seen in Sam Tamson's shap wundey for three simmers rinnin'. A kent it in a minit by the spots on it.

Bit A wush ye had seen the tables. They wur a' covered wi' nice cleen white sheets an' tablecloths, an' frae en' till en' they wur loaded wi' eatables. There wuz white breid an' butter, soda scones, split baps toasted an' buttered, Sally lums, tarts, curned loaves, hard breid, wheatmeal buns, broon barneys, barney-bracks[32] an' jam o' a' sorts. At yin en' o' the barn they had the threshin' boords prappit up on fower barrels, an' that wuz loaded wi' breid an' beef. Barney Quinn wuz there, an' he had a big gully knife cuttin' up the beef intil slices, an' ivery noo an' then ye wud a heerd him gien it a screed alang the sherpin' stane till he wud a put yer teeth on edge.

A got them the loan o' the meetin' hoose boiler till mak' the tay in, but the boys thocht they wudnae be able till fill their kettles fast enouch, an' what diz they dae bit they emptied the tay oot intil crocks, an' got a wheen quart tins, an' A deklare but it wuz the handiest wae o' fillin' up their kettles an' taypots iver A seen.

A wuz stannin' lukin' aboot me whun lang Sam Steevyson cummed up till me an' sez he—

"Can ye no get a sate, Rabin?"

"Oh, ay, thank ye," sez I, "A'll warn't ye A'll get sittin' doon whun A tak the noshin."

"Ye can tak thon sate that A wuz on if ye like," sez he, "fur A'm gaun ower till the table here whaur your Peggy's pursidin'."

"Wur ye no comfurtable?" sez I.

"A wuz comfurtable eneuch," sez he, "but she's a terble purlite wuman that's makin' tay at it, an' the cups ir aboot

---

[32] Barmbrack - soft, spicy bread containing dried fruit—Ed.

the size o' egg shells. A'll gaun ower till Peggy's table fur A see she haes got pint mugs."

"Weel, dinnae hurt yersel', whativer ye dae," sez I, an' A went awa, an' left him.

Jist wi' that the eatin' begood. A didnae tak ocht, but jist dannered aboot watchin' the tithers, an' it wuz a doonricht treat. My! bit the country air diz gie fowk the queer appetites. Thon tart things wur niver made fur country fowk. A seen Jamey Menyarry eatin' sayven or echt o' them till yin cup o' tay. He niver tuk his e'en aff the plate they wur on, an' ye wud a thocht they wur jist happin' aff the plate, an' doon his throat. Thon big han' o' his wud a gruppit yin, an' ye wud a seen him carryin' it up till his mooth as canny as if he wuz han'lin eggs. Weel, then, he wud jest a laid it on the en' o' his tongue, an' that wuz a' wuz aboot it. A seen Mistress Neevin watchin' him an' A suppoas she thocht he wud lave nane for the rest, fur A heers her saying till him—

"Try yin o' them wheaten buns, Jamey."

"Thank ye," sez he, "A'm terble fond o' these things whativer ye ca' them," an' wi' that he picks up anither yin, an' sen's it efter the tithers. He got nae mair, though, fur yin o' the boys jist whuppit up the plate, an' tuk it till the tither en' o' the table.

"A'll try that sally lum," sez Jamey, an' wi' that he lifted a great big slice.

"It's feerd o' ye, Jamey," sez Bab Crothers, "luk the wae its trimlin'."

"It is delikate lukin'," sez Jamey." A wonner hoo muckle it coasts by the perch."

Sez I, tae mysel', "Boy A'll awa an' get ye a bit o' thon beef," so A slippit doon tae the threshin' boords. Wully MucKanally wuz tryin' till cut a big loaf intil slices, but he cudnae cut it strecht fur the life o' him.

"Hoots, man!" sez I, "whumle it ower on its side an' slice it doon like a turnip, the wae Peggy diz."

Barney Quinn wuz gie an' tired lukin, an' wuz wipin' his face wi' his rubber.[33]

"A want a peece o' beef, Barney," sez I.

"Is it for yersel', Rabin?" sez he, whuppin' up his knife an' gien it a screed on the scythestane.

"Na," sez I, "its fur Jamey Menyarry; he's eatin' a' afore him, an' A want sumthin' that'll take him busy tae make awa wi'."

Barney lauched, an' sez he, "A hae sumthin' here that'll jest fit ye."

"Is it grisle?" sez I.

"A think its leather," sez he, "for it haes knockit the edge aff my knife twa or three times."

Weel, he haggit an' sawed, an' sawed an' haggit, an' at last he laid a peece aboot a pun' wecht on a plate, an' sez he—

"Let him try his teeth on that."

A dannered across till whaur he wuz sittin', an' sez I—

"Jamey, A doot yer no half gettin' yer tay."

"Oh, A'm no' daein' bad ava," sez he.

"Mebbe, ye cud eat a bit beef," sez I.

"Man A cud that," sez he, "A wud face ocht that wudnae speek till me."

"Weel, here's a peece aff that prize bullock that Paddy bocht," sez I, an' A laid doon the plate fornenst him.

Barney cum slippin' up efter me till see the fun, an' laid a knife an' fork doon aside the plate. Jamey liftit the knife an' gied the fork twa or three dabs afore it made ony impresshun on the beef, then he begood a sawin' at it wi' the knife.

"Why, ye maun hae the back o' yer knife at it," sez I.

"A doot A hae," sez he, an' then he tried the tither side, but he cum nae better forder. "Barney," sez he, "ye micht gie it a rub on yer sherpin' stane."

---

[33] an improvised apron—Ed.

"Agh, man, yer only loasin' time," sez Barney, "throw doon the knife an' grup it in yer han's."

"Heth, A'll jist tak yer advice," sez he. He clodded doon his knife an' fork, an' afore ye cud say Jack Robyson he whuppit up the meat an' fell till wi' his teeth. The furst teer he made, it floo oot o' his mouth like Indyin rubber, an' his head floo back, an' hit big John Liggit, the man that warks wi' the stane masons, sich a slap that he spilled his mug o' boilin' tay a' doon the inside o' his weskit. A declare A lauched till A thocht A wud a dee'd. John jumpit till his feet an' made till teer his claes aff, an' ye wud a heerd the roars o' him like a bull calf a' through the barn. Yin o' the lasses whuppit up a jug o' cauld water an' dashed it aboot him. That made him waur nor afore, an' he tore oot o' the barn the wae A hae seen Wully's water dug daein' whun wee Paddy ties the tin can at his tail.

"Rin efter him fast," sez Mistress Neevin, "fur he'll tak sumbuddy's life fur destroyin' his nice hankerchey that he had roon his neck, an' the crayter," sez she, "he wuz takin' sich a nice hearty tay that he forgot he had sich a thing on him."

PART THIRD

A Spoilt necktie—The Twins—Grandyer—Paddy MQuillan's Song—
The Perambulator—Robin's Speech

DICK Dunwoody, Wully Mucklewane, an' twa or three ithers o' us run oot efter John Liggit, as hard as we wur fit. We got him doon on his knees in the stackyerd rubbin' his shurtbreest wi' a wisp o' hey, an' roarin' like a waen.

"Haud yer tongue, man," sez I, "ye'll be a' richt in twa or three minits."

My, we wud a thocht the big sabs wud a chokit him. We tuk him intil the hoose, an' Paddy lent him a cleen shurt, but we had terble bother gettin' him tae gang back tae the barn.

"Ir ye badly burned, John?" sez I.

83

"Man, Rabin, A em that," sez he, "A feel as if the skin wud a' cum aff my breest, bit A'm in mair bother aboot my nice necktie nor ocht else. Man, the lasses wur a' talkin' aboot it, bit ochanee, it's cleen destroyed."

"Hoots, blethers!" sez I, "cum awa an' finish yer tay, an' think nae mair aboot it."

Weel, we got him back, an' the fowk wur that busy they niver notised us. The breid wuz a guid dale skerser on the tables by that time, an' sum o' the boys wur gie an' lazy lukin' at the eatin. A'm tell't that ye wud a thocht there wuz gaun till be prizes gien for wha wud eat maist, the wae sum o' them walked intil the vittels. Mickey M'Gurk drunk sixteen cups o' tay, et a big slice o' loaf an' butter till ivery cup, an' they tell't me he jist made aboot twa bites o' every slice. Mistress Chermsides wuz presidin' at the table he wuz at, an' she deklared till me that her erms wur achin' poorin' oot tay. She wuz terbly taen on wi' M'Gurk, an' efter he finished the sixteenth cup, she sez till him, sez she—

"Cum, Mickey, there's a drap mair in the kettle yit."

"A'm as fu' as iver A can haud, mem," sez Mickey.

"Nonsense, man," sez she, "try anither cup, an' eat a bit scon till it; hae, there's a nice buttered yin."

"Indeed, indeed, Mistress Chermsides," sez he, "A wud obleege ye as fas as ony wuman A ken, but railly an' truly A em not able."

A cudnae help lauchin'. Wully Davidson tuk sich a fancy till the soda breid that my Peggy baikit that A seen him stuffin' a wheen farls o' it intil his tap coat pokit. A wuz gaun tae tak' a rise oot o' him aboot it, bit jist wi' that A heerd the fowk cheerin' ower ocht an' whun A lukit roon, there wuz Paddy an' his mistress cumin' steppin' in, erm in erm, an' Mistress M'Killop an' Mistress Annerson carryin' the twuns.

As A wuz yin o' the auldest in the company A steppit forrit an' bid them welkim. The waens had been chrisened in the hoose in the praisence o' a wheen friens. The minister didnae approve o' the gatherin' in the barn, an' as him an' me had haen a bit tift ower the heid o' the instraymental music questyin, A kep' oot o' the road. They ca'd the wee lass Jemima, an' the wee boy Samuel George, fur his twa grandas.

A tuk Mistress M'Quillan up till the en' o' the barn an' set her doon in a nice cushined cher that we had there fur the purpose, an' Paddy sut doon aside her. A wush ye had heerd the remarks o' the fowk aboot the waens, an' the questyins they axed me, jist as if A kent a' aboot them. Sez Hammy Blizzard, sez he—

"A hope they chrisened the wee lass furst."

"What fur?" sez I.

"A'm tell't," sez Archie Gourley, "that it's no lucky till chrisen a wee boy an' a wee lass oot o' the same bowl o' water."

"It's waur nor that," sez Hammy, "fur if ye happen till pit the water on the wee lass last, she'll hev the whuskers, an' the boy wull no hev a hair on his face."

A left a wheen o' them argeyen ower that, an' went tae hae a luk at the waens. Puir wee dears, bit they lukit nice. Wee Jemima wuz dressed in a lang white robe, wi' a blue cloak trimmed wi' white quilted silk, an' she had a darlin' wee white silk bonnet on her heid. It wuz Sarah Jane Dalyell made a' the claes, an' there's no a lass frae Bellycuddy till Killygullib haes a better pair o' han's on her. Then wee Samuel George wuz as gran' as the wee lass. A deklare, but he had a blue velvet coat an' a white hat. They jist lukit darlin', an' ye cudnae a got neer them for the wae the weemen fowk gethered roon them.

"My, bit the wee lass is like her ma," sez yin.

"Ay, bit she haes Paddy's e'en," sez anither.

"Is she begood tae teethe yit?" sez anither.

A think the waen got scaured, fur she puckered up her wee face, an' begood tae roar, an' the mistress had tae cuddle her up an' begin tae croon a sang tae her. Nancy

M'Lean wuz stannin' ahint Paddy wi' a mug o' tay in yin han' an' a lump o' breid an' butter in the tither.

"Nancy, my wuman," sez I, "them waens is a credit till ye; A'm tell't ye hae helpit tae tek' cherge o' them."

"A did a' A cud fur them," sez she.

"Ye didnae forget tae shake a grane o' saut on them afore they wur chrisined, A hope," sez Marget M'Cleesh.

"A'll warrant ye A did not," sez Nancy. "A whumeled baith o' them three times roon on my knee an' shakit saut on them afore his riverence cum in."

"What did ye dae that fur?" sez I.

"Why, tae keep the fairies aff them," sez Nancy.

Wee Samuel George wuz lyin' lukin' roon him an' sookin' his finger. Sez I till his ma—"Mistress M'Quillan, dinnae let him lern that fashin if ye can help it. Oor wee Wully sookit his whun he wuz a waen, an' we didnae get him brauk aff it fur mony a lang day."

"Pit a taste o' soot on it," sez Nancy.

"Cum, lasses, tak' yer sates an' sit doon till we hae sum amusement," sez Barney Quinn. "A move," sez he, "that Paddy M'Quillan gies us a sang."

The men a' clappit their han's at that an' cheered.

"Agh, boys, ye ken richtly A cannae sing," sez Paddy; "sum o' the rest can gie us a verse."

"Oh, deed ye'll sing," sez Barney; "cum, boys, Paddy fur a sang."

Puir Paddy he lukit this road an' he lukit the tither, bit the fowk kept cryin' fur a sang, an' at last he got till his feet. A niver heerd him singin' afore, bit he did it rael weel, an' A'll gie the words if ye can pit a tune till them, fur A beleev Paddy made it himself.

PADDY'S SANG.

Oh, cum all ye boys an' girls so gay,
An' lissen well unto my lay,

HIS TAY PERTY

An' if to wed you are inclined,
Some good advice in it ye'll find,
        Ri-toor-a-loo-ral-ay.

Oh, when furst I met my Maggie fair,
My heart was fil'led with despair,
But I screwed my courage up one day,
And thus unto her I did say,
        Ri-toor-a-loo-ral-ay.

"My lovely girl, with hazel eye,
For you I'd lay me down and a-die,
Oh, I'll buy you gold, I'll buy you pearl,
If you will fancy me, my girl,"
        Ri-toor-a-loo-ral-ay.

Sez she, "Yer gold won't flatter me,
For to leev my ma an' go with ye,
For it's what I never intend at all
To go at any young man's call,"
        Ri-toor-a-loo-ral-ay.

Oh, I could not think for to go away,
So unto her I then did a-say,
"My hand is hard, but my heart is true
And I can a-fancy none but you."
        Ri-toor-a-loo-ral-ay.

She said nae mair, but I saw her smile,
And she pulled at her apron strings awhile,
Then I pressed the damsel to my heart,
And said "My dear, we will never part,"
        Ri-toor-a-loo-ral-ay.

So now my roving days are a-past,
An' the girl I luved is mine at last:
The bonnie girl that said me "nay"
Is my joy and blessing ivery day,
        Ri-toor-a-loo-ral-ay.

"Sit up till the fire, boy!" sez Barney Quinn, an' the fowk cheered an' clapit their han's ower ocht.

Hammy Blizzard cum up alangside o' me afore the fowk had quat cheerin', an' whuspered till me—

"Rabin, cum awa intil the kitchen twa or three minits, A want tae speek till ye."

"A wull dae that, Hammy," sez I, an' so A followed him oot o' the barn an' across the close till the kitchen daur. It wuz shut, an' Hammy put his mooth till the key hole, an' sez he "Apen the daur, Tam, it's me an' Rabin."

The daur wuz apened, then, bit we hadnae got richt inside till it wuz shut agen, an' A heerd Tam Miskelly pittin' the bar in it, an' sez Hammy Blizzard, sez he—

"Noo, Tam, yer no tae apen that daur tae man, wuman, or waen till A tell ye."

"In the name o' common sense, boys, what ir ye aboot, ava? Is it makin' Masons ye ir?" sez I.

"Sit doon, Rabin," sez Hammy, "till A tell ye what we're up till. We're gaun tae mak' a praisintaishin tae Paddy an' his Mistress jist till show the regerd we hae fur them."

"Weel, boys, that's very dacent o' ye," sez I, "whun are ye gaun tae dae it?"

"This very nicht," sez Hammy, "ye'll fin' A'm the boy's no' lang aboot a thing whun A tak' it in han's, an' there cud be nae time fitter than the nicht whun so mony o' their weel wushers ir roon aboot them. Noo, A'm feered o' sum o' them weemin cumin in on us afore we get reddy, so haud yer tongues ivery yin o' ye till A tell Rabin a' aboot it."

"The deer man!" sez I, "bit this is ower ocht."

Sez Hammy, sez he, "Ye hae min' o' the advertisement ye seen in the paper aboot the man that had the dooble peramelater tae sell. Weel, a wheen o' us made up the price o' it, an' yin day whun John M'Cluskey wuz in Bilfast, wi' a load o' prittaes he called tae see it, an' a darlin' yin it wuz, so he bocht it an' tell't the man whun it wud be wantit, an' a rael dacent man Mester Cherles wuz. He said he kent you weel, Rabin, fur he had seen ye in mony a Freemason ludge, an' that he did like tae read yer stories. We tell't him we cudnae tak' it hame wi' us, acause we didnae want ony o' the neibours tae see it, so he said he wud keep it till the very day an' sen' it by the train. It arrived this efternoon. Man, it's a rael beauty, an' as strong as ocht. Luk here," an' he apened the room daur, an' whurled up the purtiest wee coach iver ye set yer e'en on.

"Noo, boys," sez Hammy, "let me oot, an' keep the daur shut till A cum back."

"Whaur ir ye gaun?" sez I.

"A'm gaun fur the twuns," sez he, "we're gaun tae whurl them intil the barn."

Awa he went, an' in aboot five minits he cums back an' Mistress Neevin wi' him carryin' the twa waens. A wheen minits settled a'. They had nae address reddy, bit they tell't me that as A wuz Paddy's best frien A wuz till mak' the praisentashin fur them an' say a wheen words.

Weel, they run the peramelater oot intil the close an' set the twuns intil it, an' A gruppit the hannel an' whurled them alang as canny as ocht. Ye niver seen or heerd ocht like it whun we got intil the big barn. There wuz a passage kep' cleer up the middle, an' as A whurled up the coach the cheers o' the fowk wud a deevened ye. A stappit it in frunt o' Paddy, an' his mistress, an' they did not ken whaur they wur sittin'.

"Cum, boys! try if ye can be quate," sez Barney Quinn. Hammy Blizzard gied me a dunch wi' his elbow tae begin, so A cleered my throat, and sez I—

"Mister and Mistress M'Quillan, on behalf o' a few o' yer friens an' weel-wushers, A beg till praisent ye wi' this peramelator. (Cheers.) It's true it's bit a sma' gift, bit it shows what the fowk think o' ye baith, an' if it wuz better ye wud be as welkim till it. (Cheers.) An' A may say that if the thing had been made public ye wud a got sumthin' far better an' bigger, bit A may tell ye that it wuz jist meent fur a wee surprise, an' wuz kep' that quate that A niver heerd ocht aboot it till ten minits ago. (Sit up till the fire!) An' A think its only richt to gie the names o' yer friens that got this up for ye, an' there's no truer men in the coonty. It wuz Dick Hoolahan, o' Bellygullib; Johnny M'Cluskey, o' Bellyclabber; Wully Mucklewane, o' Cloghole; Tam Miskelly, o' Magherasculyan; an' my dacent frien, Hammy Blizzard, o' Bellygulder. (Loud cheers.) An' noo, permit me till say that A had nae time till mak' up a speech, bit A wush ye baith lang life an' happiness. May yer days rowl along as nice an' pleesintly as the wheels o' this peramelater wull whun they're weel oiled, an' may ye hae mony an' mony's the pair o' twuns till ride in it." (Cheers.)

My, the fowk did lauch an' cheer, an' they made Paddy cum forrit an' wheel it three times up an' doon the barn. A'll niver forget it as lang as A leev. A deklare A lauched till my sides wuz sair. Then Paddy tuk a waen in ivery erm, an' returned thanks, an' efter that we gied three cheers fur Mistress M'Quillan, an' three mair fur the twuns, an' then we a' went hame. There wuznae yin there bit wuz weel pleesed; ay, even John Liggit forgot his aksident, an' lauched like a boy, an' frae that till this we hae niver din talkin' aboot

PADDY M'QUILLAN'S TAY PERTY

.

M'QUILLAN ABROAD

Paddy M'Quillan and the Land Commissioners—A Farewell Party—
Presentation to Mrs. M'Quillan—Paddy's Parting Speech—Off to
Canada.

PADDY M'QUEELAN'S awa till Canada. Puir fella! Mony a happy day him an' me haes spent thegither, an' mony a hearty lauch we hae a' enjoyed ower the heid o' his trip tae Glesco, his coortships an' merridge, niver speekin' of the chris'nin o' wee Paddy an' the big tay perty that wuz gien in honor o' the twuns. Weel, the trip till Glesco wud be like a drap in the bucket compered wi' his lang sail across the seas till that big cuntry whaur they tell me the sun harly iver gangs doon an' whaur there's breid fur ivery buddy that's wullin' till wark fur it.

My, hoo we wull miss him! Peggy haes fretted ower ocht, an' the tears aye comes intil her e'en whun she begins till talk aboot the wee waens haen till gang across the sea. A cheer her up by tellin' her that nae metter hoo bad things ir they micht be waur.

"Oh, ay, Rabin," sez she, yin day, "nae metter what happins ye aye say that, but whun A see yin efter anither gaun awa it makes me jest loas a' heart."

"It's hard enouch, dochter, tae be shair," sez I, "but what wud ye say if yer auld Rabin had tae gang tae Amerikey or New-a-Zeelan'?"

"Agh, Rabin deer, dinnae talk aboot that," sez she, an' then the apron gangs up till her e'en. "That wud be mair nor A cud be fit tae beer."

91

"Dinnae be scaured, dochter," sez I, "its mebbe no lang A hae tae leev an' A wud like whun A dee tae lie in the auld place."

"If ye iver dae gang ye maun tak me wi' ye," sez Peggy, "fur A cudnae mair leev athoot ye nor A cud leev athoot meat."

"A shairly wull, Peggy," sez I. "We hae been ower lang thegither tae be iver sayperated. God help the auld buddies that haes tae end their days in the wurkhoose, fur they seyparate man an' wife there."

"Dae they, Rabin?"

"They dae, dear. Jest as if it wuznae bad enouch tae shut them up frae a' the wurl an' feed them on papper's meat, athoot no lettin' them help yin anither till beer their trubble."

"Weel, Rabin, its a sin and a shame," sez she; "an' guid luck cudnae follow the fowk that maks them laws. A used tae think puir-hooses was usefu' places, but whun ye tell me that, A wud like tae see them swep' aff the face o' the erth."

"Ye ken little aboot them, dear," sez I; "there's mony a thing aboot them that's far waur nor that, an' the suiner the hale rick-ma-tik o' them's cleered oot the better it'll be fur the cuntry."

Hooaniver, A'm wanrin' awa frae my subjek, an' I maun tell ye aboot Paddy, an' what tuk him awa. Paddy went tae the Lan' Coort tae get his rent pu'd doon, but he didnae mak very muckle o' it. A wush A had time tae tell ye the scene atween him an' the men that they ca' "Lan' Komishiners." It wud a din ye guid till a heerd it. Paddy loast his temper wi' them an' ca'd them onything bit gentlemen. "Yer a nice lot o' boys," sez he, "tae be gaun throo the cuntry pittin velye on the fowks lan'. It's leadin' aboot a donkey a wheen o' ye shud be; why, A deklare there's some o' ye wudnae ken a swade turnip frae a mangel-weezil!"

The fermers roared an' lauched, an' the Komishioners got sae angerry they wur gaun tae pit him oot o' the coort.

Weel, the en' o' it wuz that Paddy yokit the meer in the kert the very nixt day, an' driv awa thoot iver sayin' a wurd tae his mistress or ony yin else aboot whaur he wuz gaun. That nicht, jest as Peggy an' me wur sittin' doon till oor tay, in steppit Paddy, an' a face on him as lang as it wuz the day the twuns wuz born. Peggy jumpit tae her feet an' set him a cher, an' sez she—

"My, Paddy, A'm terble gled tae see ye. An' hoo's a' wi' ye this wather?"

"Middlin', thank ye," sez he, an' he gied a grate big seegh.

"What's wrang, Paddy?" sez I; "is it twuns this time agen?"

He lauched, an' sez he—

"Na, Rabin, it's no as bad as that; I'm gaun till Amerikey."

"Agh, haud yer tongue," sez I. "It's tryin' tae tak' a rise oot o' me ye ir."

"A'm speekin' the truth," sez he. "Wha cud leev in this cuntry? A thocht whun the Lan' Laws wur passed we micht a wraseld on a while, but iverything's gaun tae pigs an' whussels. Did ye iver see ocht like them fellas they ca' Lan' Komishiners. Whun A had the spade oot turnin' up the grun fur them that day they wur on my ferm yin o' them says tae me, whun we wur up on the whunny knowes—

"Cum, my maun," sez he, "pit in yer spade! That's first-rate soil; if we wurnae lukin' at ye A'm shair ye cud dig it up like a gerden."

"A lukit at him a wee minit tae see whuther A shud streck him or no', an' then sez I—'Mebbe ye wud pit aff yer kid gluvs an' tak the spade yersel'.' 'Remember,' sez he, 'yer talkin' tae gentlemen.' 'Ay, there's a heap o' gentlemen gaun aboot,' sez I. 'Yer an unmannerly fella,' sez he. Sez I—'Ye hae mair guid claes nor menners yersel'.' He said nae mair, but A dae think he made the tithers o' them gang agen me in the Coort."

Peggy spauk oot, an' sez she—

"But, Paddy, dear, shairly yer no gaun tae lee the cuntry?"

"A em indeed, Mistress Gordon," sez he. "A wuz awa the day engagin' the aukshineer, tae sell my ferm an' the bits o' things aboot the hoose, an' the plekerds wull be stuk up a' ower the cuntry the morrow; an' as the shippin' agents allow ye tae tak' a wheen o' things wi' ye, A made arrangements tae hae them tak'n tae the boat."

"An' what aboot the mistress an' waens," sez Peggy.

"A'll tak' them wi' me," sez he; "dae ye think A wud lee them ahint me?"

We coaxed him tae tak' a cup o' tay, but the crayter wuz jest chokin' wi' vexation an' anger.

"Na, thank ye," sez he, "A cudnae eat a bite, my heart's that fu'. It's hard, hard tae hae tae gaun awa frae the place whaur A wuz bred an' born, me an' my feythers afore me."

"Mebbe ye'll think better o' it," sez I, "Ye ken whaur ye ir, but ye dinna ken whaur yer gaun."

"That's a' very true," sez he, "but shair A cudnae be waur nor A em. A hae helth an' the use o' my limbs, an' wi' the money that A'll get fur my ferm A'm no yin hair scaured but A'll get on bravely in Canady. Man, A wush Lord Dufferin[34] wuz there noo. A wud gang tae see him the first thing, an' he wudnae be lang tellin' me hoo tae start."

Paddy riz an' went awa then. He wuznae weel oot o' the daur till Wully Mucklewane cum in.

"Did ye hear aboot Paddy M'Queelan?" sez he.

"A did that man," sez I.

"Dae ye think he wull gang?" sez he.

---

[34] Frederick Temple Hamilton-Temple-Blackwood, 1st Marquess of Dufferin and Ava—Lord Dufferin, owned Clandeboye Estate near Bangor in County Down and was Govenor General of Canada from 1872 to 1878—Ed.

"Ay, A beleev his min's made up," sez I, "an' A'm terble vexed aboot it."

"Weel, A'm shair so em I," sez he, "fur Paddy's aboot as dacent a fella as iver brauk breid, an' there's yin thing A can tell ye, we'll gie him sich a perty afore they gang awa' as there niver wuz heerd tell o' in the hale Coonty Doon."

Twa days efter that A seen the aukshin bills stuk up on a' the gate pillars, trees, an' wa's aboot the cuntry side. It did vex me. A had my specs on readin' yin o' them whun Jamey Menyarry cummed forrit an' sez he—

"Weel, Rabin, wull ye be fur buyin' Paddy M'Queelan's ferm?"

"Na, Jamey, A wull not," sez I. "A hae as muckle as A can wark wi'."

"Heth an' if it gangs chape A wud like tae get it," sez he.

"Ye'll niver turn a sod o' it," sez I.

"An hoo's that?" sez he.

"Acause it'll no gang chape enouch for ye," sez I. "The yin wull bid again the tither till it'll gang far ayont its velye. The fowk cries out aboot heech rents but they hae jist themsels tae blame fur it."

"It's nae herm till be wantin' lan' whun ye can pye fur it," sez Jamey.

"Oh, no yin bit," sez I, "an' you're the boy that's gie an' fand o' it; yer nearly as bad as Sammy Muckleyorum."

"What wuz that?" sez he.

"Did ye niver heer aboot him?" sez I. "He wuz aye grabbin' up lan' whauriver he cud get it, an' takin' it ower ither fowk's heids; but yin day he de'ed, as we a' maun, an' whun they wur buryin' him in Greyaba the grave wuznae wide eneuch, an' Billy Magilton the gravedigger had tae fa' till it agen. Auld Herry Creevy,[35] that iverbuddy kens, wuz

---

[35] A well-known character who lived in Greyabbey at the time. In his book, *The Bangor Season* (1885), WG describes Harry Creevy as being "pretty much a hermit." He wrote that he could often be seen

stannin' by, an' sez he, "Dear, oh dear, Sammy Muckleyorum wuz aye gantin' fur lan' an' noo he cannae get the braidth o' his back!'"

Jamey went awa wi' that.

It happint jest as A said. There wuz grate biddin' fur the ferm, an' it wuz knockit doon till a brave dacent man. A wuz gled tae see Paddy gettin' sich a guid bit o' money fur it.

Paddy axed me tae gang up tae Bilfast wi' him for a day an' help him tae buy a wheen things that he wanted. Of coorse, A cudnae refuse tae dae that. Behold ye, but whun A got till Bellycuddy Junction on the day appointed hadn't Paddy his mistress an' a' the waens hingin' on by her skirts. He tell't me that he wuz gaun tae hae them a' fottygraffed so that his friens wud hae their pikters whun they wud be far awa. A said it wuz maist thochtfu' on his pert.

My, it was a terble day's shappin' an' walkin' throo Bilfast. Furst we went till Mister Erskine, o' Nummer 33 Ann Street and bought twa big trunks—yin fur Mistress M'Queelan an' the tither fur Paddy. Mister Erskine wuz very kin' wi' Paddy; he wushed him success, an' says he— "My man, ye neednae care wha sees yer trunks, fur better yins cudnae be made."

Nixt we went tae Mister Aberneythy's,[36] up the stairs aboon Mister Pimm's big shap. A neednae tell ye that Mister Aberneythy wuz quer an' glad tae see his auld freens. Sez I—"A hope the waens ill no roar, or gie ye ony trubble."

wandering through the graveyard and would be heard reciting tombstone inscription from memory—Ed.

[36] The 1910 edition has this footnote here: "W. Abernethy, Photographer, 20 High street, Belfast"—Ed.

"Nae fear o' that," says he, "waens niver roar here."

An' nether they did. He made wee Paddy stan' aside a rockin' horse. Yin o' the twuns sut on his da's knee, an' the tither yin on her ma's knee. There wuznae a cheep oot o' yin o' them. An' darlin' pikters they ir. My, he's a wonnerfu' man thon Aberneythy. He jest lukit throo his wuden box for a minit, an' then says he— "Steddy, noo." Then he squeezed a wee Indye-rubber ba' an' the hale jab was ower. A wush a cud dae thon.

Then we went tae see Mister William M'Calla,[37] an auld freen o' mine, tae buy the passage tickets. My, but he's a terble nice man, Mister M'Calla, he tuk Mrs. M'Queelan an' the waens roon till the fire, an' made them sit doon an' warm themselves, he gaed the waens epples, an' talkit till us rael nicely. He tell't us we were in grate luck, for the Lake Manitoba wud sail frae Bilfast in ten days. He said she wuz yin o' the finest steamers on the Canadian Pacific line, an' he promised tae speak tae the capten till gie orders that Paddy an' his femily wud be made cumfortable. My but yon's the wonnerful place, the fowk that wuz cumin' in wuz ower ocht, an' they wur bookin' fur Canada, Australia, New Zealand, an' in fact for a' perts o' the wurl. Dae ye ken but it made ma hert sair whun A thocht o' poor auld Irelan' an' hoo the fowk were a' lain' her ahint. A saw aboot a dizen clerks yoner, ahint the counter talkin' tae the fowk, an' my but they cud talk, they cud hae ye a' ower the wurl in a wheen minits, A fairly beleev yon chaps haes swallowed Maps o' the Wurl'. My, but they wud mak' fine sea captens.

Efter that we had oor denner, an' by the time we had din a' oor shappin' an' got hame, we wur purty tired.

There wuz a fareweel perty an' dance got up, an' a grate affair it wuz. The boys had a meetin' in the skuleroom till mak' their arrangements. A wheen o' them wanted till gang

---

[37] The 1910 edition has this footnote here: "M'Calla and Co., 41 Victoria Square, Belfast.

roon the neibours an' invite them by wurd o' mooth, but ithers o' them wudnae heer tell o' that, so they went tae a prenter an' got a hale hunner o' kerds prented in goold letters. The skule-mester backit the envilopes fur them, an' A can tell ye what it is, but the letter carrier had a jab o' it fur a wheen days gien them oot, hooaniver the boys pied him twa or three shillin' fur his bother. We had the perty in the skulehoose, an' A suppoas sich a getherin' niver wuz seen afore. The fowk that wuz inside wuz naethin' ava till what wuz roon the daurs. Ivery fella aboot the hale cuntry side wuz there. They had gethered cartloads o' whuns an' biggit them up here an' there alang the roadside, an' A dinnae ken hoo muckle auld guns they had amang them. As suin as Paddy cummed in sicht Wully Mucklewane lot bleeze wi' his blunnerbush, an' jist wi' that the tithers put lichts tae the whuns. Save my heart, but the nicht o' the fires ower the passin' o' the Lan' Bill wuz naethin' ava tae it. The fowk cheered, an' the fellas fired aff their guns till ye cud not a heerd yer ain ears.

It wuz nae easy jab gettin' Paddy an' his mistress an' the waens inside the hoose, but they tuk the shovin' an' pushin' a' in guid pert. We had a pletform put up an' cuvered wi' a kerpet that Mistress Forgeyson lent us, an' they made me gie Mistress M'Queelan my erm an' eskort her up tae her sate. The cheers o' the fowk wuz maist sayries, an' it wuz a guid while afore they got quatened doon. Whun the blissin' wuz axed they begood tae the eatin', an' A hae described Bellycuddy tay-perties sae affen tae ye that A neednae tak' up yer time wi' it noo. Ivery thing wuz first rate.

A'm shair nae man there tuk sich a feed as Jamey Menyarry. Jamey haes a terble big mooth, an' whun he's lauchin' ye wudnae think he wuz lauchin' ava, but that he wuz makin' faces, as we ca' it. Weel, at the table whaur he wuz sittin' there wuz a wuman nursin' a waen, an' it begood tae roar.

"What ails ye, dear?" sez its ma.

"That man's girnin' at me," sez the wee thing.

"A em not, indeed," sez Jamey, "A'm jest lauchin' at that big curned loaf!"

Whun the tay wuz ower, Wulyim M'Kome riz tae his feet, an' sez he—

"Ladies an' gentilmen, as Mister Gordin an' Paddy M'Queelan haes aye been sich guid freens, an' as this is the last meetin' that we're likely tae hae thegither, A beg tae move that Mister Gordin taks the cher."

That was saycondid an' passed by agglameration, an' so A tuk the ermcher on the pletform. They cried at me fur a speech, but A tell't them they had far better speekers nor me amang them that nicht, an' that A wud call on Mister Wullyim Mewhunyee, Justice o' the Peice, till apen the purceedins."

His wurship made a gran speech. He tell't them that altho' he wuz on the Binch he wuz nae skolerd an' didnae ken ocht aboot law, but whun the Lord Lifftenant seen fit fur tae gie him a Komishan frae her grashis Majisty the Queen, it wud a been bad menners in him fur tae refuse it. "A'm yin o' yersels," sez he, "bred an' born a puir fermer, but A hae wurkit hard an' sair, late an' early, an' wuz niver afeerd till stan' up fur my richts, an' speek my min' freely an' fearlessly till landlords, agents, or bailiffs. Blue bluid never scaured me, boys, an' sum o' the gentilemen that brags o' it stud forrit till get me on the binch. (Cries o' 'They wur feered o' ye!' an' grate cheerin'.) Weel, boys, ye cannae a' expect till get on in the wurl as A hae got on, nor ye cannae a' get Jaw Pee efter yer name, an' railly an' truly if things dinnae change A'm feered they'll hae tae bigg a wheen mair puirhooses. (No, no.) A hope no, A'm shair, but it luks mortyel like it. A'm shair we're a' sorry tae pert wi' my respektid freen Paddy M'Queelan an' his tidy, industris wife, Maggie. There's nae daicenter cupple in the townland. (Loud cheers.) But while A'm sorry tae loas him A'm boun' till say that A admire him fur his pluck. He wud niver be wurth ocht here, an' micht spen' his auld days in the wurkhoose whaur the gerdyins wudnae even allow him the privilege o' seein' his faithful an' affeckshinit wee wife. (Cries o' 'Shame!' an' 'Doon wi' the wurkhooses!') In the cuntry he's gaun till there's room fur him an' plenty mair fine fellas like him. Wi' a' my heart A wush him an' his femily lang life an' prosperity, an' may the name o' M'Queelan gang doon throo a' posterity." (Grate cheerin'.)

"Whun his Wurship sut doon, yin o' the kommittee men cummed forrit till me an' sez he—

"Mister Cherman, may it please yer honour, a wheen o' the boys want till mak Mistress M'Queelan a prayshuntashin, an' A think this wudnae be the waurst time till dae it."

"Wi' a' my heart," sez I. Then A cried the fowk tae order an' tell't them that sum freens o' Paddy's wantit till gie him a mark o' their respect till carry wi' him across the seas, an' A concluded by callin' on whaiver had cherge o' the matter till step forrit.

Mister Wulyim M'Kome stud up wi' that, an' apened oot a percel that lukit like a pikter. It wuz a gran' address, framed, an' gless on it. He said he wuz gaun till read it oot, so that a' the fowk wud hear it, an' so A made him get up ontil the pletform. He redd it rael weel, an' this wuz what it said—

"Address an' praysentation to Mistress Margaret M'Queelan on the occasion o' her depertyur frae Bellycuddy for Canada.

"Dear Mem, we, a wheen o' the auld freens, neibours, an' raysedenturs o' you an' yer gude man, Mister Paddy M'Queelan, begs maist respektfully tae embrace this appertunity o' offerin' ye a mark o' oor gude wull, freenships an' respekt noo that yer gaun awa, mebee niver till be back amang us again. Ye wur baith o' ye brocht up amang us, an' neerly ivery yin here kens ye since ye wurnae aulder nor yer twa wee twuns. We cudnae tell ye hoo muckle we a' like Paddy, an' we're shair he cud a got nae better wife nor Miss Maggie Patton o' Kilwuddy. We ax ye, mem, fur till aksept o' the accompanyin' goold chane as a token o' the grate likin' we a' hae fur ye. We hope that ye'll a' get on weel in the new hame yer gaun till, an' that yer wee son Paddy may yit cum till be the guvernor o' Canada the same as Lord Dufferin wuz. If iver ye cum back agen till Bellycuddy ye'll be heartily welkim, but we suppoas we need harly tell ye that.

"Signed on behalf o' the subscribers,

"SAM BROON, Chairman.

"WULYIM M'KOME, Seekaterrier.

"JAMES MUKLEWANE, Treasurer."

There wuz grate cheerin' whun A hung the chane roon Maggie's neck, an' the crayter didnae ken whaur she wuz sittin' A'm shair. The fowk cried on Paddy fur to mak' a speech, an' it wuznae lang till he wuz on his feet.

"My freens," sez he, "ye hae cleen tuk the breth frae me. If ye had a tell't me ye wur gaun tae dae this, A wud a haen sumthin' reddy till say tae ye, but on this present occasion A'm no prepared. Hooiniver, A'll say yin thing, an' that is that A'm gled ye made the present till Maggie. That pleeses me better, boys, nor if ye had a gien me the hale toonlan' o' Bellycuddy. (Cheers.) Boys, A'll niver forget the times we hae spent thegither, an' gang whaur A wull A'll aye hae a kin'ly thocht fur the auld cuntry. If Guid spare us till gether a bit money we'll be back tae ye, fur A wud like tae lie in the Kirkyaird wi' oor ain fowk. (Cheers.) Wi' these few remarks, an' thankin' ye a' fur yer grate kindness, A'll noo sit doon. (Grate cheerin'.)

Efter that the dancin' begood, an' it wuz daylicht afore we brauk up. The fowk a' shuk han's wi' Paddy an' his mistress, an' a hale lot o' them promised tae see them aff in the train.

An' so they did. There wuz a sayries crowd at the rileway station, an' ye wud harly a seen a dry cheek. Jest as the train started we a' gied three cheers fur Paddy an' his mistress, an' the crayter stud wi' his heid oot o' the wundey wavin' his hat till the train wuz oot o' sicht.

He promised he wud write till me an' tell me hoo he got on. If he diz, A'll let ye heer his letter. Dear dear, but A'm sorry he's awa![38]

---

[38] The end of the last story in Volume I is followed, in the 1st edition of the omnibus version, by a number of pages listing all the stories in each of the three volumes of *Robin's Readings* and also brief chapter summaries for WG's novels, *Betsy Gray, or Hearts of Down* and *Sons of the Sod, A Tale of County Down.* These are omitted from this third edition.

Monochrome reproduction of the full-colour cover of an
early R. Carswell and Son edition.
(Note again the incorrect second initial in WG's name.)

ROBIN'S READINGS

Volume II
The Adventures of Robin Gordon

PEGGY, AND HOW I COURTED HER

PART FIRST

Peggy Mewhunyee—Betty Tantrums—Robin's Blarney—Love at First Sight—Seed Prittas—This Love's a Queer Thing!—Peggy in Danger— Wully Kirk's Goat—Robin to the Rescue.

A HOPE it's nae herm tae coort. If it is, my, but this is a sinfu' wurl! There's sum fowk cannae beer ye tae menshin sich a thing, an' they wud nearly faint if ye wud say a wurd aboot kissin'. A wunner did they iver get a kiss themsels! At the time A wuz coortin' Peggy, she leeved wi' her auld granny, as she ca'd her, an' that wuz jist the kin' o' her. A mean the granny, an' no Peggy. The auld buddy's name wuz Peggy Mewhunyee, an' the like o' hers' no' to be met wi' very affen in yin generashun. She had niver been merried hersel' an' she wuz a perfect man-hater. There wuznae yin, auld or young, likit till gang neer the hoose, an' she had sich a bad temper that we used tae ca' her "Betty Tantrums" fur a nickname. My, the fowk did tell quer things aboot her. They said that whun she got oot o' temper aboot ocht she wud a pu'd the pigs' ears till they squeeled maist dreedfully, an' lickit them wi' sally rods till they wur a' in walts; an' mony a time A heerd them sayin' that she dookit Wully Gunyin in the horse hole because he passed a joke wi' Peggy in the hey fiel' yin day.

A niver cud tell hoo A got roon the auld crayter. They say A hae a bit o' the "blarney" aboot me, an' shair eneuch

A maun hae had sumthin' o' that whun A wuz fit tae tak Peggy frae auld Betty Tantrums.

Peggy wuz an orfan. Her da an' auld Betty Mewhunyee wur brither an' sister, an' whin the da dee'd, Betty tuk wee Peggy hame wi' her, an' frae that day she aye ca'd the auld buddy her granny. A hae min' o' the furst time Peggy an' me seen yin anither. My da had heerd that Betty had a wheen o' seed prittas tae sell; sum terble guid sort. A beleev the wur bocht frae M'Ervel's o' Bilfast,[39] an' A heerd him tellin' my ma yin day that he wud like terble weel tae hae a cupple o' stane o' them.

"Weel, awa ye gang," sez my ma, "an' get a wheen."

"Heth, A wull not," sez he, "she's a wuman A'm afeerd o' my life o'."

"Weel, sen' Rabin," sez she.

"She'll hunt the dug at me," sez I.

"Sorra feer o' her," sez my ma. "It's only the men she disnae like; an' what ir you bit a lump o' a wee boy."

Min' ye A wuz sumwhaur aboot twa-an'-twunty at the time. Weel, A went; but tae tell ye the truth a wuznae terble wullin', fur A had heerd sae mony stories aboot Betty; but then on the ither han' A heerd the young fellows talkin' aboot Peggy bein' sich a nice lass, an' A had a kin' o' kureyosity on me tae see her. It wuz twa lang mile tae Betty's hoose; hooaniver, it wuz a walk A niver had raison tae regret, an' A think nether had Peggy. Whun A got till the hoose A felt my heart batin' ower ocht, an' A wuz very neer turnin' back hame agen. At last A pluckit up courage an' knockit at the daur wi' a wee bit slip o' a rod A had in my han'.

The dug set up a maist tremenjus barkin', an' then A heerd Betty cryin' at him—

"Haud yer tongue, sur! Awa an' lie doon!"

---

[39] The 1910 edition has this footnote here: T. & J. M'Ervel, Ltd., 40 Victoria Square, Belfast—Ed.

Then the daur wuz apened by auld Betty. She had her specs on, an' she glowered at me as if she wuz lukin' cleen through me, an' sez she—

"Wha's wee boy ir you?"

"A'm a son o' Davey Gordon's, o' Bellycuddy," sez I, "an' my da sent me ower till see if ye cud obleege him wi' aboot twa stane o' them new soart o' seed prittas that ye hae."

"A daur say A cud," sez she. "Cum forrit, cum forrit," sez she. "Dinnae be feered o' the dug. Lie doon, Towser!" an' she gied the dug a clipe wi' the shank o' the beesom that sent him oot yelpin'.

A steppit in, an' Betty set forrit a chair tae the fire, an' tell't me tae sit doon till she wud get yin o' her slippers that she had loast. She lukit unner the settlebed, an' tables, an' chers, an' at last she says—

"That dug's aye carryin' aff sumthin', an' A beleev he haes made aff wi' my slipper."

Thinks I tae mysel, "It wuz mebbe a' the puir thing had fur his brekfast."

A' this time A wuz wunnerin' whaur Peggy wuz; but jist wi' that the auld wuman cries oot—

"Peggy!"

"Yis, granny," sez a voice awa doon the room, an' it wuz jist like music.

"What ir ye daein'?" sez Betty.

"A'm smoothin' a wheen aprens," sez Peggy.

"Weel, cum here, A want ye," sez Betty.

A heerd the clatter o' a smoothin' iron, an' oot cum a bonnie yung lass, wi' her black hair hingin' a' roon her shooders, an' shinin' like the wing o' a craw whun the sun's on it.

"Tak this boy oot tae the pritta hoose," sez Betty, "an' gie him twa stane o' them seed prittas. A wud gaun mysel', but that dug has made aff wi' my slipper."

107

"Yis, granny," sez she, an' she lukit at me tae cum wi' her.

My, A cudnae help pattin' the dug on the heid as A went oot the daur! A cud a tuk him up in my erms an' huggit him fur rinnin' aff wi' auld Betty's slipper!

A niver seen a lass like Peggy afore nor since, an' A wuz that muckle struk wi' the luk o' her that A cudnae tell ye this day whuther A trevilled till the pritta hoose or no'. A niver min' my feet tuchin' the grun'.

The furst thing she said wuz, "Hae ye ocht tae pit them in?"

"Mem?" sez I, an' A gied a wee jump, fur the soun' o' her voice startit me like.

She lauched, an' sez she—

"Hae ye ocht tae carry the prittas in?"

"Oh, ay," sez I, "A hae a bag."

Weel, we got the prittas weighed, an' as shair as A'm here if A didnae dae a' A cud tae keep her back. Jist as A apened the mooth o' the bag fur her tae pit them in, A let the bag drap, an' awa went the prittas ower the fluir.

"Hoots, toots!" sez I, "my fingers ir a' thooms the day."

Peggy lauched, an' sez she, "A'm feared o' my iron coolin'."

"A beg yer pardin fur keepin' ye," sez I, an' A gethered up the prittas an' put them intil the bag.

"What's the price o' them?" sez I.

"Ye can settle wi' granny," sez she.

A thocht tae mysel' that A wud reyther dale wi' Peggy; hooaniver A said nae mair, but went back till the kitchen an' pied the auld wuman.

Whun A got hame A made a regular fule o' mysel'.

"Weel," sez my ma, "what did she say till ye?"

Sez I, "she said she wuz afeerd o' lettin' her smoothin' iron cool."

"Ir ye daft, boy?" sez my ma; "did ye get the prittas?"

"A did," sez I, an' A laid them doon as canny as if they had been eggs.

A wuz in hopes that A wud hae tae gang back fur mair, but my da wuz mair nor a match fur me. A wantit him no' tae hae eneuch prittas fur the gerden, an' advised him no' tae cut them, bit jist to pit them in hale.

"Blethers!" sez he, "that wud be extrevagance."

Then A laid them that close in the drills that he wuz gaun tae cuff me, an' ivery time A got his back turned A cloddit a handfu' o' them ower the dyke.

It wuz a' nae use. We had what din us, an' A seen little chance o' gettin' back tae see Peggy. My, this love's a quer thing! A knowed A wuz in love, an' A tried tae throw it aff, but it wuz like shoemaker's wax, the mair A rocht wi' it, it stuk till me the harder. A cud think o' naethin' but Peggy; her black hair and e'en, an' her purty white teeth an' rosy cheeks, wur aye afore me. Talk aboot futtygraffs! A had nae need o' Peggy's; her image wuz niver oot o' my sicht!

Then A got that lazy A cudnae wurk, an' A wud a drappit the rines mony a time, an' sut doon on the ploo hannel for hooers jist lukin' at the grun'. My da gruppit me that wae yin day, an' sez he—

"Ir ye no' weel, boy?"

"A'm richtly," sez I, an' wi' that A gruppit the rines. "A wuz jist givin' the powny a rest," sez I.

A saw him lukin' gie an' hard at me, but A jist gied the beest a slap wi' the rines, an' cried at him—

"Wine, Johnny! wine, sir! gee-up."

My da dannered up an' doon the fur a while, an' then went awa an' left me.

They tell me that it wuz a nice lass furst set Bobby Burns a writin' sangs, an' A beleev it ivery wurd. Dae ye know what A'm gaun tae tell ye, but it's astonishin' the pooer a lass haes ower you. It bates ocht! Afore A kent what A wuz aboot A wuz busy makin' sangs aboot Peggy. My! if ye had heerd them. But A burned them as fast as A wrote them.

There mebbe wuznae muckle poatry in them, but there wuz plenty o' luv, an' ye micht a heerd the big hot words makin' the ink fizzle at the point o' my pen.

A think my da suspected me, fur yin day he sez till me, sez he—

"Rabin, A doot yer in luv."

"A wudnae say but A em," sez I, "in luv, an' daurnae tell it."

"What fur?" sez he; "A wud niver a got yer ma if A had been like you."

"Your case is very different frae mine," sez I.

"Hoo's that?" sez he.

"Why," sez I, "it wuz my ma you had tae dale wi', but this is a strange lass A'm in luv wi'."

A niver seen my da lauchin' as hearty in his life, an' he went awa in tae tell my ma.

That very nicht, efter A loused the horses an' got my supper, A went oot tae tak a danner, an' afore A kent A wuz on the auld road leadin' up tae Betty Mewhunyee's. A wuz dannerin' alang wi' my han's in my pokits an' whustlin' a tune. It wuz a nice quate mun-licht nicht as iver A seen, an' jist as A turned Tam Bunt's corner an' cum in sicht o' Wully Kirk's, A seen a wuman on the road afore me. A pyed nae mair attention tae her, hooaniver, bit drappit my heid agen an' dannered alang till A wuz scaured wi' hearin' a screech. Whun A lukit up there wuz Wully Kirk's big white goat stannin' up on its hin' legs an' makin' at the wuman wi' its horns, an' she wuz feered tae gang a step farder. It wuznae lang till A wuz forrit, an' A made a dash at the goat, an' gied a gulder that wud a scaured a mad bull. It jumpit up ontil the dyke, an' whun it got there it turned roon an' lukit at me, as much as tae say—

"Touch me if ye daur, boy; A'm Wully Kirk's goat," an' A shud tell ye that iverybuddy fur miles roon wuz feered o' it.

"Wud ye," sez I, an' wi' that I gied yin jump ontil the dyke; then A gruppit him be the berd, an' afore he had time tae say a wurd A throwed him cleen heels ower heid, an' he fell at the tither side o' the dyke.

A wuz that wae excited that A had forgottin' a' aboot the wuman, an' A wuz stanin' lauchin' at the goat, whun A heerd sumbuddy sayin'—

"Oh, A'm sae muckle obleeged tae ye."

There wuz nae mistakin' that voice! A birled roon, an' there wuz Peggy stanin' on the road, an' the saft munebeams glintin' on her white teeth as she smiled at me. A jumpit aff the dyke quicker than A had jumpit ontil it, an' gruppit the han' that Peggy reached oot till me.

She lauched, an' sez she, "A doot ye hae hurt the goat."

"If A had kent it wuz *you* he wuz gaun tae stick A wud a brauk his neck," sez I.

"Tak' care Wully Kirk diznae catch ye," sez she.

Sez I, "A jist care as little fur Wully as A dae fur his goat; an' noo, jist fur fear the beest micht follow ye, if ye hae nae objeckshuns A'll see ye hame."

"Oh, A hae nae objeckshuns," sez she, "but—."

"But what?" sez I.

"My granny," sez she.

"Leev her tae me," sez I.

A tuk her by the han', and we steppit alang like the babes in the wud, an' it wuz a guid bit afore ether o' us spauk.

PART SECOND

Tongue-ties—Faint Heart never won Fair Lady—Auld Betty Humbugged—Robin's Proposal—Betty's "Beesom—Peggy's Lesson—A'richt at last.

ISN'T it a very kureyous thing hoo luv ties fowks' tongues? If A had met wi' onybuddy else that nicht A wud a rattled awa an' talkit as muckle as ye like, but whun A fun' mysel' steppin' alang side by side wi' Peggy, sorra a wurd cud A

111

get intil my heid. She wuz the furst till speek hersel', a' sez she—

"It's a darlin' munelicht nicht that," sez she.

"The nicest nicht A iver seen in my life," sez I.

"Wuz yer da pleesed wi' the seed prittas?" sez she.

"Indeed he wuz," sez I, "an' so wuz my ma; but A wuznae terble weel pleesed wi' them mysel'," sez I.

"Hoo wuz that?" sez she.

Sez I, "There wuz ower mony o' them."

"Is that a fact?" sez she.

"Ay, they went ower far," sez I.

She lukit at me as if she didnae ken what A meant, an' sez I, "A see ye dinna unnerstan' me."

"A dae not," sez she.

"Weel, Peggy," sez I, "if they hadnae a went sae far, my da wud a sent me back fur mair."

"Had ye no bother eneuch cumin' the yince?" sez she.

"Na, wuman," sez I, "A wud like tae hae thc same errand ivery day."

She hung doon her heid fur she seen me lukin' gie an' hard at her, an' the puir thing didnae speek agen fur mair nor five minits, an' whun she did say ocht it wuz aboot sum ither subjec' a'thegither.

At last we cum in sicht o' the hoose, an' sez she—

"Mister Gordon, A'll bid ye guid nicht, an' A'm fur iver obleeged till ye fur yer kindness."

"Dinnae mention it," sez I, "bit A'm no gaun tae leev ye that wae; whun A hae cum sae far, A'll see ye safe inside the hoose."

"A doot my granny will no be pleesed," sez she.

"Niver feer ye," sez I, "she's no' half as bad as the fowk says she is."

She said nae mair, an' in we steppit. Whun the dug heerd the strange fut, he let a yirr oot o' him, an' made ower a' the teers at me iver ye seen, an' it tuk baith auld Betty an' Peggy a' their time tae keep him aff me.

Whun he did lie doon, Peggy tell't me tae cum forrit, an' sez auld Betty, sez she—

"Wha's this ye hae wi' ye?"

A seen Peggy lauchin', an' sez I—

"Dae ye no' ken me, Betty? A'm young Rabin Gordon, o' Bellycuddy."

"Waen, deer, is it you?" sez she, "cum forrit an' tak' a stool at the fire. Did ye cum fur a wheen mair prittas?"

"Na, Betty," sez I, "A think we hae as mony as wull dae us."

Wi' that she threw a lump o' fir in the fire, an' gied the hearth a bit skite wi' the beesom, an' sez she, turnin' roon tae Peggy,

"Mebbe the boy wud eat a peece?"

A deklare but A didnae ken whaur A wuz sittin'; hooaniver A didnae want tae be fa'in oot wi' Betty, an' sez I, lauchin'—

"Thank ye, mem, A jist had my supper afore A left hame."

Peggy spauk oot then, an' sez she—

"Granny, the young man haes been very kin' tae me, an' he jist cum tae see me safe hame."

My, if ye had seen Betty at that. She got on her specs, an' she glowered furst at the yin, an' then at the tither, an' at last she sez till Peggy—

"What's that ye say, lass?"

Peggy then begood an' tell't her about the goat neer stickin' her, an' hoo A had saved her life; an' A deklare bit the auld buddy wuz nearly oot o' her senses. Furst she wuz sae mad at Wully Kirk an' his goat, an' nixt she wuz sae thankfu' tae me fur what A had din.

She thankit me twunty times an' mair, an' then she begood tae get sayrious lukin', an' sez she—

"Rabin, A ken a' belangin' tae ye, an' yer cum o' very dacent fowk; but A dinnae alloo onybuddy tae be cumin' here efter Peggy."

"Wud ye even sich a thing till a waen like me?" sez I.

"Weel, deed yer naethin' bit a waen," sez she; "but it's as weel tae tell ye in time. A niver merried mysel' an' A'm determined no tae pert wi' Peggy as lang as A leev."

"A cudna blame ye," sez I. "If she wuz in my cherge A wad jist be o' the same noshun."

"Yer a rael sensible spaukin' boy," sez she.

"This marryin's a fule thing onywae," sez I; an' A managed tae get throwin' a luk at Peggy, as much as tae say, "Dae ye see hoo A'm humbuggin' yer granny!"

"It's a' that," sez Betty, "an' there's a guid wheen folk merried the nicht that wud gie a' they're worth tae be free agen."

"An' there's jist as mony, A daur say, that's anxious tae get tied," sez I.

Weel, we crackit awa, an' A got roon the buddy wunnerfully; but A tuk guid care niver tae let her see me lukin' at Peggy, an' no yin wurd did A say tae the dear, till A riz tae cum awa. "Weel, Betty," sez I, "A'll drap in noo an' then tae hae a crack wi' ye, an' see hoo yer gettin' on."

"Ay dae," sez she, "A'll be gled tae see ye, altho', Guid be thankit, A hae brave health, if it wuznae for the roomytics."

"Ir ye bothered wi' them?" sez I.

"Nae whaur but in my han's an' wrists," sez she. A bid her guid nicht, an' then A turned roon tae Peggy, an' sez I—

"Guid nicht, lassie, an' see that ye dae what yer granny bids ye, an' if iver A ken a fellow tae pit the speek on ye, A'll be waur on him nor A wuz on the goat."

Betty lauched ower ocht, an' sez she—

"Show the boy oot, Peggy."

Peggy apened the daur fur me, an' bid me guid nicht. A hel' oot my han' an' she shuk han's wi' me, an' A went awa that happy that A niver kent till A wuz hame.

A day or twa efter this A wuz oot wi' the gun an' shot a cupple o' rebbits. My, it wuz the luckiest thing iver A seen. A hid them in the barn till nicht cum on, an' aff A startit fur Betty Mewhunyee's an' made her a praisent o' the rebbits.

"Waen, dear, yer far ower kin'," sez she.

"No yin bit," sez I, "if ye rowl the skins o' them roon yer wrists it'll cure the pains."

Weel, she didnae ken hoo tae skin them, an' so A had tae dae it fur her, an' then A said A wud gang back whun the skins wur dry an' show Peggy hoo till mak' a pair o' mittens fur her granny. Then whun A went back, an' wuz showin' her the wae till mak' them, A gied her sich a lekter as ye niver heerd aboot hoo tae luk efter her granny, an' sez I—

"Peggy, if iver A ken ye fur tae prepoas tae merry an' gang an' lave yer auld granny, A dinnie ken what A'll dae on ye."

My, the auld buddy thocht there wuznae the like o' me in the hale country side, an' she begood tae think lang fur me cummin' in tae hae a cup o' tay an' a crack wi' her.

Peggy an' me unnerstud yin anither lang afore this. She kent richtly that it wuz tae see her A went there, an' yin nicht whun Betty wuz daen sum wee turns aboot the daurs A tell't her, jist in my ain blunt wae, that A cudnae get throo' life wi'oot her, an' axed her if she wud be my wife.

"Oh, Rabin," sez she.

"Noo, Peggy," sez I, "it's ether tae be yis or no."

"My granny'll fair murder me," sez she.

"No' while A'm here tae tak' yer pert," sez I.

"Oh, A cudnae lee my granny," sez she.

"Then, fareweel, Peggy," sez I, "an' ye'll niver see me mair."

"Yer makin' fun," sez she.

"Indeed, indeed, A em not," sez I, "fur a'll gang an' list[40] the morrow."

"Oh, what wud yer fowk say till that?" sez she, an' A seen the teers cumin' till her e'en.

"What wud Peggy say till it?" sez I.

"A wudnae like ye tae list," sez she.

"Weel, wull ye purvent me?" sez I, an' A hel' oot my han'.

Teers run doon her cheeks, an' she laid her han' in mine.

My da an' my ma, Betty an' iverything else wuz forgot then, an' A slippit my erm roon Peggy's waist an' drew her face nixt mine. "There's mony a slip atween the cup an' the lip," an' A got an illystration o' it then that A niver forgot.

"Peggy, darlin'," sez I, bit A didnae get oot anither word, till somethin' cummed doon wi' a whack on my back, an' whun A birled roon, there wuz Betty wi' a face on her like a teegar, an' the beesom up reddy tae cum doon agen if A hadnae gruppit it.

"What ir ye aboot, boy?" sez she.

"Hoots, wuman!" sez I, "keep yer temper; A'm only geein' Peggy a bit o' a lesson."

"A bit o' a lesson, indeed!" sez she; "dae ye think A haenae the use o' my e'en an' my ears. A wheen minits afore A went oot ye wur busy lekterin' her agen the boys, an' the minit A turn my back ye begin tae kiss her."

"Oh, granny!" sez Peggy, burstin' oot a roarin' an' rinnin' awa doon the house.

"*Me* kiss her!" sez I, "A wuz jist bringin' in a wee bit o' an illystration in my lekter tae shew her what sum o' the boys wud attempt."

She drappit the beesom an' stud lukin' at me. A niver smiled, but lukit at her back agen. At last, sez she—

---

[40] Enlist (in the Militia)—Ed.

"Rabin, A tuk ye fur a waen, bit ye hae been ower mony for me. Awa hame wi' ye, an' niver darken my daur agen."

"Noo, Betty," sez I, "lissen till raison, wuman."

"A'll lissen tae naebuddy," sez she, nor nether she wud, an' A had tae gether up my hat an' cum awa. There wuznae muckle sleep for me that nicht, an' if a' my prayers had lichtit on Betty Mewhunyee, she wud a dried up an' floo awa like a pinch o' snuff afore mornin'.

Daylicht cum at last, an' A made up my min' tae tell my ma. A wuz aye a favourit wi' her. Whun A wuz at my brekfast that mornin' she seen there wuz sumthin' wrang, an' sez she—

"What ails ye, Rabin?"

"Naethin', ma," sez I.

"There's sumthin'," sez she.

"No very muckle," sez I.

"It's mair than ordinar whun it puts ye frae eatin'," sez she.

"A'll tell ye efter a bit," sez I, "whun they a' gang oot."

An' so A did. My, she lauched at me ower ocht, but whun she heerd aboot Betty pittin' me oot she wuznae weel pleesed, an', sez she—

"Lee it tae me, Rabin, an' A'll mak' it a' richt."

"Weel, ma, dinnae be lang," sez I. An' nether she wuz.

Afore nicht her an' my da baith went up till Betty Mewhunyee's, an' whun they cum back A seen by my ma's e'e that it wuz a'richt, an' so it wuz. A niver kent hoo they set aboot it, but they persuaded auld Betty tae consent tae the match, on condeeshin that A wud leev there an' no sayperate Peggy an' her while she leeved. A'll niver forget the scene whun A went up that nicht. A steppit in lauchin,' an' sez I—

"Betty, A hope the beesom's no' neer ye."

"Oh, ye rogue, ye!" sez she, "ye wud provoke a saint."

Then she lauched, an' sez she—

"Peggy's doon the hoose there, ye can gang an' gie her anither lesson."

An' so A did. My ain Peggy! My, this coortin's a quer thing! Sum fowks' made fur yin anither, an' it wud been weel fur ithers they had niver met. But nether Peggy nor me regrets the day we met, an' it mak's me feel young agen as A tell ye, efter my ain fashun, aboot

PEGGY, AN' HOO A COORTED HER.

WEE WULLY

The bother o' Waens—Learning to Nurse—Wee Wully's Arrival—
"Nyum, nyum"—Wee Wully's Prattle—His Education.

IN my young days A niver likeit waens, an' A used tae
wunner hoo onybuddy cud be bothered wi' them. Sum
wae or ither, nae metter what's neglected in the hoose, the
waen maun aye be lukit efter an' attendit till like a lord. A'll
ashair ye they wudnae a got muckle attendance frae me.
Sam Forgyson an' me used tae rin terbly thegither, an' A
hae min' that A wuz rael vexed whun Sam got merried, an'
it wuz a guid while afore A cud luk at his mistress ava, for
he wuz that muckle taen on wi' her that him an' me seldom
seen yin anither. Hooaniver, A begood tae drap in noo an'
agen till see him, an' hae a bit crack aboot auld times, an'
dae ye know but A begood no' tae think sae hard o' his
mistress, fur she wuz a rael, kin'-hearted, smert, clean,
throogaun buddy. Weel, by an' by, a wee Forgyson made its
appearance, an' A niver dislikit waens as muckle as A did
then. Ony time that A went in, Sarah Jane—that wuz
Mistress Forgyson's name—wud cum rinnin' forrit wi' the
waen in her erms, an' she wud say—

"Hae, Rabin, fin' the wecht o' that fellow."

"Weel, A wud hae tae tak' him in my erms, but A aye
hel' him as far aff me as possible, an' A wud say—

"My! the wecht o' him's ower ocht!"

"Tak' a stool an' sit doon, an' nurse him a bit till A get
Sam's supper ready," she wud say.

Weel, A wud a din onything for Sam, an' so A wud sit doon an' haud the waen on my knee as if he wuz a bit o' gingerbreid, an' as shair as he lukit intil my face he wud burst oot roarin'. A cud a fun' in my heart tae a nippit him!

"Sing till him, Rabin," sez Sarah Jane.

"Hoo cud A sing till him?" sez I.

"Weel he likes tae heer the tangs jingellin'," sez she.

My, if ye had seen me sittin' like a fool jingellin' the tangs agen the hearthstane till A had the wee crater lauchin' ower ocht. Then he wud stick his dirty wee fists agen my shirt breest, an' mony a time A hae seen him drappin' his breed an' traycle on my nice chackit breeks, an' the traycley side wuz aye doon. A cud jist a chukit him aback o' the fire! He kent the luk o' my face rael weel, an' if iver A grew the leest bit cross like, he wud a puckered up his face an' yelled as if A had been stickin' pins in him. Then Sally wud a drappit whativer she wuz at, whuppit the waen aff my knee, an' gied him a wheen pitches up richt aboon her heid, till money a time the licht left my e'en, for A thocht he wud fa' on the fluir, an' get his brains knockit oot. Hooaniver, she cud catch him like a ba', an' ivery fling she gied him she wud cry, "Kitchy, kitchy, kaw!"

She very suin had him lauchin,' an' then she wud wipe his nose an' e'en, and clap him on my knee agen. A cud a seen that wuman far eneuch!

But A did think a rael peety o' Sam. There he wud cum in, tired efter a hard day's work, an' stervin' wi' hunger intil the bargen, an' he wud luk roon him, an' say—

"Weel, Sally, ony wurd o' the supper?"

"Ay, Sam, A'll jist hae it reddy in a minit," sez she.

"Wumman, A'm jist drappin' aff my feet," sez Sam.

"Weel A wud a had it reddy only for that waen," sez she.

Then, whun the tay wuz a pourin' oot, gie an' affen there wuz nae milk, an' her nixt cry wud be—

"My, that waen hasnae left me a drap o' milk!" An' so Sam wud ether hae tae tak' his tay the way it wuz, or sit till Sally wud gang an' milk the goat. In fact, nae metter what gied wrang, that waen wuz aye blamed wi' it, an' dae ye know but it made me far waur agenst the wee things than A had been afore.

But its wonnerfu' hoo a buddy feels whun they hae a waen o' their ain. My, it bates ocht! There wuznae a happier nor a prooder man in the hale toonland nor mysel' whun wee Wully cum. Whun Peggy an' me got married A thocht A had nae mair tae wush for, an' life was anither thing a'thegither. My, the very sun lukit brichter, my wark wuz a pleezhyer tae me, an' naethin' wuz a bother. But whun wee Wully wuz put intil my erms, an' whun a lukit intil his clear blue e'en, an' seen what a helpless wee thing he wuz, A deklare A jist felt my heart growin' bigger like, an' whaur there had only been room for Peggy afore, there wuz room noo for baith her an' wee Wully. A cudnae a believed it if onybuddy had a tell't me it aforehand, an' A begood tae think that it wud be nae truble till me tae wait fur my tay, or tae tak' it wi'oot milk ether, for the waen's sake. But sich a thing niver happened, an' it wuznae lang till A begood till see there wuz a quer odds in weemen. An' there is a quer difference in weemen. Jist as muckle as there is atween a man-o'-war an' a weshin' tub! Whun A wud a went hame in the evenin's, wee Wully wud ether a been soun' asleep, or else Peggy wud a had him sittin' in his creddle shakin' a wee tin rattely, an' lauchin' ower ocht. A aye wantit tae tak' him on my knee while A wuz at my meat, but Peggy wudnae hear tell o't. She said it wuz a bad fashun tae learn waens, an' that it kept fowk frae gettin' ony guid o' their males.

Weel, that waen thriv ower ocht, an' he wuz the wireyest crayter iver ye seen. Afore he wuz a twal-month auld he wud a waukened me in the mornin's stickin' his wee fat fingers intil my e'en, or he wud a put his mooth till my ear, and cried "Goo-oo-oo." My, but Peggy wuz the prood wuman whun his first teeth begood tae shew. She met me at the daur that day wi' the waen in her erms, as A cummed in for my denner, an' sez she—

"Luk, Rabin, luk, a nice wee tootle!" Then she huggit that waen in her erms till A thocht she wud a smothered him, an' sez she—

"Luvins on my wee pet! My wee Wully, och, bit him'll be the fine wee man whun a' him's tootles cums. Noo, sit in yer ain wee creddle till da gits his denner."

"Hae ye tried him wi' a pritta yet, Peggy?" sez I.

"Haud yer tongue, Rabin," sez she, "hoo cud a waen like that eat a pritta?"

"Ye cudnae gie him a better thing tae try his teeth on," sez I, lauchin'. A did tak' sum quer rises oot o' Peggy aboot that waen.

He begood tae sook his fingers, an' A had maist sayrious bother pittin' him aff that. If ye had a let him, he wud a sut for hooers wi' his wee thoom in his mooth sooken awa as if his life dependit on it, an' sayin' till himsel', "Nyum, nyum, nyum."

"Dinnae sook yer finger, Wully; dinnae dae that like a guid waen," A wud say, but A micht as weel a hel' my tongue. A tried iverything A cud think on tae brek him aff it. Furst A bocht him shugar candy and yellow man, but efter he rocht wi' that a while, he wud a flung it at the cat, an' in wi' his thoom agen. At last A rubbit bitter yallaways[41] on his fingers, an' A think that cured him. But my! it maist brauk Peggy's heart tae heer him roarin' whun he tasted the yallaways, and A deklare but he cud pucker up his face till ye wudnae a kent yin bit o' him, and his wee unner lip wud a trimmled ower ocht.

---

[41] This could be a reference to 'yellaweed' (lit. yellow wild flower, and here meaning charlock, or wild mustard), or, more probably, to 'alloways' or (bitter) alloes.

WEE WULLY

Weel, he cud a trevilled wi' a grup o' yer han' when he wuz a yeer auld, an' it wuznae a crack efter that till he wuz rinnin' aboot the hoose wi'oot yin o' us touchin' him. A did pit in the times o' it nursin' him, an' lernin' him tae talk. The furst wurd he said wuz "ma," an' whun A wud a said tae him—

"Whaur's yer ma, Wully? Shake yer heid at ma, Wully," the wee rogue he wud a lukit strecht at Peggy, an' waggit his heid at her. Then A tried tae lern him tae say "da," but it tuk me a lang time. A wud gar him stan' up on my knee, an' A wud tell him, "Say 'da,' Wully."

Then he wud pu' my whusker, an' lauch, an' say—"Ga—ga." He got the tongue rael fast, an' afore lang he wud a met me at the daur an' gruppit me by the han' an' say till me—

"Tum, da, tum; dennay'eddy."

It's wonnerfu' hoo waens dae get on. He wuz aboot twa yeer auld at this time, an' he wuz growin' as fast as iver he cud. An' then the noshuns o' him, an' the tricks o' him bate ocht. He wuz terble fond o' traycle, an' nae odds hoo cross he had been, if ye had jist a set him doon a tinfu' o' it, ye wudnae a heerd a wurd oot o' him fur lang eneuch. He wud a stuck his twa fists intil it, an' sut an' lickit them fur hooers. Then there wuz nae toy pleesed him as well as my watch, an' it ansered as weel that she wuz gie an' strong. He wud a dunnered that watch agen the hearthstane as if it had been a hemmer he had in his han', an' A cud shew ye till this day whaur he brauk a peece oot o' the case o' her. The bigger he got he grew the trickier, an' it tuk us a' oor time tae watch him. Yin day he wuz sailin' wee bits o' sticks fur boats in the linthole, an' in he tumbled. If Sam Forgyson hadnae been passin' at the time that wud a been the end o' wee Wully. It made us far fander o' him than we had been afore, an' nae metter what he din we niver had the heart tae gie him a lickin.' Yin day he tied the tin taypot till the dug's tail, an' the puir brute tuk the country as if he had been mad. Then he tormented the cat at sich a rate that she had his

123

han's an' face a' scrabbit. He wuz the greatest yung clip A iver cum across, but raelly A cud not fin' in my heart tae be angry wi' him, an' dae ye know but A hae mony a time thocht that the fowk haes themsel's tae blame fur their waens no' turnin' oot richt. Ye see they restrict them in this thing an' the tither; they'll no' let them gang here, an' they'll no' let them gang there, an' they'll mak' them sit wi' lang faces on them as if it wuz a sin tae lauch, till the waens ir mair like auld men an' weemen nor ocht else. Then whun they grow up an' get awa oot o' their fowks' sicht they get intil a' soarts o' mischief, an' in my opeenyin the faut's no' theirs. A hae seen waens that wud rin an' hide themsel's whun they heerd their da's fit, an' if they had been eatin' at the same table, they wud a been afeerd till a luckit up, bit A'll ashair ye nane o' my waens wur that wae. Frae iver yin o' them kent me, the minit they seen me they wud a jumpit tae get till me, an' lauched ower ocht. Peggy an' me likit oor waens, an' A hae heerd fowk sayin' that it's a sin tae be ower fand o' them. A dinnae beleev sich a thing, an' nae man or wuman cud be ower fand o' their waens. Sum fowk wull tell ye whun a waen dees that it wuz tuk frae ye acause ye thocht ower muckle o' it. I niver heerd sich blethers! Him that sent the waens mak's us like them, an' A cudnae bring mysel' tae say the things aboot Providence that A heer sum fowk cumin' aff wi'.

Puir wee Wully! If iver a waen wuz likit by his da an' ma it wuz him. He's a big man noo, neerly a heid heecher nor mysel', an' yet A aye luk on him as the wee clatterin' thing that A used tae tak' by the han' an' lead aboot the fiel's lukin' fur birds' nests, or amang the oothouses whun A wud be feedin' the kye an' pigs.

Mony a lang crack Peggy an' me had aboot what we wud mak' him, whun the meinister used tae lay his han' on his heid an' tell us that he wud be a grate man sum day. That's jist a wae they hae wi' them, mair espayshally if they're lukin' efter subscriptions fur ocht. Peggy wantit me tae mak' him a skolard, but A wud aye say till her—

"Na, Peggy; it wud be a peety tae spoil him."

"Agh, Rabin, hoo wud that spoil him?" sez she.

"Peggy," sez I, "wud ye like yer ain waen tae pass ye by in the street if he met ye?"

She hung her heid.

"Weel, that's yin thing eddykaishin diz fur fowk, Peggy; they grow ashamed o' the auld buddies that toiled tae get fur them what they niver got themsels, an' A'm no in terble luv wi' the ways an' menners o' the maist o' the eddykaited fowk A see."

"Oh, Rabin, yer ower hard on them," sez she, "ye ken richtly there's guid kin' fowk amang the weel lerned."

"That's very true, Peggy, but they wur born wi' guid kin' hearts, an' eddykaishin wull niver mak' muckle odds in fowk's naters; it may pit a bit polish on them, but ye cannae mak' a silk purse oot o' a soo's lug."

"Weel, Rabin, A wud like wee Wully tae get the book lernin'," sez she.

"A'll sen' him tae skule," sez I, "an' get him teached tae read an' write an' dae a bit coontin', but that's a', Peggy; he'll be the richt man tae haud a plew, an' as A said afore it wud be a peety tae spoil him. Luk at his uncle Wully, that he's ca'd fur; it wuz the book learnin' made him gang tae wanner the wurl."

"Weel, weel, Rabin, ye ken best," she wud say, an' puir buddy, she seldom tries tae contradict me. An' it jist turned oot as A said. There's no' a better fermer in Bellycuddy than oor Wully, an' it's nae langer ago nor last week that he tuk the furst prize at a plewin' match. He's married noo, an' haes a snug hoose o' his ain, but he gie an' affen cums tae see the auld fowk, an' if it wuz only twa or three fresh eggs, or a prent o' butter, he wud hae sumthin' fur his ma! My! she kens his fit as weel as she dis mine, an' lang afore A can heer him, her face wull brichten up, and she'll say—fur we aye ca' him by his auld name—

"RABIN, YONNER'S WEE WULLY!"

THE COLORADO BEETLE

Peggy's Suspicions—An Ancient Relic—The Potato Bug—A
Misunderstanding

A SUPPOAS ye min' the time there wuz sich a sough
throo the country aboot the Culleradoo Beetle that
fowk said wud cleen destroy the pritta crap.

Weel, A wuz sittin' at my denner yin day whun Wully
Kirk, o' Bellycuddy, cum rinnin' in, a' oot o' breath. A
cudnae speek tae him at the minnit, for my mooth was fu',
but Peggy spauk oot, an' sez she, "Is there ocht wrang,
Wullie? Is the goat deid?" Ye ken Wullie's goat fell aff the
dyke an' hurt itsel' badly an' it's no like tae leev.

"Na, wuman, it's no that," quoth Wullie; it's mebbe waur
nor that, fur as A wuz cumin' oot o' the toon there, A saw
Mr. Bunt, the megistrate, an' the sergint o' the pileece, an'
three o' his men cumin' oot here, an' there's a hale crowd o'
fowk wi' them."

"They're no' cumin' here," sez I; "what cud they want
here?"

"Heth, A dinnae ken," sez Wullie; "but A thocht A wud
rin on afore them an' tell ye."

Peggy glowered at me as if she wud a put her een
through me; an' sez she—

"Rabin, A doot ye hae been daein' sumthin'."

"Sorra thing hae A been daein'," sez I, "that A care three
straws wha kens; but speek oot, Wullie," sez I, "an' if ye
ken ocht aboot it let us hear it."

127

"Weel, weel," sez he, "A dinnae like tae tell ye, but A'm feer'd ye're blamed wi' stealin' sumthin,' fur A heerd them sayin' they wur lukin' fur a beetle, an' that there wuz yin had been seen aboot your hoose."

Puir Peggy wuz struck speechless. It taks a guid dale tae deprive her o' the use o' her tongue, but she lost it fairly that time.

"Wullie, my man," sez I, "it's a terble thing tae be hard o' hearin' "—ye ken Wullie's near deaf—" 'bad heerin' mak's bad rehearsin','' but A ken noo what it is."

"Weel, an' am A wrang?" sez Wullie.

"Of coorse, ye ir," sez I; "did ye no heer aboot the gran' bazaar they're gaun tae hae tae rise money for a hall, an' they're gaun through the country getherin' up a' the auld anshent things they can get a haud o', an' A'll be bound," sez I, "they hae heerd tell o' my auld grannie's beetle that haes been in the femily for generations, an' it's it they're efter. A wudnae like tae pert wi' it, but they're welcum tae the loan o' it. There it is hingin' up a-hint the daur. Na, it's no," sez I, as A got up tae reach it doon, an' saw it wuznae there. "A'm sayin' Peggy, whaur's the beetle? Can it no' be had jest whun it's wantit?"

"Ah, dinnae bother me aboot yer beetle," sez Peggy, wringin' her han's an' rockin' hersel' back an' forrit on a stool, "what dae ye think they wud want yer beetle fur? Oh, Rabin, ye hae bin daein' sumthin'! ye hae bin daein' sumthin', Rabin, fur a dreamed last nicht"—

"Haud yer tongue aboot yer dreams," sez I, "an' start tae yer feet an' luk fur the beetle, an' dinnae apen yer mooth till ye get it. There's no sich anither beetle in the hale country side; A'm tell't they beetled champ wi' it in the time o' King Wulyim the Third, an' my granny brauk the skull o' a Croppy wi' it the time o' the rebellion."

"Hae ye fun' the beetle yit, Peggy?" says I; but she wuz that sulky she wudnae answer me.

"Did you see the beetle, dear?" sez I tae wee Paddy—that's my granwaen, ye ken, that leevs wi' us—"did you see the beetle, Paddy?"

"Iss, da"—he ca's me da, puir wee fellow—"Iss' da," sez he, "me seed the beetle 'isterday."

"Did ye, dear," sez I, "an' what did ye dae wi' it? Whaur did ye pit it, dear?"

"Me dunno," sez he, stickin' his dirty wee fists intae his e'en, an' beginnin' tae greet.

"Dinnae roar, dear," sez I, "A'm no' angry wi' ye, but A dae wush A cud fin' the beetle."

Jest as A said the words there wuz a knock at the daur, an' A gathered mysel' up an' apened it. Behold ye, but A cud harly believe my e'en. There wuz Tam Boal, the postman, standin' haudin' a horse by the bridle, an' there wuz auld Jamey Menyarry, wi' his big lang-tail'd coat on him, stanin' aside him pointin' at oor hoose; an' sich a crowd o' folk niver wuz at Rabin Gordon's afore in my day. Mr. Bunt, the megistrate, wuz awa doon the road a piece, an' there wuz a wheen o' men roon him wi' lumps o' cudgels in their han's, as if they had cum oot tae hunt rats. Whun A apened the daur the pileeceman steppit in.

"That's a brave sort o' a day," sez I.

"It is," sez the pileeceman, "jist a brave day. I'm sorry tae disturb ye," sez he, "but did ye see ony word o' a beetle?"

"Tae be shair," sez I, "we hae had a beetle here this guid while."

He steppit back then, an' A heerd him tellin' the sergint that A said A had a beetle, and the sergint then went up an' said sumthin' tae the megistrate, an' he cum steppin' forrit tae the daur.

"Weel, my guid man," sez he, "let us see this beetle."

"A'm sorry tae tell ye, sir," sez I, "that A cannae fin' it jest noo, an' A hae been lukin' for it iver since A heerd ye wur cumin' oot."

Then A turned roun' tae Peggy an' cried oot—

"Peggy, hae ye fun' the beetle yet?"

"A hope it hasnae escapit," sez Mr. Bunt.

"Na, it cudnae weel escape," sez I, "for A keep a string tied tae the en' o' it; an' it wuz here at denner time yisterday, for wee Paddy wuz lickin' the champ aff it."

Some o' the fellows begood tae cheer an' laugh at me, an' the sergint cumin' up tae me, sez tae me,

"Rabin, what blethers ir ye talkin'?"

But jist at that minnit Peggy cum oot o' the daur, an' sez she, "Wee Paddy says he saw it at the pritta field!"

"That's the very place it's likely tae be," sez the megistrate, an' wi' that he jumpit on his horse, an' aff he went at a canter nixt the big pritta fiel', an' the pileece an' the ither fellows efter him.

By this time a wheen o' the nybers had gathered tae see what wuz wrang, an' Λ declare if A cud tell whuch end o' me wuz up.

"Is there onythin' the metter?" sez auld Jack M'Coubrey, pooin' the big skin cap aff his ears tae hear what we wur talkin' aboot.

"There maun be sumthin'," sez I, "but A dinnae ken what it is; A think the folk's gaun mad."

"Luk what they're daein!" sez Tam Shaw; "if they're no' champin' an' smashin' ower yer guid pritta field!"

"As shair as daith they ir," sez I, "an' A'll no' stand that!"

So aff A run as hard as A cud, an' the first fellow A laid hould o' wuz slashin' awa' wi' a stick amang the pritta taps, but A gied him a wipe on the lug that he'll no' forget this month; an' A gied the nixt yin a push that sent him intae the sheugh.

"That's a quer way tae luk for a beetle!" sez I; "dae ye think A'm no' fit tae fin' it mysel'? Clear oot o' this ivery yin o' ye! What in the name o' common-sense dae ye mean?"

"Calm yersel', my guid man," sez Mr. Bunt; "we believe the beetle tae be concealed here an' feedin' on yer crap, an' if we shud destroy the hale fiel' we'll fin' oot if it's here."

"Concealed!" sez I; "it's naethin' o' the soart! What wud A hide it for? The waen haes left it here an' forgot it; but, *feedin'* did ye say? *A beetle feedin'!* A niver heerd the like o' that afore. Save my heart, a'm A sleepin' or waukin'?"

"A'm beginnin' tae think ye niver saw the beetle," sez the sergint; "cud ye tell us the colour o' it?"

"It wuz a kind o' a dirty yellow," sez I.

"Wi' black stripes?" sez he.

"Oh, deed, it had mony a black mark on it," sez I, "an' so wud you, sergint, if ye had been as muckle knocked aboot."

"Wuz it full grown?" sez the megistrate.

"Weel, sir, A dinnae ken," sez I, "but it wuz as big as ony beetle A hae seen."

Jest wi' that Peggy cum rinnin' oot, wavin' the beetle roon' her heed an' shoutin'—

"A hae fun' the beetle! A hae fun' the beetle!"

"Whaur, whaur is it?" cries the megistrate, an' "Whaur, whaur is it?" cries the pileece, an' there they wur, haudin' up their heeds an' glowerin' in the air as if it wuz a bird they wur watchin'.

"Here it is!" sez I, takin' it oot o' Peggy's han' an' stickin' it in the sergint's; "it wud make a richt baton fur ye; ye're welkim tae the loan o' it, but dinnae loas it, fur it haes been in oor femily fur generations."

Weel, ye wud a lauched if ye had seen them. Mr. Bunt jumpit aff his horse an' hoult his sides an' lauched; an' the pileece had tae slacken their belts, while the ragamuffins yelled an' flung up their sticks an' caps like wild Indians.

It wuz a guid while afore they cud get me tae unnerstan' them. It appeared that sum kin' o' a thing ca'd a "Culleradoo beetle" wuz cumin' frae Amerikay tae eat up a' the prittaes, an' that the pileece had yin o' them in a cage at the berricks, but it had flew awa' an' sumbuddy tell't them it wuz seen aboot my hoose.

Weel, A tell't the pileece that there wuznae a word o' truth in it, but that A wud luk through the prittaes mysel', an' if A started the thing A wud try tae catch it.

(Reproduced from an unattributed drawing in the first omnibus edition; quite probably one of WG's own sketches.)

THE VEGETARIANS

PART FIRST

Robin Meets an Old Friend—A Good Appetite—A Discussion upon
Food—A Groundless Alarm—What is a Vegetarian?

MY! wunners wull niver cease, an' A cum across yin o'
the oddest things lately that iver A heerd tell o' in my
life. A wuz up in Bilfaust yin day, an' A went intil a coffee-
hoose tae get sumthin' tae eat, an' jist as A wuz sittin' doon
in a nice wee place that's a' boxed up in yin o' the corners,
who shud cum in but a fine dacent well-tae-dae man, a
Mister Teelinson, belanging tae Bilfaust, that A ken richtly,
an' sez he, haudin' oot his hand, sez he—

"Why, Rabin! Is't possible yer here? an' what way ir
ye?"

"A'm in guid helth," sez I, "but A'm stervin' wi'
hunger."

"That's jist the kin' o' fowk they want here," sez he.

Wi' that a nice black-haired lass cum in, an' axed us
what we wud hae.

My freen spauk the furst, an' said he wud tak sum coffay
wi' broon breid an' butter.

"An' what'll you hae, sir?" sez she, lukin' at me, an'
lauchin'.

Sez I, "Dochter, A'll tak the same, but ye micht bring me
a plate o' roast beef."

133

"You like a *lerge* plate, A believe," sez she.[42]

"Weel, A'm no sae parteekler aboot the *plate* as A em aboot what ye put on it," sez I, an' awa she went lauchin'.

"Rabin, my freen," sez Mister Teelinson, "ye'll hae tae quat eatin' meat."[43]

A lukit at him fur a wee minit, an' then sez I—

"Yer jokin', Mr. Teelinson."

"A em not, indeed," sez he. "It's very bad fur ye."

"Weel, A'll admit," sez I, "in aboot twunty minits frae noo that it wud not be guid fur me tae tak muckle mair, but jist noo, Mr. Teelinson, A feel as if A cud eat my auld boots."

Jist as A said that the coffay an' ither things cum in, an' the young lady went oot an' sneckit the daur efter her.

A had taen a gie erly brekfast that mornin', an' A dae think A niver felt as hungry in a' my life, so A fell tae my beef in ernest, an' my freen begood tae his broon breid an' butter, an' sez he tae me, sez he—

"Rabin, A'm vexed tae see ye eatin' that beef."

"What fur?" sez I.

"Becase it'll dae ye herm," sez he.

"Nae fear o' that," sez I, "there's no' that muckle o' it; man, the fowk in these kin' o' places kens better what we need than we dae oursels, an' if what we get diz us herm it'll no' be on accoont o' the size o' it."

He lauched whun A said that.

"Wull A order a bit fur ye?" sez I.

"Na," sez he, "A hae quat eatin' meat a'thegither."

Weel, A wuz that thunnerstruck, that A wuz neer chokit, an' a drappit my knife an' fork, an' jist sut glowerin' at him. The idea o' a man sayin' he had quat eatin' an' him walkin'

---

[42] A reference to "Robin's" story about his friend, Paddy M'Quillan's Christmas Day meal in Belfast (see Part 1.)

[43] In Ulster-Scots "meat" can also mean food of any kind.

intil the breid an' butter as if he hadnae seen meat fur a month!

"Puir man!" sez I to mysel', "he's gaun wrang in the min'. A jist thocht he wuz workin' ower hard, an' gettin' on ower weel in the wurl, an' A see it's turnin' him in the heid."

A deklare it tuk awa my appetite!

Weel, A seen that he wuz waitin' fur me tae say sumthin', an' so sez I tae him—

"An' hoo dae ye fin' that tae agree wi' ye?"

"Man, A niver wuz better," sez he. "A fin' mysel' gettin' lichter ivery day," sez he.

"A dinnae doot it yin bit," sez I. "A dinnae ken ocht that wud mak a man get licht as fast as tae quat takin' meat."

"Rabin," sez he, "A'm anither man a'thegither since ye seen me last,"

"Puir man," sez I tae mysel'; "A doot ye ir; my! it's a peety o' the mistress an' waens."

"Weel, Mister Teelinson," sez I, "hoo lang is't since ye quat takin' meat?"

"A haenae tastit it," sez he, "fur aboot three weeks."

A deklare but that knocked me cleen speechless, an' whun A seen that he wuz sae far bye himsel', A begood tae feel no' very comfortable. The idea o' a man sittin' stuffin' himsel' like a pin-cushion, an' tellin' me tae my bare face that he hadnae tasted meat fur three weeks! Sez I tae mysel', "Bliss me, the man's clean astray, an' A had better no cross him, or he'll mebbe get ootraijus."

A had finished my beef by that time, an' he had din wi' his coffay, so A pickit up a' the knives, an' exemined them as if A wuz lukin' fur the meker's name; then A slippit them doon alow the table, an' laid them on the sate beside me, "fur," sez I tae mysel', there's nae knowin' what he micht dae."

"Weel, an' what diz yer mistress say aboot ye?" sez I.

"Oh, she's very weel pleesed," sez he.

"It'll tak a guid dale less tae keep the hoose noo," sez I.

"It diz that," sez he, "an' A'm in great hopes that my wife wull quat the meat tae."

"Wunners wull niver cease," sez I.

"We're gaun tae form a society," sez he, "an' afore lang, Rabin, my man, half the fowk in the toon wull be like me."

"Man, deer," sez I, "but that wull bring doon the merkets; dinnae dae ocht mair till A get my craps turned intil money."

"Why," sez he, "ye'll get better prices fur yer craps than iver ye did; but A wud advise ye tae quat rearin' pigs," sez he, "fur efter a while naebuddy wud luk at them."

Sez I, "Peggy wud brek her heart if she hadnae a wheen o' pigs tae wurk amang; but A'll tell her what ye say, Mr. Teelinson. Wud ye alloo me tae keep ony heifers?" sez I.

"Oh, tae be shair," sez he; "the milk an' butter wull aye be usefu'."

"No' if the fowk quat eatin'," sez I.

"Quat eatin'!" sez he. "A think yer doatin', Rabin."

He begood tae fidget aboot on his sate as if he wuz lukin' fur sumthin', and sez I tae mysel', "A wush sumbuddy wud cum in, fur he's takin' some ither turn, an' deer knows what he'll dae nixt."

"A doot ye dinnae unnerstan' me," sez he.

"A doot no'," sez I, "but A maun gang awa."

"Oh, tak' yer time," sez he, an' he put his han' intil his coat pockit. "A wud like," sez he, "tae mak ye a *vegetaryan* afore ye gang awa."

A niver felt as quer in a' my life, an' the hair wuz like tae stan' on my heid. A lukit doon tae see that the knives wur oot o' his reech, an' the licht begood tae dance afore my e'en. "In the name o' a' that's wunnerfu'," thinks I, "but what's a *vegetaryan?*"

At a time like that it bates a', the thochts that come intil a buddy's heid; an' A had min' o' my son-in-law tellin' me aboot a man they ca'd *Joopiter,* in auld times, that cud turn himsel' an' ither fowk intil beasts or ocht he likit; an' thinks I, "Noo, Mister Teelinson haes been readin' aboot Joopiter, an' it's wurkin' in his min'."

At last A determined tae speak tae him sayriesly, but afore A said ocht A gruppit the wee brass hannel o' the daur an' apened it, so that if onything shud happen A wud be reddy tae cry for help.

"Mr. Teelinson," sez I, "wull ye tell me what ye mean? Shair A niver did ye ony herm in my life, an' what wud ye dae *that* on me for?"

"Dae what?" sez he.

"Mak me a *vegetaryan*," sez I.

"Why, man," sez he, "it's fur yer ain guid."

"Cum awa," sez I, "till A see aboot gettin' ye sent hame, fur yer no weel."

"There's naething wrang wi' me," sez he.

"Weel, what's a *vegetaryan?*" sez I.

"It's a man that eats nae beef," sez he.

A seen it a' in a minit, an' A drappit doon on my sate an' burst oot a lauchin'.

"A wush ye had said that at furst," sez I, "fur A niver got sich a scaur in a' my life."

"What wae," sez he.

"Why," sez I, "sittin' there afore my een stuffin' yersel', an' tellin' me at the same time that ye hadnae tasted meat fur three weeks."

"A meent flesh meat," sez he.

"Weel A ken that noo," sez I, "but luk whaur A hid the knives, fur A thocht ye wur mad, an' A didnae ken what ye micht dae."

A niver heerd him lauchin' as hearty in a' my days.

"Rabin, Rabin," sez he, as suin as he cud speek, "mony a lauch ye hae gien me, but this is the heartiest yin iver A had in my life."

He lauched sae lood that twa o' the young lasses cum rinnin' forrit, an' sez yin o' them, sez she—

"Wur ye callin' me, sur?"

"Weel, deer," sez I, "ye micht bring us twa mair cups o' coffay," an' then sez I tae Mister Teelinson, sez I—

"Ye maun drink anither cup wi' me, an' tell me mair aboot this vegetaryan bizness."

"Weel, ye'll no' hide the knives this time," sez he, an' he fell tae the lauchin' agen.

Whun the coffay cum in, A shut the wee daur agen, an' sez I—

"Weel, Mister Teelinson, A want tae heer exackly what a vegetaryan is ."

"Weel," sez he, "it's a man that neither eats fish, flesh, nor fowl."

"Oh," sez I, "A doot that's a sin."

"What wae?" sez he.

"Tae refuse guid meat that's made fur us," sez I.

"It's my belief," sez he, "that naethin' but vegetables wur iver intended to be eaten by man."

"Weel, fur my pert," sez I, "A wudnae like tae be fed on cabbage an' curly kail."

"There's mair sorts o' vegetables than that," sez he.

"A niver heerd ocht else ca'd vegetables," sez I, "unless mebbe turnips, an' they wudnae be terble guid feedin' for onybuddy."

"Man," sez he, "a vegetaryan can leev on the very best."

"Hoo diz that cum?" sez I; "tell me what they can eat."

"Carrots, turnips, prittaes, peas, harrycuts, cabbage, onions, epples, oranges, grapes, wheat, flooer, parritch, an' a hunner things that A cannae min' jest noo," sez he.

"But what'll ye dae wi' a' the kye an' pigs, an' goats, an' ither things that we eat?" sez I.

"Keep as mony kye an' goats as ye like," sez he, "fur the mair milk an' butter ye eat the better; but as fur pigs," sez he, "they shud be a' destroyed aff the face o' the earth."

"What fur?" sez I.

"They're uncleen animals," sez he, "an' no' fit fur human food."

"A'll admit that they're dirty things," sez I, "an' as thrawin' as a dug's hin' leg, but whun a piece o' yin o' them's weel cooked an' set on the table wi' a big dish o' boiled cabbage, nae mortal man cud stan' agenst it."

"That's a' blethers," sez he, "an' forbye that," sez he, "the meat that a man eats gangs tae form a pert o' his buddy; the man that eats muckle fish wull be fishy, an' the man that eats muckle pig wull be piggy."

"Then," sez I, "the man that eats muckle kail wull be *curly*." He lukit hurt a wee bit.

"Weel, ye maun excuse me," sez I, "fur the hale thing luks sae odd an' funny that A cannae help lauchin', an' the nixt time A'm up in Bilfast we'll hae a lang crack aboot it." "Very weel," sez he, "but in the meantime," sez he, "A wud advise ye tae gie it a trial. You that leevs in the cuntry haes a richt guid appertunity, an' ten chances tae yin but ye'll leev twunty yeers langer."

Sez I, "Mr. Teelinson, A think A'll try it, but A doot Peggy'll no' be content; hooaniver, A'll talk tae her aboot it."

A thocht aboot this the hale road hame, an' made up my min' tae see hoo the thing wud wurk.

A wuz wat an' hungery when A got hame. Peggy had on a great big fire o' bleezin' peats, the kettle was boilin' an' the tay things wur on the table.

"Rabin, deer, yer cleen loast," sez she, "an' A'm shair yer stervin', but A hae a nice bit o' steak fur yer tay that'll mak ye a' richt."

Weel, what cud A say? In less time nor it wud tak me tae tell ye the steak wuz in the pan, an' the smell o' it wuz eneuch tae drive a hungery man daft. Sez I tae mysel', "A'll no' be a vegetaryun the nicht; A'll wait till the morrow."

Ther's nae pert o' a coo that A like sae weel as the steak, an' mony a lang luk A tuk at that yin, thinkin' it wud be my last.

PART SECOND

Robin's Views about Mother Eve—The Yearnings of Appetite—
Peggy's Cookery—Kippered Herrings—A Curious Sermon—Wee
Paddy's brown Hen—Fireside Chat.

NIXT mornin' A wuz oot diggin' prittaes afore Peggy wuz up, an' whun she cried me in fur my brekfast she had a dish o' bacon an' eggs on the table that made my teeth rin water.

Sez I tae mysel', "A wush Mr. Teelinson jist had twa sniffs o' that; he wud be a vegetaryun nae langer!"

Weel, A did mak' the attempt tae be a vegetaryun, but, man deer, it wuz the sair, sair trial on my patience, an' it made me the lauchin' stock of Ballycuddy. A used tae rage an' scould aboot puir auld Eve eaten the epples in the Gerden o' Eden, an' bringing' sich bother an' trouble upon a' that has come efter her, but A'll niver say anither wurd aboot her as lang as A'm a leevin' man. A see it's human natur tae be wantin' the very thing that ye shudnae tuch. The time wuz whun ye micht hae set on yer table the nicest piece o' roast beef that iver seen a fire, or the fattest hen that iver pickit corn, an' A wud har'ly a thocht it worth lukin' at, but na suiner had A begood tae think aboot quattin' the meat that there cum a langin' an' a hungerin' on me fur it, till A deklare but if A had seen anither man eatin' a bit o' beef, A think A wud hae snappit it oot o' his han'. It bates a' the contraryness o' human natur!

What helpit tae mak things waur wuz that A keep the best cook in a' Ballycuddy, an' that's Peggy. Man, if it wuz but a herrin' she cud mak ye beleev ye wur eatin' a salmon, an' there's nae doot but the half o' yer meat's in the wae it's made reddy. Ye'll see some weemin an' if they dae ye a bit rassher it's burned tae a shunner, an' tae save their lives they cudnae boil a wheen prittaes richt, but that's no' the sort o' Peggy.

Weel, yin Sunday mornin'—an' the better day the better deed—as A wuz pittin' on my claes A made up my min' that A shud gie the thing a trial, an' nae time like the praisent.

A went oot tae the byre an' gied the kye a drink an' some fother; then A threw a lock o' hay tae the auld meer, an' by the time A had din a wheen o' wee odds an' ends here an' there an' got back tae the hoose, Peggy wuz bizzin' aboot like a bee, an' had the brekfast reddy.

Behold ye, but talkin' aboot herrin's, Peggy had bocht a wee barrel o' darlin' kippered yins frae Mister Sawers, o' Bilfast,[44] an' knowin' me tae be fand o' yin noo an' then, there wuz a pair o' them jist tossed up on a plate. Theer niver wuz ocht tuched my feelin's like the smell o' a kippered herrin', an' A sut doon an' had my fork in yin o' them afore ye cud hae coonted ten. But A got nae farder, till Mister Teelinson's words cum intil my heid—

"A vegetaryan is a man that eats nether fish, flesh, nor fowl."

A gied a lang seegh, an' laid doon my knife an' fork, and sez I—"What a peety it is that a herrin's a fish."

Peggy lukit at me, an' sez she—

"What wud ye like it tae be?"

A made her no answer, but begood tae my tay.

"Cum, Rabin," sez Peggy, "tak up yer herrin' while there's ony heat in it."

"Na, A'll no' min' it this mornin'," sez I.

"Weel, it's as nice a herrin' as iver ye tasted," sez she. "Cum, pit a bit butter on it, an' eat it up."

---

[44] The 1910 edition has this footnote here: "Sawers, Ltd, Fishmongers, High Street, Belfast"—Ed.

Man, it vexed me tae see the wae she was walkin' intil her yin.

"Peggy, ye can eat them baith if ye like," sez I, "an' ye micht boil me a couple o' eggs."

"Rabin, A doot yer no' weel," sez she.

"Ah, wuman, A'm richtly," sez I.

"Weel, A niver seen ye refusin' a herrin' afore," sez she, an' awa she bunneld tae boil me the eggs.

Naethin' mair passed while A wuz at my brekfast; but A notised Peggy takin' twa or three gie lang luks at me, an' so A lauched an' clattered awa at the talkin' tae let her see there wuz naethin' wrang wi' me.

Whun A went tae the meetin' that day what dae ye think but the meenister wuz preachin' aboot hoo sae mony things had been purvided for the use o' man, the fruits o' the erth, an' the fish o' the sea, an' the birds o' the air, an' the beasts o' ivery kin'; an' showed hoo some fowk wudnae eat sum kinds o' flesh, an' what a sin it wuz tae refuse ocht that wuz made for us. This put me in a regular quandary, an' A cudnae for the life o' me get my thochts ony wae collected.

Jist as A turned up the loanin' on my wae hame frae the meetin' A seen wee Paddy, my granwaen, sittin' at the dykeside roarin' as if his heart wud brek.

"What's wrang, my wee man?" sez I, an' A lifted him in my erms an' wipit the tears off his face.

"Mammy's—killed de broon—chucky;—cutted—aff—ur—heid—oh—oh—anee," an' he sabbid like onything.

"An' what did she dae that for, my wee sonny?" sez I.

"Me—dun—no; mammy boiled ur up—in big pot," sez he.

"A'll pye mammy," sez I, an' by that time A wuz at the hoose. The denner wuz reddy, an' whun A threw aff my hat an' coat, an' got sut doon, Peggy handed me a big bowl o' broth, an' sez she, "Rabin, ye'll get nae mair eggs frae the broon chucky."

"Ah, Peggy, ye shudnae hae killed her," sez I, "she wuz a gran' layer, an' wee Paddy's in a sair state aboot her."

"Ye needit a bit o' somethin' nice for yer denner," sez she, "an' it wud be a gie guid hen that A wudnae kill for my auld Rabin."

A' this time A wuz sittin' lukin' at the broth; the steam curlin' up oot o' them tae the very ceilin', an' the smell o' them wuz makin' my teeth rin water.

"They'll be the better o' a wee grain saut," sez Peggy, "an' there's the pepper if ye want it."

A didnae ken what tae say, for A wuz feered o' vexin' Peggy, hooaniver A pushed the broth tae yin side, an' sez I,

"A'll no min' them the day."

"Waen, dear, A doot there's sumthin' the metter wi' ye," sez she.

"Naethin' ava, Peggy, naethin' ava," sez I, "gie me a bit o' butter an' twa or three skerries,[45] an' that'll be a' the denner A'll hae for the day."

"Butter was niver like *that*," sez she, as she laid a leg o' the 'broon chucky,' as wee Paddy ca'd the hen, on my plate; "luk at that noo," sez she, as she laid a big slice o' the breest aside it, "eat that up an' ye'll be a' richt."

"Noo, Peggy," sez I, "dae what A bid ye, like a guid lass, an' dinnae be pittin' me oot o' temper on the Sabbath day; get me a bit butter, an' let the hen lie ower till the morrow."

Peggy said nae mair, but got me the butter, an' A noticed that she niver tasted the chucky hersel', but wee Paddy by this time had forgot a' his trouble an' was pickin' a leg o' his pet hen as cleen as a whusle.

Peggy cleered awa' the denner things and sweepit up the hearth.

"Cum awa' an' sit doon here, Peggy," sez I, "an' A'll tell ye the raison A wudnae taste the hen."

"Wuz it because she wuz wee Paddy's?" sez she.

---

[45] a redish-blue variety of potato—Ed.

"Na, indeed it wuz not," sez I, "but A hae made up my min' tae be a vegetaryan."

"What kin' o' a thing's that?" sez she.

Sez I, "a vegetaryan nether eats fish, flesh, nor fowl."

"A wunner what they're like," sez she; "did ye iver see yin, Rabin?"

A lauched at the puir, simple buddy, although, indeed, she wuz nae mair ignerant nor A wuz mysel' yince, an' A wuz gaun tae explain it a' tae her whun the latch wuz lifted, an' in steppit Wully Kirk's wife. A niver seen onybody a disliket as muckle in my life as that wuman; she hings ower the half daur frae mornin' till nicht; she's as fu' o' freets as an eggs fu' o' meat; she gethers up a' the news o' the hale country side, an' a deklare she cud talk a hole in the hearthstane. A aye get oot o' the road whun A see her cumin' in, so A slippit awa' doon the room an' streecht mysel' on the sofa tae tak a doze. The daur wuznae snekit, an' A cud heer the clatterin' o' the twa weemin,' but A wuz ower lazy tae rise, so A jist lay still.

Sally wuz tellin' Peggy aboot Tam Bunt's dug killin' yin o' her dyucks, an' if a' the prayers she prayed lichts on that dug's heid, he'll no' be fit tae kill ony mair dyucks.

Efther a while A heers her sayin' tae Peggy—

"A'm tell't Rabin wuz awa' last week again."

"He wuz that," sez Peggy.

"A dinnae ken hoo he hauds fit tae sich rinnin' aboot," sez Sally, "it wud turn oor Wully in the heid."

"Ay, but dinnae be comparin' your Wully tae my Rabin, if ye pleese," sez Peggy.

"Bravo, Peggy!" sez I tae mysel', "if A wuz neer ye, A wud clap ye on the shooder fur that."

Sally gied a wee dry kin' o' a cough, an' sez she—

"Deed, an' Rabin's no' lukin as weel as he used tae dae."

Puir Peggy's pride fursuk her that minit; A kenned that by her voice as A heerd her sayin'—

"What maks ye say that, Sally?"

If there had been a string tied tae Sally's ear jist then, an' yin en' o' it in my han' A wud a warmed it for her.

"Why, Peggy," sez she, "dae ye no see hoo thin he's growin', an' that he disnae eat neer as muckle as he used tae dae."

A heerd Peggy drawin' her stool across the flair closer tae Sally, an' sez she, in a kin' o' a half whusper, sez she—

"There's some truth in that, Sally, he disnae eat as muckle as that waen there."

"A tell't ye that," sez Sally, "the man haes a forbye luk."

"A kilt the broon chucky that wee Paddy got frae Mistress Rabertson o' the hill heed," sez Peggy, "an' dae ye know but he wudnae lip it."

"He's no' like oor Wully in that onywae," sez Sally.

"An' jist as ye cum in the daur," sez Peggy, "he wuz tellin' me, that he wuz gaun to turn intil a *Hedge-an-tarry-man*."[46]

A thocht A wud a split mysel' tryin' tae keep in the lauchin' whun A heerd that. Puir Peggy, she can niver say a big wurd.

"What in the name o' common sense can that be?" sez Sally.

"A dinnae ken," sez Peggy, "he was gaun tae explain it tae me jist as ye cum in."

"A niver heerd tell o' a *hedge-a-tarry* in my life," sez Sally. "Dae ye think that wuz what he ca'd it?"

"It wuz that as weel as A can min' it," sez Peggy, "but A'm gettin' terble uneasy, Sally; ochone, if ocht wud happen tae my Rabin, what wud A dae?"

"Ye shud bring the doktor or sumbody tae see him," sez Sally, an' then they begood tae talk in whuspers, an' A fell intil a doze, an' heerd nae mair.

---

[46] vegetarian—Ed.

Whun A waukened the tay wuz reddy, an' Paddy M'Quillan had cum in. He stappit for his tay, an' him an' me got intil sich a lang crack aboot yin thing an' anither that A forgot a' aboot Sally Kirk an' her fool talk.

The nixt day, jist afore denner time, wha shud cum steppin' in but the meenister. He's a gie cliver man, an' as guid as the maist o' doktors in the wae o' tellin' a buddy what's wrang wi' them, an' what they shud tak fur ony compleent.

"Ye wurnae oot yisterday, Mistress Gordon," sez he.

"Na, sir, A wuz not, but Rabin wuz; him an' me cannae weel get oot thegither," sez she.

"Weel, Rabin, hoo did ye like my sermin?" sez he.

"A likit it bravely," sez I; "an' A hae been thinkin' a guid dale aboot it iver since."

"That's richt," sez he. "A wush a' my hearers wud dae that."

"Ye see," sez I, "it wuz on a subjeck that interests me a guid dale—the different sorts o' meet that fowk eat."

A notised Peggy an' the meenister lukin' at yin anither as A said that.

"Yis, Rabin," sez he, "in these days o' invenshun, whun the wurl's runnin' mad efther new an' strange things, it's the duty o' wise an' lerned men like me tae keep the feet o' the ignerant an' unlerned frae slidin'."

"Ay, there's sum quer things cumin aboot noo," sez I, "an' a wheen o' curious notions gettin' intil the fowks' heids."

"Amang ither things," sez he, "this ootrageous doctrine o' refusin' tae eat animal food," an' A saw him lukin' at Peggy.

"Weel, sur," sez I, "A'm gled ye spauk aboot that, fur A wud like tae hae yer opeenyun; dae ye think it's wrang tae eat beef?"

"A beleev it's a doonricht sin tae refuse it," sez he, "whun ye can get it."

"Weel, there's cliver fowk think itherwise," sez I.

"They're a' wrang," sez he, "an' it can be proven baith frae the Bible an' frae Nature that men ir to eat fleshmeet."

"Is that a fact?" sez I.

"Tae be sure it is," sez he.

"An' ye think A shud eat meet?" sez I.

He lauched. "Why, man," sez he, "the wae yer mooth's made proves that ye shud."

"*My mooth!*" sez I, "is it no' the same as ither fowks. Gie me the lukin' gless, Peggy, till A see what it's like."

"Yer mooth's made on the same principle as ither fowks, sez he; "it wuz yer teeth A wuz referrin' tae."

"Weel, what aboot them," sez I.

"If ye examine yer mooth," sez he, "ye'll see that ye hae three kinds o' teeth."

"A hae not, indeed," sez I.

"Oh, but ye hae," sez he.

"Wha tell't ye that?" sez I.

"Naebuddy," sez he, "shair A ken it; ither fowk haes the same."

"Ither fowk may hae what they like," sez I, "but A hae jist yin sort o' teeth. O' coorse A hae loast twa or three, but what A hae left in my heid ir my ain."

"Oh, A dinnae mean that," sez he, "it's the *shape* o' yer teeth that A'm taukin' aboot."

A begood tae be no very weel pleesed, an' sez I—

"Did ye iver examine my teeth, whun ye ken sae muckle aboot them?"

"Na," sez he, "it's no needed; ivery man haes three kinds o' teeth," sez he, "*sizers, dug teeth, an' mullers.*"

"Noo, yer reverence," sez I, "A wudnae like tae fa' oot wi' ye, but A'm no pleezed at ye taukin' sich blethers tae a man that micht be yer da fur age part. A tell't ye before that my teeth were a' my ain, an' A tell ye it agen, yince an' fur

147

a', an' ony man that wud let a dug's teeth be put intil his heid he's a dirty beest, that's a' A'll say aboot him."

"Rabin, ye dinnae unnerstan' me," sez he, lauchin'.

"A dae not, indeed," sez I, "A'm railly astonished at ye."

"Man's an *aumniveris* animal," sez he, "an' he haes teeth fitted fur a' kinds o' food."

"Weel, there's a guid bit o' the animal in sum men, A'll grant ye," sez I, "but what haes that tae dae wi' their teeth?"

"The *sizers* ir fur cuttin'," sez he, "an' the *dug teeth* ir fur teerin' flesh, an' the *mullers* ir fur grindin'."

"Ye may talk as ye like," sez I, "but A hae naethin' in my heid but my front teeth an' my dooble yins, an' A'm sorry tae say sum o' them's very little use, ether fur cuttin', teerin', or grindin'."

He saw A wuznae pleesed; so he changed the subjeck, an' begood tae crack aboot the wether. A wuz gled whun he went awa, but A suin fun' that my trubbles wur only beginnin'!

PART THIRD

Explanations with Peggy—Talkative Women—Jamey Menyarry on Vegetarian Diet—Beef and its Constituents—A Severe Trial!—Peggy's Victory.

WHUN the meenister went oot that day, sez I tae Peggy, "bring forrit yer stool, an' sit doon at the fire here till A talk tae ye."

Puir buddy, she lukit startit like, an' sut doon awa at the tither side o' the lum.

"What brocht that man here the day?" sez I.

"Hoo dae ye think A wud ken?" sez she. "A suppoas it'll be his day in this pert."

"No' very likely, Peggy," sez I; "he's nane o' the visitin' soart, an' A'm tell't it taks him till Wednesday tae get restit efther preechin' on Sundays."

Peggy tuk haud o' the tangs, an' begood a biggin' up peats roon a pot that wuz on the fire.

"Noo, Peggy," sez I, "ye niver tell't me an ontruth in yer life, an' A'm shair yer no gaun tae dae it noo; so jist tell me, like a guid lass, wusn't it you sent fur his reverence?"

"Weel, it wuz, Rabin," sez she, "fur that crayter Sally Kirk wud gie me nae peece till A wud dae it; she says yer bewutched or sumthin', Rabin."

"Noo, Peggy," sez I, "A'm half in the noshin tae get angerry at ye; wuman, deer, ye hae nae need tae rin till yer neibors aboot the affairs o' yer ain hoose, an' if iverybuddy wud jist min' their ain bizness what a happy wurl' this wud be."

"Rabin, deer, dinnae be angerry, ye ken she keeps rinnin' in here, an' A cannae get redd o' her," sez she.

"Weel, dinnae encurage her," sez I.

"Nether A dae," sez she, "but man, deer, the hen cudnae lay an egg but she wud be in till show me the size o' it."

Sez I, "there's sum fowk haesnae as muckle brains as a hen cud haud in her shut fist, an' Sally's yin o' that soart; what bizness had she fur tae get ye tae sen' fur the meenister?"

"Ay, an' she wuz advisin' me tae send fur the doktor", sez Peggy, "fur she thinks yer min's a wee knowin' tuched wi' the wae yer rinnin' aboot, an' gaun tae meetin's."

"Bring nae doktor here if ye pleese till he's needed," sez I, "an' noo, Peggy, A maun expleen tae ye what haes put it intil my heid tae be a vegetaryan. A hae been tell't by dacent fowk o' guid sense an' lernin' that there's no' as muckle nurishment in beef an' fowl as we imagine, an' they tell me that a man or wuman that leevs on parritch, prittas, beans, rice, milk, an' sich things, is far stronger an' healthier, an' leevs langer nor them that taks what we wud ca' heech feedin'."

"But, Rabin, yer helth's guid eneuch," sez she.

149

"Weel, it is, Guid be thankit," sez I, "but there's times that my heid's no' jist as cleer as A wud like it tae be, an' mebbe a change o' diet wud be usefu'."

"What'll we dae wi' a' the bacon ye cured this wunter?" sez she.

"A suppoas A maun try an' sell it," sez I.

"A'm feered A'll no' be able tae mak ye mony comfortable denners withoot a bit o' meet o' sum sort," sez she.

"Let us begin this very day," sez I, "an' see hoo we get on; gie me prittaes—a wheen o' them guid skerries—an' sum milk an' butter; an' noo A maun gang an' get sumthin' din ootside."

A went oot tae the barn tae get a pickle fother fur the kye, an' jist as A wuz crossin' the close frae the barn till the byre wi' a bunnle o' stray unner yin erm an' a wheen o' turnips in my tither han', wha shud cum in through the gate but Jamey Menyarry.

"Ha, Rabin," sez he, "is that yer denner ye hae there?" an' he begood a lauchin'.

"A dinnae ken what ye mean," sez I, "A'm jist gaun to gie the kye a pickle fother."

"Weel, the fowk wur tellin' me," sez he, "that yer gaun tae leeve on turnips an' sich like, an' A thocht mebbe ye wud try a bite o' stray betimes."

"Agh, haud yer tongue," sez I.

"A'm no' jokin," sez he, "fur jist as A cum doon the road there Davy Fulton wuz tellin' me that the Swade turnips wur up sixpence a hunner on accoont o' the report in the papers that ye had tuk till that sort o' diet."

A declare A cudnae help lauchin'.

"They maun think A hae a big stumak," sez I.

"Weel, it's no amiss fur the size o' ye," sez he; "but it's jist sumthin' like the wae they get up the markets whun there's ony tauk o' a war gaun tae be."

"Wull ye no' gang in an' rest ye?" sez I.

"Na—no' jist noo," sez he; "but A micht tak a danner ower atween day'l-agaun an' bedtime tae hae a crack wi' ye," an' awa he went.

Whun denner time cum A sut doon till my skerries an' butter; an' dae ye know, A enjoyed the plain fare rale weel. Peggy tuk the same as me, puir buddy.

Efter taytime Jamey Menyarry drappit in; an' altho' he's a fellow I dinnae care muckle aboot, he's richt guid crack, an' mony an' hooer he sits in oor hoose bletherin' an' talkin'.

"Man, Rabin," sez he, "there's a sayrious talk aboot ye in the cuntry side."

"The fowk hae little tae talk aboot," sez I.

"It's the turn ye hae taen agen eatin' beef," sez he; "an' iverybuddy's wunnerin' what ye'll dae wi' the kye an' pigs."

"A haenae thocht aboot that yit," sez I.

"A heerd Tam Bunt sayin'," sez he, "that he wud be roon tae see hoo muckle ye wur axin' fur the twa black heffers."

"The deer man!" sez I.

"Peggy, wuman," sez he, "it'll be a queer releef tae you tae get redd o' feedin' pigs," an' A seen him winkin' at Peggy.

Sez I, "it's a quer thing that a buddy cannae get eatin' what they like in a free cuntry withoot sae muckle talk."

"It'll a' end in naethin' A beleeve," sez Jamey, "fur nae man that haes got a hard day's wurk tae dae cud get throo it withoot a peece o' guid beef."

"Dae ye no' ken," sez I, "that there's aboot echty per cent. o' dirty water in beef?"

"My!" sez he, an' he glowered at me ower ocht.

"An' what aboot bacon?" sez he.

"Oh, bacon's far waur," sez I.

"Weel, there maun be a dale in imaginashin," sez he, "fur A had a big fellow frae Inglan yince fur a servint, an' naethin' angered him mair nor tae gie him parritch fur his brekfast. Mony an argyment him an' me used tae hae aboot it, an' he manteened that as a man wuz fed so he wud wurk. Weel, Sarah Ann maistly gied us parritch an' whey fur oor brekfast, an' yin mornin' A sent the man doon tae the meedow to cut a lock o' hay. A happened tae gang doon a while efter him, an' behold ye but the scythe wuz gaun back an' forrit jist aboot yin stroke in the minit, an' Jack wuz keepin' time till it wi' a kin' o' a drone o' a song—

'Stiraboot an' whey,
Hungery a' the day.'

He niver seen me, so A didnae speak till him, but birled aboot an' went hame, an' sez I, 'Sarah Ann, gie Jack his fill o' bacon an' eggs the morrow mornin'.' Weel, the nixt mornin' Jack lauched ower ocht whun he seen what wuz fur brekfast, an' A slippit doon till the meedow efter him agen, an', Rabin, A wush ye had seen him. Why, man, it wud a made the licht lee yer een tae see the wae the scythe wuz gaun, an' Jack wuz kepin' time tae it, singin' as lood as ye like—

'Bacon and eggs,
Tak care o' yer legs!'

"A think A heerd that afore," sez I, "an' it wuz only imaginashin."

"Weel, in my opeenyun," sez he, "there's naethin' like roast beef. Man, wull ye iver furget that peece that Paddy M'Quillan had at the chris'nin' perty?"

"A think you shudnae forget it onywae," sez I.

"Man, A did enjoy it," sez he.

"Ay, ye lukit that wae," sez I; "A'm shair Paddy an' his mistress wud wunner whaur it a' went till."

Weel, we talkit this wae till bed time, an' efter Jamey went awa A begood tae think A wuz makin' a fule o' mysel'.

Nixt mornin' there wuz nether beef nor herrin's, an'
Peggy niver made ony remark. Whun A had din, she says
till me—

"Did ye heer aboot the meetin', Rabin?"

"What meetin', deer?" sez I.

"Doon in the skule hoose," sez she. "A'm tell't the
fowk's gaun till get up a meetin' till purtest agenst this
vegetaryan wurk, fur they say it's pit sum things oot o' a'
buyin', if it cums till a heid, an' ither things wull bring nae
price ava, an' so they say they'll stap it in time."

A niver spauk, but got up an' went oot till the barn, an'
begood tae thresh a pickle corn.

At denner-time whun Peggy cried me in, A cud a tuk my
'davy that A fun' the smell o' fried beef, but A thocht it beat
tae be my ain fancy. Weel, the smell got aye the stronger,
an' at last A put forrit my han' an' liftit the cuver aff a big
dish that wuz on the middle o' the table. My! the smell
made my teeth rin water. A niver seen sich a dish o' steak in
my life. Peggy niver spauk, but A seen her smudjin' an'
lauchin', as she tuk a fork an' put aboot a pun' wecht o' it
on my plate. Weel, what cud A dae? A felt as if A hadnae
tasted meat fur a month, an' there cum a langing' an' a
hungerin' ower me that A had niver felt afore. Twa or three
times A lifted my knife an' fork, but aye felt shame an' laid
them doon agen.

At last Peggy finished me. She niver said a wurd, but jist
tuk up my knife an' fork, and A lukit on like yin in a dream.
She stuck the fork intil the meat, cut aff a nice wee peece,
dippit it in the saut, an' hel' it up till my mooth, an' sez
she—

"Hae!"

A dinnae ken hoo it wuz, whuther the smell owercum
me, or whuther it wuz the force o' hebit, but A apened my
mooth an' shut it agen. Peggy had pappit in the beef, an'
whun A shut my mooth A wuz cleen bate, an' A jist lauched
in her face. If iver a man enjoyed a beefsteak A enjoyed that

yin, and whun A had cleened my plate, an' returned thanks, Peggy lukit intil my face, an' sez she—

"Weel?"

"Peggy, dear," sez I, "they may stap the meetin', fur A cannae be a vegetaryan."

THE MEER'S PROCLAMATION

Peggy's Misconceptions—Robin's Resolve—A Chat with a Belfast
Bobby—The Mayor's Abode—The Man with the White Neckie—
Incog—Blue Blood—Brotherly Advice—Eating a Leek—Robin
Victorious

MY dochter Susanna's man warks on the Queen's
Islan'. He's a rivetter there an' he gie an' affen sen's
me yin o' the Bilfast newspapers. A had been readin' a
wheen yeer ago aboot the proclamashun the Meer o' Bilfast
put oot sayin' that naebuddy wud be alloed tae merch thro'
the toon wi' music or flags. A declare, altho' the hervest had
jist cum in, A cudnae min' my wark A wuz sae angerry.

Sez Peggy tae me yin day, sez she—

"What ir ye shakin' yer auld heid an' mutterin' tae
yersel' aboot? A doot ye hae been daein' sumthin'."

"Sorra thing A hae been daein', Peggy, but A cannae
keep that proclamashun oot o' my heid, an' it maun be put a
stap tae. Jamey Menyarry's gaun up tae Bilfast the morrow
mornin' wi' milk an' butter, an' A'll gang up wi' him, an' if
A can see that Meer A'll speak my min' gie an' freely tae
him."

"See what meer?" sez Peggy. "Stae at hame, an' luk efter
yer ain meer, my man. Did ye gie her a feed o' corn th' day
yit?"

"Haud yer tongue, wi' yer havers, Peggy!" sez I. "It's a
man A'm talkin' aboot, the Meer o' Bilfast, an' no a horse;

155

he's the man that's aboon a' the megistrates, an' sogers an' polis, an' ivery ither buddy in Bilfast, an' it's him that made that proclaymashun aboot the purcessions."

"He's a nice boy that," sez Peggy; "dae they think he's fit tae be a meer?"

"A dinnae ken, Peggy, but A'll gie him my openyin onywae."

"Ye may keep yer win' tae cool yer kail," sez she; "muckle he'll care fur what ye think. Stae at home, an' get the corn cut, an' dinnae be makin' an ass o' yersel'."

"Peggy, A'll gang if ye shud stan' on yer heid," sez I; "it's my duty tae dae sumthin' fur the guid o' my fella-men, an' noo's the time, so A'll awa an' see Jamey Menyarry. We'll be startin' aboot fower o'clock in the mornin'."

Aff Jamey an' me startit the nixt mornin' shair eneuch, an' reached Bilfast in brave guid time. Whun A had got redd o' Jamey, A went up tae the Crown,[47] tae get a cup o' coffay. She wuz a terble nice, pleesant-lukin' lass that attended tae me, an' sez I tae her—

"Dochter, cud ye tell me whaur the Meer o' Bilfast leeves?"

"Na, sur," sez she, "A cud not, but ony o' the polis wud tell ye."

"Thank ye," sez I, an' awa A went. A steppit up tae the furst polisman A seen, an' sez I—

"Sur, whaur diz the Meer leev?"

"What Meer?" sez he.

"The Bilfast Meer," sez I.

"What are ye bletherin' aboot?" sez he, "A think yer drunk."

---

[47] The 1910 edition has this footnote here: "The Crown Dining rooms, High Street, Belfast"—Ed.

"Indeed, A'm naethin' o' the soart," sez I. "A mean the man that's ower ye a'; the man that put up the proclaymashun aboot havin' nae purcessions."

"Dae ye want tae see him?" sez he.

"A dae," sez I.

"Weel," sez he, "yer in richt guid time, fur he's been awa on his holidays, an' he's jist hame this mornin'," an' then he directed me hoo tae gang till his hoose.

A fun' it oot efter sum bother, an' A gie nice hoose it is. Whun A wuz ringin' the bell A begood tae feel a wee bit nervish like. The daur wuz apened by a nice-lukin' man wi' a white necktie on him.

Sez I, "Sur, is the Meer in?"

"Weel, what dae ye want?" sez he, an' he lukit as if he wud like tae shut the daur in my face.

Sez I, "Yer the crossest clergyman iver A seen in my life."

He lauched at that.

"A'm no' a clergyman," sez he.

"Weel, A beg yer pardon, sur," sez I, "but whun A seen yer white tie A thocht ye wur a meinister. Tell yer mester that an auld gentleman wushes maist pertikerlarly tae see him regardin' the proclamayshun."

"Dae ye want tae swear a reeformayshin?" sez he.

"Na, A dae not want tae swear," sez I, "but there maun be a reeformayshin verra suin."

"Cum in," sez he.

"A'm muckle obleedged tae ye," sez I, "an' there's sumthin' tae yersel'," an' A slippit him a saxpence. By that time he had put me into a big gran' room fu' o' beautiful furniture, but whun he lukit at the saxpence he birled oot an' slammed the daur till efter him."

"Yer a prood crayter," sez I tae mysel'.

A lukit roon me fur a plain wuden cher or stool tae sit doon on, but there wuz naethin' o' the kin', an' the sates wur a' that nicely carved an' stuffed that A didnae like tae

157

tuch them. "Oh, ay," sez I, "this Meer's no' a wurkin' man, that's cleer, an' so A suppoas he hasnae muckle sympathy wi' them. What a peety it is that men in heech stayshin o' life forget the puirer men expect a wee bit hermless enjoyment noo an' then as weel as themsels."

Jist wi' that the daur apened, an' a nice quate lukin' gentleman cum in.

"Guid mornin', sur," sez I, "A hope yer verra weel."

"Purty weel, thank ye," sez he, "what wae ir ye yersel'?"

"Deed, A daurnae compleen," sez I.

"May A inquire yer name?" sez he.

"Wheesht!" sez I, pittin' my finger tae my mooth an' lukin' a' roon as if A wuz feer'd sumbuddy wud heer. Then A tried the daur if it wuz shut, an' turnin' roon A says tae the Meer, sez I—

"A'm cum frae an' auld an' noble femily, but A'm trevlin' private jist noo, an' wud rether no menshin my name till A'm gaun awa."

"Sit doon," sez he, smilin' quite freenly, "yer no' the furst yin o' noble bluid A hae entertained," an' he sut down on a cher aside me.

"An' noo," sez he, "what am A tae attribit the honour o' this visit tae?"

"Niver min' the *honour*," sez I, "it's no' wurth menshunin'. A thocht ye wur mebbe a young man that A cud talk tae like a feyther, but A see yer aboot my ain age, an' A'll tak the liberty o' crackin' wi' ye like a brither."

"Dinnae menshin the *liberty*," sez he.

"Weel, noo," sez I, "let's cum tae biziness at yince; ir ye gaun tae let the Islan'men walk on Seturday?"

He jumpit as if A had struck him.

"Ir ye frae Dublin Castle?" sez he.

"Na," sez I, "but ye mauna ask questyins. What aboot the Islan'men?"

"A'll no' let them walk in purcession," sez he.

"Deed an' they'll walk," sez I, "an' what can ye dae tae prevent them?"

"Bring in a thoosan' extra polis, an' get oot a' oor ain force, an' a' the sogers wi' loaded guns an' fixed baynets," sez he.

"Hoots, haud yer tongue!" sez I; "them boys cares as much fur yer guns as A wud aboot wee Paddy's pea-pluffer, an' as fur yer baynets they wud brek them like knittin'-needles."

"Weel," sez he, "A'll hae a' the big cannons that ye saw at the Custom Hoose loaded wi' graips—."

"Balderdash!" sez I, "A wuz lukin' at them; they're a' pluggit up wi' lumps o' timmer, an' there's no' yin o' them wide eneuch in the mooth tae let a graip in. Ye micht get a pitchfork intae yin o' them."

He lauched at that.

"Min' ye," sez I, "it's no' a wheen waens at a skule trip ye hae tae dale wi', but twa or three thoosan' full-grown men, an' ye micht as weel think tae kep the tide wi' a pitchfork as tae stap them frae walkin'."

"Oh, they wud niver face the sogers," sez he.

"Man," sez I, "they wud jist gang through them the wae a circus lass wud jump through a paper hoop."

"A don't think they'll attempt tae walk," sez he.

"Indeed they'll walk," sez I, "an' John Rea[48] wull be at the heid o' them."

"Yer makin' fun," sez he, "dae ye think John Rea wull be there?"

"A'm shair o't," sez I, "an' ye ken he's no' tae be trifled wi'."

---

[48] John Rea was a high-profile solicitor to the Islandmen and it was chiefly down to *him* in actuality that the Mayor was persuaded to withdraw the marching ban. The full facts are related in *The Storyteller* AG Lyttle, 2021, including how WG came to write this tale—Ed.

Whun A tell't the Meer John Rea wud be at the purcession, he wrung his han's in despair.

"Weel," said he, "A dinnae min' tellin' *you* in a saycret, that A'm in a hole about that proclaymashun."

"That's jist what ye ir," sez I, "an' if ye dinnae watch yersel' ye'll get intae mair trouble. The hale toon's flamin' at ye. Why, man, deer, luk at them puir wee waens in the wurkhoose. The guardians wantid tae gie them a sail tae Bangor, an' they're afeard tae tak them doon tae the steamboat."

"An' wull they no' get their sail?" sez he.

"Indeed they wull," sez I, "but jist luk at the wae they're gaun tae be ta'en to the quay."

"What wae?" sez he.

"Why," sez I, "A saw in the paper that a man haes offered fur twunty pounds tae tak them doon tae the boat, fower at a time, in barrels an' baskets."

"Oh," sez he, "that's rich!" an' he lauched ower ocht.

"Na, man," sez I, "but that's what it is to be puir. Men like you an' me, Mister Meer, that disnae ken hoo muckle we're wurth, that can ride in oor carriages, an' lie in oor easy chers, seldom think o' the puir unless hoo we can crush them wi' oor heels. We shudnae forget that they're flesh an' bluid like oorsels."

"Ye tuch my feelin's," sez he, wipin' his een wi' his hankerchey.

"Weel, noo," sez I, "A want tae dae ye a guid turn if ye'll jist follow my advice."

"Gang on," sez he, "A'm lissenin' tae ye."

"My son-in-law tells me," sez I, "that there's gaun to be a meetin' o' the megistrates; noo," sez I, "step you in like a man an' tell them tae sen' roon the polis tae teer doon a' the proclaymashuns, fur that it's at an end, an' that the Islan'men may walk as muckle as they like."

"A cud niver dae that," sez he, "it would mak a cleen ass o' me."

"Not a bit of it," sez I, "ye wud aye be the Meer, an' mebbe afore yer time's up the fowk wull hae forgot a' aboot it."

"A cudnae think o' it," sez he.

"An' why didn't ye stae awa till efter Saturday?"

"So A wud," sez he; "but the fowk wur talkin' sae muckle aboot it that A thocht it better tae cum hame, but it's oot o' the fryin' pan intae the fire."

"Weel," sez I, "ye hae yer choice. If ye oppose them men on Seturday, Guid only knows what'll happen; but yin thing's shair—ye'll niver know peace as lang as ye leev."

"Iverybuddy'll lauch at me," sez he.

"Weel, they wull, true eneuch," sez I; "but it's aye better tae lauch than tae greet. Jist think o' yer ain femily, man, that's tae leev efter ye."

"Then ye want me tae eat the leek," sez he.

"Weel, ye maun eat a wee bit leek," sez I; "but swallow it as quick as ye can, an' ye'll har'ly fin' the taste o' it."

"A'll think it ower," sez he, "an' ye'll dine wi' me this evenin'."

"Na," sez I, "thank ye, A haenae time; but there's nae need fur ye thinkin' ower it. Decide at yince."

He walkit up an' doon the room.

"Hoo dae ye like tae be Meer?" sez I.

"Oh, it's a fine thing tae be Meer o' Bilfast," sez he, "an' hae unlimited pooer in yer han's."

"A'm shair it is," sez I; "but ye shud use yer power for the guid o' the fowk ye rule. Noo, why don't ye shut up a' the public-hooses on the Lord's Day?"

"A daurnae dae that," sez he, "altho' naethin' wud pleeze me better. A wud be meddlin' wi' the liberties o' the people, fur the Parlymint alloos them tae keep the hooses apen on Sunday."

"Ay," sez I, "an' the Parlymint alloos Sunday skule waens, an' the Islan'men, an' a' the ither loyal subjects, tae walk in purcession, an' yit ye hae tell't them that ye'll no' alloo them. Dae ye no' ca' *that* interferin' wi' the liberties o' the people?"

"Mebbe it is," sez he.

"There's nae mebbes aboot it," sez I.

Weel, A saw that the Meer wuz givin' in, an' A talkit gran' aboot the liberty o' the subject.

Sez the Meer at last, sez he, "A'll gie in tae ye; an' instead o' sendin' oot the polis tae oppose the Islan'men, A'll sen' them tae purtect them."

"Deed, ye neednae bother yer heid," sez I, "the Islan'men can tak care o' themsels, an' if onybuddy meddles wi' them, let them take what they'll get. An' noo, A'll bid ye guid mornin'," sez I.

"But ye'll tell me yer name," sez he.

"A wull dae that," sez I, "A'm Rabin Gordon, o' Ballycuddy, a plain, honest fermer; my wife's Peggy Gordon, an' my dochter's married tae an Islan'man, an' their auldest wee boy, wee Paddy, leevs wi' us."

"But yer anshent femily?" sez he.

"A'm descended frae Adam," sez I, "an' A suppoas so ir you."

"Humbug!" sez he.

"Nae humbug aboot it," sez I; "ye happen tae leev in a bigger hoose than A dae, but ye mebbe wurnae ay sae heech up in the wurl, an' shudnae be ower prood. Sumtimes A think Providence pits a sma' velue on riches whun A see the sort o' fowk they're gien tae."

Wi' that he rung the bell, an' the man wi' the white tie cum in.

"James," sez the Meer, "shew this man oot."

"Guid mornin'," sez I, "an' min' if ye dinnae keep yer wurd A'll tell John Rea a' aboot it."

My, but A went hame prood that nicht, an' my heart wuz as licht as a fether.

"Peggy," sez I, "the proclaymashun's deid; A hae seen the Meer, an' got him tae stap it, an' A'm gaun wi' the Islan'men tae Ballymena."

"Weel, Rabin, A'll no' hinner ye," sez she, "an' A wush ye a pleesint day."

A neednae tell ye that we had a pleesint day indeed. Wasn't it a gran' sicht tae see near three thoosan' o' them men merchin' tae the train, an' a' the streets crowded wi' hunners o' thoosan's lukin' at them. A helpit tae carry John Rea on my shooders up Donegall Street, an' mind ye, he wuz nae wee wecht. It wuz a day that A'll niver forgit.

There haes been mony an' mony a change since then. Puir John Rea is in his lang restin' place, an' so is a guid wheen o' the fowk that A met that day in the purcession. There haes been a wheen mair Meers o' Bilfast since the time that A stappit the Islan'men's proclaymashun, an' twa or three o' them invited me tae their hooses fur a bit crack. Whun A did gang up tae see them A wuznae yin bit afeared tae gie them a bit o' advice, an' it wuz a' ta'en in rale guid pert.

A'll tell ye a' these cracks by an' by.

THE FECHTIN' DUGS

An Ugly Bulldog—A Canine Encounter—Meeting an Old Acquaintance—An Impudent Spectator—The Power of Position—A Commanding Presence—An Arrest—Robin in the Witness Box—A Scene in Court.

SHORTLY efter the day o' the Islan'men's trip A wuz up in Bilfast wi' a load of prittaes, an' efter A had got them selt A went as far as the Elbert Memoryal. A saw a wheen fowk gethered there, an' heerd a terble growlin' an' worryin', like dugs, an' so A run forrit tae see what wuz wrang. Weel, it wuz twa dugs that wuz fechtin', an' the noise o' them wuz perfectly horrible, an' ye wud a thocht they wud a cleen et yin anither up. Yin o' them wuz a big bull-dog, an' an ugly brute; he had got the tither doon on his back, an' A wudnae a likit tae hae been in its place. Jist as A got weel forrit, A heerd a man shoutin'—

"Seyperate the dugs, sur, whun A bid ye!"

A thocht A shairly kenned the voice, so A birled roon tae get a luk at the man, an' wha wuz it but the Meer. He wuz stannin' close ahint me, an' he knowed me in a minit.

"What wae ir ye the day, Mister Gordon?" sez he; "isn't it a shame tae see that?"

"It is, indeed," sez I, "can it no' be stappit?"

Wi' that the Meer turned roon tae the man he had spauk tae afore, an' sez he—

Dae ye refuse tae seyperate the dugs?"

"A'll no' bother my heid wi' them," sez the man.

"Dae ye ken wha yer taukin' tae?" sez the Meer.

"Na, nor what's mair, A dinnae care," sez the man.

"Weel, A'm the Meer," sez he.

"A dinnae care an auld choo o' tabaka wha' ye ir," sez the fellow, "so awa hame an' min' yer bizness."

"A'll gie ye in cherge," sez the Meer, "fur daurin' tae disobey my orders."

Then he turned roon tae me, an' sez he, "Rabin, will *you* dae it fur me?"

"Dae what, sur?" sez I.

"Stap the dugs frae fechtin'," sez he.

"Weel, sur," sez I, "ye ken A wud dae ocht fur ye that's in rayson, efter what ye did fur me aboot the proclaymashin —."

"Whisht!" sez he, "haud yer tongue aboot that, an' let us get them dugs seyperated. Grup the bull-dog in yer erms," sez he, "an' haud him till A get a polisman."

"A doot the dug wud bite me, sur," sez I.

"Well A'll help ye," sez the Meer; "if you catch him by the heid, A'll haud his tail."

Sez I, "A wud rather you wud tak the tither en' o' him, fur A dinnae like the luk o' his teeth."

A steppit up close tae the dugs, an' A stampit my fit, an' sez I, "Choo! choo, sur!"

He niver let on he heerd me.

Sez I, "Sur, you micht speek tae him fur you bein' the Meer, he'll pye mair respect tae you than he wud tae me."

"A think mebbe he wud," sez he, an' wi' that he steppit forrit, an' stampit his fit the wae he had seen me daein', an' sez he—

"Choo, sur! choo, sur! choo!!"

Behold ye, the dug niver as much as turned roon. Sez I, "The unmennerly brute, tae disregard the Meer! Tak yer fit, sur," sez I, "an' gie him a guid kick."

A think he wuz afeard tae dae that, but he tuk his umbrella an' gied him a dig in the ribs. The dug lukit roon, an' gied sich a growl that the Meer jumpit back.

"Man," sez I, "A wush A had Peggy's beetle here. A wud knock the brute's brains oot at yin skite."

Weel, A notised the fowk lukin' at me talkin' tae the Meer, an' thinks I, "Noo, they'll be takin' me fur a megistrate or an inspecter o' polis"; so A steppit forrit, an' sez I—

"Cum, boys, tak hoult o' them dugs."

Behold ye, but afore ye cud say "Jack Robyson" they had them seyperated.

"Ah, Rabin," sez the Meer, "ye see what it is tae hev a commandin' presence."

"Oh, yer jokin', sur," sez I; "but tae tell the truth," sez I, "at a time like this it disnae answer a man tae be the leest bit saft-lukin'."

Wi' that the fellow that the Meer had spauk tae wuz slippin' aff, an' sez the Meer tae me, sez he—

"Rabin, awa fur a polisman. A dinnae ken whaur they hae been a' this time, but they can niver be whaur they're wanted."

A thocht A wud put in a wurd fur them, an' sez I—

"Mebbe, they're awa at their denner."

"Weel, awa an' luk fur yin," sez he; "an' A'll follow efter this fellow an' keep me e'e on him till ye catch up tae me."

Guid luck wuz on my side, an' A hadnae went far till A met a bobby.

Sez I, "Sur, cum fast, fur the Meer's cleen mad."

"What's wrang wi' her," sez he, "dae ye think A'm a horse doktor!"

"Oh, it's no my ain Meer," sez I, "it's *your* Meer."

"Ye shud a watered the last half yin," sez he; "fur A niver had as much as a donkey in my life."

"Yer a donkey yersel!" sez I; "did ye no—."

He gruppit me by the collar, an' sez he—

"Cum awa tae the offis!"

"Tak yer han' aff me in yin minit!" sez I.

A drew mysel' up wi' sich an air that he drappit me like a hot pritta. A tried tae explain it a' tae him, an' A heerd him mutterin' tae himsel.

"Bother the Meer!"

Weel, we sune got up tae the Meer, an' the fellow wuz jist in front o' him, an' sez the Meer tae the polisman, sez he—

"Polisman! tak that man to the offis."

"What's the cherge, sur," sez the polisman, touchin' his hat.

"Oh, A'll cherge him mysel'," sez the Meer, an' wi' that the polisman collared the fellow, an' led him aff.

Sez the Meer tae me, sez he—

"Rabin, ye see the law maun be mainteened; the toon's a reglar lauchin' stock, but while A'm the Meer A'm determined tae teech the fowk menners."

"That's richt, sur," sez I.

"An' noo, Rabin," sez he, "noo that A hae time tae speek tae ye, what made ye pit that peece in the paper aboot the proclaymashin?"[49]

"Indeed, sur," sez I, "A cudnae help it; A went tae see a frien' o' mine, an' he maun hae rote it doon sum wae or ither, as A tell't it."[50]

"Weel, A'm very angerry aboot it," sez he, "hooaniver, A'll forgie ye, if ye'll cum tae the coort the morrow, an' gie evidence aboot the dugs."

"Wi' a' my heart," sez I, "but what'll Peggy say if A dinnae gang hame the nicht? An' then A hae nae place here to stap in."

"Ye can pit up at the Impayrael," sez he.

---

[49] "The Islandmen's Procession and the Meer's Proclamation" was the first of WG's stories to appear in the Newry Telegraph on 17 September, 1878.

[50] WG's little joke, as he, of course, was the friend who "rote it doon."

A wunnered in my ain min' whaur that wuz, but sez I—

"Tae be shair, sur, an' A suppoas A'll get ludgin' for the auld meer an' kert there tae."

He lauched at that, an' slippit a soverin intae my han', an' sez he—

"That'll cuver yer expenses," sez he. "Menshun my name tae Mister Jury, an' he'll gie ye the best pert o' his hotel tae stap in." He shuk han's wi' me then, an' bid me guid day.

"Guid day, sur," sez I, "A hope the mistress an' femily's weel."

"Thank ye," sez he, "they're a' purty weel," an' awa' he went.

A steppit up tae a dacent lukin' carman, an' sez I—

"Whaur aboots is the Impayreal?"

"Impayreal what?" sez he.

"O, the Impayreal," sez I, "the Meer o' Bilfast wuz advisin' me tae pit up there."

The fellow grinned frae ear to ear.

"Ay," sez he, "that's jist the place for ye, A'll drive ye up fur a shillin'."

"Thank ye," sez I, "but A hae a kert wi' me an' can get a ride fur naething, if ye'll kindly shew me the strecht road."

"Jist gang up High Street," sez he, "as far as iver ye can get, then turn tae the left, an' onybuddy wull shew ye it."

Thinks I, "Noo afore A tak up the kert A'll hae a luk at the place," an' so A dannered up the street an' suin fun' it oot.

"Na, na, Rabin, my man," sez I, "it's ower gran' fur ye that. But what'll A dae if the Meer shud hear that A disobeyed him." A happy thocht struck me; A'll gang sum ither place fur my denner, an' A'll cum back here an' walk up an' doon afore the daur, pickin' my teeth. If the Meer passes he'll think A got my denner at the Impayreal.

Nixt day A wuz at the coort in guid time. A had aften read in the papers aboot it, an' hoo the returneys fell oot an' ca'd each ither names, but A had nae noshin it wuz as bad as it is. A deklare it's shamefu' the wae they get on.

Whun the case aboot the dugs cum on, the polisman that tuk the man tae the offis got up intae a place like a pulpit an' kissed the Book. He hadnae very muckle tae say.

A wud not like Mister Mackerlane till hae a case agen me. He's a sayries man thon. A niver heerd sich a tongue as he haes in a' my life.

He jumpit tae his feet an' sez he till the peeler, sez he—

"What made ye arrest this man?"

"Bekase the Meer tell't me," sez he.

"What wuz he daein?"

"Walkin' down the strate."

"Did he resist?"

"Oh, no; bedad he wint wid me like a lamb."

"Ye may go down, sir," sez Mister Mackerlane.

Then they put up the Meer. Puir John Rea that's noo deid an' awa wuz till the fore at the time A'm talkin' aboot. He wuz in the coort, an' A wush ye had seen him whun the Meer wuz in the box. He wuz like a hen on a hot griddle, an' he got that excited lukin' A thocht he wuz gaun tae jump at the Meer, an' he kept tearin' his fingers up through his hair, an' risin' up an' sittin' doon as if the sate wuz burnin' him.

The Meer tell't his story very quate an' nice, an' the minnit he had din John Rea jumpit up, an' sez he—

"Dae ye ken what a *Ninnimy* is?"

"A'll no answer ye," sez the Meer.

"Dae ye ken what a *Funnygraff* is?" sez John.

"A'll no answer ony onrevillant questions," sez the Meer.

"A'll mak ye answer," sez John, "an' A'm gledder than a fifty poun' note in my pokit tae see ye in that box."

The Meer lukit at the megistrates, an' sez he—

"Wull yer honour purtect me frae this man?"

A pokit the Meer's coat tail. He lukit roon, an' sez he—

"Oh, Rabin, A'm glad tae see ye, cum an' tak my place."

Sez I, "Sur, wull A get a wheen o' the polis tae stan' roon ye?"

A think he didnae hear me, fur he turned tae the megistrate agen, an' it micht hae been a lesson tae ignerant fowk the nice respectfu' wae he spauk. "Yer honour," sez he, "A'll hae tae gang hame, fur A'm no terble weel this mornin', but there's an auld gentleman here, a Mister Rabin Gordon, that can tell ye iverything. Treat him wi' ivery respect," sez he, an' wi' that he slippit awa oot o' the coort.

A polisman helpit me up intae the box, an' a returney man got up, an' sez he tae me, sez he—

"What dae you know aboot this case?"

"Weel," sez I, "as A wuz gaun doon the street fur a bowl o' broth—."

"Noo, dinna bother us wi' broth," sez he.

"Ye'll mebbe be gled o' a guid bowl o' them sum cauld day," sez I.

"Tell us what ye seen," sez he.

"A saw a big bull-dug worryin' anither dug," sez I, "jest as A wuz gaun fur a bowl o' broth," sez I.

"Confound yer broth," sez he, "hoo big wuz the dug?"

"Oh," sez I, "it wuz a brave big yin."

"What size wuz it?" sez he.

"It wuz a guid lump o' a dug," sez I.

"Wull ye tell me hoo big it wuz?" sez he, gettin' cleen mad.

"Deed," sez I, "it wuz as big as ony dug o' the same size iver A seen."

"Whaur dae ye leev?" sez he.

"Doon in Bellycuddy," sez I.

"A think there's a guid wheen cuddies there," sez he.

"No as mony as A see here," sez I.

"Dae ye mean tae say that A'm an ass?" sez he.

"Weel," sez I, "A hae as guid a richt tae ca' you an ass as you hae tae say A'm a cuddy; hooaniver, if the shoe disnae fit ye, why ye neednae pit it on."

"Very good, my man," sez John Rea.

"Go on wi' yer story," sez the megistrate.

"Weel," sez I, "the Meer axed that man there tae sayperate the dugs, an' whun he refused, then he said tae me that if A wud catch him by the heid he wud tak him by the tail."

"Noncense, man!" sez the returney, "wha iver saw a man haudin' on by a dug's tail; yer thinkin' aboot cuddies noo."

"Deed A em not," sez I, "there's John Rea whun he's bathin' at the Pickey Rocks taks his big dug by the tail an' lets it poo him through the water."

"Its a fact," sez John Rea, "an' A'll not alloo this dacent man tae be bulleyed."

"Hae ye trevelled much?" sez the returney man.

"A hae went ower a guid bit o' grun in my day," sez I, "an' mebbe A hae seen as muckle as you hae."

"Did ye iver see the *Cleekypatra Needle?*" sez he.

"Mony a time," sez I, "oor Peggy keeps yin o' them tae dern my socks wi'."

The fowk gied a yell o' a lauch at that, an' sez John Rea, jumpin' tae his feet, sez he—

"A tell ye A'll no alloo this man tae be bulleyed."

"Sit doon, sir," sez anither man, "yer deleyin' the coort."

"*Your* nae returney," sez John.

"A em," sez the tither, "but you're a low unmennerly fellow, an' yer a ragin' bully, yer a—."

A cudnae tell a' that wuz said. Five or six o' them wuz argeyin' an' yellin' through ither. The megistrate cudnae mak himsel' heerd, so he left the bench cleen disgusted. Then A saw the polismen winkin' an' lauchin' at yin anither, an' the fellows in the coort wur yellin' an' cheerin', an' as A saw naebuddy mindin' me, A slippit awa oot, an' startit fur hame.

That dug case cummed on agen a guid wheen times, an' the Meer sent me letters axin' me tae gang up an' gie evidence, but Peggy wudnae heer tell o' it. She said A had din plenty, an' that if A did won the case A wud get terble little thanks fur it, an' mebbe a guid dale o' abuse.

A tuk her advice, an' A beleev she wuz richt. Ivery time the Meer met me efterwards he lukit a weethin' dry wi' me; hooaniver A didnae care, fur Am just as guid as he is. But frae that day till this Mister Mackerlane an' me haes been great freens. Mony a time, whun A'm up in Bilfast, A call at his offis, an' mony a wee bit letter he haes writ fur me. A maun tell ye sum day aboot the bathin' match him an' me had at Pickey Rock yin day.[51]

---

[51] See "Robin at Pickie [sic] Rock" in *Robin's Further Readings* by WG Lyttle (AG Lyttle, 2021)

NEWTON FLOWER SHOW

[as read by Robin at a special entertainment in Assembly Rooms, Newtownards.]

Nae Place like Newton—Peggy's Butter—Rabin Byers an' his Meer
Jinney—Rabin puts the Auld Meer in Training—Bellycuddy
Grandeur—Mister Menown, the Meer o' Newton—Peggy's Prize—
Dickson's Roses—The Dog Show—Horse Jumping.

A NEEDNAE tell ye that Newtonerds is the grandest pert in creation for flooer shows. They hae been tryin' till ootdae it in a wheen ither places, bit they jist made lauchinstocks o' themsels.

There wuznae sae muckle talk throo' the country this year aboot the Flooer Show as there wuz sum years back, fur raelly the fowk ir oot o' heart wi' the bad wather an' the failyer o' the pritta crap. Hooaniver, there wuz a terble sough got up aboot the horse jumpin' an' aboot prizes for butter. Weel, Jamey Menyarry wuz in oor house yin nicht, an' he's yin o' these quer sniffin', sneerin' soart o' fowk that ye cud niver ken whuther they're in fun or ernest, an' mony a time A cud jist fin' in my heart till draw my han' an' gie him a whussel across the ear. Ye ken the kin' o' fowk A mean. Weel, as A wuz sayin', Jamey cum in yin nicht, an' durin' the discoorse he sez till Peggy, sez he, "What wud ye think of compytatin' fur a prize fur the butter, Peggy?"

Peggy jist lauched.

"Weel, an' what's till hinner her?" sez I.

"A'm shair A dinnae ken," sez Jamey, "bit A think," sez he, "she wud only hae the bother o' carryin' it hame agen."

173

Sez I, "Jamey, A'll back her agen iver anither wuman frae Bellycuddy till Killygullib fur dressin' butter. She's no scaured till tak' the hairs oot o' it," sez I, "fur feer o' loasin' sumthin' in the wecht."

That shut Jamey up. Dinnae be sayin' that A tell't ye, but it's as true as yer there, that he wudnae let the wife either strain the milk or draw a knife through the butter fur feer o' makin' it ocht the lichter.

When Jamey went awa A sez till Peggy—

"Noo, Peggy, my wuman, luk here; yer tae wun a prize fur yer butter, an' if ye dae A'll gar Mister Simms[52] turn ye oot the best silk dress in his hale shop."

She made me nae anser, but jist gied her unner lip a wee nip wi' her teeth, an' sez I till mysel'—

"Rabin, ye may order the silk dress jest as suin as ye like."

Weel, A went intil Newton the nixt day wi' a wheen prittas, an' A tuk wee Paddy's shoon wi' me, fur yin o' them was athraw in the heel. A went intil Mister M'Kee's till get them sortit, an' sez he till me, sez he—

"A suppoas ye'll be fur the Flooer Show, Rabin?"

"Ye may be shair o' that," sez I, "an' what dae ye think A hae till tell ye," sez I, "but Peggy's fur gaun till compytate fur a prize fur butter."

"Sit up till the fire," sez he.

"It's as true as yer there," sez I.

"Weel, A'm shair A wush her luck," sez he, "an' A'll warrant you'll no' be far ahint her. What ir you fur showin'?" sez he.

"A hae naethin' ava the yeer wurth shewin'," sez I.

"What wud ye think," sez he, "if ye wur till enter the auld meer fur the horse jumpin'?"

---

[52] The 1910 edition has this footnote here: "Simms & Co. High Street, Newtownards"—Ed.

"Agh, ga lang oot o' that!" sez I; "yer takin' a rise oot o' me."

"A em not, indeed," sez he; "it's commonly reported," sez he, "that yer frien' Rabin Byers is gaun till enter Jinney, his auld white meer, fur the furst prize."

"Oh, be the powers o' war," sez I, "bit if that's the case A'll pit the winkers on the auld meer the morn's mornin', an' A'll mak' her cleer ivery dyke in Bellycuddy."

My, he lauched ower ocht.

Weel, as true as A'm here, bit A cud not gang till my bed that nicht fur thinkin' aboot it, an' A sut in my erm cher at the fireside till neer twa in the mornin'. A fell asleep whaur A wuz sittin', ether three or fower times, an' as shair as A did that, A dreemed that A wuz on the auld meer's back, wi' a cupple o' big corker pins stuck in the heels o' my boots fur spurs, and ivery time that A gied her a wee jag wi' them A thocht she was that fu' o' spirit that she riz on her hin' legs, an' then A wud wauken up wi' the souse she cum doon on the grun'. A micht a fell intil the fire an' been burned!

At last A went tae bed, an' A got up the nixt mornin' jist as daylicht wuz brekin', an' awa A went till the stable an' got oot the auld meer. She cud not unnerstan' what A wanted wi' her sae early, an' whun she fun me pittin' the seddle on her she flappit her tail roon her ower ocht. A'm no' neer as soople as A used to be, and A had sayrious bother gettin' on her back. A tuk her doon intil the lint fiel', an' trotted her up to the whun dyke, an' as we cum forrit A gied her a dunt wi' my heels, thinkin' she wud gang ower it. My! she made at it like a three-year-auld till she cum up till it, whun she jist stappit like a shot, an' very neer sent me ower her heid.

"Hoots, woman!" sez I, "why didn't ye cleer the dyke?"

She niver let on she heerd me, bit jist begood a bitin' the taps o' the whun bushes. A got aff her back, an' lukit ower the dyke till see what it wuz like on the tither side, then A got on agen, turned her aboot an' trotted her till the tither en' o' the fiel', an' then A set her heid for the dyke agen, an' sez I till mysel', "A maun keep a better grup this time fur feer she throws me."

"Noo, Judey, my woman, dae ye heer me?" sez I.

She cocket her lugs ower ocht.

"Yer till jump yon dyke," sez I, "an' niver as muckle as touch the whuns wi' yer heels. Gee up, Judey!"

She made aff like yin o'clock, bit the minit she cum forrit till the dyke she jist stappit the same wae. A tried till throw my erms roon her neck till hould on, bit the furst place A fun mysel' wuz lyin' on the braid o' my back in the shough. A lay a guid wee bit afore A cud gether mysel' up, an' puir Judey put her heid ower an' nichered at me. Puir thing! A had taen the rines an' winkers wi' me, an' left her stannin' bare heided.

A thocht that wuz plenty o' the horse jumpin' fur me, an' so A put the meer in the stable, an' gied up the noshin' o' it.

Weel, whun the day o' the Flooer Show cum there wuz ower a' the rejoicin' aboot it bein' fine wather. A wonner hoo it happened onyway.

A wush ye had a seen the fowk that turned oot alang the Bellycuddy road that mornin'—an' the grandyer o' baith men an' weemen. If ye had heerd the jirgin' o' their boots ye wud a thocht the country wuz fu' o' corncrakes! They wur cumin' frae Bellycuddy, an' Bellyfooter, an' Killygullib, an' Bellyclabber, an' Cloghole, an' Bellygulder, an' sum wuz trevlin' an' sum wuz ridin' in kerts, an' cars, an' gigs. Och, ye niver seen ocht like it. An' the weemen wi' their baskets o' butter, an' the men wi' their bundles o' wheat, an' corn, an' lint, an' turnips, an' iverythin' ye cud name. A wush ye had seen Jamey Menyarry joggin' alang wi' twa grate big Aberdeen turnips unner yin erm, an' a cupple o' big lang rid mangel weezel unner the tither.

A tuk the meer an' kert, fur A had Peggy an' wee Paddy wi' me, an' A didnae want them till be crushed in the train, an' there wuz that mony fowk till bid us the time o' day that A niver thocht a bit lang on the road. Peggy the crater had as mony questyins till ax me whun we cum till Newton, as if she niver had seen the place afore. Whun we cum till the Square A had tae stap the meer till Peggy wud luk at it.

"My!" sez she, "an' that's whaur my Rabin merched up an' doon wi' his gun an' bayonet, an' went throo' his expensive noshins."

"Yis, deer," sez I; "ivery time that A see the Square A feel my bluid gettin' up, an' A jist think A see the squads on parade, the Major ridin' aboot on his horse, an' the sergints cryin' oot as hard as they're able—

"Shan! Eyes—Frunt—!! Quick Merch!!!"

Afore A knowed what A wuz aboot A fun' mysel' stannin' up in the kert wavin' my erms roon my heid; then A gruppit the rines an' gied the meer a slap wi' them till she made a plunge forrit, and very neer run ower an auld wuman aback o' the Market Hoose.

Weel, then A showed Peggy the twa banks—Mister Parr's an' Mister Mackintoshe's—whaur A keep a wheen o' wee Posset Resates,[53] an' whun we got doon the street as far as the Ulster Hotel, A stappit the kert, an' sez I till Peggy, "A niver pass that hoose but A think o' them that's awa tae their lang hame,[54] an' fancy A see a wee laddie in pettycoats playin' aboot the daur. That's the hoose' Rabin' wuz born in, Peggy."

Then A shewed her the hoose wi' the "terrin cottin"[55] on it, whaur Mister Menown leevs. As we cummed forrit till Mister Walker's she axed me wha leeved there.

---

[53] deposit receipts—Ed.

[54] the grave—Ed.

[55] terra cotta—Ed.

Sez I, "Dochtor, that's Mister Walker's hoose, him that haes the fine big mill. A dinnae ken what Newton wud dae wi'oot him. A wush he had a wheen o' brithers as guid an' usefu' as himsel'." Then A shewed Peggy the bridewell whaur they made me a mileeshayman. A kep' lukin' aboot tae see if A cud show her the Major, but the only yin A saw wuz a lang, strecht, grey-haired man, that A didnae ken, lukin' oot o' the wundey.

The teers wur stannin' in Peggy's e'en as we went past the Poor-hoose. Mony a time she talks aboot the puir auld buddys that's in there, bye their labour; an' the orfan waens that niver kent what it wuz till hae the kindly han' or voice o' a mother till ease their troubles. Guid help them, the wee craters! Hooaniver it's a mercy that there's a place like it till cover their heids.

Then we cummed as far as the Rileway Brig, an' A shewed Peggy whaur the Mister Dicksons leev that can wun sae mony prizes ower the hale wurl fur their purty roses an' ither flooers. Weel, A turned the meer's heid till the left, an' went doon the auld road till whaur the show wuz, an' whun A got a bit doon alang there, wha diz A see but Sergint-Major Lane an' Sergint Kaghiley.[56] The minit they notised me they baith saluted me in rael militery style.

"My!" sez Peggy, "luk at them twa nice gentlemen touchin' their caps till ye."

"Yis, Peggy," sez I; "them's twa o' my noble compenyins in erms!" an' A stappit the kert an' shuk han's wi' them baith. A wush ye had seen Mister Lane booin' till Peggy, an' pattin' wee Paddy unner the chin.

Sez Sergint Kaghiley till me, sez he—

"Mister Gordon, a daurnae aloo ye intil the show wi' the kert, fur," sez he, "the seekaterriers hae gien orders that nae convayances o' ony soart wull be alloed in."

---

[56] Sergeant Caghley—Ed.

"Oh, weel, weel," sez I, "we maun submit till the laws, mair espayshilly whun they're enforced by twa fine lukin' men like Mister Lane an' yersel'; but here's Peggy haes a lump o' butter fur till shew," sez I, "an' what am A till dae wi' her?"

Sez Mister Lane, sez he, "if Mistress Gordon wull aloo me," sez he, "A'll see her safe intil the place whaur it's till be left."

"Thank ye, sur," sez I; so the three o' us lifted Peggy oot, an' A left her wi' them an' went awa till pit up the kert in the yerd at the koffey-hoose.

Whun A got back Peggy met me alang the auld road, neer the place whaur A left her. She tell't me she had till gang intil a tent an' pye half-a-croon till Mr. Keghey; hooaniver, he spauk terble kin' till her, an' gied wee Paddy a penny an' gied her three tickets, an' she said whun she went intil the place fur showin' the butter there wuz terble confusion, an' she seen naebuddy till tak it frae her. At last a guid lukin' gentleman, wi' lang whuskers, that she heered the fowk ca'in' Mister Love, cummed up an offered till tak it, but she wudnae pert wi' it till she seen Mister Steevyson, the auctioneer, and she let him tak' it. She thinks a dale o' Mister Steevyson since yin day that he wuz doon at an auction in Bellycuddy.

Weel, ov coorse, there wuz nae gettin' in till twa o'clock. A micht a got in on my Pattern's ticket at yin o'clock, but A wudnae lee Peggy. A thocht the time wud niver cum roon, an' whun it did A wuznae lang till A wuz there. The furst place Peggy an' me made fur wuz the butter show, and A tell ye it fair astonished me. The place wuz crowded, an' A niver seen as muckle butter in yin place afore. A coonted awa aboot thirty big lumps forbye Peggy's yin, an' there wuz hunners o' prents o' butter. It wuz a' set in a great lang row an' covered wi' wire till keep the fowk frae tastin' it. Fur a' that A seen them puttin' their knives through the wires till get at it. A focht my road through the fowk like a man, an' cum to Peggy's butter at last. There it wuz, dabbit a' ower wi' the men's knives, but what tuk my e'en wuz the rid kerd on it. A furst prize fur Peggy! My, the licht left my e'en, an' a pu'd Peggy forrit till luk at it. Peggy's name wuz writ on the kerd, an' A kent the han' writin' in a minit. It wuz Mister Smith, yin o' the judges, wrote it, an' he did it quer an' nice.

Sum fowk said Peggy's butter wuznae entitled till a prize ava, but they may a' talk as they like. There wuz nae deceivin' the jidges. They wurnae content wi' the luk o' butter on the ootside, or the taste o' it ether, fur Mister Smith, a'm tell't, had the nicest wee silver instrayment that iver ye saw, fur gaun richt intil the heart o' it.

A hae niver got sayin' a wurd yit aboot the Flooer Show. A hae nae wurds fit till describe it. A suppoas ye wur a' there, an' ye'll agree wi' me that it wuz a perfect gerden o' Aiden. My e'en wuz dazzled wi' the splendir o' the flooers, an' A wuz fair drunk wi' the darlin' smell o' them. A can feel the smell o' Mr. Dickson's roses on my auld coat till this day. A wuznae fit fur till read the hard names o' the plants an' flooers, but A cud see that a guid wheen o' fowk that A ken in an' aboot Newton won prizes. They had different clesses o' fowk; there wuz ammeters that keep gerners, an' then there wuz ammeters that dinnae keep gerners, an' then there wuz cottagers and tenent fermers. A suppoas that's the cless A wud a cum unner, but A had naethin' till show.

The fruit wuz that temptin' that A cudnae stan' lang till luk at it, an' if A cud a seen Mister Taylor, o' Mountstewart, A wud a axed him fur a wheen o' thon nice grapes he had.

A tuk mair delicht in lukin' at the vegetables an' fermers' produce nor ocht else. Mister Walker got a prize fur twa big lang, crookit, green things, as big as my erm. A heerd Major

Hamilton ca'in them new-cummers,[57] an' a wuz wonrin' if they had ocht till dae wi' "auld Cummer."[58] Then there wuz beans, an' peas, an' carrots, an' turnips, an' prittas, an' corn, an' wheat, an' lint, an' iverything ye cud name. It wud a din the heart o' a vegytarian guid till a seen them—an' there wuz nae sign o' bad craps yonner.

A met Mister George Dickson as a wuz steppin' aboot, but he's growen that white A didnae ken him at furst. My, its nae time ava since him an' me wuz at skule thegither, in the hoose that used tae stan' whaur the merkets is noo. "Really, George," sez I, "A tuk ye fur yer da." A suppoas its the studyin' o' the roses that's makin' him luk sae white. Mister George tuk Peggy an' me a' through the show. He tuk me intil the tent whaur Peggy had pied her half-croon entrance money, an' wha diz A see there but my bould Barney Quin, that gangs wi' Mister Steevyson, handin' roon refreshments till the fowk.

The mileeshy band wuz there, an' it warmed up my heart till heer it. There they wur, puffin' awa, an' Mister Whately wi' his wee rod in his han', wavin' it here an' there as if he wuz wheeshin' the ducks intil the barn. He's a nice man, Mister Whately, an' he cum up an' spauk till us. Sergint M'Cullough wuz there, tae. He used tae lern me the richt wae o' salutin'.

"Peggy, deer," sez I, "wud ye like tae see the dugs?"

"A wud that, Rabin," sez she, "whun A em here A may as weel see a' that's gaun."

Rabert Foster wuz sittin' keekin' throo a wee hole in the wa', sellin' tickets fur the Dug Show, an' he wuznae lang o' servin' me. Wee Paddy wuz frichtened wi' the barkin' o' the dugs, an' sorra a bit o' him wud gang neer whaur they wur. A did not ken what till dae wi' him fur A didnae like tae loas my ticket money. Hooaniver, a wuz in grate luk, fur

---

[57] New-cummers - cucumbers
[58] "Auld Cummer" – a popular whiskey distilled in Comber

Dokter Parke an' Mister Baitty, o' the tan yerd, cum forrit and tuk cherge o' him. Then there wuz a man that keeps a seddler's shap doon aside the auld cross, cum up till us an' shewed us a' throo' the dugs. He wuz terble ceevil, altho' a niver spauk till the man but yince, whun A wuz in gettin' the auld meer's britchin mendit. Weel, the noise o' them dugs wuz maist sayrious, an' ye cudnae a heerd yer ain ears fur them. Mister Sam M'Kee, the honourable treasurer, cum up an' spauk till me.

"Weel Rabin," sez he, "hoo dae ye like the show?"

"Its furstrate," sez I, "furstrate; did yer dug tak' a prize?" sez I.

"Na," sez he, "a had nae luk this time."

"A'm sorry fur that," sez I "shair Peggy got a prize fur her butter.

"A'm gled till hear it," sez he, "an' A suppoas ye'll be pittin' that in the *Gazette*?"[59]

"A haenae had time tae write ony fur it this lang time," sez I, "but man, a wuz rael weel pleesed wi' that poem ye wrote fur it aboot the road till the tree.' "

He lauched at that, but A hadnae time till say ony mair fur the men cum up till clear the groun' fur the horse jumpin'.

Whun a cum back till whaur a left wee Paddy, Mister Baitty had him up in his erms, an' Dokter Parke had been awa an' brocht him a stick o' barley shugar.

There wuz the maist dreedful bit o' crushin' an' husselin' that iver A cummed throo' in my life gettin' intil the place fur the horse jumpin'. We had till gang throo' a gate, but heth they suin put the gate oot o' that, fur a wheen fowk jist laid hoult o' it an' liftit it cleen aff its hinges. Peggy wud a been kilt if it hadnae been fur Mister Parr. She got wedged that ticht that she wuz liftit richt aff her feet. Mister Parr

---

[59] a reference to WG's own newspaper—Ed.

happened till be aside her, but she didnae ken him, an' sez she till him, "Sur, deer, a wush ye wud help me."

"A wull, mem," sez he, lauchin', an' wi' that he tuk his twa elbows an' shoved the fowk richt an' left till he got her till the gate. Weel, didn't her skirts get gruppit sumwae in the gate, but Peggy wuz peggin' on, an' sez Mister Parr, sez he—

"Ye'll teer yer dress mem."

"Ah, let it teer awa," sez she, "sae lang as A get in."

Mister Tam Dugan, that leevs near the monument,[60] had advised me till buy tickets fur the "big stan'," an' so A did, but whun Peggy saw it, A had sayrious bother gettin' her up ontil it. She wuz feared that the wecht o' us micht tummel the train ower on us, an' if it hadnae been fur Mister Copeland an' Mister Erturs that cum forrit an' raisoned wi her, no a peg wud she a went. There wuz a wheen o' fellows carried on aboot the gates an' on the grun' in a maist redeekilus fashin, an' A wuz very neer gaun doon aff the big stan' twa or three times an' puttin' a wheen o' them oot by the neck. A saw Dokter Parke an' twa or three ither gentilmen pittin' fellows oot, an' yin o' them wuz that bothersum that naebuddy cud wark wi' him but Mister Parr. A wuz thinkin' o' axin' Major Hamilton till bring oot the mileeshy staff an' pit them unner my cherge wi' orders tae fire blank kertridges. Man, we wud suin a scattered them!

A met Mister Rabert Keghey,[61] that used till be the Meer o' Newton. Sez I, "Did ye hear that Rabin Byers wuz gaun till enter his meer, Jinney, fur the jumpin'?"

"A did heer it talkit aboot," sez he, "but A'm feered Jinney wud suin cum till grief. Hooaniver," sez he, "there's

---

[60] Possibly the Lord Londonderry Memorial, as it was known when first errected when WG was just a lad or, as it has been known ever since, Scrabo Tower—Ed.

[61] Derek Rowlinson, in the Books Ulster 2015 edition, speculates that this may have been Robert Bell Caughey, J.P. who died 28th February, 1907)—Ed.

a man ca'd Byers in fur the jumpin', but A think it's no Rabin."

"Man," sez I, "but A wud like tae see him an' the meer gaun ower yon big shough."

"Ay, it wud be a treet," sez he. "Rabin wuz in wi' me the tither day fur a pun' o' paint fur the shafts o' his car, an' A said A wuz feered he had haen Rabin Gordon on his car. He got cleen mad, an' said he wudnae let sich a kerekter cum neer him fur that the last time ye wur in the Market Hoose ye said that muckle aboot him that he had till gang till the expense o' gettin' a bar o' iron tae fassen on the back o' his car."[62]

Weel, there wuz aboot a cupple o' dizen horses, an' twa darlin' wee ponies went in fur the jumpin', an' it wuz a rael treet till see them. There wuz sum o' them, an' whun they cum till the dooble dyke they did egsakly what my auld meer din wi' me, they jist stappit an' lukit at it. Ithers o' them went ower it in gran style, an' thonner wuz Mister Davison's horse happit ower iverythin', jist as easy as oor dug jumps throo a hoop. There wuz yin horse that A think hadnae seen the dyke, fur it jist run ram stam up against it. My, the spirit of the man wuz ower ocht, fur when the horse stappit he jumpit cleen ower its heid, but bein' ta'en at a short, he fell intil the water.

Puir crater, he wuz a' dirtied. Peggy wuz terble vexed fur him, an' she said she wuz gie an' gled A wuznae amang them, fur she wuz shair A cud not a sut on auld Judey's back.

It wuz a' ower at last, but it tuk the fowk a lang, lang time till cleer oot o' the place. A waited till A seen the fireworks gaun up in the Square. My, but it wuz gran' till see yon bleezin' stars an' things like comets fleein' awa up till the very sky. A wuz stanin' at yin o' the places whaur

---

[62] See "A Night in Newton," *Robin's Further Readings* by WG Lyttle (AG Lyttle, 2021)

the man wuz pitin' them aff, an' A micht a loast my life. He had aboot a dizin o' them unner his erm, an' they a' went aff wi' a crack like thunner, an' ye wud a seen them happin', and jumpin' a' ower the square, an' the fowk fleein' in a' direkshins.

Weel, my freens, a maun bid ye guid nicht, an' may we a' leev till see mony, an' mony's

THE NEWTOWNERDS FLOWER SHOW.

ROBIN ON THE ICE

A Hard Frost—Kiltonga Dams—The Skaters—An Obliging Lady—
Robin's Mishap—The Curlers—Irish Stew—Song of the Curlers.

YIN day, the time o' the hard frost in the wunter, A went intil Mister Donnan's o' Newton,[63] tae buy yin o' thon "Syracuse" Aisy Washin' Machines fur Peggy. Peggy an' I were in yince afore, an' had a' the wurks o' the washer explainit to us. A' ye wud hae tae dae wuz tae pit the claes in at yin en' an' the wud cum oot at the tither en' as white as snaw. Weel Peggy has cleen gang aff her heid ever since talkin' aboot that washer, so A made up my min' tae get her yin, fur ye ken whun a wumman wants ocht ye micht as weel let her hae it, or there's nae leevin' wi' her ava. So efter we had settled aboot the washer fur Peggy, who shud cum in but a Mister Broon, that A kent fur mony a year, he had a strap roon his neck wi' a pair o' steel things tied on it. Sez I, "What dae ye ca' them things," sez he, "Thems skytes, an' am gang awa tae a curlin' match, an' if ye'll cum wi' me, ye'll see sum gran' sport."

Weel A went, an' lo an' behold ye, he niver stappit till he had me awa' as far as Kiltonga, whaur a gentilman o' the name o' Johnson carries on a gran' bleechin' concern. A tell't Mister Broon he cud gang like a steem ingin. He had nae peety on my stootness an' my short legs, an' if a wuznae oot o' puff its a queer thing. A forgot and forgied him it a'

---

[63] The 1910 edition has this footnote here: "Hugh Donnan, 34, High Street, Newtownards"—Ed.

whun we got till the place. We went through a gate an' climmed ontil a dyke, an' the deer man, a niver did see sich a sicht in a' my days. There wuz a grate big dam a' frozen ower wi' ice, an' a suppoas there wuznae less nor a hunner ladies an' gentlemen fleein' oer it jist like birds.

"In the name o' guidness, sir," sez I, "what is this onywae?"

"They're skytin', Rabin," sez he "did ye niver see that afore?"

"Na, man, A niver did," sez I; "A hae seen fellows slidin' on the lint holes, but the like o' this A niver lukit at, an' A declare the weemin's as guid as the men at it."

"Far better," sez he; "luk, thonner's yer meinister's dochtors!"

Jest wi' that they fleed by me like the very wun.

"A declare it is," sez I. "Railly its like a temptin' o' Providens, an' yet it cannae be a sin, fur thonners yin, twa, three meinisters birlin' awa' ower ocht. Hoo dae they dae it ava?" sez I.

Sez Mister Broon, sez he, "Dae ye see them things that young wuman's pittin' on her feet?"

"A dae," sez I, "A hae notised a terble lot o' fowk weerin' them things strung roon their necks this while back."

"Weel, that's what they ca' skytes," sez he "an' ye hae jist till pit them on yer feet, an' when ye gang ontil the ice ye'll ken the rest."

"Oh A'll no try it," sez I.

The young lady aside us lauched, an' said she wud len' me a pair o' skytes that she had wi' her.

"Na, thank ye, mem," sez I, "A wud be afeered."

She lauched an' said A needna be scaured whun wee boys an' lasses o' three an' fower yeer auld teer awa at it like fun.

An' railly she said the truth, fur A coonted a dizen waens. There wuz far mair, but they wur fleein' aboot that fast that

A cudnae coont them a'. A seen yin wee chap aboot the size o' my gran waen wi' knee breeks an' blue rig an' fur stokins, an' a thing on his heid jest like a hey ruck. My! he wuz flinging his erms roon his heid an' fleein' aboot ower ocht. Ivery yin wuz lukin' at him, an' A axed a man that wuz gaun by wha he wuz.

"Oh, that's oor skytin' mester," sez he, "an he's gien us a lesson the day."

"The deer man," sez I, "but it bates ocht what waens ir cumin' till. Auld fowks is nae whaur noo-a-days. A'll bate ye his da cudnae dae it as weel. Luk hoo he can whurl his erms roon his heid."

Jist wi' that a big lang man cummed doon a clatter on his face, an' the fowk a' lauched at him.

A strange man went till help him up, an' whun A lukit roon, Mister Broon wuz busy helpin' the young lady till fessin' on her skytes.

"Noo, Rabin," sez he, "this young lady haes anither pair o' skytes, an' she says if you put them on she'll tak yer han' on the ice."

"Weel, what cud A dae? They made me sit doon on the snaw, an' they strappit the skytes on my feet, an' helpit me up. It wuz vera weel they kep' a grup o' me, or as shair as daith A wud a fell on my mooth an' nose.

"Oh, railly, A cud not trevil on them things," sez I.

"Yer no' wantit till trevil," sez the young lady, "ye'll be a' richt whun ye get on the ice."

She tuk me by the han', and Mister Broon begood tae lauch.

"Mister Broon, dear," sez I, "tak' my tither han'."

So he did, an' A steppit ontil the ice. A hale lot o' fowk stappit skytin' an' cum forrit till watch me. A seen Mister Rabert Keghey, an' Mister Mertin, the meinister, an' Mister Russell, the returney, an' a gentleman that belangs till the heid offis o' the Bellycuddy rileway, an' young Mister

M'Vane, an' Mister Erturs, an' dizens o' fowk that A cannae min'. Thinks I, A maun dae sumthin' gran' noo,—so A whuspered till the young lady till tell me what till dae.

"Turn yer richt fit a weethin' on the side, an' streck oot wi' the left," sez she.

"Wull A dae it hard?" sez I.

"As hard as ye like," sez she.

"Stan' oot o' the road if ye pleese," sez I, till a wheen o' the fowk; A'm gaun till streck oot, an' A micht hurt sum o' ye."

They skyted aff richt an' left. Weel, A wuz determined to show them what A cud dae, so A drawed a lang breth an' gied my left fit a shuv forrit as hard as A wuz able. My! A thocht the wurl' wuz at an end! Baith feet flew frae unner me, an' A got a crack on the back o' my heid that micht a split my skull. A seen mair stars nor iver A did in my life, an' the nixt thing A kent wuz the fowk carryin' me ower till the dyke. They laid me doon, an' Mister Keghey brocht me my hat an' axed me wuz my heid hurt. "Rabin, deer," sez he, "ye put on ower muckle steem."

"Tak them unnateral clogs aff my feet," sez I. "A cud skyte far better if them steel shods wuznae on them."

My! they did lauch. A'll ashair ye afore A try it again A'll hae a while's practis on the horse hole.

A gethered mysel' up an' lukit roon me.

"Dae ye feel wakely?" sez Mister Keghey.

"Oh, na, yer honour," sez I, "A'll be a' richt in a wheen o' minits whun my heid settles."

Sez Mister Broon, sez he, "mebbe if ye had a wee drap o' pale sherry it wud dae ye guid."

Jist wi' that Mister Cherley Russell cummed forrit wi' a bit o' paper an' a leed pencil in his han', an' sez he—

"Mister Gordon, ye maun pye yer fittin."

"A hae pied gie an' weel," sez I. "A hae neer knockit my heid aff."

"A only want tuppence," sez he; "ivery yin that pits on the skytes maun pye that fur the sweepers."

"Weel, weel, Mister Russell," sez I, "A cudnae refuse ye, for A hae lang kent you an' yer da afore ye."

So A pu'd oot my wee rid bag. A had jist yin penny-piece an' fower fardins. Mister Keghey seen that A wuz hard up, an' he pied the tuppence fur me. A lauched, an' sez I—

"Sur, a freen in need is a freen indeed."

"Oh, yer no the furst man in trubble A hae releeved," sez he; "ye ken it's mair blissid till give nor till receive."

"Weel, sur," sez I, "that's a comfort, for if ye leev till a' the fowk ye help pyes ye back ye'll be an auld man."

Wi' that Dokter Parke wuz cumin' forrit, an' Mister Broon cried at him. He seen me rubbin' the back o' my heid, an' sez he—

"Why, Rabin, what haes happint?"

"Oh, deed, sur," sez I, "it's nae lee till say an auld fule's the warst o' a' fules. What dae ye think, dokter, but A wuz tryin' till skyte, an' A hae vera neer got mysel' kilt."

My! he did lauch, an' he made me show him whaur A wuz hurt.

"Railly an' truly," sez he, "there's a wee aberazhin here," an' he put his finger on the sair place.

"What's that agen?" sez I.

He seen A wuz scaured, an' sez he—

"Oh, it'll no signify; it's only an ertyfeeshal wound."

"Na, heth, it's naethin' o' the sort," sez I, "there's naethin' ertyfeeshal aboot it. It's a real doonricht brauken heid, an' if it moartifies A'll mebbe loas my life."

"It's no that bad," sez he, an' he tuk a wee bit o' plester oot o' his pocket book, an' stuk it on the sair place.

"What put it in yer heid till gang on the ice onyway?" sez he.

"Oh, deed," sez I, "it wuz yin o' them bonny lasses. They're that nice they wud tempt a buddy till dae ocht.

Dokter, dear, dinnae hae onythin' tae dae wi' them, fur they're the root o' a' evil."

He lauched ower ocht, an' sez he—

"A'm shair she wuz very sorry fur ye."

"Na, no yin bit," sez I. "She jist lauched at me. Luk the wae she's skytin' aboot thonner like a swalla in Simmer. Sorra a hair she cares a had been kilt."

"Oh, they lauch at me as weel as at you, Rabin," sez he.

"Shair you dinnae skyte," sez I.

"Oh, indeed A dae," sez he.

"An' dae ye iver fa'?" sez I.

"A fell my hale length this very day," sez he.

"Did iver!" sez I. "Man ye wud cum doon a quer plert!"

"Ay, ye hae the advantage there, Rabin," sez Mister Keghey, "whun you gang doon ye haenae far tae fa'."

They tuk the skytes aff me, an' helpit me up, an' said we wud gang awa nixt the tither dam till see the curlin'.

"Wait a minit," sez I, "till A get anither luk at the skyters."

The deer man, A wush A cud dae it! A stud an' lukit roon me. Mister Moreyshon, that preeches in Bellygrainey, an' Mister Byrn, o' Newton, wur teerin' ower the ice as weel as ony o' them. Puir Mister Byrn cum doon his hale length on the ice, an' half a dizen o' imperent wee fellows rowled ower the tap o' him. A seen a man frae Cummer that shud a taen twa pair o' skytes, fur he wuz gaun on baith han's an' feet, an' he tumbled the wull-cat twa or three times. Thon wud be anither skytin' mester A'll warrant. A notised that ye shud wear Tam-o-Shanters, an' cut yer breeks aff at the knee afore ye can get on weel.

Whun A wuz tired there we went to luk at the curlin'.

The dam had darlin' ice on it. A seen a wheen o' rael nice gentlemen on it. There wuz Mister Dunlap that used tae keep the hotel aside the Thayter Royal, an' Mister Doag, that A bocht a big cheese frae yin time fur a christnin' perty, an' Mister Hunter, an' a wheen ithers frae Bilfast, that A didnae ken. Then there wuz my dacent freen, Mister George Dickson, an' Sandy Dickson, an' Sandy o' the Mill, an' Mister Wulyim Mayne, an' his son Tammas, an' the twa Mr. Johnsons that haes the gran bleechworks, an' that the dams belang till. A heerd them tellin' that it wuz Mister Johnson brocht the game o' curlin' a' the wae frae Scotlan'. He shuk hans wi' me very kindly an' explained the game till me, an' A watched them a guid while. They hae great big stanes, the size o' a cheese wi' hannels on them an' ribbons tied till the hannels, an' its fur wha can pit their stane nearest a roon ring that they cut in the ice. My! thon men wur as happy as if they had been wee laddies shootin' merbles at skule. A wheen o' them had beesoms in their hans, an' whun a stane wuznae cumin fast eneuch they wud flee forrit an' sweep afore it like mad. The tell't me that the best stanes ir got frae Ailsa Craig, or what we ca' Paddy's Milestane. A'll hae a crack wi' Mester Johnson some day. A wunner wud he start a Curlin' Club at Bellycuddy.

The Newton men won the game, an' then they a' went fur lunch an' made me gang wi' them. We went till a big shed for a' the wurl like Paddy M'Quillan's barn, whaur we chrisined the twins. There wuz as muckle Irish stew as wud a din an ermy, an' plenty o' "pale sherry" an' lemonade, an' a'll ashair ye the stew wuz a gran' treet on a cauld day. A'm shair the man in cherge o' the big pot did wunner whaur the stew went till. Some o' the fowk cudnae fin' in their heart till quat it. Yin man sut lang after the rest had din, suppin' awa as quate as ye like. Mr. Sandy Dickson, o' the Mill, trampit his fit, but he jist lauched. At last Mr. George Dickson, an' a wheen mair got roon' him an' pu'd him frae the table, fur they tell't him he wudnae be fit till play yin bit in the nixt game. A wuz scaured till gang neer him on the ice fur fear the wecht o' him wud brek it.

A moved a vote of thanks till Mr. Johnson an' the gentlemen that purvided the lunch, an' said A wud tak the liberty o' requistin' Mister Keghey till seconds it, as nae man in Newton cud make a better speech. Efter that they a' cried at him till gie them a sang. He sae there wuz nae use refusin' an' so he lauched an' stud up on the furm, and here wuz the sang he sung:—

THE CURLERS

Oh, would ye hear what roarin' cheer
There comes with frosty weather, O;
Then come away to Bradshaw's Brae,
And spend a day together, O!
Brave Sibbald Johnston leads the way,
'Twas he first taught us curlin', O,
And never is his heart so gay
As when the stanes gang whurlin', O!

And then comes Mayne, George Dickson, Kane,
Hugh Simms, and Charley Russell, O,
With full a score, all in a roar,
And eager for the tussle, O!
We muster on Kiltonga rinks,
With brooms so light and handy, O,
No royal curler ever thinks
Of playin' fop or dandy, O!

A shot we try at "chap an' lie,"
At "hogs" we luk sae dreary, O;
Then fling the stane wi' micht an' main,
And "chip the winner" cheery, O!

Then when the game is played and booked,
The word is given, "Luncheon, O!"
Of Irish stew, so nicely cooked,
We all fall to the munchin', O!

Come, fill each glass, and let it pass,
To wet our thirsty whistles, O!
And here's a hand from Ireland
To Scotland—land of thistles, O!
For Johnstons give a ringing cheer—
'Twas they that brought the curlin', O!
And may they join us many a year
To help us at the whurlin', O!

THE NEWTOWNERDS MILEESHY
My First Day's Drill

"Expensive Noshins"—The "Young" Recruit—The Muster Roll—
Robin's "Mussels"—Passing the Doctor—The Newtownards Pig
Market—"Shan!"—In Favour with Captain Hamilton.

IT'S no' an easy jab tae hudwink Peggy. Ye ken it wuz my
intenshun no' tae say a wurd till her aboot my hevin'
joined the Mileeshy till A wud be an offiser, an' then A wud
walk in some day wi' a big lang glitterin' sord unner ma
erm, an' a hale lot o' medals on ma breest. Ma plans wur a'
knokit in the heid, an' A'll tell ye the wae it happened. A
wuz in the barn yin day busy gaun through the 'expensive
noshins,' as the serjint that drilled me that day ca'd them,
an' A had swung ma erms up an' doon an' back an' forrit
till A wuz tired. Then a begood a steppin' aboot the wae an
offiser wud dae, an' gien' the wurd o' cummand at the very
tap o' my voice, whun wha shud step in bit Peggy, an' sez
she,

"Rabin, dear, what unner the sun ails ye?"

"Naethin' ava, dochter," sez I; a'm jist tryin' the strenth
o' my voice."

"Cum awa in the house fur yer tay," sez she "an' awa A
went, an' A deklare bit afore A had the furst cup drunk she
had wheedled the hale news oot o' me. Weel, whun the cat
wuz oot o' the bag A thocht A micht as weel let her heer
iverythin', an' so A did."

195

"Bit, waen dear," sez she, "hoo wull iver ye be fit tae stan' sich fatigue? Ye maun tak' guid meat an' see that ye hae a comfirtable hoose tae stap in."

"It wud be nae sodjerin' that," sez I, "an' A'm determined tae gang through the reglar coorse wi' the tither men. Luk at the Queen," sez I; "A wuz reedin' in the paper hoo that yin o' her sons wuz gaun tae join the ermy, an' she said he beat tae tak' his turn at iverythin' jist like the rest o' the men."

"Weel, weel, Rabin," sez she, "A neednae say mair, fur whun ye tak' ocht intil yer heid there's nae turnin' o' ye."

My, bit A did think lang fur the sayventh o' April, an' whun it cum A wuz in Newton afore a guid wheen fowk had got oot o' their beds. A made my wae up till the Bridewell, an' seen a man in uneyform stanin' there, an' sez he,

"Ir ye a rekroot?"

"Yis, sir," sez I.

"Wha's yer serjint?" sez he.

"A dinnae ken, sur," sez I, "bit A'll be obleeged if ye'll pit me unner some nice aisy man."

Jist wi' that a fine big cliver man cummed steppin' forrit.

Sez I, "A wud like tae be unner that man."

He lauched, an' sez he, "why, that's Mester Lamb, the serjint-mayjer."

Jist as he had said them words, dizn't the gentleman birl roon on his heel, an' sez he,

"Wur ye speekin' till me?"

The man A wuz talkin' till lauched, an' sez he,

"Here's a rekroot, an' he says he wud like ye tae drill him."

Mester Lamb lukit at me as pleesent as ocht, an' sez he, "is it poasible that a man o' yer age wud be a rekroot?"

"Yis, sir," sez I, "A think its the duty o' ivery man, wuman, an' waen tae serve their Queen an' country in these times o' war."

He lauched, an' sez he, "that wud gie us a big ermy, indeed. Whaur dae ye cum frae?" sez he.

"Frae Bellycuddy, sur," sez I.

"An' yer name?" sez he.

"Rabin Gordon, yer honnor," sez I.

"A hae heerd it afore," sez he; an' then he turned tae the tither man, an' sez he, "wha's squad is he in?"

"A wuz gaun tae pit him in M'Cormick's," sez he.

"Na, pit him in Foster's," sez he, "M'Cormick wud scaur the life oot o' him," an' he went awa lauchin' ower ocht.

Sez I, "that's the nicest man iver A seen; he's as gentle as a lamb, an' yit he's as gran-like as a lion."

"Ay, we a' like him," sez the man.

Jist wi' that a serjint cummed forrit oot o' the yard, an' sez he.

"Is Rabin Gordon here?"

"Yis sur," sez I.

"Cum here," sez he, "ye belang till me; gang roon the corner there," sez he, "an' fa' intil the back raw o' the first company ye see."

"Em A no' ower big tae gang intil the back raw, sur?" sez I.

He made nae anser, an' so A tuk my place. Then he cried ower a lot o' names, an' sum o' the men ansered, bit A seen that a guid wheen hadnae cum forrit. Weel, he merched us a' intil the Bridewell, an' wha dae ye think wuz there bit Doctor Mertin, an' whun A cum forrit till him he lauched, an' sez he, "Ha, my Trojan, ir you here? Strip up yer erm," sez he. Weel, he grapit baith my erms an' my legs, an' A said till him, sez I,

"Sur, ye examined me afore."

"A ken that," sez he, "an' yer a' richt; soun' as a bell an' fu' o' mussels."

"A beg yer pardin, sur," sez I, "A'm a grate man fur fresh cockles, bit A haenae et a mussel this mony a lang day."

He jist lauched an' begood a feelin' the nixt man, an' he tell't him he micht get pyed aff fur he wuznae fur the service.

Weel, ivery yin o' us got a big bunnel o' claes an' direckshuns hoo tae pit them on, an' whun we whur tae gether for drill, an' then we wur merched awa in lumps till the hoose whaur we wur tae ludge. It wuz a brave cleen place, an' a man tell't me that the doctor had been there afore us lukin' tae see that the beds wur cleen an' weel aired. Sez I, "he's a rael kin' thochtfu' man tae tak' sae muckle trouble, fur A'm shair the maist o' us is rank strangers till him."

A wush ye had a seen us gettin' on oor claes. Sum o' the fellows lukit like rael gentlemen whun they got on their new things insteed o' their auld korderoy breeks an' torn jackets, bit for my pert a cudnae get mine on me ava. Nether my breeks nor my coat wud button on me, so A gethered them up an' went awa tae the tailor an' got them fixed. I deklare bit yon kit wuz like a packman's bunnel an' there wuz mair things in it nor A cud name. Then there wuz a big thing that A tuk at first tae be a quilt for my bed, bit a man tell't me it wuz a tapcoat for the wat wather. Whun A cummed till my shoon they wur as rid as bluid amaist, an' A wuz ashamed o' them. A wud a kep' on my ain yins only A wuz feered o' breckin' the rules. My! A wuz neer gettin' intill a row about it, for whun we a' gethered agen, the sergint noticed my feet, an' sez he,

"Why didn't ye blacken yer boots, Rabin?"

"A had nae blackenin', sur," sez I.

"Did ye no see a tin box o' it in yer kit?" sez he.

"A did see a box," sez I, "bit A thocht it wuz mustard, mebbe."

Some o' the offisers begood a lauchin', an' A wuz tell't they wud forgie me, bit A wuznae fur tae dae it agen. Then we got saxpence a-piece, an' wur tell't tae gang awa tae oor 'bullets,' an' no' to be oot later nor ten o'clock, or the pickets wud catch us. Sez I till a man aside me, "Wha ir the pickets?" "I dinnae ken," sez he, "unless they'll be sum kin' o' kidnappers."

A steppit up till the sergint, an' sez I,

"Sur, A thocht A wuz tae get a shillin' a day. It's no' that A care fur the money," sez I, "bit A thocht mebbe ye had made a mistak',"

"It's a' richt," sez he, "the tither saxpence is tae pye yer ludgin'-hoose. Bit A'm sayin', Rabin," sez he, "A thocht there wuz sumthin' odd aboot ye, an' A see noo what it is— awa an' get that lang berd shaved aff."

"Na, man, A wull not," sez I, "A'll loas the sityeashin first."

"Weel, the Capten will talk till ye," sez he.

"Na, he'll no say a wurd," sez I, "fur A tell't him A wud get my daith o' cauld wi'oot it, an' he said that uner the cirkumstances he wud let me keep it on."

"Noo gang awa till Wallace's an' buy a wee penny stick," sez he, "an niver gang oot wi'oot it."

"Wull ye no' let me carry my ain stick?" sez I.

"Na, that wud niver dae," sez he, an' so A went an' did as A wuz bid. Mester Wallace said A shud get my futtygraff tuk in my uneyform, bit A said A wud wait till A had my sord an' gun.

Weel, whaur dae ye think they drilled us bit awa in the Pig Market, an' dae ye know, bit A jist said it wuz rael thochtfu' o' the Capten, an' A think it wuz on my acoont he din it. He had heerd me sayin' that A wud think shame doon in the Square afore sae mony fowk, an' so A suppoas he thocht the Pig Market wud be a nice quate place. An' so it wuz, for there's a big heech wa' a' roon it that naebuddy can see ower, an' there wuz a man stud at the gate tae keep the croods oot. My, A wuz feerd Mester Henery, o' the

Kronikle,[64] or sum o' the ither fowk that kens me, wud cum in, bit A didnae see yin barrin' Mester M'Kee,[65] an' he stud lukin' at us a lang time.

Dae ye know, bit A begood tae fin' my bluid warmin' up, an' whun A seen the men a' gettin' intil order A wuz as prood as ocht. A seen Capten Oarem steppin' up an' doon wi' a big lang sord unner his erm, an' he wuz as careless like wi' it as if it had been a bit o' a stick. He's a terble nice man, an' the very picter o' his da, that A hae had mony a lang crack wi'. He had nice black claes on him, and so had a wheen smert-lukin' offisers that wur alang wi' him. A wuz prood tae see young Mester Broonlow there, an' A notised a young man wi' grey claes on him, an' a gun in his han'. They tell't me he had cum a' the way frae Edinburow. Afore we had din wi' oor exercise, Capten Hamilton cum ridin' in on horseback and a hale lot o' offisers wi' darlin' sords in their hans. A wonner what the Capten haes din wi' his white horse, fur yon wuz a broon yin he had. He wuz lukin' as fresh an' as smert as iver; an' he kept ridin' aboot, an' yince as he passed whaur A wuz he lauched at me. A cudnae help lukin' at Mester Lamb, the Serjint Mayjer. My! if ye seen the size o' him. An' he's as strecht as a rush. He keeps up his heid an' his breest oot, an' he wud fould his erms, an' merch back an' forrit like a lord. A'm shair he jist did it tae set us a guid exemple, an' A wud gie a' A'm wurth tae be able tae walk like him. If yon man had us a' richt drilled, A wudnae be yin bit scaured tae gang wi' him tae Afrekey. A wud like tae see him gettin' a' guid swutch wi' his sword at

---

[64] The *Newtownards Chronicle*, editor William Henry, where this story first appeared in print—Ed.

[65] Probably Mr M'Kee of the Ards Boot and Shoe Warehouse, an old friend of WG—see WG's biography, *The Storyteller* by AG Lyttle (AG Lyttle, 2021)—Ed.

auld "Katch-a-click-wire."[66] But A maun tell ye aboot the drillin'. The serjint put us a wee bit aff yin anither, an' there wuz aboot a dizin an' a half unner him, an' sez he,

"Noo, tak the puseeshin o' sojers; keep well forrit on yer taes, pit oot yer chists an' keep yer han's by yer sides."

Yin fellow jist afore me leaned that much forrit on his taes that if A hadnae gruppit him he wud a fell on his face.

Then the serjint cried oot, "Shan!"

No yin spauk, bit we lukit at yin anither, an' the serjint cried "Shan!" agen that lood that A jumpit, an' sez I,

"A think he's no here, sur."

He had a richt laugh at me, an' sez he, "A'll show ye what A mean," an' with that he tuk my twa hans an' pit them doon by my sides, an' he tell't me tae bring my ither fut up till the tither, an' tae stan' strecht, an' then sez he,

"Noo, boys, that's 'shan'."

Efter the serjint had kept us fur aboot an hoor daein' "Shan," he cried at us fur tae "nummer," an' he made the man at the en' o' the raw shout out "yin," an' the nixt "twa," an' sae on. We had tae gang ower that a hale lot o' times, an' then he cried at us—

"Stan' at ease!"

A thocht he said "gang on yer knees," an' the word wuznae well oot o' his mooth till A dropit doon on my knees on the hard sherp stanes till A knockit the skin aff them. My, A wush the Capten wud mak them sweep yon stanes awa.

The serjint cummed forrit till me, an' sez he,

"Did ye fa', Rabin?"

"No, sur," sez I, "emn't A daein' what ye bid me?"

My! he lauched ower ocht, an' it wuznae lang till A wuz up on my feet agen, an' sez he,

---

[66] Robin's interpretation of the name of the Zulu King Cetshwayo— Ed.

"Cum boys, luk at me, an' A'll show ye hoo tae stan' at ease."

Weel, he lifted up his richt han' as heech as his breast, an' his left han' as heech as his shooder, an' then he brocht his left han' doon on the yin alow it till it crackit ower ocht, an' then he let them baith fa' doon. Then he drawed yin o' his legs back an' A thocht the tither yin wuz brauk it wuz that bent. "Noo," sez he, "whuniver A tell ye tae stan' at ease that's what ye ir tae dae."

My! the ermy diz bate ocht. We got aff fur oor denners then an' went till the bullet hooses fur them, an' A deklare we got a brave denner. The offisers ir quer an' carefu'. We hadnae got well sut doon till in cum yin o' them wi' his lang sord rattlin'. There wuz a serjint wi' him, and the minit he apened the daur he struck it a slap wi' his stick till he scaured me, an' sez he, as lood as iver he cud speek,

"Shan!"

The fellows a' drappit their prittas as if thcy had been burnin' them, an' jumpit till their feet. Sez the man wi' the sord, sez he.

"Hae ye got yer denners, boys?"

"Na, no yit sur," sez I.

"Weel yer in a fair wae till it," sez he, an' awa he went.

We got skerries[67] an' Amerikay bacon till oor denner. A axed a man aside me if that wuz what we wud aye get.

"Oh, na," sez he, "yin day we'll get prittas an' bacon, an' the nixt day we'll get bacon an' prittas."

"Weel, that'll aye be a change," sez I.

"We'll get mair nor that," sez anither man, "fur a man the ca' Burke brings doon big kert loads o' beef frae Bilfast ivery day."

"A ken them richtly," sez I, "an' rael dacent fowk they ir, an' keep the best o' meat."

---

[67] a redish-blue variety of potato—Ed.

Efter we tuk oor denner we went back till the Pig Market, an' whun the serjint had pit us intil raws agen he said he wantit till teech us tae turn by nummers—A wuz nummer 9, an' whun he cried at me A birled roon wi' my back till him. He said that wuznae the wae, bit that he wud suin lern me. He tell't me fur tae keep my left fut stuk till the groun', an' tae birl roon on it like a pivet. Then he tell't me fur tae bring my richt fut forrit till my heel wud be agenst the hollow o' my tither, an' then birl roon. Then A wuz tae bring my left fut back an' pit the ba' o' my richt fut agenst my left heel, an' birl roon—yon man haes a heid on him like an almanek. He made me hae half left birls, an' half richt birls, an' three quarter birls till A wuz that dizzy A cud harly stan' on my feet. Sum o' the fellows got that seek that they had till gang oot o' the raws an' stan' up agen the wa' till they got better.

A notised a terble smert wee man jist aboot my ain heecht steppin' aboot as gran' as an offiser wi' a kin' o' a bress bugle in his han', an' every noo an' then he wud pit it till his mooth an' gie a wheen toots on it. If it hadnae been that A had tae pye sich attenshun till the serjint's orders A wud a haen a quer lot o' things tae tell ye that A seen. Sum o' the fellows hadnae got their uneyform on them, bit there they wur jist as they drappit the plews, an' quer lukin' defenders o' the country they wur. A wush ye had seen yon chap aside me wi' a pair o' auld korderoy breeks on him that short that they didnae cum far unner his knees; then he had an auld blue patched jacket on him, an' a big muffler roon his neck. A lauched cleen oot when A seen him merchin' alang wi' his han's stuk doon by his sides. My heid was sair wi' the shoutin' o' the serjints, fur they wur a' cryin' at the tap o' their voices, "Yin, twa, three, turn!" "Square yer heels!" "Shan!" "Stan' easy!" "As ye wuz!" an' a hale lot o' wurds that A haenae lerned yit.

At last Capten Hamilton cum ridin' up, an' sez he,

"Noo, boys, A want tae speek till ye. If ony o' ye gets drunk," sez he, "A'll fine ye in half-a-croon, an' the nixt time efter that A'll fine ye in five shillin' an' gie ye pack drill. Dinnae smoke in the streets," sez he, "nor dinnae chou tabaka, or spit in the streets, bit konduck yersel's like men an' hayroes; keep yer han's oot o' yer pockits except whun ye meet a puir buddy an' can spare them a copper. Nane o' ye maun gang hame wi'oot my leeve, or if ye dae A'll sort ye, for A hae got a plan in my heid that A'll carry oot."

My! A wuz rael weel pleesed, an' whun the drill was ower the Capten seen me lauchin' an' he cummed up till me an' axed me hoo A wuz gettin' on.

"Middlin,' sur," sez I; "A'm no used tae this soart o' thing, an' my erms ir terble sair gaun throo' the 'expensive notions,' sae lang."

He lauched, an' sez he—

"Ye'll suin get ower that, an' afore the day o' the big review cums roon ye'll be fit tae tak cherge o' a company."

"A'm muckle obleeged fur the complement," sez I.

"Ye maun cum doon till the mess wi' us some nicht," sez he, "an' we'll hae a while's fun." and wi' that he galloped awa.

Thinks I, "it wud be a mess if A wuz there."

My! A wonner wull A get on weel, an' wull A iver be a jeneral. A'm gaun tae ax hame frae Seterday till Munday, an' A'll hae quer fun shewin' Peggy hoo they drill me.

A made a mistak' in the name o' the Serjint-Mayjer. Its Mester Lane they ca' him, an' he's takin' a grate interest in me. He aye cums up an' speeks till me no' tae hurt mysel'. A'm tell't they're gaun tae merch a' the rekroots roon the toon wi' a nice band o' music in front o' them, an' Capten Hamilton ridin' on horseback. Won't that be nice!

The serjints hae a' tuk a terble noshin o' me, an' there haes been sae mony axin' for my futtygraff that a maun pit on my uneyform an' gang in an' get Mester Wallace tae tak' it fur me.

THE NEWTOWNARDS MILEESHY

A haenae time tae tell ye ony mair noo, bit ye'll likely heer frae me agen.

'DIPPLEMASSY' (Diplomacy)
A Nicht At The Theayter Royal, Belfast

Conscientious Scruples Overcome—Och, These Weemen—A Big Hoose—The Dipplematties—Dora—Mister Bowclick—The Unco Wise.

MY, a wonner if it's a sin tae gang tae the theayter. A hope no', fur A wuz there the tither nicht, an' it's a lang time since A had sich a treet.

A had some bizness tae dae in Bilfast, an' whun A got it scttled, a ca'd tae see a freen o' mine, an' he wud insist on me tae stap a' nicht.

"Mony a nicht A hae slep' in yer hoose," sez he, "an' shairly ye'll stap wi' me for yince."

Weel, A didnae like tae be stiff, an' so A said A wud. His mistress is aboot as smert, kin'-hearted a wuman as iver A seen, an' she had the kettle boilin' an' the tay on the table afore A wuz weel sut doon. Whun we wur at oor tay he sez till me, sez he,

"Noo, the mistress an' me's gaun till the theayter the nicht, an' ye maun cum wi' us."

"Oh, na," sez I, "A'll no gang, bit dinnae let that stap ye an' the mistress, fur A can sit here an' read the paper till ye cum back."

"Na," sez he, "ye'll dae nathin' o' the soart; ye'll jist gang wi' us."

"Bit A niver had my fit in a place o' the soart," sez I.

"Oh, ye hae niver had the chance, A suppoas," sez he.

"A doot its a sin," sez I.

206

"Weel," sez he, "we'll talk aboot that whun we cum back."

"A wud rether no' gang," sez I.

"Noo, dinnae say anither wurd," sez the mistress; "fur A want ye tae cum, an' shair ye cudnae refuse me?"

A lauched, "A cud not, indeed, mem," sez I. "A niver cud refuse a wuman ocht. Och, och; there's a bit o' auld Eve in a' the wemen yit."

"Ay, an' a bit o' auld Adam in the men," sez she, "for they like tae lay a' the blame on the wemen."

Weel, tae mak' a lang story short, sayven o'clock seen us a' doon at the theayter. My, bit yon's a big hoose! It wud mak ye dizzy tae luk up at it, an' they hae raws o' men's heids cut oot o' stane stuck a' along the frunt o' it. Whun we went inside we had tae gang up ower a' the lot o' stairs, an' at last we went throo' a kin' o' a big screen, an' there we wur inside the theayter. The hoose was roon like a hoop, an' the sates wur a' nicely stuffed an' covered wi' rid claith, an' they went roon the hoose in rings. We got intil the foremost yin, an' whun a sut doon, sez my freen till me, sez he—

"Luk ower the edge."

My! A niver got sich a scaur in my life. A suppoas A wuz fifty feet up in the air.

"Oh, sur," sez I, "A cudnae sit here."

"What fur," sez he.

"A wud fa' ower," sez I.

"Na feer," sez he.

"As shair as daith A wull!" sez I.

The mistress lauched, an' sez she—

"Whun A'm no feer'd ye neednae be, fur yer as heavy agen as me."

"A wud rether no cum till the gellery," sez I.

"Yer no in the gellery," sez my freen, "luk, the gellery's up aboon ye."

A lukit up, an' there wuz anither place ower wur heids. Then A tuk a ticht grup o' the railin' in front o' me, and lukit doon, an' there the fowk wur cumin' poorin' in, bit A wuz up that heech that they lukit like wee boys an' lasses.

"What dae ye ca' that place doon there?" sez I.

"That's the pit," sez my freen.

"An' what place is this that we're in?"

"The upper boxes," sez he.

"Boxes!" sez I.

He turned roon tae say sumthin' till the mistress, an' A deklare A felt my heart batin' ower ocht, fur a begood tae think that if the man the place belanged till wud shut up the boxes, an' ocht tae happen, hoo wud we get oot?

"I hope the place wull no tak' fire," sez I.

"Nae feer o' that," sez he.

"My! if the hoose wud happen tae fa', we wud ivery yin be kilt!" sez I.

"Ah, blethers!" sez he, "mak' yersel' comfirtable; yer as safe as ye wud be at yer ain fireside."

"Wha diz this place belang till?" sez I.

"Oh, ye jist axed in guid time," sez he; "luk yonner," and he pointed to a gentleman stannin' doon alow us in a nice kerpeted place.

"He's a very nice man," sez I, and so he wuz. He had grey hair, an' as pleesint a face as iver A seen. Ye cudnae help likin' yon man.

Jist wi' that there wuz like a big bleeze shot oot o' the seilin', an' the fowk aboon wur heids set up a yell an' made a noise wi' their feet. A gied sich a jump, an' my heart flew till my mooth.

"Hoots, man," sez my freen, "it's the gas; that's the wae they licht the hoose."

A deklare so it wuz. Awa up in the seilin' there wuz a thing jist like a big dish turned wi' the mooth doon, an' there wuz aboot a hunner lichts o' gas cumin' oot o' it.

"Hoo in the wurl dae they get up there tae licht it?" sez I, bit he didnae hear me, for a band begood tae play, an' my!

bit it wuz nice.[68] Weel, waens, jist as I wuz sittin' lissenin'
dizn't a grate big green claith that wuz hung up at the tither
side o' the hoose birl awa[69] ayont it, furnished jist like the
Squire's, an' there's a nice lass wi' a cap on her pickin' up
bits o' paper aff the kerpet. Then in steps a cross-lukin' man
an' axes if the mistress wuz in. The lass she birled roon, and
she wuz as like Jane that leeves in the meinister's as ocht
iver ye seen, an' she spauk till him gie an' sharp, an' A seen
she didnae want till gie him ony news. Weel, then, sum twa
or three ither gentlemen cummed drappin in, inquirin' for
sumbuddy, an' the lass answered them very civilly. My
freen whuspered till me that it wuz a room in a hotel A wuz
lukin' at.

"Weel, wha diz these young fellows want tae see?" sez I.

"A nice young lady," sez he.

"Oh, they wud!" sez I.

Weel, then A notised a terble nice, cliver-lukin' young
man, cumin' in till the hotel wi' a nice licht broon-coloured
shoot o' claes on him, an' the lass allooed him tae sit doon
an' wait for the mistress. Jist wi' that a big, stoot, well-
dressed lady cummed in an' shuk han's wi' him an' talkit a
while till him, bit A seen richtly he didnae want till be

---

[68] In the original version of this 'write-up', which appeared in the
Belfast Morning News on Thursday, February 20th, 1879, WG here
inserted the following:

"Then I noticed what I hadnae seen afore. Awa at the tither side o'
the hoose there was a great big picter hingin doon frae the very ceilin,
an' there wuz an auld white-haired man jist fur a' the wurl like Jack
Mann, the blin fiddler. Weel, he wuz playin somethin like bagpipes, an'
a nice-lukin wuman wuz dancin till it. That wuz a' in the picter an' a
hale lot mair things that I dinnae min'. Weel, weans, jist as I wuz sittin
lukin at this, didn't it birl awa up clean oot o' sicht, an there's a darlin
big room awa ayont it, furnished jist like the Squire's."

[69] When WG edited out the above paragraph he mistakenly omitted
the following phrase, which is needed to make sence of the sentence as
it now stands:

"up clean oot o' sicht, an' there's a darlin big room awa"

bothered wi' her. Hooaniver, he wuz very polite wi' her, an' lissened till a' she had tae say; bit it wuz as muckle as A cud dae tae keep frae tellin' her till gang oot o' that, fur A cud see richtly he didnae want her. Dae ye know bit A tuk a terble fancy till him the minit A seen him. My! he cud luk that stern-like, and the nixt minit he wud be as pleesint as a lady. His name wuz Mester Bowclick,[70] or sumthin' like that. Weel, the wuman went awa, an' in cum a nice, smert young fellow, wi' a mustashe on his upper lip, an' he floo forrit an' shuk hans wi' Mester Bowclick, an' there, my deer, wasn't he his brither, an' the man that A likit gied the tither yin a big letter, an' tell't him he wuz made a capten in the ermy, an' wud hae tae gang awa till the war.

Weel, A seen the young fellow wuz pleesed, an' still he wud rether a stied at hame, an' sez I till my freen—

"Is he feered o' bein' shot?"

He lauched, an' sez he—

"Oh, no, he's coortin' that young lady, an' he wud rether no lee her."

"A wud like terble weel tae see her," sez I.

"She'll be here this minit," sez he.

Weel, Mester Bowclick wuz far liker a man till be a Capten nor his brither wuz, an' as A said afore, he wuz rael sherp, an' he lukit at his brither, an' sez he, gruppin' him by the erm, sez he—

"What ir ye up till? what deilment ir ye up till?" sez he.

Weel, he had tae tell him, an' Mester Bowclick lauched an' made fun o' him, bit the Capten said his sweetheart wuz an angel, an' iverything like that.

Weel, then, the auld wuman cummed in agen, an' A seen she wuz the young lady's ma. Then the twa young men went oot, an' the wuman cried—

"Dora! Dora!"

---

[70] Beauclerc, a character in the cast of *Dipplomacy*—Ed.

Weel, A seen a daur apenin', an' a nice young lady lukit oot, an' whun she seen there wuz nae yin in the room bit her ma she cummed forrit. My! bit she wuz purty, an' she had the nicest goolden hair ye iver seen. She wuz dressed as plain as ocht, an' she sut doon at the pianer an' played on it that nice that it brocht the tears till my e'en.

"A doot she's no in guid health," says I tae my freen'.

"She's poor," sez he, "an the hotel-keeper wants his bill pyed, an' she haes nae money."

"My, A wush sumbuddy wud tell the Capten!" sez I, "A'm shair he haes plenty o' money."

"Dinna speek sae lood," sez my freen.

Weel, she went awa an' changed her claes, an' cum oot agen nicely dressed, an' then in cums the young men, an' sich a bit o' shakin' han's ye niver seen. A wush ye had seen the way the Capten's brither lukit at her, an' sez he, till the Capten, sez he—

"She is an angel, my boy."

My, A wuz gled till heer that, fur A wuz o' the same noshin mysel, an' whun Mr. Bowclick thocht it A knowed A wuz richt.

Sez I till my freen, "A wush ye wud write a wee note an' get it slippit till the Capten aboot the hotel man."

He put doon his heid an' lauched till A thocht he wud a chokit. At last he lukit up an' whuspered till me—

"A think we'll gang hame; it's no richt tae be here."

"A see nae herm in it," sez I, "an' if A shud sit here till mornin' A'll see hoo this en's."

Weel, then, didn't they a' gang oot, an' lee the Capten an' Miss Dora thegither, an' didn't he tell her hoo he luved her, an' she beggit him till gang awa.

"Bedad, my boy," sez I till myself, "A'll bate a penny she wud rether hae yir brither, an' A cudnae blame her!"

Bit, till my surprise, she gied intil him, an' promised till be his wife; bit A aye think that if she had seen the brither suiner it wud a been a match atween the twa o' them.

211

A deklare bit they got merried there an' then; ye see he had tae gang aff till the war, an' she wuz till gang wi' him. A forgot till tell ye, though, that there wuz anither lady—a nice, wee, plump, black-avised buddy—that was a Countess, an' hadn't she a terble noshin o' the Capten, an' whun she seen him merried till the Dora yin she wuz cleen mad an' swore she wud be rivenged. Weel, it appeared that a' the fowk at the Hotel were "Dipplematties." A axed my freen what soart o' religion that wuz, bit he jist lauched at me. Weel, this wee dark lady wuz anither "dipplematty," an' what did she dae bit she stole a paper oot o' the Capten's box, an' got it pit intil a letter an' sent awa till the enemy, an' then she got it blamed on Dora, that wuz noo the Capten's wife, an' my, what a row there wuz!

A nice, pale-faced man that wuz a Rooshin cummed in, as he didnae ken wha the Capten wuz merried till, he begood a talkin' aboot Dora, an' said that she wuz a "dipplematty," an' had got him arrested an' pit in prison. Then it cum oot aboot the paper that wuz stolen, an' the Capten wuz cleen mad, an' pit them ivery yin oot, an' sent for his wife. Puir dear! bit A thocht a peety o' her. She wonnered what wuz wrang wi' him, bit he suin tell't her, an' A thocht she wud a went mad whun he blamed her wi' stealin' the paper.

Sez I till my freen, "What's the raison naebuddy tells him wha did it?"

"They darnae," sez he, "it wud spoil the fun."

"It's quer fun," sez I. "If ye dinnae sen' him word A'll shoot oot till him that it wuz his auld sweetheart din it."

"For guidness sake, haud yer tongue!" sez he, "if ye dae the pleece wull tak ye up."

A deklare my bluid wuz boilin, an' it got the langer the waur, till at last the Capten jumpit up, an' bid her fareweel, an' went awa. Weel she flew tae the wundey an' threw up her erms, an' cried at him till cum back; an' then she tuk a wake turn, an' droppit her hale length on the fluir, an' jist wi' that the big picter screen fell doon agen.

"They hae kilt her!" sez I, an' A jumpit till my fit an' made tae get oot.

"Whaur ir ye gaun?" sez my freen.

"If A shud be hanged fur it," sez I, "A'll gang an' luk for Mester Bowclick an' tell him wha din it."

"Man, it's only actin'," sez he.

Weel there beat tae be mair nor me thocht she wuz deid, for they kept shoutin' for her, an' at last oot she cum, as pale as ocht, an' A wuz that gled tae see her that my hans ir sair yit the way A clappit them.

A haenae time tae tell ye it a', bit the Capten's brither fun' it oot that very day, an' the nicest iver ye saw. My, bit A wuz terble weel pleesed.[71]

My freen axed me what A thocht. Sez I, "It wuz jist like readin' a book, only the fowk showed us how the thing happened."

"Jist that" sez he; "an' there's fowk objecks till the theayter wi'out just raison. Accordin' till them," sez he, "its wrang till change yer voice, till move yer face, till change yer claes, or dae a piece o' ressytashin."

"I knowed a man," sez I, "that wuz applyin' for a sityeashin, an' some o' the fowk objected till him because he went noo an' then till the theayter."[72]

He jist gied a wee lauch, an' sez he, "some fowk's unco wise."

"Ay," sez his mistress, sez she, "in their ain estymashin."

---

[71] In a version printed in the *Newry Telegraph*, WG added here: "I wush they wud do yon piece in Newry. I'm shair the hoose wudnae haud the fowk" —Ed.

[72] It is likely this was WG's own recent experience when he was overlooked after being in the running for the post of Secretary to the Irish Temperance League—see *The Storyteller* by AG Lyttel (AG Lyttle, 2021)—Ed.

Monochrome reproduction of the full-colour cover of an
early R. Carswell and Son edition.
(This time they have WG's initials correct)

214

ROBIN'S READINGS

Volume III
Life in Ballycuddy
Co. Down

MY BRITHER WULLY

"When we were Boys together—Wully's departure—The Emigrant's
Return—Old Recollections—A Happy Party—Auld Lang Syne.

MONY a time ye hae heerd me speekin' o' my brither
Wully. There wur twa mair boys in the femily, but
they baith dee'd young, an' Wully an' me wur a' that wuz
left o' the Gordons o' Ballycuddy. A'm shair there niver
wuz twa brithers as fand o' yin anither as Wully an' me. We
went tae skule thegither, but A niver tuk till the book lernin
terble weel, an' Wully shot far aheid o' me. A cudnae a tell't
ye hoo mony six and six wud mak withoot pittin' doon wee
strokes on my slate, an' then coontin' them ower. Mony a
lauch the mester an' the boys had at me, an' they used tae
invent a' the puzzlin' things they cud fur wee Rabin. The
Mester axed me yin day "if a herrin' an' a half cost three
happence what wud a dizzen cost?" but A niver fun' it oot
till yin day Tam Sloan that dealed in herrins tell't me. A
wud rether a been oot in the fiel's wi' a gun in my han' or
wanrin aboot the shore getherin wulks an' lempets, an' lukin
intil holes fur croobins.

Wully wuz a different boy a'thegither. My, he wuz terble
lang-heided, an' he jist drunk in the lernin as fast as the
mester gied him it. Fur a' that he wuz aye ready efter skule
hoors tae gang roon the shore wi' me or oot in the boat, an'
mony a time A wonnered hoo or whun he lerned his lessons.
We used tae sit fur hoors ahint a big rock they ca'd the
"Limpet Rock," talkin' aboot what we wud dae whun we
wud grow up tae be men. A wuz aye fur stickin' tae the auld

place, but naethin' wud dae Wully but he wud gang an' push his fortune.

"Rabin," he wud say till me, "the wee bit ferm's ower sma' fur baith o' us, so ye can hae it wi' a' my heart, an' A'll gang ower the seas an' try my luck in anither cuntry. If iver A get wealthy A'll cum back an' share it wi' ye, an' if A dinnae, A'll stae awa, fur A'll aye be able to ern an honest crust, an' that's as muckle as iver A wud hae at hame."

A did a' that A cud tae get Wully tae change his min', but it wuz nae use, an' shair eneuch afore he wuz twunty he went aff till Ameriky. It wuz a sayries time in the cuntry side fur a wheen munths afore Wully went awa. Iverybuddy that kent him likit him, an' he had tae drink tay an' spen' an efternoon wi' iverybuddy fur miles roon. Weel, whauriver he went A had tae gang wi' him, fur ye micht as weel a tried tae sayperate them "Sammy's Twuns"[73] that we used tae heer sae muckle aboot, as tae sunner him an' me. Then the nicht afore he startit we had a big perty in my da's hoose, an' we danced in the auld barn till daylicht. A wush ye had seen the fluir o' it the nixt mornin. The big shods on the fellows' heels knockit it a' intil holes. We had tae yauk the meer an' kert tae draw his boxes till Bilfast. In them days it wuz thocht tae be amaist a temptin' o' Providence tae gang on the water, an' it tuk fowk months tae get till Ameriky. Weel, my ma spent a hale fortnicht, A'm shair, bakin' breid fur Wully tae tak wi' him, an' ye cudnae a got neer the fire fur the way she had big peats biggit roon the hearthstane, an' farls o' hard breid coggit agen them. A hae min' o' her pittin traycle in it tae mak the breid keep. Puir Wully! It had nae lang till keep, fur he handed it roon him tae the crayters in the boat that hadnae brocht muckle wi' them, but A'm shair it did him mair guid tae see them enjoyin' it nor if he had et it himsel'.

---

[73] Siamese Twins

Weel, dae ye know, that man haes been ower the maist o' the hale wurl, an' mony a nicht A hae spent readin' his letters, fur nae metter whaur he went or what he was daein, he had aye time fur tae write till his brither Rabin.

Weel, behold ye, here aboot a munth ago A had jist finished my denner yin day, whun wee Paddy, my granwaen, cummed rinnin in, an' sez he—

"Oh, da, a man's tummin up the loanen."

"A wonner wha it is," sez I; "ye micht gang oot an' see, Peggy."

Peggy went oot an' cummed in agen, an' sez she—

"A dinnae ken wha it is, Rabin; A thocht at furst it wuz the meinister, but it's no' him."

"A'll haud ye it's yin o' them new sort o' preechin' buddy's that's gaun aboot the cuntry," sez I.

A hadnae time till say mair whun in steps a weel dressed, dacent-lukin' man, wi' a greyish-coloured whusker, an' he jist steps forrit tae me, an' hel' oot his han', an' sez he—

"Weel, Rabin, what wae ir ye?"

A gied him my han' an' A declare but he very near wrung it aff me. Then he turned tae Peggy, an' sez he—

"Peggy, wuman, A'm gled tae see ye."

Sez I, "Sur, if it wudnae be makin' ower free, A wud ax ye yer name, fur nether o' us kens ye."

"What!" sez he, "dae ye no' ken yer brither Wully?"

My! if A had been shot fur it A cudnae a spauk. Whun A lukit intil his black e'en A knowed him in a minit, an' A gruppit him by the twa han's, an' burst oot a roarin'. Railly A cudnae help it, an' A think if A hadnae got relief in that wae A wud a cleen loast my rayson. He set me doon on a cher, an' stud wi' my han' in his an' ye wud a thocht my heart wud a brauk the wae A sabbit. A seen Peggy wuz neer as bad as mysel', but the crayter she cum an' wipt my e'en wi' her apron.

"Cheer up, my man!" sez Wully, "fur A'm hame noo, an' A'll niver lee the auld sod agen. Come, Peggy," sez he, "get on the kettle an' mak' us a cup o' strong tay; no' the soart they gied Paddy M'Queelan in Glesgo," sez he, "but a cup that strong that it wud split a creepy."

That made us a' lauch, an' sez he—

"Rabin, my boy, ye hae been gettin' on at a wonnerfu' rate letterly wi' yer storytellin'. A wush ye seen hoo mony *Bangor Gazettes*[74] ir sent till Ameriky noo."

"It's no' worth their while," sez I.

"Man," sez he, "the Eerish ir a quer race, fur nae metter whaur they gang they aye like tae heer o' sumthin' that happens in the auld cuntry."

"Weel, weel, Wully" sez I "we'll talk aboot them things agen, but ye maun tell me hoo ye got back, an' whaur ye hae been, an' a' that ye hae seen."

"Rabin, it wud fill a book," sez he, "hooaniver, A'll tell ye bits o' my trevils here an' there that A think wud interest ye."

"Man, but ye hae grew big," sez I. "The trevillin aboot haes agreed wi' ye; yer far stooter nor A em."

A wush ye had seen him. My! he wuz dressed like a rael gentleman, an' he spauk that nice ye wud a thocht he wuz a lawyer or a meinister. He sut doon in an auld erm cher that my ma used tae sit in, an' although he didnae say ocht, A kent he wuz thinkin' aboot her, so A tuk a turn or twa roon the hoose, an' left him till his ain thochts. At last he spauk, an' sez he—

"An' is that wee Paddy?"

"It is that," sez I, "that's my eldest granwaen."

"Dear man!" sez he, "hoo time passes. Wha wud think Rabin Gordon wuz a granda? Cum here, wee man," sez he till the waen.

---

[74] The *North Down Herald and Bangor Gazette*, WG's own newspaper, which published "Robin's" stories—Ed.

Wee Paddy had been ridin' the beetle through the hoose fur a horse, but whun he seen the strange man he run awa intil a corner an' stud chewin' the tail o' his slip. He wuznae willin' tae cum oot o' his corner, but Wully suin coaxed him ower till him an' lifted him on his knees.

"He'll jist dirty yer claes, sur," sez Peggy.

"Weel, weel," sez Wully, "there's mair whaur they cum frae an' A wuz a waen mysel' yince," an' then he lukit roon him, an' A seen the tears getherin' in his e'en.

"My-oh-my," sez he, "wha wud think that A wuz born in this hoose, an' rockit in my mither's erms in this very cher; that them auld blackened rafters cuvered my heid fur years, an' there they ir, jist as they wur fifty years ago, but the auld fowk's awa." Then he jumpit till his feet an' gied wee Paddy a bit shuggy-shoo an' set him doon in his cher, an' sez he—

"Cum, Peggy, hurry up the tay, we mauna let these thochts cum intil our heids noo."

"A'll jist hae it reddy in a minit, sur," sez Peggy, "an' A'm shair yer in rael need o' it."

"Dinnae be ca'in me 'sur,' if ye pleese, Peggy," sez he. "A'm Wully noo, jist as A wuz when A went awa."

It wuznae lang till we wur sittin' roon the table at our tay. Joy taks awa sum fowk's appetite; but A think it helpit mine, an' it did me guid tae see Wully enjoyin' his. My! A cud a stud on my heid, A wuz that gled, an' sez I—

"Wully, ir ye hame fur guid an' a'?"

"A em, Rabin," sez he, "an' whun A get settled a bit we maun hae a talk aboot hoo things ir gettin' on here an' what's tae be din."

"An' ye'll tell me a' aboot yer trevils, Wully?"

"A wull, Rabin, but no' the nicht. Wait till my heid settles a bit. An' noo, Peggy," sez he, "they tell me yer a gran' singer; gie us a wee verse o' 'Auld Lang Syne'."

Peggy needit nae coaxin', an' afore she got till the en' o' the sang Wully an' me joined in, an' we made the auld rafters ring.

Afore we riz frae the table, Wully garr'd me gang ower the wheen verses that A had sent him till Ameriky. Here they ir:—

A wush ye wud cum hame, Wully,
A'm langin' ivery day;
There's naethin' been the same, Wully,
Since ye went away.
A sumtimes think if A cud mak
My wae across the sea,
A'd sling my bunnel on my back,
An' a' ahint me lee.

Fowk's hearts ir kureyus things, Wully,
An' a' can tell their tales;
Fur ivery yin that sings, Wully,
There's twunty weeps and wails.
But mine haes iver yerned tae yours
Since we wur lumps o' boys;
An' Wully's troubles aye wur oors,
An' sae wur Wully's joys.

A ken we shudnae pine, Wully,
A ken it's wrong tae murn;
The han' that is Divine, Wully,
Can joy tae sorrow turn.
But, man, my trouble's hard tae bear,

221

An' sair hae A been tried;
A'd pert wi' a' my erthly gear,
Tae hae ye at my side.

A'm affen at the burn, Wully,
Whun A've an hoor tae spare;
Whaur oor heids we used tae turn, Wully,
Wi' castles in the air.
Ahint the limpit rock I stan',
An' watch the risin' tide;
Man, if the sea was a' dry lan',
A'd suin be at yer side.

I'd walk it ivery fut, Wully,
Tae shake yer han' yince mair;
But A think A'll see ye yit, Wully,
Sae A'll try an' no' despair.
There's sumthin' whispers in my ear
That the cloud will no' aye hing;
That the sun wull sum day shine oot clear,
An' the wee bit birdies sing.

A wush ye wud cum hame, Wully,
A'm langin' ivery day;
Naethin's been the same, Wully,
Since ye went away.
A'm gettin' auld, an' far frae stoot,
My hair's as white as snaw;
Cum, while A'm fit tae move aboot,
Afore A gang awa.

KIRK MUSIC

The Instrumental Music Question—The Ballycuddy Precenter—The Music Lesson—Hints for Vocalists.

THE furst Sunday that my brither Wully wuz at hame A tuk him tae the preachin' wi' me, an' A think the meinister had expectit him till be there, fur we got a better sermun than we dae for ordnar.

My! there wuz a quer wheen o' fowk glowerin' at us, an' ye wud a seen the yin dunchin' the tither an' noddin' their heids ower nixt us. A notised Jamey Menyarry whusperin' intil Tam Crickard's ear, but Tam's terble hard o' heerin', an' he's yin o' them soart that'll no' gie in that he's deef, an' he's shair tae anser ye back whuther he heers ye or no'. They sit in the sate jist fornenst us, an' A heers Jamey Menyarry whusperin' till him—

"That's Wully Gordon ahint us."

"It is that," sez Tam, "a terble backward saison, an' there's no' yin bit growin' yit."

Wully had tae get oot his hankerchey tae hide the lauchin', fur min' ye Tam spauk that lood that a' roon us cud heer him. Jamey put his mooth till Tam's ear agen, an' sez he—

"A wuz tellin' ye that Wully Gordon wuz hame frae Ameriky."

"Dear man," sez he, "A wud like rael weel tae see him."

"There he's ahint ye," sez Jamey.

A declare A didnae ken whaur A wuz sittin', fur the auld buddy jumpit till his feet, an' sez he, leanin' ower the back o' the sate—

"Is that yer brither Wully, Rabin?"

A noddit my heid. Weel, he gruppit Wully by the han', an' gied him such a shakin'; but, as guid luck wud hae it, Tam seen the meinister cumin' up the hoose, so he didnae say ocht, but sut doon an' begood a waggin' his heid back an' forrit, an' mutterin' till himsel'.

A got little guid o' the sermun, an' wuz gled whun we wur oot. Peggy had the denner reddy whun we went hame, an' it wuznae lang till Wully an' me wur tryin' what it wuz like.

"Ye haenae terble guid singin' yonner," sez Wully.

"A suppose ye wudnae think muckle o' it," sez I, "but A'm sae weel used tae it that A dinnae notis it."

"Wha rises the tunes?" sez he.

"Sammy Tamson," sez I, "a son o' auld Sam that used tae mak' yer claes, Wully."

"He wud be the better o' a whunbush drawed a wheen times up an' doon his throat," sez he.

Peggy lauched, an' sez she—

"A hear the boys sayin' that he brauk his voice yin day wheelin' a heavy borrowfu' o' stanes."

"Agh! haud yer tongue, Peggy," sez I, "the crayter diz the best he can."

"Ye shud get up a koir," sez Wully, "an' buy a harmoneyum; A wud gie a subscription mysel'," sez he.

"Ye dinnae want us pit oot o' the cuntry!" sez I.

"What fur?" sez Wully.

"Fur playin' music in the kirk," sez I.

"A didnae ken there wuz ony herm in that," sez he.

"A'm no sayin' that there is," sez I, "but man there haes been a maist sayrius talk in baith toon an' cuntry ower the heid o' it, an' they say it's agenst the law noo tae play music ether in the streets, or in a place o' wurship."

"Blethers," sez Wully.

"It's as true as yer there," sez I.

"Wuz it the Meer o' Bilfast did that?" sez he.

"Weel, it micht be him got the law made aboot the streets," sez I, "but A think it wuz a wheen big men aboot the Presbytery that passed the law that ye shudnae play ony sort o' instrayments in the meetin'-hooses."

"A niver heerd sich redeekilus nonsense in my life," sez Wully.

"Why, man," sez I, "is that the furst ye heerd o' it?"

"Oh, bliss yer heart," sez he, "A hae heerd plenty aboot it, but A thocht the fowk in Ballycuddy had mair sense."

"They're cleen wuld aboot it," sez I. "Mony an argyment we hae had on the heid o' it, but fur my pert A dinnae tak muckle interest in it farder nor this that A like tae heer an instrayment playin' rael weel."

"So dae I, Wully," sez Peggy, "there's young Neevin cums in sumtimes wi' the fiddle, an' auld an' a' as A em it jist maks me feel as if A cud get up an' dance."

"Mebbe that's the rayson that it's wrang tae play them in the kirk," sez I.

"Na, Rabin," sez Wully, "that appears to me to be a' thegither in their favour. We shud join in wurship wi' a gled heart, an' fur my pert there's naethin' maks my heart feel sae muckle like what it shud as the rowl o' the urgan whin the music o' it shakes the very hoose."

"Didn't the fowk in auld times play music in their kirks?" sez Peggy.

"They did, Peggy," said Wully, "an' they wur commanded tae dae it; an' there's yin thing," sez he, "we shud aye beer in oor minds, an' that is that it's no tae praise man we sing, but Him that niver changes; an' what wuz pleezin' in His sicht a thoosan' yeers ago is the same this day."

"It's a kureyous thing," sez I, "that oor fowk keeps a harmoneyum fur the waens in the Sunday skule, an' yit wudnae play it in the meetin'-hoose."

"An' whauraboots is the skulehoose?" sez he.

"Jist ahint the pulpit yonner," sez I.

Wully lauched ower ocht.

"A tell ye what," sez he, "if it's wrang till play it in the yin place, it's no richt tae play it in the tither."

"Oh, deed an' they play it in the skule," sez I; "fur mony a time whun A gang early intil the meetin'-hoose A can heer them at it."

"Weel, ye wud be a dale the better o' it," sez Wully. "It wud help the fowk tae sing. My! it wuz a' dismal," sez he, "tae heer yon fowk the day; jist yin here an' there joinin' in."

"A didnae heer ye singin' a note yersel'," sez I, "an' ye uscd tae be that ye cud sing richtly."

"A cudnae join in ava," sez he. "A wuz gaun tae try the 'seconds'[75] yince or twice, but A wuz sae muckle taen on wi' yer purcenter that A cudnae."

"Weel, ye micht a cummed in *seconds*," sez I, "but nae man need attempt tae be furst wi' Sammy Tamson; he wud sing the tongue oot o' his heid afore he wud let ye get a start o' him."

Wully lauched, an' sez he—

"Dae ye ken ocht aboot music, Rabin?"

"Na, no terble muckle," sez I. "A can join in whiles if they dinnae start it ower heegh fur me, but the maist o' my singin' is till wee Paddy here."

"A heerd ye singin' the day," sez he, "an' ye din gae an' weel, only ye wurnae fit tae take the sherps."

"Oh, deed, Rabin's no yin bit sherp," sez Peggy.

---

[75] a harmony line two tones above the melody—Ed.

"Weel, ye wudnae be pleesed if A ca'd him a flet," sez Wully.

"Dae you unnerstan' music?" sez I.

"Weel, A ken sumthin' aboot it," sez he, "A used tae help them whiles."

Then he cleared his throat an' begood a singin' Letin or sumthin' fur A heerd the wurds—

"Doe, ray, me, sall, fa, fee, fum."

"Man, Wully," sez I, "but yer ower ocht."

"Cum," sez he, "run up the scales wi' me."

"A wull dae that," sez I; "A'm saying, Peggy, Wully wants the scales; bring oot that auld pair ye weigh the butter on."

Och, Wully did lauch. Then he tell't me there wuz music scales, an' aboot a man in auld times that they ca'd Pithygorus finnin' oot music wi' hemmers on an anvil.

Weel, he sung the twunty-third samm frae beginnin' till en', an' A declare but A seen the tears in Peggy's e'en. Then he begood an' expleened music till us, an' he said hoo that there wuz scales an' key notes fur till apen a' the tunes, an' he said there wuz crickets, an' quivers, an' dummy quivers, an' Sammy dummy quivers.

Peggy lauched, an' said that wuz the sort Sammy Tamson likit.

"Yon man can sing nane ava," sez Wully, "an' jist luk at the wae he stans; ye wud think he wuz haudin' up the pulpit wi' his shooders."

"An' what wae shud ye stan' whun yer singin'?" sez I.

"The wae ye stan' in the mileeshy," sez he; "keep up yer heid, throw back yer shooders, an' let the mussels in yer chist an' the larks in yer throat get room tae wark."

"There's nae larks in my throat," sez I.

"Weel, there's nae skylarks," sez Wully; "but that wee box there," sez he, touchin' my throat wi' his fingers, "we ca' that the 'larks' o' yer throat."

"It bates ocht," sez I.

"Then," sez he, "yer mooth shudnae be as wide apen as iver ye can streech it."

A roared cleen oot at that, an' sez I—

"Man, Wully, did ye see Sammy's mooth, ye wud think he wuz gaun tae swalley his big samm book."

"A wuz vexed tae hear sich singin'," sez he, "but it's the auld story, strainin' at a knat an' swalleyin' a camel, an' hoo fowk can listen tae the like o' yon an' tell ye it's wrang tae hae an instrayment tae help the singin' is mair nor A can tell."

THE BALLYCUDDY PRECENTOR

The Result of Tale Bearing—Oil on the Troubled Waters—Psalm Singing as it Was and Is—The Ballycuddy Experiment a Failure—Harmony Restored.

SOME lang-tongued buddy or ither tell't Sammy Tamson's mistress what my brither Wully said aboot the wae he condukted the singin' in oor meetin'-hoose, an' there wuz a maist sayrius row aboot it. A cudnae fur the life o' me think what wuz keepin' Sammy awa frae oor hoose, for the crayter, he wud a been in twa or three nichts ivery week, an' wud a sut an' crackit till bedtime. A passed the remark till Peggy yin nicht that Sammy hadnae been in fur a guid while. She shuk her heid, an' sez she—

"A doot, Rabin, ye'll no see him back here this twa days."

"What fur, dear?" sez I.

"Oh, he's huft at what Wully said regardin' his singin', that he wud be the better o' a whun bush drawn a wheen times up an' doon his throat."

"My guidness!" sez I, "A wunner wha tell't him that."

"A hae a gie guid noshin wha carried the story," sez Peggy, "but leest said's suinest mendit; sum fowk's niver content but whun they're carryin' clashes."

"A wudnae say but it wuz Sally Kirk," sez I.

"Weel, it's nae odds wha it wuz," sez Peggy, "but it loast naethin' in the tellin', an' Sammy says what hurts his feelins maist o' a' wuz, that A shud a said he brauk his voice wheelin' a borrowfu' o' stanes doon till the linthole."

A declare that set me a lauchin', an' afore A cud say ocht mair, wha shud apen the daur an' step in but the meinister.

"Weel, Rabin," sez he, "yer as hearty as iver."

"Yis, yer reverence," sez I, "my heart's licht, an' A hae naethin' till bother me, an' there's nae herm in a guid lauch."

"No yin bit," sez he, as he shuk Peggy's han' an' sut doon at the fire in her erm-cher.

"Did ye heer that we're gaun to loas oor precenter?" was the very nixt wurds he said.

"Sit up till the fire," sez I.

"Na, sur," sez Peggy, "A did not heer that; whaur is he gaun till?"

"Oh, he's no' gaun onywhaur," sez he, "but he has sent in his raysignashin, an' A want the kommittee men till cum doon till the manse the morrow nicht till we talk the thing ower."

My, but A felt vexed, fur A wuz feered it wuz a' oor Wully's faut, an' A wuz gled his reverence didnae stap lang. A promised that A wud gang till the kommittee meetin', an' so he jist axed hoo the waen wuz, an' if the moiley coo wuz quat brekin' the tether yit, an' awa he went.

Peggy seen A wuz vexed, so she turned the subjec', an' we said nae mair aboot it.

There wuz six o' us met at the meinster's the nixt nicht, an' we talkit the thing ower till ten o'clock. Jamey Menyarry an' Paddy M'Queelan an' mysel' wur appointed as a deppytashin till wait on Sammy an' see if he would raytract his raysignashin, but if he aye hel' oot agen singin' ony mair we wur till ax him fur his tay at the manse on Thursday nicht, an' we had made it up amang us till gie him a wee praisentashin.

Weel, the three o' us went till Sammy's the nixt nicht. He wuz sittin' at the fireside brekin' up wuthered whuns an' stickin' them below a big pot o' pig's meat that wuz boilin', an' the mistress was dressin' a churnin' o' butter.

We crackit a while aboot the craps an' the wather, an' then sez Jamey Menyarry, sez he—

"Sammy, they hae it gaun that ye're no wullin' till rise the tunes ony mair fur us; A hope that's no' the case."

"Oh, it's true eneuch," sez he, "A think it's time A wuz quat it."

"Na, man, it is not," sez I, "ye hae filled the place this twunty yeer an' mair, an' no that A shud say it afore yer face, A dae not ken whaur we cud get the like o' ye."

"It's no sae said," sez his mistress.

"Oh," sez Paddy M'Queelan, sez he, "Mistress Tamson, if ye beleev a' ye heer ye may jist eat a' ye meet."

"Ay, ye hae jist said it," sez I.

"Weel, weel," sez Sammy, "nae metter what has been said or what haesnae, A'll let sum ither buddy try their han' nixt. A think A hae din my pert, an' my soart o' singin's oot o' fashin noo."

"A dinnae ken wha we'll get tae fill yer place," sez I.

"Mebbe ye'll try it yersel', Rabin," sez he.

"Na, man," sez I, "A cudnae start a tune if ye wur tae mak a lord o' me fur it."

We did a' we cud wi' him, but it wuz nae use, an' it wuz as muckle as we cud dae till get him till promise till cum ower till the manse on the Thursday nicht. Paddy wuz quer an' angerry at him, an' whun we wur gaun oot A cud harly get him till haud his tongue till the daur wuz shut.

"A hae nae patience wi' him," sez he, "fur he's as thrawin' as a mule."

We bocht a darlin' Bible in a book shap in Bilfast, an' got Sammy's name put in it in goold letters, an' efther the tay wuz ower in the meinister's we praisented him wi' the book.

My! but he wuz weel pleesed, an' whun he got up till return thanks, he chokit up that wae that he had till sit doon. Then his reverence said a wheen words, an' concluded wi' a requist that Sammy wud let us heer his voice afore we perted, singin' the 'Auld Hundred.' Sammy had his handkerchey oot wipin' the tears frae his e'en, but he wuz a' richt by the time his reverence had gied oot the samm, an' he rowled oot the notes, an' made them trimmel ower ocht.

The nixt news we heerd wuz that his reverence had writ a letter till the reverend Mister Wurkman,[76] till sen' a man doon frae Bilfast till sing on a trial, an' it went ower the cuntry like wull-fire that the man wud be doon the nixt Sunday. There wuz very near as mony oot that day as there wuz the day Izek Neelson[77] preeched till us, an' a hale lot o' the fowk sut doon along the roadside watchin' fur the strange man cumin'. Twa or three o' us met him at the Ballycuddy Junction, an' Paddy M'Queelan tuk the car fur him. Whun the train cummed forrit, the gerd tell't me that there wuz a man in the train had been axin' fur me, an' he showed me the kerriage he wuz in. The gerd apened the daur, an' sez till him, sez he—

"This is Mister Gordon here, sur."

"Oh, indeed," sez the man, an' wi' that he gethered up a big lang percel unner his erm, pit on his hat, an' steppit oot on the pletform.

Sez I, "A suppoas you're the singin' man."

"Yis, sur," sez he, lauchin', "A'm jist the singin' man."

---

[76] Rev Workman, minister of Newtownbreda Presbyterian Church was in favour of using musical instruments to lead the worship (see "The Newtownbreda Harmonium," later in this anthology—Ed.

[77] Rev Nelson was an outspoken Presbyterian minister who was in favour of Home Rule for Ireland (see "Izek Neelson in Ballycuddy" later in this anthology)—Ed.

A pit him up on the side o' the car wi' Jamey Menyarry, an' A got up alangside Paddy M'Queelan, an' we startit aff fur the meetin'-hoose.

"He's a brave dacent-lukin' man," sez Paddy till me, in a whusper.

"He's a' that," sez I.

"A wunner what he haes in the percel?" sez Paddy.

"A dinnae ken," sez I, "but it's terble like a wheen o' boords."

"It'll be his music book, A'll haud ye," sez Paddy.

A keekit roon at the man, an' he had sumthin' in his han' fur a' the wurl like a sma' pair o' shugar tangs, an' he wud aye gie it a wee thump on the en' o' the car an' pit it till his ear, an' then ye wud a heerd him singin'—

"Doe—ray—fah—saul!"

A dunched Paddy wi' my elbow tae luk roon, an' he wuz that wae ta'en on wi' the buddy that he very neer let the meer intil the sheugh.

"He's a gie cliver boy that," sez he.

Whun we cum till the meetin'-hoose we had ower a' the bother gettin' in through the fowk, an' we tuk the young man intil the seshin-room. A wush ye had a seen him takin' a wee kame oot o' his wesket pokit an' tittivaitin' aff his heid at the lukin' gless. He put a strecht shade in his hair, an' it wuz that smooth ye wudnae a seen a turned hair in it. He birld roon till me an' axed me fur a gless o' water.

"Jamey, hae ye ony water in?" sez I, tae Jamey Menyarry.

"Tae be shair," sez he, "there's a big tin can o' it ahint the daur."

A wush ye had seen the man's face whun A handed him a pint tin an' pointed till the can o' water. He lukit at the tin a' roon, an' then laid it doon on the furm.

Sez I, "sur, it's no very nice-lukin', but it's cleen. There's naebuddy but the waens at the Sunday skule uses it, barrin' yin o' the elders noo an' then."

"Oh, it's nae metter," sez he, "A'll jist eat a jug-jug,"[78] an' wi' that he tuk a thing like a bit o' rid glue oot o' his pokit an' put it in his mooth.

"Hev ye a koir?" sez he.

"Na, sur," sez I, "we hae not."

"An' whaur diz yer precenter stand?" sez he.

"There's nae spayshil pert, sur," sez I, "but Sammy Tamson aye sut on the frunt sate whaur the kollekshin boxes lie, an' whun the samms wur gied oot he stud up wi' his face till the fowk."

"That's very primituve," sez he.

"Weel, it's no fur that Sammy diz it," sez I, "fur he niver cared muckle aboot the Methodeys, sum wae."

The man lauched, an' sez he—

"Hae ye ony place till put up the names o' the tunes?"

Afore A cud anser him his reverence cum in an' shuk hans wi' the young man. A tell't Paddy M'Queelan till attend till the singin' man while A lukit efter the wants o' his reverence, and A seen or heerd nae mair o' him till the service begood. It wuznae lang till A fun' oot what the man had in his percel, an' what dae ye think it wuz but a wheen sign-boords, ivery yin o' them aboot twa fit lang, an' the names o' tunes prented on them. But it tuk me a' my time to keep my face strecht whun A seen the plan he tuk o' shewin' them aff. He got a peece o' string an' tied the boord till the en' o' a kollekshin box, an' he got Geordie Gunyen's wee fellow tae stan aside him an' haud it up aboon his heid. It wuz rael redeekilus, but efther a' it wuz thochtfu' in him till shew us the names o' the tunes, fur A think naebuddy kent what he wuz singin'. He hadnae muckle help, but aye whun a wheen o' them joined in he wud change his voice an' sing anither wae a'thegither. A heerd oor auld precentor,

---

[78] a jujoob (or joob-joob) sweet—Ed.

Sammy Tamson, in the sate ayont me, groanin' ower ocht;
an' as fur his reverence, he changed ivery culler.

A wuz gled when it wuz ower, but the young man wuz
a'thegither at hame. He apened his mooth ower ocht, an' ye
wud a heerd his voice far aboon a' the fowk, an' ivery time
he wuz gaun till rise the tune he pappit the wee shugar tangs
into his mooth, an' then put them till his ear.

Whun the meetin' wuz ower the elders an' kommittee
men a' met in the seshin-room an' we had a terble scene.
His reverence said he wuz vexed he brocht the man, an' as
fur Sammy Tamson, he sut doon an' roared like a waen.
Whun we got him cheered up a bit, he tuk us yin by yin by
the han' an' sez he—

"My deer freens, it's me that's till blame fur a' this, an'
A cannae stan' here an' see the Ballycuddy meetin'-hoose
turned intil a theayter. Tae think that fur the last five-an'-
twunty yeer we hae sung naethin' but 'Mertherdum,' 'New
Cambridge,' 'Devizes,' an' the 'Auld Hunderd,'[79] an' noo
tae see the daysacrashin that has tuk place. Pittin' up a sign-
boord an' singin' quick tunes! A cannae stan' it, my freens.
It's waur nor their harmoneyums or parryfrases, an' if ye'll
forgie me fur the past, A'll cum back an' rise the tunes as
lang as iver A'm able."

His reverence tuk Sammy richt in his erms, an' we a'
shuk hans wi' him. The young singin' man went hame that
same day, an' it'll be a lang time again afore onybuddy
meddles wi' the Ballycuddy Precenter.

---

[79] all these are old Psalm tunes—Ed.

THE GENERAL ASSEMBLY OF 1879

The New Moderastor—Hymns and Paraphrases—The Instrumental Question—Exciting Scenes—Robin's Oration and its Consequences.

WAENS, dear, but A hae had a wonnerfu' week o' it! They made an elder o' me a while back here in the Ballycuddy Meetin'-hoose, an' A wuz sent alang wi' oor meinister tae the meetin' o' the Assembly fowk in Bilfast. Wully went alang wi' me, an' frae Monday till Seterday we didnae get muckle time tae luk roun' us. A niver sat as lang in a meetin'-hoose at yin time afore, an' it's no likely that iver A wull agen. Hooaniver, whun they did me the honner fur till mak an elder o' me, A beat fur till dae my duty, an' A hae din that till the best o' my ability.

Wully an' me got intil the train on the Monday at the Ballycuddy Junction, an' we wurnae lang birlin' intil the toon. My! A niver seen as mony meinisters in yin hoose in my hale life. Nae metter whaur A lukit A seen their white ties shinin' ower ocht. An' there wuz a' sorts an' sizes o' them' Big lang men; wee short men, big stoot men, wee thin men, auld men wi' white pows, an' young bits o' grewin' boys wi' niver a hair on their faces; cross lukin' men an' pleesint lukin' men; sherp lukin' men an' stupid lukin' men, ivery sort o' men waur raypresented yonner.

A wonner if a' the tither men wuz elders. If they wur, there maun be a quer wheen o' them. An' then the weemen that wuz yonner bate ocht. Wully said he thocht they wud been better at hame, but A said he wuz wrang there, fur the place wud a lukit naethin' ava withoot them.

Weel, efter A had lukit roon me till a wuz tired, A begood tae tak a lang luk at the pulpit, an' my min' went wanrin' back till the last time that A had seen dear auld Doctor Cooke[80] stanin' in it, an' A jist thocht A cud see him afore my e'en. My, the wae he cud a steppit up them stairs jist like a king, an' yit as reverent as though he cud feel himself tae be in the very presence o' his grate Mester. An' then tae see him apenin' the Bible, an' tae heer the gran' voice o' him, ivery wurd sae cleer an' distinct, as he gied oot the samm fur the fowk till sing. There niver wuz sich a man in oor fowk afore nor since.

Jist at sayven o'clock a man that they ca' a Purfessor cummed intil the pulpit, an' a richt guid sermun he did preech. He tell't us amang ither things fur till keep till the auld pads, an' no fur till be lukin aboot us fur new roads that we didnae ken whaur they wud lead us till; an' while he wuz talkin' aboot that A notised a guid wheen o' the fowk dunchin' yin anither an' smilin', an' Wully whuspered till me that it wuz the instraymental questyin he wuz tuchin' at.

A axed a man sittin' aside me wha the meinister wuz, an' he said he wuz a Mister Witherem[81], the oot-gaun Moderater.

"A tak him tae to be a rael cliver man," sez I, "an' A think they shud let him keep the sityeashin."

"Tak yer time a bit," sez he, "an' ye'll see us pittin' in a Coonty Doon man."

"Heth, A wud like tae see that," sez I. "A suppoas it's a gran' thing tae hae that offis?"

"Weel, A think it is," sez he; "the Meer o' Bilfast wud be naethin' till it."

---

[80] Dr Henry Cooke (1788-1868) was a prominent and influential minister of the Presbyterian Church in Ireland—Ed.

[81] Rev Thomas Witherow—Ed.

"Hoo mony's gaun in fur it?" sez Wully.

"Jist twa," sez the man, "a Mister Smyth an' Doctor Watts,[82] the Coonty Doon man."

"A hope he'll wun," sez I.

"There's nae doot o' it," sez Wully.

"Is that the man that wrote a' them nice hymms that we used till sing in the Sunday School?"[83] sez I.

The man lauched ower ocht, an' shuk his heid, an' sez Wully, sez he—

"Rabin, A think the Doctor wud luk at ye if he heerd ye sayin' that."

"A'm shair it wud be nae affrunt till ony man till write sich nice hymms," sez I.

"Ye had better no speek sae lood," sez the man, "fur there's fowk here wudnae sit in the same sate wi' ye if they thocht ye wud sing a hymm."

"Dear man!" sez I.

Weel then they begood tae gie their votes fur the Moderater man, an' although A kenned nether o' them A gied my vote fur the yin belangin' tae Coonty Doon. An' in he went a lang wae aheed o' the tither man. He got up then an' made a speech, an' the fowk clappit their han's ower ocht.

"A didnae think they daur clap their han's in a meetin'-hoose that wae," sez I.

"Oh, there's nae herm in that," sez Wully.

"Weel, A dinnae like the soon' o' it," sez I, "an' it luks like a kin' o' desecrayshin. Hooaniver, A suppose it's my ain igenrance o' the ways o' the wurl maks me think that."

"Ye'll heer mair nor that afore ye gang hame," sez the man aside me.

---

[82] Dr Robert Watts succeeded Rev Witherow as Moderator of the Presbyterian Church in Ireland in 1879—Ed.

[83] Robin was confusing the Doctor with Iaaac Watts, the hymnwriter—Ed.

"Wull A?" sez I.

"Ye wull that," sez he, "efter a while ye'll wonner if yer in yer ain cuntry, an' it'll tak Mister Watts a' his time tae keep sum o' the fowk A see here in ony kin' o' moderation."

"Dae ye tell me that?" sez I; "A suppoas that's what they ca' him the 'Moderater' fur?"

"A daur say it is," sez Wully, lauchin'.

Weel, what dae ye think but the new Meer o' Bilfast got up on the pletform, wi' his big goold chain roon his neck, an' invited us a' tae gang up tae the big hall whaur the sirkus wuz no lang ago, an' he said he had got up what he ca'd a "conversityerloaney"[84] fur us, an' would be gled to see ivery yin o' us. The fowk cheered him as hard as they wur able.

"It's rael kin' o' him that," sez Wully.

"What sort o' a thing is it?" sez I; "did ye iver see yin, Wully?"

"Ay, mony a time," sez he, "it's a kin' o' a suree, only there's nae speeches made, an' the fowk can walk aboot an' hae a crack wi' yin anither."

"An' wull he gie us a' tay fur naethin', dae ye think?" sez I.

"Tae be shair," sez Wully. Sittings

"My! but he maun be a gie welthy man," sez I.

Weel, Wully an' me went till the "conversityerloaney" meetin' an' enjoyed oorsels rael weel, an' we attended a' the "seedyrunts" o' the Assembly baith mornin' an' nicht, till A wuz fair tired. A guid dale o' the business wuz dry eneuch fur me. There wuz a hale lot o' "remoryals"[85] praysented, an' sum o' the men brocht in what they ca'd "overturns,"[86] wrote on big sheets o' paper. Then there wuz a lot o'

---

[84] Conversazione—Ed.
[85] Memorials—Ed.
[86] Overtures—Ed.

deppytashins frae yin place an' anither, an' we had tae sit an' listin tae speeches. Peggy had put a wee bottle o' heid-salts in my pokit whun A wuz cumin awa frae hame, an' A wuz mony a time thankfu' fur it. There's sum rael cliver men yonner, but there's a wheen o' them, an' it wud be a guid thing baith fur themsels an' ither fowk, if they had stied at hame.

There wuz terble excitement whun they wur argeyin' aboot whuther they wud pit doon the parryfrases or no', an' A declare A cud hardly beleev my ain ears whun they begood tae talk aboot it. A thocht it sae odd, ye ken, tae heer dacently dressed edykated men sayin' the things they did tae yin anither, an' till heer the fowk yellin' "Pit him oot!" "Sit doon, sir!" "Haud yer tongue!" an' sae on, an' gebblin' an' hissin' the wae they wud in a sirkus.

"Deer help us!" sez I, "but we leev in quer times. A'm nae singer, but A aye likit till heer a parryfrase sung, an' it diz me guid tae read yin o' them."

"They're behin' the age noo," sez Wully.

"Mair's the peety," sez I, "an' A dinnae ken what Peggy wull say if they cut them oot o' the samm book; she thinks they're the best pert o' it."

"As far as the wurds an' the poatry ir concerned," sez Wully, "she's richt there. What cud be nicer than the fifth parryfrase? Mony a time it haes cheered my heart, Rabin, whun A wuz thoosans o' miles awa."

"Weel, an' what's the objekshin till them?" sez I.

"It appears they're no' inspired," sez he.

"Wha sez that?" sez I.

"A wheen o' elders an' ithers" sez he, "that's mair enlightened nor you an' me."

"Blethers an' balderdash!" sez a man aside us. "The samms is pert o' the Bible put intil rhyme, an' so ir the parryfrases, an' the questyin is wuz the man that put the yin intil poatry mair inspired nor the tither."

"An' if it cums till that," sez Wully, "A beleev that we hev inspired men noo-a-days as weel as they had in auld times."

"A beleev that mysel'," sez I, "an' A think the meinisters here whun they hae sae mony fowk afore them shud be tryin' tae dae them guid insteed o' settin' yin man up agin anither aboot sich trifles."

"It wull dae herm A'm feered," sez Wully.

"Herm," sez I, "man, it wull dae that; the meetin' A belang till haes went that far that A'm feered o' a split in it, an' even in the fowk's ain hooses they're quarrelin' aboot it. There's Jack Gunyin beleevs in parryfrases, an' his wife disnae, an' the tither mornin' because he read yin o' them at femily wurship she hasnae spauk tae him since."

While we wur crackin' this wae we wurnae missin' muckle, fur sum man wuz stannin' up speechifyin', an' maist o' the fowk wur ether glowerin' roon them or talkin' till the yins nixt them, but at last a man bounced up an' said he wud speek, richt or wrang. The fowk made a terble noise, an' the Moderater tell't him he wudnae alloo him till say a wurd. A wuz sittin' at the en' o' a sate, an' there wuz a man oot in the aisle aside me, an' whuniver a noise in the hoose begood, he kept cryin' oot, "Chair! chair!" A grew that angerey at the last that A spauk till him, an' sez I—

"A dae wush ye wud haud yer tongue."

"What fur?" sez he.

"Wha's gaun tae bring you a cher," sez I, "an' sae mony ither fowk stannin' roon ye? Sit doon on yer hunkers if yer tired, or else awa hame."

"A'm speekin' tae the Moderater," sez he.

"Yer a cheeky boy," sez I; "A think the man haes eneuch till dae withoot been bothered wi' you, an' he wud luk weel tae gie ye the sate he's usin' himsel'."

The man jist lauched at me.

"The nixt time ye speek till him," sez I, "dae it whun there's a quate spell, an' dinnae by cryin' fur a cher when fowk canna heer their ain ears."

Wully dunched me jist then, an' sez he—

"Lissen tae this man, Rabin."

A turned roon an' seen that a nice pleesent-lukin' meinister man wuz on his feet speekin', an' he had the fowk a' lauchin'.

"If the parryfrases ir wrang?" sez he, "let us set them richt as we did the samms. Whun my hair's a bit throoither," sez he.

"A tak a kame an' A kame it back an' front, an' brush it till it's as nice as onything, an' jist let us dae the same wi' the parryfrases."

It's wunnerful the guid a joke diz! The fowk lauched ower ocht, an' fur a bit efter that they conducted themselves bravely.

Weel, then they passed a ressylushin that they wud keep on the parryfrases, but that the Assembly wudnae gie ony sertyfayket that they wur fit to be sung.

The nixt day they got till the argeyin' agen aboot whuther it wuz richt or wrang till sing hymms. It wuz far waur nor the day afore, an' A did think a peety o' Mister Watts. A wuz astonished at yon fowk's menners. A thocht a Ballycuddy consert a rugh place, but it cudnae haud a cannel till yon.

There wuz a gie hearty lauch at yin nice saft quate-like man, Mister Green Peas[87] A think they ca'd him, that got up an' made a speech agen the hymms, an', behold ye, he hadnae richt sut doon till up gets anither man, an' sez he, "A hae here in my han' a hymm-book, that Mister Green Peas himsel' uses," an' then he begood an' read a wheen verses (a kin' o' parody) oot o'it, an' the fowk yelled an' lauched

---

[87] Derek Rowlinson, in the Books Ulster 2015 edition, suggests this was Rev John Greenlees of Ekenhead Presbyterian Church—Ed.

ower ocht. It wuz daylicht the nixt mornin' afore we got awa'.

The nixt day wuz Friday, an' it crooned a'. The hoose wuz crammed that fu', that there wuz nae stannin' room, an' A'm tell't there wuz hunners that cudnae get in the daur. My, but the place wuz hot. A dinnae ken hoo fat men stud it. A thocht sum o' them wud a melted cleen awa', an' A'm shair yin o' them things that they ca' a "workhoose bath" wuz naethin' till it. Weel, the hale blissed day an' nicht they hemmered awa' at that instraymental bizness, an' the wae sum o' them men conducted themsels wuz mair nor middlin'. This yin wud speek, an' that yin wud speek, an' the tither wud speek, an' the fowk wud shout at yin tae gang on, an' fur anither yin tae sit doon. There wuz a wheen men roon whaur A wuz, an' they did naethin' but mak' a noise. Sum wuz yellin' fur "chairs," an' ithers fur "rulers," an' ivery here an' there a man wud jump up an' cry oot—

"A rise tae appoint order." A cud stan' it nae langer, so A startit till my feet an' jumpit up on the sate, an' sez I, as lood as iver A cud speek—

"Sit doon, boys, an' try if ye can be quate."

A hale lot o' the fowk lauched an' clappit their han's, an' cried oot, "pletform! pletform! Hear Mister Gordon, the Ballycuddy elder!"

The hoose grew quate in a minnit, an' A wuz gaun tae slip doon in my sate, but sez Wully, sez he—

"Rabin, ye maun speek whun yer on yer feet; yer in fur it noo."

A saw A cudnae get oot o' it, so A waved my han' roon my heid, an' sez I—

"A'm ashamed o' the wae a wheen o' fowk roon here is carryin' on. They're jist makin' a noise an' disturbin' the meetin', an' they're the maist onraysonable fellows iver A cum across. A wheen o' them keeps yellin' fur 'chairs,' whun they see very weel there's nae chairs but what's in use, an' ithers o' them keep yellin' for the 'pletform.' Nice boys they wud be on a pletform! Then a' throo the hoose they're cryin' that they rise tae appoint order whun the fact o' it is they're jist makin' disorder, an' Mister Moderater," sez I, "if A micht ventur fur till gie ye a wurd o' advice, A wud say fur till hae a wheen o' these yins pit oot."

A sut doon then, an' ye cudnae a heerd yer ears. They lauched an' cheered, an' stampit their feet, an' a wheen o' them kep' cryin' at me, "Ann coar! Ann coar!" "A tract! A tract!"

"A hae nae tracts fur ye," sez I, "but ye hae muckle need o' sumthin' till read."

"It's no tracts they're axin' fur," sez Wully, "they want ye tae tak' back what ye said."

"That's what A'll niver dae," sez I, "an' only that A dinnae like tae be takin' up the time, A wud a gien them a bit mair o' my min'."

Jist efter that a man got up an' made a speech, but he wud a been better till a held his tongue, fur he insulted the fowk terbly, an' ca'd them simple-minded geese, an' serpents, an' got on wi' sich redeekilus talk that it's a great wonner till me they didnae pitch him oot. It's a queer thing fowk cannae hae their opeenyins, withoot makin' fules o' themsels.

At last the Moderater said that he wud railly hev fur tae exercise his authority, an' he wudnae hear anither word, so they taen the vote, an' if it hadnae been fur the elders we wud a got leev fur till play the instrayments. The maist o' the meinisters voted fur them, but the elders amaist a' went the tither wae.

We haenae heerd the last o'it, an' A doot it's a dark day fur oor fowk whun we let oor min's be led awa' aboot sich trifles. A hope they'll fin' sum way o' settlin' the defeekwulty afore herm be's din that can niver be richtit efterwards. A wudnae like tae see the auld flag pu'd doon an' anither yin hoisted. Guid sen' that a' may cum richt!

THE BALLYCUDDY ELDERS

Ballycuddy Discipline—The Black and White Moiley—A Grave
Charge—Breakers Ahead

THERE haes been a maist sayries lot o' talk in
Ballycuddy aboot the wae A conducted mysel' at the
General Assembly the time A wuz at it, an' it's commonly
reported that a deppytashin frae that buddy ir gaun tae cum
doon tae haud a coort o' inquiry on the subjec', an' see if
A'm a fit an' proper man till be a rulin' elder. Oor meinister
haesnae darkened the daur iver since, an' Peggy's no ower
weel pleesed wi' him. He gangs in fur samms an' vokil
singin', but he wud nether hae hymms, parryfrases, nor
instrayments o' ony kin', an' indeed there's a guid wheen o'
the kongreygashin backs him up in his noshins.

The tither Sunday mornin' whun A went intil the seshin
room his reverence an' the ither three elders wur sittin'
lukin' at yin anither as klum as ye pleese, an' A hadnae richt
shut till the daur an' sut doon till the meinister sez till me,
sez he—

"Rabin, we wur beginnin' till think ye wurnae cumin' the
day."

"Ye'll seldom fin' me absent, sur," sez I, "fur A'm here
nae metter wha else staes at hame, an' gie an' affen I hae the
seshin room till mysel' on Sunday mornins."

Lang Sam Stevenson spauk oot wi' that, an' sez he—

"Oh, A maun say that Rabin's aye at his post."

"Weel, A aye try tae dae my duty," sez I, "an' A wudnae
been late this mornin' ether had it no' been that yin o' the

kye brauk intil the Squire's clover fiel', an' A had maist sayries bother gettin' her turned."

"Wuz it the black an' white moiley?" sez Neevin Erturs.

"It wuz jist her," sez I.

"Mony a time A hae tell't ye," sez he, "that ye shud put the 'langels'[88] on that beest."

"Ah, puir thing," sez I, "A dinnae like tae deprive ony leevin thing o' its liberty."

A' this time his reverence wuz sittin' turnin' ower the leeves o' the big Bible that aye lies on the table, and sez he, jist efter A spauk the last words, sez he—

"But, Rabin, there's an inklinashin in a' oor natures tae owerstep the mark whun we're left till the freedom o' oor ain wulls."

"Yer no' comparin' onybuddy till my moiley coo, ir ye?" sez I.

"Na, Rabin, A em not," sez he, "but sumtimes the infayrier enimals gie us wunnerfu' strekin' illeystrayshins o' human natur."

"That may a' be, yer reverence," sez I, "but beggin' yer pardin' sur, ye hae been misinformed if onybuddy tell't ye that my moiley coo wuz an infayrier enimal."

He gied his lip a wee bite, an' sez he—

"Naebuddy tell't me ocht o' the soart."

"It's jist as weel fur them," sez I, "fur A'll niver stan' by an' hear lies tell't aboot either man or beest; A bocht that coo in Cummer Fair whun she wuz a heffer, an' altho' A say it there's no' a better coo in the Coonty Doon. She fills a ten quart can an' a lump o' a piggin wi' milk ivery nicht an' mornin' an' efter it sits a while ye cud cut the crame on it wi' a knife an' fork. She haes jist the yin faut, if she sees a clover fiel' she wud brek thro' the thickest hedge in the cuntry till get at it."

---

[88] Rope fetters—Ed.

"We hev a' oor fauts," sez Jamey Menyarry, pittin' a lang face on him, an' lukin' at the meinister.

"Weel, Rabin," sez his reverence, "as the chairman o' this seshin it's my painful duty to call attenshin till yer coorse o' conduct at the late meetins o' the General Assembly in Bilfast."

A declare A wuz thunnerstruck. It wuz aboot a minit afore A cud apen my mooth, an' A jest sut glowerin' roon me. There wuznae yin o' them wud luk me strecht in the face. Jamey Menyarry wuz busy rubbin' the crumples oot o' an auld *Mishenary Herald* that he had been carryin' in his breeks pokit; lang Sam Stevenson wuz tryin' till draw sumthin' on the table wi' a big corker pin; Neevin Erturs had pickit up a strae, an' ye wud a thocht his life dependit on hoo mony bits he cud nip it intil wi' his nails, an' as fur his reverence he wuz twirlin' the yin thoom roon the tither an' watchin' a bumbee that had cum in by the wundey, an' lichtit on the ceilin'. A got the use o' my tongue at last, an' sez I—

"Yer reverence, did the tither elders ken this wuz till cum up the day?"

"Oh, yis, they did," sez he.

"A ken noo hoo they wur a' sae erly in their places," sez I, "if it had been ocht fur the welfare o' the meetin'-hoose or the kongreygashin they mebbe wudnae a put in an appearance ava."

Jamey Menyarry doobled up the *Mishenary Herald*, an' sez he—

"Cher! cher!"

"That's what ye lerned at the General Assembly, A suppoas," sez I, "an' if you an' the likes o' you wud stae at hame an' keep yer ain 'chers' aside the lum whaur ye ocht tae be, things wud get on far better, an' we wud hae mair peace in the wurl."

"Noo, Rabin, my man," sez his reverence, "ye maun pit a distraint on yer tongue, an' let us gang intil this metter in a quate, calm, Christyin spirit; furbye that," sez he, "Jamey Menyarry is a dacent, usefu', intelligent man."

"He may be a' that, sur," sez I, "but he's yin o' them fowk that they ca' 'rubstrukshinists,' an' even in the very hoose o' Parleyment the fowk canna get on wi' their business fur them."

Sez Jamey, sez he—

"Yer reverence, A repeal till ye fur tae protekt me."

"Oh, A'm no gaun till lay a han' on ye," sez I, "so ye neednae be scaured."

"Noo, let us set aboot oor business in a' dacency an' sobryety," sez his reverence, "there's a dale o' talk in the cuntry, Rabin, aboot the wae ye get on at the Assembly, an' we hae thocht it oor duty tae speek till ye privately on the subjek."

"If ye heed a' the things the fowk talks aboot," sez I, "ye'll be kep' busy; A wuz nomynated fur till attend the Assembly, an' A did my duty tae the very best o' my debility. A didnae tak up muckle time, it's true, talkin' blethers an' twaddle the wae a guid wheen did, but whun it cum till the votin' pert A gied a 'plumper' ivery time fur the richt side."

"A'm feered ye didnae vote as the majurrity o' my kongreygashin wantid ye," sez his reverence.

"A voted accordin' till my konshins," sez I.

Sez Neevin Erturs, sez he, "ye had nae business till dae ocht o' the sort, an' whun fowk diz a man the honner till sen' him tae rayprasent them onywhaur he haes nae richt tae hae ony konshins, but shud dae what he knows wud pleese the fowk."

"This is a free cuntry, Neevin," sez I, "an' A'll niver let ony man tramp ower me; ye knowed the sort A wuz, an' ye shudnae a sent me."

"A'm sorry we did," sez he.

"Weel, A wud like tae know what herm A din," sez I.

His reverence brocht a wee note book oot o' his pokit, an' sez he—

"Rabin, a charge o' a very grave kerekter haes been brocht agenst ye, an' A hae put doon the points o' it in writin' fur the sake o' order and regularity. If yer a' reddy," sez he, "A'll proceed tae let ye heer them."

"Wait a minnit, sur, if ye pleese," sez Jamey Menyarry, "till A pit a point on my pencil, fur A wad like till tak sum notes o' what ye read."

A lauched cleen oot at that.

"What ir ye lauchin' at?" sez Sam Stevenson.

"A'm lauchin' at the noshun o' Jamey takin' notes," sez I.

Jamey's face wuz gie an' cross like, an' A heerd him mutterin' sumthin' aboot "personallertys"; hooaniver he said naethin' till me, but he axed the meinister fur the lane o' his knife till sherpen his leed pencil. Jamey cud get nae knife, so he dabbit the pencil twa or three times intil his mooth, an' then tried if it wud mak a mark on the edge o' his *Herald*.

"That's a quer place ye carry yer ink bottle," sez I.

Sez his reverence, sez he, an' he cud hardly keep his face strecht, A seen, "as this investygaishin is strictly private it micht be as well no' tae tak ony notes."

"As far as A'm conserned, yer reverence," sez I, "A hae nae objekshuns; a' the writin' Jamey cud dae is no worth speekin' aboot."

"Mebbe A cud tak notes as weel as you," sez Jamey.

"There's yin sort o' notes ye can tak wi' iver a man A see," sez I.

"What's that?" sez Jamey.

"Bank notes!" sez I. "Yer reverence wull excuse me, fur A maun hae my joke, Sunday or Seterday, but whun Jamey haes notes gien till him he gethers them up an' stiks them intil his breeks pokit wi' his face shinin' ower ocht, but whun he's payin' ony o' them awa', ye wud think there wuz wax on them the wae they stik till his fingers, an' his face wull be as lang as a Lurgan spade.[89] A buddy wud think a' his relayshins wur unner boord."

"Oh, railly," sez his reverence, "we maun stap this; it's very neer time fur wurship. A hae been disposed," sez he, "fur till gie ye a' the 'lettytude' possible unner the sirkumstances, but A see if A wud gie ye an inch ye wud tak a span."

"What's 'lettytude' agen?" sez I. "A haenae got ocht o' the sort since A cum here. A hae got naethin' but imperence."

Then he begood an' read aboot half a dizen pages oot o' his book, but railly A cud not mak muckle oot o' it. A gethered frae it onywae that A had been guilty o' insubordination; that A had indulged in indaykorus conduck; that A had went agen the wushes o' my meinister an' his fowk an' striv fur till interduce a sort o' wurship that wuz nether tollerated by them nor approved o' by the General Assembly.

Whun he had din readin', Jamey Menyarry laid doon his pencil, an' begood a pu'in his fingers till he made his knuckles crack. Neevin Erturs said, "heer, heer," an' Sam Stevenson said "Amen."

"Noo, Rabin," sez his reverence, "we hev thocht it oor duty tae talk till ye privately aboot this metter, an' A hope ye'll apologise fur what ye hev din, an' no alloo the thing till gang farder."

"A hev naethin' till apologise fur," sez I.

"Yis, ye hae," sez Jamey Menyarry, "didn't ye say till my Sarah Jane that we shud get a harmuneyum intil the Ballycuddy meetin'-hoose."

"A did," sez I, "an' so we shud."

"A hope A'll niver see it, my freens," sez his reverence, clespin' his han's, an' wringin' them ower ocht.

---

[89] To have a face as long as a Lurgan spade is to look miserable or depressed—Ed.

"Niver as lang as A'm a rulin' elder," sez Jamey, "fur it's agenst a' the rules o' the Assembly, an' what's mair, it's agenst the Bible."

"Haud on, Jamey! haud on," sez I, "ye maun prove that."

"Niver min'," sez the meinister, "we're no' gaun till say ocht aboot the Bible, nor A'll no' permit ony reference till be made till it; the point is this, namely—that it's agenst the ressylushins o' the General Assembly."

"At the same time, yer reverence," sez I, "fowk cannae shut their e'en till what the Bible sez on the subjek."

Sez Neevin Erturs, sez he, "A'm tell't on a' han's that the Bible condemns it."

"Yer 'tell't';" sez I. "Ye shud read the Bible yersel', an' no' let ither fowk read it fur ye."

"Oh, it wuz a dacent, weel-informed man tell't me," sez he, "that there wuz nae authority fur instrayments in the Bible."

"Weel," sez I, "A'll jist kote yin verse, an' that's whaur David tells us tae sing a 'new sang,' an' then a wee bit farder on in the same samm he sez, 'sing wi' the harp, an' wi' trumpets an' cornet'."

"Ye maun hae dreemed that," sez Neevin.

"Na, A dreemed nane o' it," sez I.

"Is that in the Bible, yer reverence?" sez he.

"Oh, yis, it is," sez the meinister, "but it disnae refer till oor furm o' wurship."

"A tell't ye that," sez Neevin.

"Weel, weel," sez I, "A may be wrang, but A aye thocht the Book shud be oor guide in these things."

"A'm gled yer cumin' roon," sez the meinister, "an' A hae drawed up a wee paper here that A want ye fur till sign, an' A'll read it oot o' the pulpit the day."

"Weel, let me heer it, onywae," sez I.

"Noo, pye attenshin till this ivery yin o' ye," sez Jamey Menyarry.

His reverence read it oot wurd fur wurd, an' here's what it wuz:—

"I, Rabin Gordon, o' Ballycuddy, in the Coonty Doon, hevin' caused offens till the meinister, elders, an' members o' the kongreygashin o' Ballycuddy, by givin' expreshin till certain hetterydox openyins, opposed till the law o' the General Assembly, an' alloin same till be printed in a public paper, an' this sort o' conduck bein' kalculated till mak' disturbance in the Church, I hereby apologise an' promise niver agen till presume tae fin' faut wi' ony utterances o' the said Assembly whatsumiver."

A tuk the bit paper oot o' his han', an' spreed it oot afore me; then A lifted a pen as if A wuz gaun till write my name till it. A seen Neevin Erturs, wi' the tail o' my e'e, dunchin' Jamey Menyarry, as much as till say, "That'll fix him." Weel, A kep' them sittin' that wae fur A'm shair five minnits, then A laid doon the pen, an' rowlin' up the wee bit paper A put it intil my weskit pokit, an' sez I— -

"A'm gaun up till Bilfast nixt week, an' A'll consult a freen o' mine there aboot gaun wi' me till shew this till the Moderater, or his clark, Mister Orr, a very nice man," an' wi' that A got up till my feet an' lifted my hat.

"Oh, nonsense!" sez his reverence. "Gie me the paper, Rabin," sez he, "o' coorse if ye'll no' sign it we cannae force ye, but the en' o' it may be that we may hev a public investygashin o' the case."

"An' that's jist what A want," sez I. "A'm no gaun tae be tried in a hole-an'-corner fashion. If yer no' pleesed wi' me, jist bring me up afore a' the kongreygashin, an' A'll be reddy till meet ye ony day. The fowk's a' gethered in noo fur the preechin," sez I, "an' A'm feered there's nane o' ye in a fit state fur wurship; hooaniver, A suppose there's no as muckle herm in that as there wud be in givin' us a wee bit tune on a peeany or a harmoneyum."

"Yer far ower heidstrang, Rabin," sez the meinister, "an' it seems tae me that ye glory in keepin' up strife insteed o' prayin' fur peace."

Sez I, "ye ken very weel that A claim the richt o' thinkin' fur mysel', an' sayin' what A think. Peace is a' very guid in its wae, but there's a time fur war an' a time fur peace. This, at ony rate, ye may rest assured o'—that A'll no' let ony man, meinister or layman, dictate tae me, or meddle wi' me! So ye can a' pit as muckle o' that as ye like in yer pokits."

A walkit oot then, an' went intil my sate in the meetin', but my heid wuz a' throoither, an' A got nae guid o' the sermun.

THE GENERAL ASSEMBLY OF 1880

Meeting Old Acquaintances—A Warm Reception—The Instrumental
Music Question Again—Robin Addresses the General Assembly

A GUID wheen o' the Ballycuddy kongreygashin thocht
A wud stae at hame this yeer on accoont o' the wae the
meinister an' elders treeted me at the time o' the last
Assembly, but agh, the crayters, they kent nae better, an' A
wud be sorry to beer them ony ill-wull on the heid o' it.
Whun it cum till the nicht fur appointin' an elder tae gang
wi' his reverence till the Assembly there wuz sum talk aboot
the funds o' oor kongreygashin being' in a deliket state, an'
A happint fur till drap the remark that whaiver went shud
pye their ain expenses.

Lang Sam Stevenson spauk oot, an' sez he—

"That's jist the wae till cum at it," sez he, "Rabin maistly
hits the nail on the heid, so han's up a' o' ye that'll beer yer
ain expenses."

No yin but mysel' put up their han' an' so the thing wuz
settled in twa minits, fur ivery yin voted fur me.

Sumwae or ither A didnae tak' the same amoont o'
interest in the meetins o' the Assembly this time that A din
the last. My brither Wully wuznae alang wi' me, an' A felt
lonely. Hooaniver A wuz there aboot the furst, fur a wantit
till heer Dokter Watts givin' his fareweel discoors. My! but
yon hoose wuz fu'. Why, the fowk wuz sittin' on the very
pulpit steers, an' jist mindit me o' the day A had Izek

Neelson in Ballycuddy. The men that tuk up the kollekshins had a gie ticht jab o' it gettin' through the fowk, but it's wonnerfu' the struggle they mak' till get in the happins. Them laidle things wur quer an' fu', an' they maun hae been a sayrius wecht.

Dokter Watts is a fine man, an' an honner till the Coonty Doon. My, but he did preech a gran' sermun, but there wuz times he neer loast his temper.

Efter that wuz ower A didnae attend terble ragelarly. There's aye far ower mony speeches made fur the likes o' me, an', as the new Moderater said, "A'm no shair o' the adeptibility o' my quelifikashins tae the eggziginseys o' the sityeashin," whun A'm sent fur till raypresent the Ballycuddy kongreygashin. A need harly tell ye that the "burnin' questyin," as they ca' it, wi' me an' a guid wheen ithers, wuz the instraymental music, an' A wuz feered they wud argey it "inter-lock-the-daur."[90]

A wuz there on Friday mornin' frae nine o'clock, an' while A wuz waitin' A heerd a guid wheen remerks about chergin' sixpence till a' perts o' the hoose, an' A think it's no richt tae dae that. It jist put me in min' o' a place o' amusement. Weel, erley an' a' as it wuz, there wuz a guid wheen in afore me, an' A notised sum fowk dunchin' ithers wi' their elbows, an' heerd them whusperin', "that's Mister Wurkman's freen, that's Rabin Gordon, the Ballycuddy elder." A tuk nae notis o' them. Mister Orr aye hauds the sityeashin o' clark, an' whun he seen me he lauched an' noddit at me. Mister Orr got up an' said that he had got in reports frae the fowk in Clogher, Cork, an' Dublin. The Clogher Presbytery said that the Enniskillen fowk wur aye playin' the music an' wudnae quat it, fur they seen nae differs in playin' it in a skulehoose an' playin' it in a meeting-hoose. The fowk clappit their han's ower ocht. The ither places wur a' the same.

---

[90] Interlocuter—Ed.

The Moderater riz up an' axed what they wud dae wi' the reports. No yin spauk, an' Mister Orr lauched, an' wuz jist gaun till pit them intil his big bag, whun up got a meinister an' said sumthin' aboot Dokter Cooke; but afore lang A seen that he jist named his name till get them till lissen till him, an' then he begood a sayin' that a wheen o' men shud be made komishiners an' sent a' roon these kongreygashins till talk till the meinisters an' their wives, an' if they wudnae repent o' their sins o' insubordinashin fur till punish them, acause the questyin wuznae whuther it wuz richt or wrang till play music, but it wuz brekin' the rules o' the General Assembly. He talkit fur a strucken hour, an' the fowk wur tired o' him.

Then a Mister Craffurd spauk. A thocht he wuz a wee bit personal, fur he lookit strecht across at whaur A wuz sittin', an' sez he, "Is it tae be tollerated, Mister Moderater, that twa or three fowk A'll no' menshin, wull set themsels up in the face o' this Assembly. Luk at this hoose bein' turned intil a rendezvoos," sez he, "fur fowk till cum till fur fun. A hope the questyin wull be settled this day, noo an' fur iver, an' that frae this day forrit the noise o' an instrayment will niver be heerd in Dublin, Enniskillen, Newtownbreeda, or Ballycuddy." Some of the fowk lauched ower ocht, an' ithers cried "Shame" at him.

Oor meinister got up, an' sez he—

"Mister Moderater, A rise till appoint order. We hae nae harmoneyum in Ballycuddy, nor niver wull while A'm there, altho' A'm sorry till say yin o' my rulin' elders is in favour o' it."

A wud a spauk then, but A seen Mister Simson, o' Queenstoon, gaun up till the pletfurm steps, an' A thocht he wuz gaun till mak' a speech, but he didnae say a word, altho' the fowk clappit an' cheered him till they wur tired.

The nixt that spauk wuz the lawyer meinister, Mister Mucknattan, an' a gran' speech he made. He tell't them it wuznae twa or three fowk they had tae dale wi,' but it wuz a big pert o' the Church; an', sez he, "It's no' in the soon o' the voice or in a musickle instrayment that true praise lies, but in the tone o' the heart an' spirit." When he sut doon the fowk cried, "Simson! Simson!" an' clappit wi' baith feet an' han's till he had tae get up. Mister Robeyson wuznae pleesed at Mister Simson takin' sae weel wi' the fowk, so he jumpit up an' yelled oot as lood as he cud that it wuznae fair play tae let twa cliver men speek, the yin efter the tither.

"Agh, haud yer tongue, man," sez Mister Simson, "A jist want till speek before you begin, an' no' hae ye threshin' naethin' but wun'."

The fowk lauched, and shouted, "Weel din, Simson!"

Mister Simson begood then, an' A tell ye what, A dae not know whun A heerd as cliver a speech. My, but it's a gran' thing till be a guid talker. Sum hoo or ither, as a rule, the weemen can use their tongues far better nor the men, but if Mister Simson's mistress can talk as weel as him, it'll be a gie stirrin' hoose. A wush ye had heerd the fowk lauchin' at sum o' the stories he tell't. He wuz remarkin' hoo that the General Assembly thocht iverybuddy's conshins shud be theirs, an' sez he, 'It jist min's me o' Paddy Rafferty an' his da's wull. Whun the auld man wuz badly an' wuz makin' his wull he wuz laivin' money till this yin an' the tither yin, an' his son Paddy wuz stannin' by wringin' his han's an' cryin' that the auld man wuz oot o' his min', an' at last sez he, 'Da, dear, dae ye no ken me?' The auld man then said that he wud lee him the Ballytripple ferm. 'Salvation,' sez Paddy, 'my da haes got his senses back!'" There wuz grate lauchin' an' cheerin' at that, an' we cud a lissened tae him till mornin', but he got cleen tired, an' had till sit doon, an' a wee while efter that they adjurned the meetin' till sayven o'clock.

A went oot an' got a guid cup o' tay an' tuk a danner thro' the toon till efter six o'clock. Whun A got back A seen it wuz weel A went as suin as A did, fur the hoose wuz crammed fu'. Sum o' the fowk kent me, an' as A walkit up the hoose, lukin' this road an' that road fur a sate, they wur shoutin' at me in a' directions, "Cum ower here, Rabin!" "Here's a sate fur ye!" "Whun did ye see Izek?"

A wuz terbly ashamed, an' at last a dacent-lukin' man apened the daur o' the sate he wuz in an' tuk me in aside him. If ye had heerd the wae the fowk clappit their han's an' feet then, an' cried oot, "Three cheers fur the Ballycuddy elder!" "Pletfurm! pletfurm!" "Rabin fur a speech on the Newtoonbreda harmoneyum!"

At last Mister Orr riz till his feet an' waggit his han' at them, an' as suin as he cud be heerd he tell't them that it wuz very likely A wud be requested till address them afore the argeyment wuz ower, an' he hopit they wud conduck themsels, an' no brek doon the sates.

A man cried oot that they had lifted as mony sixpences as wud pye fur ony damage din.

Sum meinister stud up then an' said hoo that only twa men shud speek time aboot on ivery side, an' then tak' the vote; but the fowk wurnae pleesed wi' that, an' A seen they wantit a nicht's fun fur their money. A wheen men made speeches, an' sum o' the things they said wur very provokin'; but A cleen loast my temper whun a meinister they ca'd Rabb said it wuz the duty o' the Assembly till pit oot the music, an' they wur bound till persevere till they had got it oot. A cud sit nae langer, so A jumpit till my feet, an' sez I, as lood as iver A cud speek—

"My dacent man, there'll be twa munes in the sky whun ye dae that."

The fowk yelled an' cheered, "Weel din, Rabin!" "Sit up till the fire!" an' the lauchs o' them wuz ower ocht. The Moderater got up, an' sez he—

"My dear freens, this noise an' tumult is no' seemly. A recognise my auld freen frae Ballycuddy, an' A hope ye dinnae mean him ony disrespect. (Cries of Na, na.) I'm gled o' that," sez the Moderater, "accause his grey hairs an' lang service in the Presbytarian Church entitles him till grate respekt. (Cheers.) If Mister Gordon wushes till speek A'll be happy till see him on the pletfurm." Och, ochone, A wush ye had seen the fowk then! The noise wud a deefened ye. A didnae want till speek, but a wheen men liftit me oot o' the sate an' niver drappit me till they set me doon jist aside the Moderater. He riz an' shuk han's wi' me, an' so did the clark, Mister Orr, an' a hale lot that A didnae ken. Then A steppit till the frunt o' the pletfurm, an' the hoose grew quate in a minit. A liftit up my richt han', an' sez I—

"Reverend feythers, an' deer brithers an' freens, this is an onner A niver did expekt, an' if Peggy wuz heer she cudnae belleev her een. (Cries o' "Peggy's a jewel!") A hae argeyed this instraymental bizness in my ain hoose, in the Ballycuddy seshin-hoose, an' A ventured till lift my voice a while back in the Bilfast Presbytery meetin' at Dokter Knox's on behalf o' my deer freen, Mister Wurkman. (Cheers fur Wurkman). A'm gled till heer ye cheerin' him, fur there's no' a finer man in the hale Assembly. Weel, A think this haes went far eneuch, an' A wud advise ye till let it drap. (Heer, heer.) As lang as the wurl lasts fowk wull niver be a' o' the same noshin, an' human natur will be human natur till the end o' time. (Applause.) If ye dinnae stap this argeyin' ye'll split the Church. There's men in oor kongreygashin daurnae as muckle as play a penny trump in their ain hoose, nor they daurnae presume till sing a hymm, but there's nae objekshin till them whusslin' them. (Cries of "Bravo, Rabin!") A'm an auld man noo, an' haes seen mair o' the wurl than sum o' these nice-lukin' meinisters an' elders that cums here yeer after yeer till mak speeches, an' A can tell ye this, the quate wae's the best wae, an' if there wuznae sich a fuss made there mebbe wudnae be ony instrayments used. (Heer, heer.) The mair ye oppose them the mair they'll be played. A suppoas ye hae a' seen kamemyle growin' in a garden. Weel, it's a fact that the mair ye tramp it the mair it grows an' spreeds, an' hoo that cum till be fun oot wuz by a man in the toonlan' o' Ballyfooter ca'd Jackey Stricklin. There wuz a bed o' kamemyle grown' in Jackey's da's garden, an' aye whun Jackey wuz gaun till a tay perty or ony getherin' he lay doon an' rowled in the kamemyle bed tae gie his claes a nice smell. (Grate lauchin'.) Weel, Mister Moderater, A wudnae tak the liberty o' telling ye that, but A'm enkuraged by the tither speekers tellin' nice wee stories by wae o' illeystrayshin."

The Moderater lauched, an' sez he—

"Nae need till apoleygise, Mister Gordon, ye hae givin' us an important lesson in horteykultural purshoots, an' a hint that may yit be usefu' till many o' us here." (Cheers.)

"Yer honner's a gentleman," sez I, "till admit that the likes o' me cud gie instrukshin, fur A hae tae tak my illeystrashins frae the wurl' as A see it. Weel, as A said afore, there's a dale o' kontreydikshin in human natur. What made Eve, the mither o' us a', eat the apples in the Garden o' Aiden? Jist acause they wur furbidden. (Applause.) What maks my wee granwaen, Paddy, stick a wheatstray in the crame crock an' sook at it till he haes till lie doon? Jist acause he kens his granny wud tak his life if she catched him at it. (Lauchin'.) Noo, that's human natur. There's that moiley coo o' mine that A had tae keep langelled an' tethered fur mony a yeer fur brekin' intil the squire's clover. The sorra a tether or langel cud A get in Newton, but what she cud brek, an' she wuz neer brekin' my heart intil the bargain, so yin day A loused her an' tuk her intil the clover fiel', an' sez I till her, 'there, noo, Spotty, eat till ye burst yersel'.' (Grate lauchin'.) A declare she jist turned roon an' followed me oot o' the fiel', wi' her heid hingin' doon, an' frae that day till this she nether needit langel nor tether." (Cheers.)

A terble purty young meinister got up, an' sez he—

"Mister Moderater, A rise till appoint order. This elder shudnae speek o' a moiley coo till gie an illeystrayshin o' human natur. The man's no' a' there, A think."

The fowk yelled at hum fur till "sit doon!" an' "shut up," an' A wuz feered they wud a tuk his life. A jist lauched, an' sez I, "He thinks A'm crakt, but if he burns me fur a fule he'll get wise ashes. (Cheers.) Niver min' him," sez I, "as he grows aulder he'll get mair wut; but mebbe A shudnae a used the exemple A did. Hooaniver, A'll gie ye an illeystrayshin frae rael life this time, as it concerns yin that ye hae a' heerd tell o', an' that's my ain Peggy. (Loud cheers.) Whun wee Paddy wuz gettin' better o' the maisles she went intil Mister Simmses[91] till buy him the makin' o' a flennin shurt, an' whun she cummed hame she tell't me she had seen a terble purty chackit shawl, an' that A wud hae till buy it fur her. 'Na, deer,' sez I, 'it wudnae becum ye.' Weel, A got nae peece fur weeks, fur hae that shawl she wud, an' A wud not gie intil her, fur it's no' richt till gie a woman ower muckle o' her ain wae. (Cheers.) At last yin day A thocht A wud try the plan that A had taen wi' Spotty, an' sez I till her, 'Peggy, my wuman, ye can gang intil Newton next Seterday an' bring the shawl hame wi' ye.' She lukit in my face, an' sez she, 'Ir ye in earnest, Rabin?' 'A em, indeed, dear,' sez I. 'Weel, Rabin, A wudnae pit it on my shooders fur a thoosan poon,' sez she. Hooaniver, she loast naethin' by that, fur A bocht her a darlin' silk dress insteed. (Lauchin' an' cheers.) A'll no tak up yer time ony langer, fur it's gettin' late."

A meinister ahint me pookit my tails, an' sez he, "Rabin, tell us anither yin."

The fowk heerd him, an' gied him a clap fur it.

"Weel," sez I, "illeystrashins o' this kin' cud be givin' in thoosans, but A hae kep' ye ower lang a'reddy. (Cries of

---

[91] the 1910 edition has this footnote here: Simms & Co. High Street, Newtownards—Ed.

"Gang on! gang on!") Ye hae min' o' me tellin' at the Presbytery meetin' in Bilfast aboot oor wee dug that haes the bump o' music in its heid, an' aye begins till sing whun it heers the fiddle playin'. Weel, it's a deliket wee thing, an' there's nae wae but yin till get it tae tak' its meet, an' that's tae mak' it beleev that the cat's gaun till tak' it frae it. (Grate lauchin'.) It's as true as A'm here. It'll stan' as lazy-lukin', glowerin' at the plate, but the minit Peggy says, 'Here's the pooshey cumin'!' it teers at the plate, and yirrs ower ocht. (Cheers, an' cries o' 'Sit up till the fire!') Noo, my advice till this honnerable buddy is no' till interfere ony mair wi' this questyin, an' ye'll mebbe hear nae mair aboot it, an' A wush ye ivery yin guid nicht."

Whun they seen A had din they carried me back till my sate, an' the fowk cheered ower ocht, an' cried fur till "vote." There wuz a guid while's argeyin' then, but at last it wuz agreed that they wud let the thing lie ower till nixt yeer. As A had tuk an ective pert in the matter A wuznae fur gaun till vote, but A'm thankfu' that A did, fur my yin vote jist carried the day. A hope there'll be nae "petition" ower the heid o' it.

THE NEWTOWNBREDA HARMONEYUM

A Friend in need is a friend indeed—Robin defends the Rev. Robert Workman—He makes another speech, which decides the whole matter.

YE ken A'm terble fond o' music, an' a guid wheen fowk in Ballycuddy thinks me waur than an infidel acause A want them till get a harmoneyum fur oor meetin'-hoose. Mebbe it's acause it's a sin that sae mony fowk ir taen on wi' it. Sum grate man yince said in a book, "music haes charms till soothe the savage breest," an' that's rael true. Mebbe A'm a bit o' a savage whun A'm sae fand o' it. A ken this, that whun A get oot o' sorts at ony time a birl o' the fiddle jist pits me richt.

Weel, A tuk a grate likin' till Mister Wurkman, o' Newtownbreeda, jist acause he made a stan', an' shewed he had a richt till play music in his meetin'-hoose, an' wud continye till play it till the majority o' his heerers tell't him tae quat it. His fowk had a "conversityerloney"[92] in his skulehoose yin nicht a wheen months back, an' they sent me a very kin'ly invitashin till gang till it. Weel, they wud tak' nae denial, so A went, an' railly A niver did in a' my trevils meet wi' nicer or kin'er fowk. As fur his reverence, Mister Wurkman, he met me as if we had been auld freens, an' he made me promis that A wud gang back an' spen' a nicht wi' him at his ain hoose.

---

[92] Conversaazione—Ed.

A hae niver been able as yet till fulfil my promis, but whun A heerd, a wheen days ago that Mister Wurkman was gaun till be tried agen afore a meetin' o' the Synod, A wuznae lang finnin' an excuse till gang till Bilfast till heer it, an' till stan' by his reverence if needfu'. A called wi' Mister Mayne that keeps the book shap, an' he pit on his hat an' said he wud show me whaur the Linenhall Street meetin'-hoose wuz, an' he niver left me till he tuk me inside an' got me intil a nice cushined sate gie an' weel forrit in the hoose. A wuz a bit late, an' the Synodmen wur busy talkin' aboot sum claim that a meinister's weedow had agen his heerers, an' A thocht frae what A heerd that they had been a wee bit hard wi' her. My, it's a quer wurl' this! Yer no lang oot o' sicht till a' yer laibers fur the guid o' yer fellow-men ir furgotten, an' the very fowk that ye striv nicht an' day, heart an' soul, till serve, ir the furst till throw a slicht on yer name, an' show a cauld shooder till them ye hae left ahint ye!

Weel, Mister Wurkman's case cummed on nixt, an' A wush ye had seen the fowk's faces, hoo excited lukin' they grew. Why, a trial in the coorthoose wud be nixt tae naethin' compered wi' thon. A spauk till a man in the sate wi' me, an' axed him if Mister Wurkman wuz cum yit."

"Oh, ay," sez he, "there's no muckle danger o' him shirkin' his duty."

"Wha is he this man that's gaun till hae him tried?" sez I.

"A terble cliver buddy that belangs till his ain meetin'-hoose," sez he.

"The deer man!" sez I, "yin o' his ain heerers! An' a cliver yin, ye say?"

"A dinnae ken," sez he, "but he maun be sumthin' mair nor ordnor', whun he'll mak his meinister an' fowk dae jist what he wants; an' no' that alane, but he'll shew ye efter a bit that he can lay doon the law an' the Gospel till Presbytery, Synod, an' General Assembly."

Sumbuddy cried "Silence!!" jist then, an' we had tae quat talkin'.

Yin o' the meinisters read oot a paper, an' it appeared that this man had brocht up a compleent afore the Bilfast Presbytery agenst Mister Wurkman, but they had throwed it oot, an' so, rether than gie in, he brocht his compleent noo till the heecher Church Coort o' the Synod. Weel, then, the man himsel' got up till mak his cherge, an' he begood his story by givin' himsel' a grate lang sertyfecat o' kerekter. He said he wuz a loyal Presbytarian, an' had nae earthly desire in this life ayont the weel daein' o' the Newtoonbreda Kirk; that he wuz a great lover o' peace, that the Kirk wudnae prosper till there wuz peace, an' he wuz determined no' tae gie them ony peace till they cum roon till his views an' did whativer he wantit, an' therefore this reverend coort wud see that it wud be weel fur them till upset the verdict o' the Presbytery an' gie a verdict in his favour. He hopit they wudnae compel him fur till tak his case afore the General Assembly; hooaniver, they wur till unnerstan' that he wud dae that if needfu'. Mister Wurkman had rebelled agen the sacred laws o' the General Assembly, an' if he wudnae be punished in time an' made tae feel that he wuz bound tae comply wi' ivery thing that that buddy ordered, there wuz nae knowin' whaur the rebellion wud stap, an' the General Assembly itself wud be destroyed. He had a grate respekt fur Mister Wurkman, but he wuz an ootlaw agenst the Bible an' the Kirk, an' had hurt his feelins very much, an' noo that he had ta'en this thing up, he wud follow it till the end. If this coort didnae see richt, or hadnae the courage till dale wi' the questyin, he wud tak' it frae that coort till the General Assembly, aye, or if needfu', knowin' that the subjeck wuz o' sich vast importens till the hale human race, he wud tak it till the Hoose o' Commons, the Hoose o' Lords, an' efter that lay it at the fit o' the Throne o' Queen Victoryee!

265

He had nae richt sut doon till A seen Mister Wurkman jumpin' till his feet, an' that minit the fowk clappit their han's ower ocht. He didnae get leev till speek then, fur they said he wuz oot o' order, an' they argeyed amang themsels fur a guid while what they shud dae nixt. At last Dokter Knocks an' a meinister ca'd Mister Herron wuz appointed on behalf o' the Presbytery till show that they had din what wuz richt in throwin' oot the man's cherge. They did their pert rael weel, an' shewed that as sensible men they cud dae naethin' else but throw oot the cherge. Mister Wurkman had only played music at extra meetins an' no' at the regular meetins, an' they drappit a wheen hints that even if he played it at a' times it wud be nae easy job till shew that he wuz wrang.

They allooed Mister Wurkman till speek then, an' a richt hearty clap the fowk gied him whun he riz up. He said he thocht this thing had been drappit, an' it wuz only on the Seterday afore that he wuz tell't it wuz tae gang on. The man had haen sum ithers till support him in the metter, but they had a' drappit it except himsel'. "A hae been cherged," sez he, liftin' his voice, "as a lawbreker, an' wi' insubordinashin agenst the General Assembly; hooaniver, A'm sae weel accustomed noo till that kin' o' thing that A pye nae heed till it. A deny that A hae din ocht wrang; A claim the liberty till hae music at the extra services, but A dae mair nor that fur A claim the richt till use it at ivery service! (Grate cheerin'.) If ye send a kommittee oot till mak a search throo a' the meetin'-hooses they'll fa' in wi' a guid wheen o' instrayments—an' efter a' Mister Johnson's ressylushins they wud fin' a peanny stanin' on its fower legs up in Toonsend Street meetin'-hoose. (Grate lauchin' an' clappin' o' han's.) A'm feered ye hae let yer min's be carried awa' wi' that abominable *Banner*,"[93] sez he, but they

---

[93] The *Christian Banner* was a periodical with only a small following amongst Ireland's Presbyterians—Ed.

stappit him then, an' a wheen o' them riz the maist tremenjus whulabaloo iver ye heerd.

A cudnae mak heid or tail o' it fur a bit, an' sez I till the man aside me—

"Shair nane o' them pits up flags in their meetin'-hooses."

He lauched, an' sez he, "Oh, na; the *Banner's* no' a flag; it's a wee bit o' a penny paper, a kin' o' a squib thing that's no muckle thocht o' except by a wheen o' men that writes fur it."

Sez yin o' the meinisters, sez he, shuttin' his fist an' stampin' his fit—

"A'll no' sit here an' alloo ony man or ony meinister till say a wurd agen that paper, an' A call on Mister Wurkman till raytract the wurd 'abominable'."

Mister Wurkman brocht his han' doon sich a slap on the back o' a sate, an' sez he—

"A say it *is* abominable!"

There wuz a terble scene then, an' A cudnae hear my ain ears. Mister Herron stud up, an' sez he, "It's nae peeryodical o' oors! It disnae raypresent the Presbytarians!" an' A wush ye had a' heerd hoo that pleesed the fowk. At last Mister Wurkman said he wud withdraw it, but that he had got great provokashin frae the *Banner,* fur it had cherged him wi' a' soarts o' ekklesastyel offences, an' wuz aye breedin' quarrels atween meinister an' fowk. Weel, then he got gaun on wi' his speech, but I cannae min' it a'. "Shairly," sez he, "ye'll no' objekt till me hevin' extra services. Hoo ir meinisters till okepy their spare time? Sum o' them bigg hooses, sum keep ferms, ithers mak' elekshin speeches, an' ithers that can dae nae better write fur the *Banner.*"

My, he did keep them lauchin' ower ocht. Whun he sut doon A had wurked my feelins up till sich a pitch that afore A kent what A wuz aboot A wuz stannin' on a wee fut stool that wuz in the sate an' addressin' mysel' till the cherman. A

wush ye had heerd them then. A' roon me they wur cryin'
"Cher! order! order!"

The cherman got up, an' whun he cud be heerd, he lukit
doon at me an' axed me wha A wuz. That brocht me back
till my senses, an' A drappit ontil my sate agen as if A had
been shot. Mister Wurkman jumpit up, an' sez he—

"Mister Moderater, A recognise in this old gentleman a
warm freen o' the Presbytarian Church, an' a highly
esteemed freen o' my ain. He's a rulin' elder in the
Ballycuddy kongreygashin, an' haes cum a lang jurney till
be here. Tho' perhaps oot o' order, ye micht let him speek."

"Wi' pleesure," sez the Moderater; but what A wantit till
say flew oot o' my heid; hooaniver A had till say sumthin'.

"Mister Moderater and reverend brithers," sez I, "A feel
that A'm oot o' place in pittin in my tongue here amang
weel lerned men, but like the auld wuman at Bellynehinch
that shoodered the beesom shank till shew what side she
wuz on, A tak' this appertunity o' sayin' a wurd on the
present occasion fur my freen Mister Wurkman, an' fur the
peace o' the Kirk that A luv deerly. (Heer, heer.) In my
humble opeenyin there haes been far over muckle blethers
an' balderdash talkit aboot this music questyin the last
wheen years. (Cries of "Order!" an' "Questyin!") Ye
neednae bother yer heids pittin ony 'questyin' till me nor
givin' ony o' yer 'orders,' fur A hae got permission frae the
Reverend Moderater till speek, an' A'll no' be lang if ye jist
sit still an' haud yer wheest. (Grate lauchin' an' clappin'.) A
dinnae ken this man that has brocht this cherge agenst
Mister Wurkman, an' theerfur it's no fur me till say ocht
agen him. He haes gien himsel' a furst-class kerekter here
the day, an' frae what he says he's a man in whom there's
no 'guile,' but A wud jist venter till gie him the advice that
A wud tak mysel', an' that is that if he wants peace, an' sees
that the Newtoonbreda fowk wull hev their music, what's
the use o' him fechtin' wi' them? That's what A wud like to

ken. Why dizn't he gang whaur there's nae music? (Heer, heer.) A hae aye been brocht up till beleev that there's music in Heaven, an' if that's the case, why shud we no' use it fur praise here? If it's a fact that there's harps an' ither music there, sum fowks naters wull hae till be querly changed afore they gang till the Happy Land. The wurl's wide, sur, an' there's room fur us a', an' my advice w'ud be no' tae interfere in this metter ony farder. If we wur a' o' yin min' in this wurl' we cudnae get on ava. Deer knows wha wud a got my Peggy, fur instens, if ye had a' been o' the same noshin as A wuz at the time A wuz coortin' her. (Grate lauchin'.) The fact is there's nae accoontin' fur tastes, an' my brither Wully sez it's a' owin' till the shape o' the heid. (Heer, heer.) Noo very likely this man haesnae the bump o' music in his heid. (The man got up till speek then, but the Moderater tell't him till sit doon.) A cud tell ye a sirkumstans that cums intil my heid by wae o' illeystrayshin if A'm no' keepin' ye ower lang. (Cries o' "Gang on!") Sam Tamson cums intil oor hoose sumtimes wi' his fiddle, an' it wud bring teers till yer e'en till heer him playin' 'Ye banks an' braes o' bonnie Doon,' or the 'Exile o' Erin'; an' then whun he gies his fiddlestick a flurish, an' rattles aff 'The White Cockade,' or the 'Blue Bonnets ower the Border,' or a bit o' an Irish reel, as shair as A'm here but it excites me that wae that if there's naebuddy in the hoose that A can hae a step wi, A mony a time play fit-ba' wi' my auld hat throo the flair. (Lauchin' and cheers.) Weel, A hae a wee terrier dug thonner at hame, an' it haes the bump o' music. (Cheers.) It haes, indeed; an' whun the fiddle starts, mony a time it rins roon an' roon efter its tail till it tummels ower the buddy, wi' fair dizziness. (Grate lauchin'.) It's as true as A'm tellin' it till ye. Weel, there's Jamey Menyarry's dug, an' whin it heers music it gets cleen oot o' temper, yowls an' bites at a' roon it. A'll no' trespass farder on yer valyeable time, fur A think A hae proved ayont a' dispute, that fowk differs in their naters, so A hope ye'll let iverybuddy pleese themsels in this metter. A wud move a ressylushin, but mebbe A wud be interferin' wi' that meinister frae Toonsend Street, that A'm tell't is sich a guid han' at that kin' o' thing, an' so thankin' ye fur the honner ye hae din me, A'll noo sit doon."

Weel, A wush ye had heerd the way the fowk lauched an' cheered. A wheen men got up till speek, but the Moderater said their freen frae Ballycuddy had put the hale thing in a nut-shell, an' in the face o' his speech it wud be only a waste o' time to say ocht mair.

Dokter Johnson moved a ressylushin wantin' till fin' Mister Wurkman guilty o' brekin' the law, an' he made a lang speech, but it wuz a' no use, fur while he wus talkin' a meinister ca'd Mucknattan—as cliver as a lawyer they say—cummed ower an' slippit intil my han' a copy o' a ressylushin that he wuz gaun till propose. So whun the tither man had din, Mister Mucknattan read his ressylushin, sayin' jest what A had advised. The Moderater didnae seem willin' till pit it till the hoose at furst; hooaniver he seen it pleesed the fowk, an' it wuz passed. A hale lot o' the meinisters gethered roon me an' shuk han's wi' me, an' tell't me hoo they admired my speech, an' that ony yin o' them wud fill the pulpit in Ballycuddy at ony time A axed them.

THE ELECTRIC LIGHT

A LECTURE DELIVERED BY ROBIN BEFORE A CROWDED AUDIENCE IN THE BALLYCUDDY SCHOOLHOUSE, AND SPECIALLY REPORTED FOR PUBLICATION.

WE hae cum here the nicht, my freens, tae talk aboot "licht"—yin o' the greatest blissins that iver wuz gien tae sinfu' man, an' there's naebuddy needs licht mair nor the fowk in Ballycuddy. A wud propose tae divide my discoorse intil three heids:—

1. The licht o' the past.
2. The licht o' the present.
3. The licht o' the future.

Noo, the furst licht that we read aboot is the licht o' the sun an' mune, an' A dinnae see ony better lichts onywhaur. An' jist luk hoo nicely things ir arranged. Whun the sun gangs doon at nicht the mune rises. There's sum fowk an' they think that the sun shud niver set, an' they say that we shud hae a mune ivery nicht. But, my freens, it's impossible tae pleese iverybuddy. Sum fowk ir aye grumblin'. There's Jamey Scullion, an' iver since he went till Ameriky till see what o'clock it wuz, he keeps tellin' iverybuddy that we hae nether a sun nor a mune in this cuntry like what they hae there. A deny that! A say that A dinnae care whaur ye gang in a' this mortal wurl', ye may hae a *warmer* sun or a *bigger* mune, but A'll stake the sun an' mune o' ould Irelan' agenst iver anither yin in a' creation.

271

Besides, my freens, dinnae beleev fowk that tells ye there's mair nor yin sun. Whun they say that they're jest talkin' blethers. There's only the yin sun that ye see ivery day, an' he niver had a brither in his life. But A'm o' the opeenyin that we dae get a new mune ivery month, because ye hae a' notised that whun the mune furst shows hersel' she's a wee young thing jist like a—a—what'll A ca' it? Like a wee bit hoop, if A may sae speek, an' nicht by nicht she grows bigger an' bigger till she's the size o' a kert wheel; then she begins till melt awa' agen till ye cleen loss sicht o' her, an' what becomes o' her is mair nor A can tell. A used tae be akwant wi' a seafarin' man, an' he tell't me that yin time whun he wuz at the end o' the wurl' he saw thoosans o' auld munes lyin' piled on the tap o' yin another, wi' the middle burned oot o' them, an' jist lukin' fur a' the wurl' like auld griddles. Noo, as A said afore, we cudnae expekt a mune ivery nicht, but mony a time A hae thocht tae mysel' that it's a peety there wuznae twa munes. They cud tak it time aboot, ye ken, an' then we cud hae mune licht ivery nicht. Sum o' the boys tell me, hooaniver, that that arrangement wud cleen spoil coortin'.

Weel, talkin' aboot the sun, A suppoas A needna tell ye hoo it is that he only shines a while oot o' the fower-an'-twunty hoors. The sun is jist like the tide. The tide kens whun tae cum in, and whun tae gang oot, an' in the same wae the sun kens whun tae rise an' whun tae gang doon. It's no' fur the likes o' me tae mak ony attempt at accoontin' fur this, an' A think it's no' richt tae be divin' intil things that we dinnae unnerstan'. The sun knows richtly that we need rest, an' the crayter needs rest himsel'; an' the man's onreasonable that says he shud shine a' day an' nicht. Jist luk hoo thochtfu' he is! In the simmer time, whun the day's lang, an' the wather nice an' warm, luk hoo mony hoors he shines; an' then in the wunter time, whun the cauld short days cum, an' the lang dark nichts, he jist shines a wheen hoors an' then he gangs aff till his bed, clearly shewin' that we shud gang aff till oor beds likewise.

A hae heerd a guid wheen argeyments in my time aboot whuther the sun or the mune wuz the maist usefu', but A think it's the sun. An' that min's me o' a story A yince heerd a man tellin' at a suree. He said that there wuz twa men that they ca'd Mickey an' Pat argeyin' aboot the sun an' the mune, an' sez Mickey, sez he, "Arrah, now," sez he, "shure there's no use ov yer talkin' any more about it, fur I can prove tae ye now, wanst an' fur all, that the mune is far better than the sun!"

"Well, then, I'd loike to heer how yez cud do that," sez Pat.

"As aisy as drinkin'," sez Mickey; sez he, "shure doesn't the mune, bless her swate face, shoine down on us by noicht whin it's dark, but, as for the sun, why, bedad, he only shines in the day time whin we don't nade him?"

An' railly, my freens, there's a dale o' truth in that! Though, at the same time, we're the better o' the sun; whun he shines it maks iverything luk mair cheery, an' we hae aye better craps in a hervest whun he shines oot frae mornin' till nicht.

But tae proceed wi' my discoorse, A think A hae treeted gie an' weel wi' the licht o' the past, an' A'll noo gang on tae dale wi' the licht o' the present. An' what is the licht o' the present day? A ax ye that important questyin, my freens, *what is the licht o' the present day?*

The licht o' the present day, my freens—keepin' aff the sun an' mune—is a' ertyfeeshal. Indeed there's very little tae be met wi' noo-a-days but what is ertyfeeshal. Yer meat's ertyfeeshal, yer drink's ertyfeeshal, yer jewellery's ertyfeeshal, yer edyecation's ertyfeeshal, an' half the fowk ye see ir ertyfeeshal themsels. It's nae wunner, then, that we shud hae ertyfeeshal light. In the guid auld times fowk riz wi' the sun, an' gaed tae bed wi' the sun, an' A beleev that wuznae the warst wae. But there's aye a wheen discontented fowk, an' there's aye a wheen ither fowk finin' oot things tae pleese them; an' then, yince a thing is fun oot, ivery buddy gangs mad till be in the fashun; an' so what niver shud hae been introduced ava suin becomes an esteblished custom. Very weel, a wheen fowk begood tae think they shud sit up langer than the sun. But then they maun hae licht, fur fowk cannae dae muckle in the dark.

Ay, the fowk beat tae hae ertyfeeshal licht, an' so they begood tae burn rashes. A'm tell't that they dried the rashes an' dipped them in gravy; then they set fire till them at yin end; an' this wuz the furst kin' o' cannels the fowk had. There wuz a dale o' talk aboot it at the time, an' a guid wheen o' the meinisters preached agenst it, for some wae or ither the meinisters ir seldom the furst yins tae tak' pert in ony reforms that's apt tae cum up, an' the common fowk haes maistly tae set them the exemple. Weel, by-an'-by, the fowk got intil the wae of makin' cannels, but A min' o' my ma tellin' hoo that plenty o' fowk in her time wudnae keep them in the hoose. An' that min's me o' a story she tell't me aboot an auld cupple that leeved near her, Davy Drimmon an' Matty his wife. Davy an' Matty went tae bed wi' the sun an' got up wi' the sun, an' naebuddy cud get *them* tae use a cannel. Weel, a wheen o' the fellows in the cuntryside thocht they wud play a trick on puir auld Davey, so yin nicht what did the fellows dae but they cuvered up the twa wee wundeys that wuz in the hoose wi' sods, an' they put anither big sod on the chimley so as nae licht cud get in. It's wunnerfu' the force o' hebit. Matty waukened at her usual time, an' sez she tae Davy, sez she—

"Davy, it's time you wuz up, dear."

Davy wuz lyin' wauken, an' sez he—

"Na, wuman, it's no daylicht yit."

Weel, they had anither sleep, an' then sez Matty, sez she—

"My, Davy, but this is a lang nicht!"

"Haud yer tongue, wuman, an' lie still," sez Davey.

"My heid's sair, an' A cannae," sez Matty.

Weel, things went on this wae the hale day, till at last Matty cud stan it nae langer, so up she gets an' gangs till the daur an' luks oot. But if iver a puir wuman got a scaur, it wuz Matty. The sun wuz jist settin' afore the daur, an' Matty's hair nearly stud on her heid, fur she thocht he shud a been aback o' the hoose. She run doon the room till Davy, an' sez she, wringin' her han's—

"Oh, Davy, Davy, the wurl's at an en', fur the sun's risin' at the wrang side o' the hoose!"

Weel, talkin' aboot the sun min's me o' sumthin' that A furgot tae tuch on whun speekin' tae ye aboot him. There's sum fowk beleeves that whun the sun sets he gangs tae the tither side o' the wurl' an' shines on the fowk they ca' oor "*Aunty Pods.*"[94] Did ye iver hear such blethers! A niver did, fur my pert. Noo, jist suppoas, fur argeyment's sake, that there *is* anither side tae the wurl', hoo cud fowk leev on it? What wud they stan' on? They wud ether be hingin' by the hair o' their heids, or they would be walkin' wi' their feet up like a flee on the ceilin'. It's no possible, my freens! There's naebuddy on the tither side o' the wurl', tak my wurd fur it, nether "Aunty Pods" nor "Uncle Pods!" But there's nae end tae the rideekilus, ootlandish things fowk beleevs noo-a-days, an' it's a wunner tae me that the Parleyment disnae mak laws tae punish the fowk fur haudin' sum noshins. They'll actually try tae cram it doon yer throat that the wurl's *roon like a ball.* Noo, hoo ony sensible man or woman cud beleev sich a barefaced story as that, is mair nor A can tell. But they maun be in the fashun, an' they're feered o' being thocht ahint the age. Apen yer een an' luk roon ye. Let nae man think fur ye whun ye can think fur yersels. Dae ye see my whusker? If A tell't ye it wuz black, wudn't ye ca' me a leear? Why? Acause yer een tells ye it's

---

[94] Antipodes—Ed.

gray. Very weel, use yer een ootside; luk at them big muntains risin' up as heech as onything. Hoo cud the wurl be roon an' the like o' them on it? Na, my freens, the erth's a grate big streech o' lan an' water, heeghs an' hollows, an' it's nae mair roon nor this skule-hoose is roon.

But the fowk's no' content wi' that, fur they'll actually tell ye that the wurl' *birls roon!* It's as true as yer there! They say that the sun stan's still an' the wurl' rins roon it. A man begood tae talk tae me yin day, but A very suin shut him up. Sez I, "if the wurl' turns roon wull my hoose no' turn wi' it?"

"Of coorse it wull!" sez he.

"Man," sez I, "but ye ir a hardened sinner!"

He lauched at me, an' sez he, "wud ye hae your hoose tae stan' still?"

"A wud," sez I, "an' fur that very raison A dug the foondation gie an' deep."

Ov coorse nae man shud be ower positive, an' so A determined tae try if he wuz railly richt, fur he wuz thocht tae be a gie sensible buddy; an' better men nor me haes made mistaks, but there's aye sum hope o' the man that'll admit he may be in the wrang. What dae ye think A did? It wuz in the simmer-time, whun the nichts wur very short, an' A jist tuk my erm-cher oot tae the gerden, an' fur fower-an'-twunty hoors A sut there an' niver tuk my een aff the hoose, an' if that hoose as muckle as budged A'll eat Wully Kirk's goat, horns, tether, an' a'! Nae leevin man cud convince me that the erth birls roon the sun. Ye micht jist as weel say that this hoose birls roon them parryfin lamps.

As the yeers rowl alang the fowk ir aye gettin' the cliverer, an' so, in the coorse o' time, sum weel lerned man fun oot hoo tae mak a thing they ca' gas. They get it oot o' coals, an' my! but it is wunnerfu' licht. There's no' mony fowk here, I daur say, that kens muckle aboot it. It's nae new thing tae me; hooaniver, the time wuz whun A wuz jist as ignerant on the subjekt as ony o' ye.

At the time that my dochter Susanna wuz gaun till be merried, Peggy an' me wur daytermined that we wud gie the crayter a gran' blow oot. We had a terble wheen o' fowk axed tae the perty, an' there wuz tae be a dance in the barn. Weel, what dae ye think, didn't Peggy advise me till licht the barn wi' gas, an' sez she—

"It'll no' coast ye muckle, Rabin, an' jist luk hoo gran' it wud be. It'll save us frae borrowin' lamps, an' iverybuddy in the hale cuntry side wud be talkin' aboot it."

"A'll hae tae draw it frae Bilfast," sez I.

"Shair ye wud get it in Newton," sez she.

"Wuman, deer, it wud coast far ower muckle there," sez I.

"A'm shair if ye spauk till Mister Menyown," sez she, "an' tell't him what it wuz fur, he wud mak it as chape as he cud."

"Oh, A'll bring it frae Bilfast," sez I, "A'm gaun up wi' a load o' turnips onywae, an' A can fetch it doon in the kert. A wunner hoo muckle it wud tak tae dae."

"A wud get half a ton whun yer at it," sez Peggy, "if it's no' a' used it'll dae us agen."

Weel, A tuk a wheen pritta bags wi' me till Bilfast, an' whun A went till the gas offis, sez I till the man, sez I—

"Is this whaur ye sell gas?"

"It is," sez he, "hev ye a meter?"

"Na, sur, A hae not," sez I, "but A brocht a wheen bags wi' me; A want tae licht up the barn nixt Tuesday nicht fur a dance."

A wush ye had heerd the man lauchin' at me, an' it wuz a guid while afore he wuz able till insense me intil the wae gas wuz burnt.

The furst time A seen gas a burnin' wuz in my dochtor Susanna's hoose. She leeves in yin o' the Reverend Izek Neelson's hooses in Hame Rule Terrace on the Shankhill

277

Road. Ye ken her man wurks on the Queen's Islan'; he's a revitter's clark there; an' Izek wud rether let his hooses till Islan' men nor tae onybuddy else. Weel, my dochtor Susanna haes gas in her hoose, an' it's the handiest licht iver ye seen. There's a kin' o' a broon tin box sits ahint the daur, an' then there's a pipe rins frae it up the wa' an' cums oot o' the fireplace. Whun she wants a licht she jist turns a wee bress thing at the en' o' the pipe, an' my! A wush ye heerd the whustle o' the gas cumin' oot. Weel, she strecks a match an' tuches it, an' there she haes the purtiest licht iver ye seen. But that's naethin' tae the licht they hae in the big ha's an' meetin'-hooses in Bilfast an' ither toons A hae been in.

Anither licht o' the present day is what yer burnin' in them wee lamps—parryfin oil. A'm tell't that they hae three or fower soarts o' it, an' that they get hale dams o' it doon in the erth, awa in forrin perts, an' they bring it here in barrels. Weel, atween gas an' oil, the cannel trade wuz neer destroyed, an' the men that maks the cannels wud get terble little tae dae if it wuznae fur cuntry fowk. It's a shame the price we hae to pye fur cannels. A lauched at Peggy the tither day. She wuz in Tam Gunyin's fur cannels, an' he tell't her they wur up a penny a pun'.

"What's that fur?" sez Peggy.

"Oh, the war," sez Tam.

"Save my heart," sez Peggy, "ir they fechtin' wi' cannel licht!"

An, noo, what A'm a tae say aboot the light o' the future? They say that the sun's weerin' oot, an' indeed it's nae wunner that he wud; hooaniver, A beleev that he'll last oor day, an' a while langer. But the licht that's maist talkit aboot this while back is the eleck-trick licht. It's nether made oot o' coals nor oil, an' railly it's a quer thing a'thegither. It was fun oot by a man that they ca'd Aleck Trikety, an' on that accoont it haes been ca'd the "Eleck-Trick" licht. A man o' the name o' Eddyson, that leevs in Ameriky, haes been studyin' the subjekt, an' he says he can gie it to the fowk far chaiper nor gas, an' that it's a better licht. Weel, there haes been a dale o' talk aboot it, an' A heerd a man sayin' that afore lang it wud be bleezin' oot o' ivery telegraph powl, an' that we cud see tae gether needles an' pins on the darkest nicht.

A beleev, my freens, that this new licht wull no' be o' muckle consequence, an' fur my pert A niver want tae see it here. They hae tae wurk it wi' horses an' engines, an' if it cums till this cuntry it'll pit horses oot o' a' buyin.' A wuz readin' aboot hoo mony horse pooer it wud tak tae drive yin ingin, an' if they had tae supply the hale cuntry, whaur wud they get the horses? A'm an auld man, my freens, but A beleev the present lichts will haud their ain durin' my day an' yours.

There's nae doot but we're leevin' in quer times, an' there is nae knowin' what things wull cum till. A wuz readin' in the paper the tither day aboot a man in Ameriky that sez that he's finin' oot anither chape way o' gettin' licht, an' that's by rubbin' the cat's back wi' a bit o' sealin' wax.

A wheen o' us went till Bilfast yin nicht on a lang car till see the eleck-trick licht burnin' on the kees. They stappit a wheen o' places by the road, an' sum o' their eens wur dezzled lang afore we got there. Weel, railly, it did luk darlin', an' nae mistak. It wuz that bricht A cudnae luk at it athoot winkin', an' the big gas lamps just lukit like talla cannels aside them. Efter we had stud a guid while we got on the car an' driv awa fur hame. Whun we got the length o' the rileway erches sum o' them missed Jamey Menyarry. A wantit till gang back fur him but they wudnae let me, an' Jamey didnae get hame till denner time nixt day. He tell't me that he had stud close up agen yin o' the powls, lukin' up at the bleeze, an' whun he tried till cum awa he wuz jist like as if he wuz glued till the powl.

"My guidness!" sez I, "hoo wuz that?"

Sez he, "the Elecktrickety got a haud o' me, an' A cud nether move nor speek."

Hooaniver, the truth cum oot yin day. A met a man that ken'd Jamey an' had releeved him. Jamey had been takin' a wheen half yins, an' didn't he button his tapcoat roon the powl, an' his heid wuz sae throoither that he didnae ken what wuz wrang, an' he stud till he wuz very neer foondered.

A hae kep ye far ower lang, but sum ither time A'll mebbe gie ye mair infurmayshin.

THE BALLYCUDDY MEINISTER

Providence Gives a Call—Ballycuddy Gives Another—The Dead
Languages—Choosing a Minister—Robin's generalship

OOR meinister got a call frae anither kongreygashin, an'
like the maist o' the clergy he akseptit it acause the
fowk wur able tae pye mair steepin's an' tae gie him a lerger
selery. He tell't the elders an' the kommittee that he wuz
gaun tae lee us, as Providence had called him away till
anither pert o' the vinyerd, an' that we shud luk oot fur a
suksessor. Peggy says if the selery hadnae been bigger he
wud niver a let on that he heerd Providence.

Weel, as ye a' ken, A'm yin o' the elders o' the
Ballycuddy kongreygashin'; lang Sam Stevenson's anither,
Neevin Erturs is anither, an' Jamey Menyarry's yin tae. A
meetin' o' us a' wuz held yin nicht in the seshin hoose, an'
the meinister made oot a list o' the names o' men that we
shud ax tae cum an' preech trial sermuns till us, an' he tell't
us that as the fame o' Ballycuddy kongreygashin had
trevilled ower the hale universal wurl' we wud hae nae
trubble in gettin' a heech-cless meinister.

"An' hoo diz yer reverence accoont fur that?" sez Jamey
Menyarry.

"Weel, indeed," sez he, "we maun thank Rabin Gordon
fur it in the furst instance, an' A think A may add tae that,
my ain humble talents, in the second place."

"Heer, heer," sez Neevin Erturs.

Weel, we brocht the meinisters yin efter anither tae preech till us, an' we hel' a kommittee meetin' ivery Monday nicht tae discuss the qualifikashins o' the men, an' railly A did think they niver wud be pleesed in yin. At last yin nicht A said till them, sez I—

"My freens, as A'm the auldest man amangst ye, A think it's time tae tell ye that ye shud mak a choice. This wark is coastin' a dale o' money, an' we railly can not haud oot till it ony langer. Ye jist min' me o' the man that went oot till a thorn hedge, fur till cut himsel' a stick. He walkit an' he walkit, passin' by dizens o' darlin' sticks an' aye thinkin' that he micht licht on a better yin, till lo an' behold ye he cum till the end o' the hedge an' had tae content himsel' wi' an' auld crooked runt. So tak care, noo, that a wheen o' ye disnae be pittin' yer fut in it."

"Weel, an' wha wud ye suggest?" sez Sam Stevenson.

"Ye cudnae gang wrang in ony yin that haes preeched till us yit," sez I.

"Blethers an' balderdash," sez Jamey Menyarry, "there's no' yin o' them worth a thranyeen."

Sez Neevin Erturs, sez he, "A wuz rael weel pleesed wi' Mister Campbell, he wuz sae weel larned; why the half o' his sermun wuz Greek an' Haybroo. An' then he's a big, strong, coorse-voiced man. A think he wud dae richtly."

"But no yin o' us understud his Greek an' Haybroo," sez I.

"Nae metter fur that," sez Neevin; "it showed that he understud the Skripters, an' ye'll niver get me till consent till ony man cumin' here that disnae understan' Letin, Greek, an' Haybroo."

Sez Jamey Menyarry, sez he, "A thocht he wuznae a'thegither sound in his doktrins; he wuznae half kelvinistik eneuch fur Bellycuddy."

"Oh, deed," sez Neevin, "there may be sumthin' in that; an' A may tell ye that my mistress is no' in terble luv wi' him."

"Hoo's that, Neevin?" sez I.

"Why, she says he's nae guid at the preechin' ava; an' that as far as his prayers ir concerned they micht dae fur new born waens, but they're nae menner o' use tae grown up fowk."

A lauched, an' sez I, "did ony o' ye see what some fella frae Bilfast wrote on a leaf o' an auld Bible here the tither Sabbath?"

Nane o' them had seen them. So A read the verses, an' here they ir—

If good King David ever should
Unto this church repair,
And hear his Psalms thus warbled out,
My God! how he would swear.
Or, if St. Paul should chance drop down—
From higher scenes abstracted—
And hear his Gospels thus explained,
My God! he'd go distracted!

"They're no' terble complimentary," sez Sam Stevenson, "hooaniver, let us gang on wi' oor business o' choosin' a meinister."

Then A proposed a nice young man ca'd Duncan. Sum o' them thocht he wuz ower young; Jamey Menyarry objekted till his weerin' a mustashe, an' Neevin Erturs said his sermun hadnae a wurd o' Greek or Haybroo in it.

Noo, A had taen a terble fancy tae Mister Duncan, an' so had Peggy, fur he had taen his denner an' tay in oor hoose the day he preeched till us; so A raisoned wi' them a while, an' sez I, "it's a sma' faut tae be young; as fur his mustashe he'll mebbe shave it aff, an' we can ax him whuther or no' he kens Greek an' Haybroo. A wud advise ye tae write him a letter axin' him till cum doon here again, an' we can hae a talk wi' him' an' lern a' aboot him."

This wuz agreed to, an' oor seekaterrier wrote till him fixin' a Sunday fur him till cum.

Peggy an' me had a crack aboot the metter, an' A promised her that A wudnae lee a stane unturned tae get Mister Duncan appointed. A sut doon an' A wrote him a lang letter sayin' that A wud like him tae be oor meinister, an' tellin' him the soart o' elders we had, an' the questyins they wud likely pit tae him, an' that he wud hae tae talk Letin, Greek, an' Haybroo, ancitera, ancitera.

Weel, that wuz a' richt, an' on the Sunday mornin' that he wuz tae cum A met him at the Bellycuddy junkshun. He gied me the quer hearty shake o' the han', an' sez he, "Mister Gordon, A'll niver forget yer kindness as lang as A lcev. A hae taen a grate noshin tae cum amang ye at Bellycuddy, an' A hope A'll be successful."

"Wi' a' my heart A hope ye wull," sez I.

"But there wur things in yer letter," sez he, "that A cudnae think o' complyin' wi'."

"What wur they?" sez I.

"A'll no' shave aff my mustashe," sez he; "na, A wud loas the sityeashin furst; then A maun hae instreymental music in the kirk, an' if onybuddy wants a waen chrisend at their ain hoose A wudnae like tae refuse."

"An' what aboot the Letin, Greek, an' Haybroo?" sez I.

"A cannae speek a wurd o' yin o' them," sez he.

"Am' sorry fur that," sez I; "A micht get ye ower the tither points, but Neevin Erturs wull stan' oot fur the deid langwidges. He's jist as thrawin' as a dug's hin' leg, so he is."

"Weel," sez he, "A hae a plan in my heid fur gettin' ower that deffikulty. Diz Erturs speek Letin or Greek?"

"Not him," sez I, lauchin'; "he harly kens B frae a bull's fut."

"Can ony o' the kongreygashin talk Letin or Greek?" sez he.

"Na, no' yin," sez I.

"Very weel," sez he; "tell naebuddy what haes passed atween you an' me, an' A'll manage that point. A can talk Eerish like a book, an' A'll try Erturs wi' that."

"Noo," sez I, "A'll lee ye here, fur A dinnae want ony o' the elders tae see me wi' ye afore the sermun, but ye maun tak yer denner wi' us. Peggy haes killed a darlin' hen fur ye, an' efter we pit it oot o' the road we can talk ower kirk affairs."

A left his reverence then an' didnae gang tae the meetin'-hoose till it wuz time tae begin. Mebbe Mister Duncan didnae astonish me. Whun he wuz readin' a chapter in Proverbs he stappit at the foarth verse, an' sez he—

"My deer freens, the beauty o' that verse haes always delighted me; an' yit, as the translaters give it here, it fa's far short o' the sublime rendering in the Haybroo tongue. You may not a' comprehend that tongue, yet A cannae refrain frae givin' it tae ye."

Weel, he put the verse intil Eerish, an' A'm shair the fowk a' thocht it wuz Haybroo. A lukit at Neevin Erturs an' A cud see his face growin' as pleesint as a simmer day, an' frae that minit he niver tuk his e'e aff the meinister. But his reverence hadnae din, fur whun he had read a bit farder, he sez—

"Let me read that verse again, dear freens, an' then if A gie ye the Greek vershin ye wull not, I trust, konsider me paydantik."

Weel, whun he gied them that, A noticed Erturs nudgin' Wully Gunyin' wi' his elbow.

By that time his reverence had finished the chepter, an' as he closed the book, sez he—

"The Letin tongue is likely taught in yer schools here, an' A wud ax ye tae get yer boys tae give you this beautifu' chepter in that langwidge, so that ye may lern its rael force. A neednae quote the Letin, lest ye micht think me vain, an' vanity is a thing that A detest."

That wuz a settler, an' whun the samm wuz gien oot A heerd Erturs whusprin' tae Gunyin—

"That's the man fur Bellycuddy."

The meinister preeched a maist darlin' sermun, an' whun the hale servis wuz ower, we tuk him intil the seshin room tae hae a talk wi' him.

Neevin Erturs gruppit his reverence by the han', an' sez he—

"A niver heerd better preechin' in Bellycuddy; it wuz a rael bully sermun an' nae mistak'."

"A'm gled ye wur pleesed," sez the meinister, "an' A hope a' the tithers is o' the same opinyon."

"Fur my pert," sez I, "A hae nae fault tae fin'. The tithers may speek fur theirsels."

Sam Stevenson axed his reverence if he thocht he wuz kelvinistik eneuch fur a cuntry kongreygashin.

"A think my views on that point are sound, an' wull stan' the test," sez his reverence.

"Ir ye a married man?" sez Jamey Menyarry.

The meinister lauched, an' sez he—

"Weel, A em not; but that can be easily richtit, A suppoas."

"It can, indeed," sez I, "an' we hae sum fine bonny lasses here. A wush ye had a seen my dochter Susanna afore she merried the rivetter's clark on the Queen's Island. She wud a pleesed ye a' tae pieces, an' A wud a been chermed tae a haen a meinister fur a son-in-law."

His reverence smiled, an' thankit me fur my kindness.

"What hae ye tae say aboot the instraymental musik questyin?" sez Neevin Erturs.

"In that metter," sez his reverence, "we shud be guided by the majority o' the flock under oor cherge."

"That may be a' richt," sez Neevin, "but what's yer ain noshins on the subjek?"

"A beleev the Bible approves o' the use o' instraymental musick," sez he, "an' that bein' the case there's naethin' mair tae be said aboot it."

"That's yin fur you, Neevin," sez I—

"Oh, ay," sez he, "you'll agree wi' that, Rabin."

"A shairly wull," sez I, "but the denner will be gettin' cauld, so if ye hae ony mair questyins tae ax ye had better hannel yersels."

"There's the chrisenin' o' waens," sez Jamey Menyarry, "A'm agen the daein' o' that in their ain hooses. A think their parents shud a' cum oot tae the meetin'-hoose."

"A quite agree wi' ye in that," sez the meinister; "but there may be excepshinal cases. The parents may be unable fur certain raisons tae cum oot, an' A'm shair ye wud a' be wullin' tae tak these things intil konsiderashin."

"Tae be shair we wud," sez Menyarry.

"Weel, A think there's no muckle atween us," sez I, "an' if it's agreeable tae the tithers here we can call a meetin' o' the kongreygashin an' talk the hale thing ower."

That wuz agreed tae, an' A tuk the meinister awa tae my hoose fur his denner. We had a lang talk there, an' railly a nicer man A niver did see.

The kongreygashin decided on givin' him the call, an' we had a great day o' it at the ordinashin, an' a big denner an' suree. A'll very likely let ye heer aboot them at sum ither time.

287

THE ROYAL VISIT TO IRELAND

LETTER FROM "ROBIN" TO H.R.H. PRINCE ALBERT VICTOR
(AFTERWARDS DUKE OF CLARENCE).[95]

Ballycuddy, County Down,
May the tenth, 18 and 89.

DEAR PRINCE ALBERT VICTOR,

A'm prood tae heer that ye ir railly cumin' tae see Bilfast
agen. Mony an' mony a time Peggy an' me haes been
crackin' aboot ye since the last time that ye cummed wi' yer
da an' ma. There wuz yin thing aboot ye, dear Prince, that
struck Peggy mair nor ocht else, an' that was this: Ye'll hae
min' o' that terble wat day that cummed on; weel, whun the
fowk wuz cheerin' ower ocht ye sut in the kerridge wi' yer
hat aff, an' the rain teemin' on ye like oot o' dishes. Peggy
said ye wur a guid waen, an' wud mak a gran' King sum
day, jist if ye wudnae forget yersel' an' grow prood. "Peggy,
dear," sez I, "rale nobility is niver prood; it's only empty,
ignerant upstarts that fogets themsels."

Hooaniver, pittin' that tae yin side, A'm prood, as A said
afore, that yer cummin' back tae Bilfast. It shews that ye
likit it whun ye wur there afore,' an' it shews at the same
time that yer a wise, studdy young man whun yer royal Da

---

[95] The part in brackets would not have been added until after 1890
when Prince Albert was granted that title—Ed.

an' Ma ir no afeerd tae trust ye awa' oot o' their sicht sae far.

A hope, dear Prince, ye'll no' feel offendit wi' me acause A tak' the liberty o' writin' ye this letter. A hae kent a' yer femily weel since A wuz a boy at Skule, an' A hae iver taen a great interest in the conserns o' the Royal Femily. A'm gaun up tae see ye, ov coorse, an' what fur noo? In echteen hunner an' foarty nine, whun yer Granda an' Granma cummed till Bilfast, A wuz there tae cheer wi' the tither fowk. Yer dear Granma didnae ken me then, but she's a grate freen o' mine noo. They tell me ye redd the story A writ aboot me bein' interduced till the Queen in Glescoe last yeer; an' then ye ken that yer Da an' me ir auld akwantenances an' brither Freemasons. Shew him this letter, an' he'll tell ye a' aboot me an' whaur A leev.

A hope ye'll hae a nice smooth passage whun yer crossin' frae Inglan'. They tell me yer cumin' in a yott. A dinnae like them things, fur they're aye tummelin' ower the buddy, an' lyin' wi' their keels uppermaist. A'm shair Mister Moore Bruthers wud a sent ower yin o' the steamboats that they rin tae Bangor, an' ye cud a cum ower in that as comfirtable as if ye had been sittin' at yer ain fireside.

Ye'll hae a gran' time o' it in Bilfast. There's a' soarts o' dekerations gaun on, an' A can tell ye that ye'll no want fur plenty till eat an' drink o' the very best. The present Meer o' Bilfast is as nice a gentleman as iver ye spauk till, an' A'm shair he'll no' leev a stane unturned tae dae honner till ye an' see that yer wantin' fur naethin'. A'm shair, whun ye see him, that ye'll endorse ivery wurd A hae said, an' A hope ye'll Knicht him afore ye gang awa hame. He deserves that, an' far, far mair.

There's jist yin thing that's botherin' Peggy an' me. We hae been readin' the newspapers aboot them middens (Mr. Sam Black calls them manure heaps) that's doon aside yin o' the perts that yer tae be. A hope yer Ma haesnae heerd ocht aboot them, fur then she mebbe wudnae let ye cum. No' that they're yin bit dangersome. A beleev a weel-biggit midden is a sonsy, wholesome thing aboot ony man's hoose, an' guid fur the appetite. Shair fermers is aye warkin' amang them, an' they hae the very best o' health. But weemin fowk ir terble kureyus crayters, an' if yer Ma or yer Granma heerd the talk that's gaun on, they micht be feerd o' ye catchin' the fayver. Dinnae be yin bit scaured. Yin o' the City Coonsillors—Mister Jubilee Wilson—made the coonsilmen gie the middens a wheen coats o' thick white-wash, an' whun yer passin' ye'll niver ken what they ir. Mister Tate,[96] the man that made that darlin' smellin' water, an' ca'd it "Ososweet" in memory o' yer Da's an' Ma's visit tae Bilfast, says he'll hae a big fountain fitted up that day at the middens. This fountain will be fu' o' the Ososweet, an' whun a man turns a hannel it'll flee oot a' ower the middens like a shooer o' rain. He says the place wull jist be like a flooer gerden.

There'll harly be a chance o' my gettin' a wurd wi' ye while yer ower, there'll be sich a wheen o' the gran' fowk roon ye iverywhaur ye gang. Weel, weel, A maun pit up wi' the dissappointment, but if A had ten minnits wi' ye A wud gie ye a wheen hints that micht be usefu' till ye.

Wud it be possible fur ye till tell us at the big luncheon in the City Hall if yer Da an' Ma, the Prince an' Princess o' Wales, wull cum ower tae Ireland, an' leev at Dublin Castle? If ye cud jist dae that, the fowk wud gang mad wi' joy. Tell yer Da frae me that he ocht tae dae this, as it wud be the furst thing tae bring aboot peece an' contentment in this cuntry.

Dear Prince, A'm feered ye'll be tired readin' by this time, so A maun stap. The dear man, if ye wud cum doon to Bangor fur a day but the fowk wud like it. Ye cud hae a birl

---

[96] The 1910 edition has this footnote here:"James Tate, Pharmaceutical Chemist, 78 Royal Avenue, Belfast" —Ed.

on the Switchback Railway, an' then ye cud see the Masonic Hall, an' the waterworks, an' a wheen ither places.

Wi' sincere and kind respekts frae me an' mine tae you an' yours,

A remain, Yer humble, loyal, an' law-abidin' servint,

RABIN GORDON.

IZEK NEELSON IN BALLYCUDDY

(WRITTEN IN FEBRUARY, 1880.)

The Ballycuddy Elders Draw Cuts—Rabin in a Fix—Peggy's Idea—
The Reverend Izek—A Sensational Sermon—A Chiel takin' Notes—A
Sharp Rebuke—Trying his Temper.

THE Ballycuddy meinister haes been in deliket helth this while back, an' we made him gang frae hame fur six weeks, till see if it wud dae him ony guid. The tither rulin' elders an' mysel' tuk in han' fur till get pulpit supplies at the least poasible expense durin' the time oor ain man wuz awa, but it turned oot a mair deefeekwult job nor we thocht it wud. The steepins dinnae amoont tae terble muckle in the year, an' atween the bad times an' the hardness o' the fowk, it's railly no' worth while liftin' a kollekshin on Sundays fur a' the wheen happins we get.

Weel, we got the furst three Sundays ower athoot bein' at muckle coast, ayont the men's trevillin' expenses, but efter the third Sunday, the questyin wuz wha wud we get nixt. We wur fair tired rinnin' throo toon an' cuntry lukin' fur meinisters, an' so, whun we met on the Monday nicht in the seshin-hoose, Neevin Erturs proposed that we shud pye the nixt men a pun' apeece, an' no' be unner ony mair compliments.

"Whaur's the money till cum frae?" sez lang Sam Stevenson.

"Rabin Gordon's the treasurer," sez Jamey Menyarry, "an' he'll be able till tell us hoo the funds stan'.'"

"There's no' a shillin' till spare," sez I.

"Oh, weel, ye'll advance the money," sez Neevin.

"A wull not, indeed," sez I, "an' afore A let the kongreygashin get intil debt A'll preech mysel', so A wull."

A wush ye had seen them lukin' at yin anither whun A said that.

"A'm in doonricht ernest," sez I, "A man that's fit till be a rulin' elder shud be fit till preech a sermun, so A propose that the fower o' us taks the pulpit time aboot fur the nixt wheen Sundays."

"A'm very shair A cudnae preech," sez Jamey Menyarry.

"Weel, ye michtnae dae it as weel as the meinister," sez I, "but ye dinnae ken what ye'll dae till ye try."

We talkit the thing ower fur a guid while, till at lang an' last Jamey proposed that we shud draw cuts fur wha wuz till preech furst. What dae ye think but it wuz me that drawed the lang stray. A harly knowed whaur A wuz stannin'; hooaniver, A wudnae let them see A wuz ocht put aboot, so A tell't them that A wud ether preech mysel' or fin' a substytute.

Whun A went hame A cudnae tak' my supper, an' Peggy axed me if ocht had vexed me.

"Na, dochter," sez I, "no' very muckle."

"An' what ir ye thinkin' aboot?" sez she.

"A'm wonnerin' whaur A'll tak' my text frae," sez I.

"Yer no' gaun till turn preecher, ir ye?" sez she.

"A doot A maun try it, dear," sez I, an' then A tell't her a' aboot it, an' that A maun ether preech mysel' or get sumbuddy that wud dae it fur me. The crayter, she bates ocht! She put her heid atween her han's, an' studyed fur a wheen minits, an' then sez she—

"A'll haud ye Mister Neelson wud cum."

"Wha is he?" sez I.

"The Reverend Izek," sez she.

"The deer wuman," sez I, "what puts that in yer heid?"

"Susanna's man haes freens that gangs till his meetin'," sez she, "an' mony a time A hae heerd him tellin' what a fine cliver man Mister Neelson is. They say there's no' the likes o' him in toon or cuntry, an' he haes been a' ower the Three Kingdoms preachin' an' makin' speeches."

"A doot he wud cherge us ower muckle," sez I.

"Na, Rabin, dear," sez she, "that's the best o' it; he wudnae tak' ony money, an' he wudnae let the fowk pye him ether steepins or '*ragin' dumeney*'."[97]

"That's the man fur Ballycuddy!" sez I, "get me the pen an' ink, dochter."

A wrote a big lang letter till my dochter Susanna's man jist there an' then, tellin' him a' the sirkumstances, an' sayin' that if he cud prevail on Mister Neelson till preech a sermun till us on the Sunday cumin, A wud be fur iver obleeged till him. On the nixt Friday A got an answer frae my son-in-law, sayin' that Mister Neelson wud dae what A wantit, an' that he wud cum doon wi' his reverence on the Sunday mornin' till show him the road. My! but A wuz prood, an' Peggy wuz the same. We made it up atween us that we wud ax him an' the tither elders till tak' their denner wi' us, an' she begood till mak' the hoose luk as tidy as poasible.

Weel, A made nae saycret o' it, an' the news flew like wull-fire, an' it wuz the talk o' the hale cuntry side.

Whun Sunday cum A went till meet Mister Neelson an' my son-in-law at the train. A had niver seen the gentleman afore, an' whun A met him A tuk aff my hat an' made a low boo. My son-in-law tell't him wha A wuz, an' he shuk han's wi' me, an' said he hopit A wuz weel. A cudnae help admirin' him he lukit sae smert an' cliver, an' he steppit alang the road jist like an offiser in the ermy. A notised him

---

[97] "Either a stipend or *regium donum*" (Lat.—royal gift) annual grant from public funds to Presbyterian ministers in Ireland—Ed..

squeezin' his lips thegither as close as ocht, an' heerd him talkin' till himsel', an' A thocht it wuz his sermun he wuz gaun ower; but jist wi' that he named my name a wheen times ower an' ower, an' sez he, lukin' at me as sherp as ocht, sez he—

"Ir you the celebrated individyal commonly known as 'Rabin?'"

"Yes, sir," sez I, liftin' my hat.

"Ye wur rether severe on the Meer o' Bilfast," sez he.

"Oh, no, sur," sez I, "A hope no,' fur it wuz very kin' o' him till stap the proclaymashin fur me."

He talkit a wee bit aboot the Meer an' sum ither fowk that A didnae ken, an' A thocht frae his menner that he wuznae pleesed wi' them; but mebbe it wuz bekause they wurnae his releegin, or sumthin' o' that soart.

Whun we cum till the meetin'-hoose A wush ye had a seen it! They had furms set up alang the isles, an' there wuz fowk on the very pulpit sters. Mebbe A wuznae the prood man! Ivery e'e wuz on Mister Neelson as he steppit up the hoose like a lord, an' ye wud a heerd a pin fa'in. He gied oot a Samm, an' spent very neer an hoor expleenin' it. My! he's a quer weel lerned man. He tell't us hoo that he wuz a Greek an' Haybroo skolerd, an' kent a' the deid langwidges; that nae ither soart o' men wur fit till preech ony, an' he said hoo that King David didnae write a' the Samms, an' tell't us a hale lot of things that we niver heerd afore. At last he read oot his text, but said he didnae meen till preech a sermun, fur he had quat preechin' a'thegither, an' that he wud jist hae a talk wi' us. Weel, he tuk a tract or pamflet, that sum man had wrote, oot o' his pokit, an' read a wheen pieces oot o' it an' made remarks on it. Then he talkit a lang time aboot what he ca'd the 'year o' daylusion,' an' tell't us he had writ a book on it. Then he spauk aboot the failyer o' the craps an' aboot the Duchess o' Marlyborrow, but A thocht by his menner he wuznae pleesed wi' that kin'-hearted lady. Then he talkit a guid while aboot the Coonty Doon elekshun, an' aboot Mister Annera, an' Lord Kaselray, an' a man he ca'd his Feyther Keyhill, an' aboot Mister Parnell in Ameriky.[98] A declare but A niver heerd sich a sermun. The maist o' the fowk likit it, but sum wae or ither A thocht it had a quer soond on Sunday an' frae a pulpit. A wush ye had seen hoo the fowk glowered at him wi' mooth an' een. He swung his erms roon him, an' drawed doon his broos an' spauk sae cross like that ye wud a thocht he wuz angerry at iverybuddy he talkit aboot. Jist whun he wuz in the middle o' a reglar ragin' match he stappit like a shot an' pointed his finger doon at the skulemaister, young Mister Jackson, that wuz sittin' busy takin' shorthan' writin' notes o' the sermun, an' sez he, as lood as ocht—

"Wha is that young man writin' doon there?"

No yin spauk, an' fur aboot a minnit ye cud a heerd a pin drappin'. Mister Neelson spauk oot then, an' sez he—

"Put up yer book an' pencil, young man, an' lern till conduct yersel' in a place o' wurship."

Puir fellow, but A did think a peety o' him. He's sae prood o' being fit tae tak' notes, but he drappit his wee book as if it had burned him, an' stoopit doon till hide his heid. Then Mister Neelson went on as if naethin' had happint. He tuk twa full hoors fur his discoorse, an' A wuz rael gled whun he had din.

A had invited the tither elders tae tak' their denner wi' us, an' whun we got hame Peggy had ivery thing laid oot in gran' style. Mister Neelson tuk his denner richt an' hearty an' then we a' drawed oor chers roon the fire.

---

[98] Derek Rowlinson, in the Books Ulster 2015 edition explains in a footnote: "Mister Annera: William Drennan Andrews stood as a liberal candidate in the County Down election of 1878 against Lord Castlereigh. Father Michael Cahill of St Patrick's, Belfast, was an advocate of Home Rule and was seeking to promote the Catholic Education Bill. Charles Stewart Parnell went to America in 1880 to procure financial aid for the National League of Ireland" —Ed.

"A hope ye wur a' pleesed wi' the service," sez Mister Neelson.

"Indeed we wur," sez I, "an' there wuznae as mony fowk in that hoose iver in my days afore."

"A'm gled o' that," sez he.

Sez I, "Sur, it wuz rael kin' o' ye till cum, an' A'm shair we're a' fur iver obleeged till ye."

"Weel, A think we ir," sez Neevin Erturs, "an' A wuz wonnerin', sur, if ye wud gie us a lekter in the skulehoose sum nicht."

"Fur what purpose?" sez his reverence.

"Weel, sur," sez Neevin, "we hae an Orange Ludge that meets here, an' we wur thinkin' o' biggin' a Hall, an' A'm shair we cud sell a queer wheen tickets if yer reverence wud gie us a lekter on the Battle o' the Boyne."

Mister Neelson begood a crackin' his heels on the hearthstane, an' squeezin' his lips thegither ower ocht. A declare A heerd his teeth skringin', an' my son-in-law gied me a kick on the shin, an' then stuck his face intil his hankerchey. His reverence spauk at last, an' sez he—

"Orangeism is the bane o' the cuntry, sur!"

"It is that, sur," sez Jamey Menyarry, "baith bane an' muscle; an' A'm gled till heer that yer yin o' the richt soart."

A seen his reverence gettin' black in the face wi' anger, an' sez I—

"Weel, weel, we can talk aboot that agen; his reverence haes din very weel at this time, an' frae what A hae heerd o' him he's aye reddy tae gie a helpin' han'. Excuse me, sur," sez I, "fur makin' sae free, but A'm o' the opeenyin there's no' mony men amang oor clergy as cliver as you ir, an' it's weel fur them that can heer ye ivery Sunday."

"Yer a sherp, sensible man, in yer ain wae," sez he, "an' the opeenyin o' an honest man like yersel' is wurth mair nor the empy puffin' o' a thoosan' 'sikafants' that we meet ivery day."

He riz till gang awa then, an' he wudnae let me see him till the train. Whun he wuz shakin' han's he made me promis till call an' see him the furst day A wuz in Bilfast.

"A wull indeed, sur," sez I; "whaur dae ye leev?"

"At the heid o' the Shankill Road," sez he.

"The deer man!" sez Neevin Erturs, "but is that whaur ye leev? Man, that's a quer place wi' Orangemen! Yer in safe quarters there, sur."

My! if ye had seen the luk he gied Neevin fur makin' sae free wi' him, an' A think he wud a chackit him fur his imperence if my son-in-law hadnae tuk his reverence by the erm, an' said it wuz neer train time. We stud lukin' efter him till he wuz oot o' sicht. A wull shairly gang an' see him at his ain hoose in Bilfast.

BETTY MEGIMPSEY

A Message from a Far Off Land—Auld Tammas—The Ruling
Passion—A Mother's Heart.

A 'M the prood man since my brither Wully cum hame.
A aye thocht A wud leev till see him, but the thing cum
on me sae sudden like that A can harly beleev it's true, an'
mony a time A hae tae gie mysel' a guid shake tae mak'
shair A'm no' dreamin'.

He's giely altered is Wully, an' there's no' yin kens him.
It bates a' what the book lernin' an' gettin' oot intil the
wurl' a while diz fur fowk. There's nae doot it rubs the rust
aff them onywae. My! Wully can talk like a squire, an' he
haes ower ocht the nice claes an' grandyer. Bit his heart's
jist whaur it wuz, an' what it wuz whun him an' me wur
rinnin' thegither sumwhaur aff an' on aboot forty yeer ago,
an' he'll sit at the fireside in his shirt sleeves an' crack till
Peggy an' me fur hoors at a time. Bit the fun o' it is that he
jist speeks like yin o' oorsels. He's no' like some fowk that
ye can hardly tell a wurd they're sayin' efter been awa frae
hame fur a twalmunth or less.

A hae been gie an' busy this wheen weeks back gettin' in
the prittaes an' ither things. Waens, dear, it haes been a
maist sayrious wunter. A wuz jist tellin' Wully that we
hadnae haen ocht like it since afore he went awa. Weel, a
buddy wud a thocht that we micht a lukit fur an erly spring,
but indeed it haes been terble backward, an' laberin' men's
that scarce that A didnae ken what fur till dae. If it hadnae

been that Wully throwed aff his coat an' hanneled a spade like a man A wud niver a got my prittaes set ava.

Weel, Wully haes been ower the maist o' the wurl, but sumhoo or ither unless ye draw it oot o' him he disnae talk muckle aboot what he haes seen. He's a kin'-hearted crayter an' wud gang ony length oot o' his road till obleege a freen.

A seen him pokin' thro yin o' his trunks the tither nicht, an' at last he brocht oot a wee canvas bag, an' shuk it up at my face, an' sez he—

"Dae ye ken what's in that, Rabin?"

"It jingels like money," sez I.

"An' that's jist what it is," sez he.

"Can ye tell me," sez he, "if auld Betty Megimpsey's aye till the fore?"[99]

"She is that," sez I, "but puir buddy, she's terble frail on her fit noo."

"Weel," sez he, "yin o' the last men A seen afore A startit for hame wuz her son Jamey, an' he gied me that wee bag an' what's in it, an' sez he, 'Wully Gordon, if ye reach the auld cuntry an' can hunt my mither up gie the auld buddy that, an' tell her that A'll niver forget her, an' that A hope tae see her at her ain hearthstane yit'."

"An' what's in the wee bag?" sez I.

"There's twunty suverins in it, Rabin," sez he.[100]

"My, that'll be the gled sicht tae Betty Megimpsey," sez Peggy.

"Weel, A'm gaun ower wi' this till her the nicht," sez Wully.

"Ye may as weel wait till the morrow," sez I. "It's a guid lang tramp till Betty's, Wully."

"A dinnae care it was as far again," sez he. "A shud a went afore noo, an' A'm uneasy aboot it."

---

[99] "aye till the fore"—still alive—Ed.
[100] £20 would be worth about £538 in 2021—Ed.

Wi' that he begood tae pit on his coat, so A jumpit till my fit, an' sez I—

"Weel, if ye wull gang, Wully, A'll gang wi' ye."

"Pit the meer in the kert, an' ride ower," sez Peggy.

"Deed A jist wull," sez I, "fur A feel my legs a bit stiff."

Awa we went, an' whun we got till Betty's hoose it wuz beginnin' tae get duskit a bit. A throwed the meer a pickle hay tae keep her frae thinkin' lang, an' then Wully an' me steppit in. Auld Tammas wuz sittin' takin' a draw o' the pipe, an' Betty wuz tidyin' up the hoose a bit.

"Weel, wuman, what way ir ye the nicht?" sez I.

"Bravely, thank ye, Rabin," sez she, an' she run doon the hoose fur twa chers, an' wipit yin o' them wi' her apron fur Wully.

"That's a brave growin' nicht, Rabin," sez auld Tammas.

"It is that, man," sez I. "Dae ye think it'll mak' me grow ony bigger?"

"A doot yer past that," sez he, lauchin'.

"Dae ye ken this man?" sez I.

Auld Tammas shuk his heid an' went on wi' his smokin'; but Betty cum forrit an' tuk a lang luk intil Wully's face, an' then sez she—an' the tears cummed intil the crayter's e'en—

"It's yer brither Wully, if he's alive."

"It is, Betty," sez Wully, gruppin' baith her han's.

Auld Tammas dottered up aff his cher, and had till get a guid shake o' his han' tae, an' sez he—

"Man, Wully, A didnae ken yin bit o' ye; yer querly altered."

Betty wantit tae mak' us a cup o' tay, but we wudnae let her, an' sez Wully till her, sez he—

"Cum awa an' sit doon, Betty, till we hae a bit crack."

"A wull dae that," sez she, "bit A heer Rabin koughin'. A doot ye dinnae like the pipe, Rabin," sez she.

"Oh, it's nae metter," sez I, "bit A wud like tae get throwin' the pipe aback o' the fire fur a' that."

Tammas niver tuk the hint, but kep puffin' awa till ye cud harly a seen him fur reek.

Betty drew forrit a stool, an' sut doon aside us. Wully pu'd the wee bag o' suverins oot o' his pokit, an' hel' it up afore her, an' sez he, giein' it a wee shake—

"What's in that, Betty?"

"A dinnae ken," sez she.

"Weel its goold," sez he, giein' it anither jingel.

A thocht naethin' cud a made auld Tammas quat smokin', but the minit he heerd the word "goold" he tuk the pipe oot o' his mooth an' sut gapin' like a fool.

"Weel, Wully," sez Betty, "A'm shair it's honestly erned, an' A wush ye luck o' it."

"Ay, it's honestly erned, Betty, ivery penny o' it," sez he, "bit it's no' mine, it's yours," an' drappit it intil her lap.

Tammas let his pipe fa' wi' a slap on the hearthstane, an' smashed it intil a hunner peeces, an' A did think he wud brek his jaws the wae he gapit.

Puir Betty sut cleen dumfoonered, bit at last she gied a wee lauch, an' sez she—

"There wuz aye the bit joke wi' ye, Wully, but ye shudnae mak' fun o' an auld buddy like me."

She lifted the wee bag tae reech it back till Wully, but she hel' it up a wee minit an' lukit at it, an' sez she—

"Wha wud sen' the like o' that tae me?"

"Betty, my wuman," sez Wully, "the yin that sent ye that thinks mair o' ye than goold; that's a praisent frae yer son Jamey."

She drappit the money as if it had stung her, an' she fell doon on her twa knees afore Wully, an' gruppit his han's in hers, an' tried tae speek, but the big sabs wur like tae choke her, an' she had tae bury her face in her apron. Auld Tammas hunkered doon an' lifted the wee bag o' money an' begood a grapin' it, an' finnin' the wecht o' it in his han', an' sez he—

"Hoo muckle's in it, Wully?"

The teer was in Wully's e'en, but whun Tammas spauk till him, he gied a luk at him that micht a kilt him. Tammas wuznae yin bit bothered; he jist cloddit it oot o' yin han' intil the tither, an' sez he—

"Rabin, len' me yer knife till A see what's in it."

By this time Betty wuz fit tae speek, an' sez she—

"Oh, Wully Gordon, did ye see my boy? My ain Jamey! an' whaur is he? An' what wae is he?"

"He's awa in Jersey, Betty, an' he's weel an' daein' weel."

"Thank Guid fur that!" sez Betty, an' puir buddy, she kep' her han' clespet roon Wully's, an' sez she—

"But, Wully, dear, what wurd did he sen' me?"

"Luk here!" sez auld Tammas, dotterin' up till us wi' the goold that he had got oot o' the bag lyin' in his han', "luk at that Betty! he sent ye that, an' what else wud ye want unless a lock o' it."

A niver seen Betty oot o' temper afore, but the crayter wuz excited an' put by hersel'. She jumpit tae her feet, an' afore Tammas cud shut his fist she gied his han' a bat that sent the goold fleein' ower the fluir. I'm shair the auld man wud a struck her had he no' been in sich a state tae gether up the money. Then she turned tae Wully, an' sez she—

"Niver min' me, sur, an' my bad menners; what wurd did he sen' me?"

"Betty," sez he, "A honner an' respect ye, an' A see yer wurthy o' the luv yer son Jamey beers ye. A may tell ye, Betty, that yer niver oot o' his min': mony a lang crack him an' me haes had aboot ye; it's you he's wurkin' fur, an' A wuz tae tell ye tae keep up yer heart an' no' fret, an' he'll be here yit tae leev an' dee in the auld place."

"But whun wull he cum; whun wull he cum?" sez she.

"No' till he maks mair money, Betty, fur there's little tae be made here, an' he'll no' cum till he haes sumthin' till bring wi' him."

"A dinnae blame him fur that," sez auld Tammas, "an' A'm gled tae heer he's weel an' daein' weel." By this time he had the money rowled up in the wee bag agen an' stuk in his pokit.

"Och, what aboot money," sez Betty, risin' till her fit an' wipin' her face wi' her apron. "Wully, ye hae made me a prood wuman this nicht, an' A'll try tae beer up till A see him. A wush he had cum wi' ye."

We had tae sit fur an hoor tellin' the crayter aboot her boy, an' the questyins she put till Wully wuz ower ocht. He sut an' crackit wi' her like a waen, an' at last he said we wud hae tae be gaun awa as it wuz gettin' late, but he promised tae gang back some nicht again.

"May Guid's blessin' gang wi' ye, an' A'm shair it wull," sez Betty, as she bid us guid nicht, an' sez she—

"Noo dinnae be lang till yer back."

A cud harly get a wurd oot o' Wully the hale road hame. Whun we got there Peggy axed us hoo we got on.

"Peggy," sez Wully, "A hae trevelled far an' seen mony a sicht A niver seen nor A did this nicht."

"What wuz that, Wully?" sez she.

"A wuman that coonted goold as dirt compared wi' the luv an' weelfare o' her son. Wuman, it tuched my heart; it made me honner her, an' luv my country that contains sich noble hearts. Oh, that the day may suin cum whun auld Ireland wull be able to keep a' her brave boys at hame, an' gie them that reward fur their hard but honest labor that they hev tae luk fur across the seas. A hae faith in the human heart yit. There's mony a yin like Tammas it's true, but yin like Betty's wud wie doon a hunner sich as his!"

WEE PADDY'S BUMPS

The Wonderfu' Waen—Wee Paddy's Organs—Human Nature—A
Lesson in Phrenology

MY, but an' auld bachelor's awkward-like wi' a waen in his erms! He tries tae luk as pleesint as poasible afore the waen's ma, an' kitches him up an' doon an' says what a fine wee boy it is, an' jist the picter o' its da, bit ye wud ken by the corners o' his mooth that if he had the waen in a quate corner he wudnae dannel it lang. Ay, an' the wee thing, yung an' a' as it is, kens that richtly, an' it yells as if ye wur stickin' pins in it.

A wush ye seen hoo Wully and my granwaen, wee Paddy, got on thegither. They tuk till ither frae the very furst, an' altho' Wully is a bit awkward at handlin' the wee fellow, Peggy tells him that he's cumin' on bravely. That waen wudnae gang till bed withoot sayin' his prayers on Wully's knee; ay, an' he'll let naebuddy bit Wully strip him, an' whun he gets up in the mornin' it's the furst wurd wi' him.

"Whaur's my Unkey Wully."

A mony a time wonner hoo the man can be bothered wi' him, for it's "Turn an' see the pigs, Unkey Wully;" "turn till A shew ye my wee tid (kid), Unkey Wully;" "turn an' play horsey, Unkey Wully," and frae mornin' till nicht that waen wud keep rinnin'."

Yin nicht he wuz sittin' on his uncle's knee, pu'in' his whusker an' coaxin' him tae "ting him a wee tong," till at last Peggy tell't him tae pit him doon an' no' bother his heid wi' him.

"Oh, let him be," sez Wully, an' wi' that he begood an' sung a verse o' a sang that A heerd a man at a suree yin time singin':—

"Oor waen's the maist wonnerfu' waen e'er I saw,

It wud tak' me a lang simmer day tae tell a'

His pranks frae the mornin' till nicht shuts his e'e,

Whun he sleeps like a peerie 'tween faither an' me;

For in his quate turns siccan questyins he'll speer—

How the mune can stick up in the sky that's sae cleer?

What gars the win' blaw? and whaur frae cums the rain?—

He's a perfect divert, he's a wonnerfu' waen."

"Noo, Paddy, wull that dae ye?" sez he.

"Sing mair, Unkey Wully," sez the wee yin.

"My, bit that's a nice sang, Wully," sez Peggy. "Whaur did ye lern it?"

"It's as auld as the hills, an' A think it wuz a man ca'd Miller that wrote it," sez he, an' then he went on:—

"The fowk wha hae skill o' the bumps on the heid

Hint there's mair waes than toilin' o' winnin' ane's breid—

Hoo he'll be a rich man, an' hae men tae work for him,

Wi' a kyte like a bailie's shug shuggin' afore him.

306

'Tweel, I'm unco taen up wi't, they mak' a' sae plain;

He's jist a toon's talk—he's a by-ordinar waen!"

"It's rael nice that," sez Peggy.

Sez I, "Wully, talkin' aboot the bumps on the heid, dae ye think there's ony truth in them?"

"Nae doot o' it," sez he.

"An' cud ye raelly tell ocht aboot a man by his heid?" sez I.

"A cud," sez he. "Purvided A had sum informashun as tae hoo he had been brocht up, A think A cud tell ye his kerekter gie an' true."

"Man, if some fowk kent that, they wudnae let yer han's within a guid piece o' their heids," sez I.

A' this time Wully wuz rinnin' his han' ower wee Paddy's heid. Sez Peggy, sez she—

"The waen haes a quer big lump jist there on the back o' his heid whaur he fell on the daur-step the tither day."

"Ay, A feel it here," sez Wully, "Jist alow the region o' 'Contranewity'."

"Weel, there's no' muckle contraryness in that waen," sez Peggy.

Wully lauched, an' sez he—

"A didnae say there wuz, Peggy."

"A thocht ye said sumthin' aboot 'ragin' contraryness'," sez she.

"Weel, tell me, Wully," sez I, "what kin' o' a heid haes the waen?"

"His heid's real well shapit," sez he, "bit of coorse the urgans ir no' richt dayveloped yit."

"Dae ye heer that, Peggy?" sez I, "wee Paddy haes urgans in his heid."

"A aye said that he wuz a forby waen," sez she; "that'll be what maks him like singin' sae weel."

Wully jist lauched, an' sez he—

"Urgan's is the name that we gie till the different perts o' the brain; for example," sez he, pittin' his fore-finger jist at the en' o' the waen's e'ebroo', "the urgan o' 'Kallyklashin' lies there."

"The deer man!" sez I, "an' what is it fur?"

"I hope it's no' fur tellin' klashes," sez Peggy, "fur there's naethin' mair abominable than carryin' stories."

"That enables ye tae coont up figgers an' dae arithmetik," sez Wully.

"Weel, A doot A haenae that urgan," sez I, "fur A cud niver lern the multiplicashun tables whun A wuz at skule."

"My, Wully, bit ye ir ower ocht," sez Peggy, "an' hoo mony o' them things haes he in his heid?"

"Sumwhaur aboot foarty," sez Wully.

"Weel, there's naebuddy wud think it," sez I, "that there cud be a' that in sich a wee heid."

"Ah, but Rabin," sez Peggy, "luk at his feither, he's a rael cliver man, an' it's a peety tae see him loast at a trade."

"A dinnae ken aboot that," sez Wully, "A guid tradesman's mair independent noo-a-days than them that can ern their breid wi' their tongues or their pen."

"Phat's ye feenin' my heid fur, Unkey Wully?" sez wee Paddy.

"Tae see what soart o' a man ye'll be," sez Wully.

"Ay, what soart o' a man wud ye like tae be?" sez Peggy.

"Like Unkey Wully," sez he.

"A think he'll jist grow up a big, saft, kin'-hearted fellow," sez Wully, "as fu' o' fun as an egg's fu' o' meat, an' if he shud only hae yin male's meat he wud divide wi' them that wuz hungerry."

"A'm shair he wud, the deer," sez Peggy, sittin' doon an' lukin' at the waen as if she had niver seen him afore. "Dae ye know, Wully, bit lang afore he cud speek a wurd he wudnae a tastit a piece wi'oot haudin' it up till whaiver wuz nursin' him tae tak the furst bite."

"Well, A'm gled he'll no' be selfish," sez I.

"He'll be ocht ava bit that," sez Wully, "an' Peggy tells ye that he's shewin' signs o' that already, an' if ye watch a waen ye'll see sum indaykashins o' what the man wull be if he leevs tae be yin."

"That's as true a wurd as iver ye spauk, Wully, my man," sez I, "fur there wuz Tam Whutley's wee boy, and frae he wuz a waen whun ye wud a gien him a piece he wud a rin intil a corner, an' the hale time he wuz eatin' he wud a been watchin' the tither waens at their's wi' sich a hungerry e'en, an' ye wud aye a heerd him whungin', "Ma, ye gied Jamey mair nor me." Weel, that dispisishin has grew up wi' him, an' he's that neer-be-gane a fellow that he wudnae peel the skin aff a pritta."

"There's mony a faut cud be owerlukit in a man afore selfishness," sez Wully, "fur it takes sae mony different waes o' showin' itsel', according till the sirkumstances the man or wuman's placed in. If ye hae a neibour here that's selfish he'll be cuvetin' sum o' yer fiel's or mebbe yer hale ferm; or else he'll be sayin' that ye hae better craps than iver he haes."

"Oh, A deklare it's jist the truth," sez Peggy, "there's Jamey Menyarry, an' he'll tell ye that it rains ivery whaur bit in his fiel's, an' A suppoas it's his bumps mak's him sae discontented."

"Of coorse it is," sez Wully, "bit if he had sense eneuch he cud cure himsel' tae a certun extent. Then ye'll fin' fowk in ither spheres o' life, an' they're cleen mad if they see ony man daein' what they cannae dae, or getting the guid wishes o' fowk roon aboot him, an' its maist deplorable what it aften leeds them tae dae. Bit they're no' wurth notis, these 'Snarlers,' as a freen' o' mine ca's them, an' fur my pert A wud gie them a wide berth whun A meet them, fur ye may be shair they'll get tramped on sum day an' crushed, like the vermin that they ir."

"Bit hoo ir ye tae ken fowk like that?" sez I.

"A wuz niver decaived in a man's face yit," sez Wully; "there's nae twa men exacly alike in the wurl, an' yit nayture stamps ivery man's kerekter in sum wae on his face. Man, Rabin, A turn awa frae sum men A meet jist as if the wurd 'Dangerous' wuz printed on their broo, an' there's ither's that A tak' by the han', an' feel the grup o' an honest man."

"Ay, there's a wonnerfu' odds in fowk," sez I.

"There is that," sez he, "an' we cud be a' better if we wud only try it."

"A maun get ye till luk at my heid," sez I, "dae ye think A hae ony bumps?"

"Of coorse ye hae," sez he, "bit A'll wait till we hae the neibours in afore A begin till yer heid."

"Ye mauna be sayin' ocht bad aboot me," sez I, "but ye micht tell me the names o' sum o' the bumps."

"A wull dae that," sez he; "furst there's 'Ameytiffness,' an' A shud say that's bravely dayveloped in ye."

"What's that agen?" sez I.

"Fand o' the lasses," sez he.

"A wuz aye gae an' fand o' Peggy," sez I, "since that day my da sent me tae buy the seed prittas frae her granny."

"Then," sez he, "there's 'Konjuggelarity,' an' that wuz what made ye merry Peggy."

"Na, it wuz not," sez I, "A jist merried her acause A likit her."

He lauched, an' sez he—

"A see the richt names o' them only puzzles ye. Hooaniver, A may tell ye that there's a fechtin' bump, a killin' bump, a drinkin' bump, a lauchin' bump, a singin' bump, an' a squanerin' bump, an orderly bump, an' a throoither bump, bit it wud tak' me ower lang fur tae gang thro' them a'."

"Weel, what soart o' a man wull wee Paddy be?" sez Peggy.

"Ay, that's the main point, A suppoas," sez Wully. "Weel, A wud advise ye tae train him up carefully, an' if it haes pleesed Providence tae gie him ony talents they'll suin shew themsel's. Then, my advice tae ye is, if poasible, tae let him follow what he haes a talent fur."

"Wully," sez I, "A'm a poor man the nicht, bit A wud gang tae my bed happy if A jist thocht he wud grow up an honest, Guid fearin' man, daein' his duty, an' able as lang as he leeves, an' whauriver he gangs, till haud up his heid an' luk iverybuddy strecht in the face. Man, Wully, there's naethin' like strechtforrit konduck an' a guid konshins!"

This book is one of three companion volumes comprising:

Robin's Readings Volumes I, II and III omnibus edition by WG Lyttle (AG Lyttle, 2021) – WG's original "Robin's Readings"

Robin's Further Readings by WG Lyttle (AG Lyttle, 2021) containing twenty-seven more of WG's stories, including seven that have never previously been published in book form.

Robin's Rhymes by WG Lyttle (AG Lyttle, 2021) an anthology of WG's poetry.

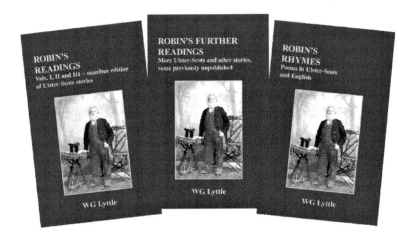

All three are available as print-on-demand, from Amazon.

They are released to coincide with the publication of a new, revealing biography of WG Lyttle—

The Storyteller by AG Lyttle (AG Lyttle, 2021)

The Storyteller

The improbable life of provocative newspaper editor, celebrated author and hugely popular stage comedian, Wesley Greenhill Lyttle.

The Storyteller by AG Lyttle (AG Lyttle, 2021) is available as print-on-demand from Amazon.

Viewbook.at/AGLStoryteller

Also by AG Lyttle:

Dillon's Rising
(AG Lyttle, 2016)

This historical thriller, set at the time of the Easter Rising in Dublin, is a tale of espionage, love and revenge, and one man's desperate struggle to survive six days of slaughter and carnage on the streets of Dublin that would change Ireland forever. Available as print-on-demand and ebook from Amazon

Viewbook.at/DillonsRising

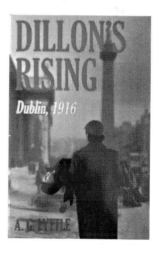

Glossary of Ulster-Scots Words

A (or a)	I (personal pronoun)
a	a (indefinite article)
a	have (as an auxilliatry verb)
a'	all
a'reddy	already
a'richt	all right
a'thegither	altogether
aback	to the back
aberazhin	abrasion
ableeged	obliged
aboon	above
aboot	about
abserve	observe
acause	because
acoont	account
adeptibility	adaptability
adjurned	adjourned
afeard	afraid
aff	off
affeckshinit	affectionate
affen	often
affrunt	affront
afore	before

Afrekey	Africa
agen	again
agenst	against
agglameration	agglomeration
agin	again
aheid	ahead
ahint	behind
Aiden	Eden
ain	own
airthly	earthly
aisy	easy
aither	either
aksept	accept
aksident	accident
akwant	acquaint
akwantenances	acquaintances
alane	alone
alang	along
Alick	Alec
alloin	allowing
alloo	allow
almanek	almanac
alow	below
altho'	although
amaist	almost
amang	among

GLOSSARY

amangst	amongst	**athraw**	awry
Amerikey	America	**attendit**	attended
ameytiffness	amativeness, amorousness	**attenshun**	attention
ammeters	amateurs	**attribit**	attribute
amoont	amount	**atween**	between
an'	and	**auder**	older
ancitera	etcetera	**aukshin**	auction
ane's	one's	**auld**	old
angery	angry	**ava**	at all
anither	another	**awa'**	away
ann coar	encore	**awfu'**	awful
Annera	Andrews	**ax**	ask
Annerson	Anderson	**axed**	asked
anser	answer	**axes**	asks
anshent	ancient	**axin**	asking
Antick	Arctic	**ay**	yes
apeece	apiece	**aye**	always
apen	open	**ayont**	beyond
apoleygise	apologise	**B**	
appasite	opposite	**ba'**	ball
appertunity	opportunity	**backit**	backed
apren	apron	**bailie**	Scotish magistrate, bailiff
Ardgless	Ardglass	**bailyee**	baillie
argey	argue	**baith**	both
arithmetik	arithmetic	**Baitty**	Beatty
arrah!	expression of excitement or deep emotion	**bakit**	baked
Arther	Arthur	**bane**	bone
ashair	assure	**barefitted**	barefooted
aside	beside	**bargen**	bargain
athegither	altogether	**bate**	beat or bet
athoot	without	**baynets**	bayonets

be's	is	**biggit**	built
beat tae	must	**Bilfast**	Belfast
beautifu'	beautiful	**bin**	been
becase	because	**bin'**	bind
becum	become	**binch**	bench
beer	bear	**birl**	to twirl around
beest	beast		to go rapidly
beesum	besom, broom	**bit**	but
beet	was (past	**biziness**	business
	tense of be)	**bizness**	business
beetle	round wooden	**bizzin'**	buzzing
	mallet	**black-avised**	dark-
begood	began		complexioned
behin'	behind	**blaw**	blow
behint	behind	**bleeze**	blaze
behold	see	**bletherin'**	chattering
bekause	because	**blethers**	nonsense
belang	belong	**bliss**	bless
beleev	believe	**bluid**	blood
Bellyclabber	Ballyclabber	**blunnerbush**	blunderbuss
Bellycuddy	Ballycuddy	**bocht**	bought
Bellyfooter	Ballyfooter	**bonnie**	pretty, fine
Bellygrainey	Ballygrainey	**booin'**	bowing
Bellygulder	Ballygulder	**boonty**	bounty
ben	in, into	**boords**	boards
berd	beard	**borrowfu'**	barrowful
berricks	barracks	**bothersum**	bothersome
betimes	occasionally	**bould**	bold
bewuldered	bewildered	**boun'**	bound
bewutched	bewitched	**Bowclick**	Beauclerc
bide	stay	**brae**	hill
bigg	build	**braid**	broad
biggin'	building	**braidth**	breadth

braue	broke	**bye**	by
brauk	broke, broken	**by-ordinar**	unusual
brave	fine	**C**	
bravely	rightly, well	**ca'**	call
breckin'	breaking	**ca'd**	called
breed	bread	**ca'in**	calling
breeks	breeches, trousers	**Canady**	Canada
breest	breast	**cannae**	can't
breid	bread	**cannel**	candle
breid	bread	**canny**	carefully, fine, ordinary
brek	break	**capten**	captain
brekfast	breakfast	**carefu'**	careful
bress	brass	**carnapshus**	carnaptious
breth	breath	**catched**	caught
bricht	bright	**cauld**	cold
brig	bridge	**ceevil**	civil
britchin	breeching	**certun**	certain
brither	brother	**chackit**	checked
brocht	brought	**chaiper**	cheaper
broo	brow	**champ**	mashed potato with milk, spring onions and butter
broon	Brown		
Broonlow	Brownlow		
brose	broth	**champit**	mashed
buddy	person	**chane**	chain
buddys	people	**chaney**	china
buffer	boxer	**chape**	cheap
bull-dug	bulldog	**cher**	chair
bulleyed	bullied	**cherge**	charge
bully	darling, sweetheart	**Cherles**	Charles
bumbee	bumblebee	**Cherman**	Chairman
bunnel	bundle	**chermed**	charmed
		chew	shoo! go away

317

GLOSSARY

chimley	chimney	compenyins	companions
chist	chest	compered	compared
chokit	choked	compleen	complain
choo / chou / chow	chew	compleent	complaint
chris'nin'	christening	compytate	compete
chrisen	christen	compytatin'	competing
Christyin	Christian	condeeshin	condition
chucky	hen	conduck	conduct
chukit	chucked	consate	pride
claes	clothes	conserned	concerned
claith	cloth	consert	concert
clappit	clapped	conshins	conscience
clashes	tells tales; slaps	continye	continue
Cleekypatra	Cleopatra	contranewity	contrariety
cleen	clean	convaynient	convenient
cleer	clear	conversityer-loaney	conversazione
clespet	clasped	coo	cow
cless	class	coonsillors	councillors
clip	mischievous or precocious young girl	coonsilmen	councilmen
cliver	clever	coont	count
clod	throw	coonty	county
cloddit	threw	Coonty Doon	County Down
cloots	fragments of cloth	coorse	coarse, rough
coast	cost	coorse-voiced	coarse-voiced
cocket	cocked	coort	court
coffay	coffee	coorthoose	courthouse
coffee-hoose	coffee house	coortin'	courting
coggit	wedged	corker	large pin
comfurtable	comfortable	crack	chat
		crack	chat
		Craffurd	Crawford
		crakt	mad

318

GLOSSARY

cram, **crammer**	a concocted story, a lie	**Cummer**	Comber
crame	cream	**cuntry**	country
crap	crop	**cupple**	couple
craw	crow	**curned**	currant
crayter, crater, crather	creature	**cushined**	cushioned
creddle	cradle	**cuver**	cover
		D	
creepy	low wooden stool	**da**	dad
		dabbit	dabbed
cried	called	**dacency**	decency
cries	calls	**dacent**	decent
croobins	crabs	**dae**	do
croods	crowds	**daein, daen**	doing
crookit	crooked	**daith**	death
croon	crown	**dale**	deal
croppy	nickname of an Irish rebel in the 1798 Rebellion	**dannel**	dandle, nurse with an up and down motion
cross-lukin'	cross looking	**dannel**	move up and down
crowdy	meal of oatmeal and water	**dannellin'**	dandling
		danner	walk
cruffles	type of potatoes	**darnae**	daren't
		daur	dare, door
cud	could	**daur**	door
cuddy	donkey	**daurnae**	daren't
cudnae	couldn't	**daurs**	doors, indoors
culler	colour	**daur-step**	doorstep
Culleradoo	Colorado	**day'l-agaun**	dusk
cum	come, came	**daylicht**	daylight
cumfurtable	comfortable	**daylusion**	delusion
cummand	command	**daysacrashin**	desecration
cummed	came	**daytermined**	determined
		dayveloped	developed

de'ed	died	**didnae**	didn't
dealed	dealt	**dinna, dinnae, dinnie**	don't
decaived	deceived		
ded	indeed	**dinnel**	throb, vibrate
dee	die	**dinneled**	throbbed, vibrated
dee	do	**dippit**	dipped
dee'd	died	**dipplemassy**	diplomacy
deed	indeed	**dipplematty**	diplomat
deef	deaf	**direckshuns**	directions
deefeekwult	difficult	**direkshins**	directions
deefened	deafened	**dis**	does
deein'	dying	**discoors**	discourse
deer	dear	**discuvered**	discovered
dees	dies	**diseese**	disease
deevened	deafened	**dislikit**	disliked
defeekwulty	difficulty	**disnae**	doesn't
deid	dead	**dispisishin**	disposition
deilment	devilment	**distraint**	restraint
dekerations	decorations	**diz**	does
deklare	declare	**dizen**	dozen
deleyin'	delaying	**dizn't, disnae**	doesn't
delicht	delight	**dizzen**	dozen
deliket	delicate	**Doag**	Doagh
denner	dinner	**doatin'**	doting, becoming senile
dependit	depended		
depertyur	departure	**dochter**	daughter, girl, woman
deppytashin	deputation		
derk	dark	**dokter**	doctor
dern	darn	**doktrins**	doctrines
desecrayshin	desecration	**dooble**	double
dezzled	dazzled	**dookit**	ducked
dickshunery	dictionary	**doon**	down

GLOSSARY

doonricht	downright	**echteen**	eighteen
doot	doubt	**echtpence**	eightpence
dottered	tottered	**echty**	eighty
drap	drop	**ective**	active
drappin	dropping	**eddykaishin**	education
drappit	dropped	**Eddyson**	Eddison
drawed	drew	**Edinburow**	Edinburgh
dreech	dull, long	**edykated**	educated
	drawn out,	**een, e'en**	eyes
	dreary	**Eerish**	Irish
dreedfu'	dreadful	**efter, efther**	after
dreedful	dreadful	**efternoon**	afternoon
dreem	dream	**efterwards**	afterwards
Drimmon	Drummond	**eggziginseys**	exigencies
drippit	dripped	**egsakly, exakly**	exactly
driv	drove	**ekklesastyel**	ecclesiastical
droon	drown	**Elbert**	Albert
dropit	dropped	**eleck-trick**	electric
dug	dog	**elecktrickety**	electricity
dumfoonered	dumbfounded	**elekshin**	election
dunch	dig, nudge	**em**	am
dunin'	thumping	**emn't**	am not
dunnered	pounded	**en'**	end
dunno	don't know	**en's**	ends
dunt	knock, blow,	**encurage**	encourage
	nudge	**eneuch,**	enough
duskit	dark	**enouch**	
dyke	ditch	**enimal**	animal
dyucks	ducks	**enlichtened**	enlightened
E		**envilopes**	envelopes
e'e	eye	**epple**	apple
e'ebroo'	eyebrow	**erches**	arches
e'er	ever	**Erin**	Ireland
echt	eight		

GLOSSARY

erly	early	**faither, feither**	father
erm	arm	**fand**	fond
ermcher	armcher	**farder**	farther
ermy	army	**fardins**	farthings
ern	earn	**fareweel**	farewell
erth	earth	**farl**	flat cake of bread
erth	earth	**fas**	fast
erticle	article	**fashin**	fashion, way
Erturs	Arthur	**fassen**	fasten
ertyfeeshal	artificial	**faut**	fault
escapit	escaped	**favourit**	favourite
eskort	escort	**fayver**	fever
espayshilly	especially	**fear'd, feared, feer'd, feered**	frightened, afraid
esteblished	established		
estymashin	estimation	**fechtin'**	fighting
et	ate, eaten	**feer**	fear
ether	either	**fella**	fellow
exackly	exactly	**femily**	family
excepshinal	exceptional	**ferm**	farm
exemined	examined	**fermer**	farmer
exemple	example	**fessin'**	fasten
expectit	expected	**fether**	feather
explainit, expleened	explained	**feyther**	father
		fiel'	field
expleen	explain	**figger**	figure
expreshin	expression	**fin'**	find
extrevagance	extravagance	**finin', finnin'**	finding
F		**finnin**	from Findon (Scottish fishing village)
fa'	fall		
fa'in	falling	**fit**	foot
failyer	failure	**fit-ba'**	football
fair	far		

322

GLOSSARY

five-an'-twunty	twenty-five	**fother**	fodder
flair	floor	**fottygraffed**	photographed
flappit	flapped	**fottygraffer**	photographer
flee	fly	**fould**	fold
fleed, floo	flew	**fower**	four
fleein'	flying	**fower-an'-twunty**	twenty-four
flennin	flannel	**fowk**	folk
flet	flat	**frae**	from
flettin'	flatten	**freen, frien'**	relative, friend
flooer	flower	**freets**	omens
flooster	fuss	**frichtened**	frightened
floostered	flustered	**frunt**	front
floosterin'	fussing	**fu'**	full
fluir	floor	**fule**	fool
flurish	flourish	**fun'**	found
foarth	fourth	**funnygraff**	phonograph
foarty	forty	**fur**	for, furrow
focht	fought	**furbidden**	forbidden
fogets	forgets	**furbye**	besides
foondation	foundation	**furm**	form, platform
foondered	foundered, very cold	**furnenst**	opposite
forby, forbye	besides, also	**furniter**	furniture
forder	forward, progress	**furst**	first
forgie	forgive	**furstrate**	first rate
forgit	forget	**fursuk**	forsook
Forgyson	Ferguson	**fut**	foot
fornenst	facing, opposite	**futtygraff**	photograph
forrin	foreign	**G**	
forrit	forward	**ga**	go
fortnicht	fortnight	**gae (usu. gye)**	very, a lot
		gae an'	very
		gaed	went

GLOSSARY

gang	go	glam	a sudden snatch
gangs	goes	gled	glad
gantin'	gasping	Glesco	Glasgow
gapit	gaped	gless	glass
gar	make, force	glowered	looked, stared
garr'd	made	glowerin'	looking, staring
gars	makes	gluvs	gloves
gassoon	young boy	goold	gold
gaun	going	goolden	golden
gear	goods, possessions	Gordin	Gordon
gebblin'	gabbling	graip	four-tined fork used in byres and stables
geeglin'	giggling		
geein'	giving	graips	grapeshot
gellery	gallery	gran, gran'	grand
generashun	generation	grandyer	grandeur
gentilmen	gentlemen	grane	grain
gerd	guard	granwaen	grandchild
gerden	garden	grape	grope
gerdyins	guardians	grapin'	groping
gerners	gardeners	grapit	grabbed
gether	gather	grashis	gracious
gie	give	grate	great
gie, gie an' (gye)	very, a lot	greesugh	glowing ashes, embers
gied	gave	greet	cry
giein'	giving	grewin'	growing
giely	greatly	Greyaba, Greba	Greyabbey
gien	given, giving	grisle	gristle
gies	gives	groun', grun'	ground
gingerbreid	gingerbread	grumelin'	grumbling
girnin'	moaning, making faces	grup	grip
git	get		

324

gruppit	gripped, grabbed	**happence**	halfpence
gude, guid	good	**happens**	halfpennies
Guid	God	**happer**	hopper
guidness	goodness	**happin'**	hopping
gulder	yell	**happins**	happens
gully	a large, coarse knife	**happint**	happened
		happit	hopped
gunpooder	gunpowder	**har'ly, harly**	hardly
Gunyin	Gunnion	**harmoneyum**	harmonium
guvernor	governor	**harrycuts**	haricots
gye (gie)	very, a lot	**hasnae**	hasn't
H		**haud**	hold
ha'penny	halfpenny	**haudin'**	holding
ha's	halls	**havers**	foolish talk
haddie	haddock	**Haybroo**	Hebrew
hadnae	hadn't	**hayroes**	heroes
hae	have	**haythens**	heathens
haen	had	**hearers**	congregation
haenae	haven't	**hearthstane**	hearthstone
haes	has, have	**hebit**	habit
haesnae	hasn't	**heech, heegh**	high
hag	hack	**heecht**	height
haggit	hacked	**heed**	head
hale	whole	**heeds**	heads
half[-a]-croon	half[-a]-crown	**heer**	hear
hame	home	**heerd**	heard
han'	hand	**heeve**	heave
han'lin	handling	**heffer**	heifer
handfu'	handful	**heid**	head
hankerchey	handkerchief	**heided**	headed
hannel	handle	**heid-salts**	head salts
hans	hands	**heidstrang**	headstrong

GLOSSARY

hel'	held	**houn'**	hound
helpit	helped	**hudwink**	hoodwink
helth	health	**huft**	huffed
hemmer	hammer	**huggit**	hugged
Henery	Henry	**hum**	him
herm	harm	**hungery**	hungry
herrin'	herring	**hunner,**	hundred
herrins	herrings	**hunderd**	
hersel'	herself	**hurrycan**	hurricane
hervest	harvest	**husselin'**	hustling
heth	faith, indeed (exclamation)	**I**	
		ice bags	icebergs
hetterydox	heterodox	**ignerance**	ignorance
hev	have	**illeystrashins**	illustrations
hey	hay	**ill-wull**	ill-will
himsel'	himself	**imaginashin**	imagination
hin'	hind	**impayrael**	imperial
hing	hang	**imperent**	impudent, impertinent
hingin'	hanging	**importens**	importance
hinner	hinder	**impresshun**	impression
hird	herd	**indaykashins**	indications
hole-an'-corner	hole-and-corner (secret)	**indaykorus**	indecorous
honner	honour	**individyal**	individual
hoo	how	**industris**	industrious
hooaniver, -inever	however	**Indyee**	India
		infayrier	inferior
hooer, hoor	hour	**informashun**	information
hoose	house	**ingin**	engine
hoots	fie	**Inglan**	England
hopit	hoped	**inklinashin**	inclination
horteykultural	horticultural	**insense**	instill, make understand
hould	hold		
hoult	held	**inspecter**	inspector

326

GLOSSARY

insteed	instead	**jingel**	jingle
instens	instance	**jirgin'**	creaking
instrayment	instrument	**Joopiter**	Jupiter
instrukshin	instruction	**jug-jug**	jujube
insubordina-shin	insubordina-tion	**jumpit**	jumped
intae	into	**jundied**	jossled
intenshun	intention	**junkshun**	junction
interduce	introduce	**jurney**	journey
intil	into	**K**	
invenshun	invention	**kail**	kale
investygaishin	investigation	**kallyklashin**	calculation
invitashin	invitation	**kame**	comb
ir	are	**kamemyle**	chamomile
Irelan'	Ireland	**karat**	carat
is't	is it	**Kaselray**	Castlereagh
islan'	island	**katched**	caught
ither	other	**keekit**	peeped
itherwise	otherwise	**kees**	quays
itsel'	itself	**Keghey**	Caghey
iver	ever	**Keleyfurnye**	California
ivery	every	**Kelvinistik**	Calvinistic
iverybuddy	everybody	**ken**	know
iverythin'	everything	**ken'd, kenned, ken't, kent**	knew
iverywhaur	everywhere	**kenfer**	confer
Izek	Isaac	**kep**	block
J		**kep, kep'**	kept
jab	job	**kep'**	kept
Jaw Pee	JP (Justice of the Peace)	**kepin'**	keeping
jeneral	general	**kerd**	card
jest, jist	just	**kerekter**	character
jidges	judges	**kerpet**	carpet
		kerriage	carriage

GLOSSARY

kert	cart	kontreydikshin	contradiction
kervin'	carving	korderoy	corduroy
Keyhill	Cahill	kote	quote
kilt	killed	koughin'	coughing
kin'	kind	Kronikle	Chronicle
kin'er	kinder	kureyosity	curiosity
kin'-hearted	kind-hearted	kureyus	curious
kirkyaird	kirkyard, churchyard	kye	cows
kist	chest	kyte	stomach
kitches	catches	**L**	
klashes	tales, gossip	laberin'	labouring
klum	glum	laff, lauch	laugh
knat	gnat	laibers	labours
knicht	knight	laidle	ladle
knichtit	knighted	lain', laivin'	leaving
knockit, knokit	knocked	lan'	land
Knocks	Knox	lane	loan
knowed	knew	lang	long
koffey	coffee	langel	fetter
koffey-hoose	coffee house	lang-heided	clever
koir	choir	lang-tail'd	long-tailed
kollekshin	collection	lang-tongued	loose-tongued
komishan	commission	langwidge	language
Komishiner	Commissioner	larned	learned
kommittee	committee	lauch	laugh
konduck	conduct	lauchinstocks	laughingstocks
kongreygashin	congregation	lave, leev	leave
konjuggelarity	conjugality	lawbreker	lawbreaker
konshins	conscience	lazy-lukin'	lazy-looking
konsider	consider	learn	teach
konsiderashin	consideration	leckter	lecture
kontent	content	lee	leave, lie

GLOSSARY

leear	liar	**loan**	lend
leed	lead	**loanen**	lane
leek	leak	**loas, loss**	lose
leeshins	licence	**loast**	lost
leest	least	**lock**	quantity
leev	live	**lockit**	locked
leevin'	living	**lood**	loud
lekter	lecture	**loonatic**	lunatic
lempets	limpets	**loused**	loosed
len'	lend	**lukit, luckit, lookit**	looked
lerge	large	**ludge**	lodge
lern	teach, learn	**ludgin'-hoose**	lodging-house
Letin	Latin	**lug**	ear
letterly	latterly	**luggy**	wooden dish or bowl
lettytude	latitude	**luk**	look
licht	light	**lukin'**	looking
lichtin'	lighting	**lum**	chimney, fireplace
lichtit	alighted, lit	**luv**	love
lickers	liquors		
lickit	licked		
Lifftenant, livtenant	Lieutenant	**M**	
liftit	lifted	**M'Kome**	M'Comb
liker	likelier	**M'Queelan**	McQuillan
likit, likeit	liked	**ma**	mum, my
limpit	limpet	**Mackerlane**	McErlean
lint	flax	**mainteened**	maintained
linthole	pit for steeping flax	**mair**	more
lippit	tasted	**maisles**	measles
lissen	listen	**maist**	most, almost
list	enlist	**Majisty**	Majesty
listin	listen	**majurrity**	majority
		mak	make
		male	meal

329

GLOSSARY

mangel weezel	mangel-wurzel	**merkets**	markets
manteened	maintained	**merridge**	marriage
Marlyborrow	Marlborough	**merried**	married
maun	must	**merry**	marry
mauna	mustn't	**mertherdum**	martyrdom
mayjer	major	**Mertin**	Martin
meat, meet	meat, food	**Mertin**	Martin
meat hoose	eating establishment	**mester**	master, mister
mebbe	maybe	**mesterman**	masterman, boss
meedow	meadow	**Methodeys**	Methodists
meen	mean	**metter**	matter
meent	meant	**Mewhunyee**	Mawhinney
meer	mare	**micht**	might
Meer	Mayor	**michtnae**	mightn't
meeting-hoose	meeting-house, church	**midden**	manure heap
meetins	meetings	**middlin'**	middling, fair
Megimpsey	McGimpsey	**mileeshayman**	militiaman
megistrate	magistrate	**mileeshy**	militia
meinister, meenister	minister	**milestane**	milestone
meker	maker	**militery**	military
Mekonkey	McConkey	**min'**	mind, memory, remember
mem	ma'am	**mindit**	minded
memoryal	memorial	**minit, minnit**	minute
mendit	mended	**mirry**	merry
menner	manner	**mishenary**	missionary
menshin	mention	**mistak**	mistake
Menyarry	Menary	**mither**	mother
Menyown	Menown	**mizher**	measure
merbles, mervils	marbles	**moartifies**	mortifies
merch	march	**moiley**	hornless (cow)
		mony	many

330

mooth	mouth	**needit**	needed
Moreyshon	Morrison	**needna,**	needn't
morn's morn	tomorrow morning	**neednae**	
morrow	good day, next day	**needulterates**	adulterates
		Neelson	Nelson
mortyel	mortal	**neer**	near
MucKanally	McKinley	**neer-be-gane**	stingy, mean
muckle	much	**neeves**	fists
Mucklewane	McIlwaine	**Neevin**	Nevin
Muckleyorum	McIlorum	**neibor,**	neighbour
Mucknattan	McNaughten	**neibour**	
mullers	molars	**nervish**	nervous
multiplicashun	multiplication	**nether**	neither
Munday	Monday	**New-a-Zeelan'**	New Zealand
mune	moon	**new-cummers**	newcomers
muntains	mountains	**Newton,**	Newtownards
munth	month	**Newtownerds**	
murn	mourn	**Newtoonbreda**	Newtownbreda
musick, musik	music	**nice-lukin'**	nice-looking
mustashe	moustache	**nichered**	whinnied, snickered
mysel'	myself	**nicht**	night
N		**ninnimy**	anemone
na	no	**nippit**	nipped
naebuddy	nobody	**niver**	never
naethin',	nothing	**nixt**	next
naething,		**no**	not
nathin'		**noddit**	nodded
nailer (as busy as a nailer)	very busy	**nomynated**	nominated
		noncense	nonsense
nane	none	**noo**	now
nater, natur	nature	**nor**	than
nayterally	naturally	**noshin, noshun**	notion
needfu'	needful	**notis**	notice

GLOSSARY

notised	noticed	**ontruth**	untruth
nummer	number	**ony**	any
nurishment	nourishment	**onybuddy**	anybody
nybers	neighbours	**onythin'**	anything
O		**onyway**	anyway
o'	of	**onywhaur**	anywhere
o'it, o't	of it	**ooer**	hour
o'n	of an	**oor**	our
Oarem	Oram	**oorsels**	ourselves
objeck, objekt	object	**oot**	out
objeckshin,	objection	**ootdae**	outdo
objeckshun		**oot-gaun**	outgoing
obleege	oblige	**ootraijus**	outrageous
och	expression of surprise, regret or resignation	**opeenyin, opeenyun, openyin, opinyon**	opinion
och anee, anee	exclamation of weariness or resignation	**ordinar, ordnar**	ordinary, usual
ochone (och-on-ee)	dear, dear!	**ordinashin**	ordination
ocht	anything	**orfan**	orphan
odds	difference	**ould**	old
oer	over	**oursels**	ourselves
offendit	offended	**ov**	of
offens	offence	**ower**	over
offis	office	**owercum**	overcome
offiser	officer	**owerlukit**	overlooked
okepy	occupy	**P**	
on't	on it	**p'yin'**	paying
onless	unless	**pad**	path, road
onner	honour	**pamflet**	pamphlet
onraysonable	unreasonable	**papper**	pauper
onrevillant	irrelevant	**pappit**	popped
ontil	onto	**pardin'**	pardon

GLOSSARY

parisence	presence	**pied**	paid
parleyment, parlymint	parliament	**pied**	paid
parritch	porridge	**piggin**	wooden vessel with handle, for milk
parryfin	paraffin		
parryfrase	paraphrase	**pikter**	picture
parteekler	particular	**pileece, pleece**	police
pashun	passion	**pit**	put
paydantik	pedantic	**Pithygorus**	Pythagoras
peanny, peeany, pianer	piano	**pitin'**	putting
pea-pluffer	pea-shooter	**pivet**	pivot
peece	piece	**plantin**	copse, spinney (artificial)
peeler	policeman		
peerie	spinning-top	**pleesant, pleesent, pleesint**	pleasant
peeryodical	periodical		
peet coom	peat dust	**pleese**	please
peety	pity	**pleesent**	pleasant
peg	footstep	**pleesent-lukin'**	pleasant-looking
peice	peace		
peid	payed	**pleeses**	pleases
pekyoolyer	peculiar	**pleesure, pleezhyer**	pleasure
perambelater	perambulator		
peramelater	perambulator	**pleeze**	please
percel	parcel	**plekerds**	placards
perents	parents	**plert**	heavy fall
personallertys	personalities	**plester**	plaster
pert	part	**pletform**	platform
pertikerlarly	particularly	**plew, ploo**	plough
perty	party	**ploups**	plops
pickit	picked	**pluckit**	plucked
pickle	small amount	**pluggit**	plugged
picter	picture	**plumper**	vote (noun)
		poasible	possible

poatry	poetry
pokit, pockit	pocket
polis	police
poo	pull
pooer	power
pooin'	pulling
pookit	tugged
poon	pound
poorin'	pouring
pooshey	pussy
posset	deposit
poun'	pound
powl	pole
powltis	poultice
powny	pony
pows	forelocks, hair
practis	practice
praisent	present
praisentashin, praisintaishin, prayshuntashin	presentation
prangs	prongs
prappit	propped
praysentation	presentation
praysented	presented
precenter	precentor
preech	preach
Preem	Prime
prent	print
prent o' butter	pat of butter
prepoas	propose
presarve	preserve
Presbytarian	Presbyterian

primituve	primitive
pritta	potato
procla(y)ma(y)shin, -shun	proclamation
promis	promise
prood	proud
protekt	protect
Provedenshal	Providential
Providens	Providence
provokashin	provocation
pu'	pull
pu'd	pulled
pu'in'	pulling
public-hoose	public-house
puir	poor
puir(-)hoose	poorhouse
pun'	pound
purceedins	proceedings
purcenter	precentor
purcession	procession
purfessor	professor
purlite	polite
purshoots	pursuits
pursidin'	presiding
purtect	protect
purtend	pretend
purtest	protest
purtiest	prettiest
purty	pretty
purvent	prevent
purvide	provide
puseeshin	possession
pye	pay

GLOSSARY

Q

qua(e)lifikashins	qualifications
quat	quit
quate	quiet
quatened	quietened
quattin'	quitting
Queenstoon	Queenstown, now Cobh, County Cork
queer, quer	fine, considerable, queer, strange
quer an'	really
querly	considerably
questyi(u)n	question
quoth	said

R

Rabert	Robert
Rabertson	Robertson
Rabin	Robin
rael	real
ragelarly	regularly
railins	railings
railly	really
raison, rayson	reason
rale	real
rapes	ropes
rashes	rashers
rassher	rasher (of bacon)
rattely	rattle
raw	row
raypresent	represent
raysedenturs	inhabitants
raysignashin	resignation
raytract	retract
reared, reered	reared, raised
rebbits	rabbits
red, redd	rid, free released
redd	read
reddy	ready
redeekilus	ridiculous
reech	reach
reedin'	reading
reeformayshin	reformation
reejeestered	registered
reejeestry	registry
reek	smoke
regerd	regard
reglar	regular
rekroot	recruit
relayshins	relations
releef	relief
releegin	religion
releeved	relieved
remarkit	remarked
remerk	remark
remoryals	memorials
rendezvoos	rendezvous
requist	request
resates	receipts
respectfu'	respectful
respek(t)	respect
ressylushin	resolution
ressytashin	recitation
restit	rested

GLOSSARY

rether	rather	**rubstrukshin-ists**	obstructionists
returney	attorney	**ruck**	rick
revarse	reverse	**rugh, ruch**	rough
revitter, rivetter	riveter	**rumlin'**	rumbling
reyther	rather	**run**	ran
richt	right	**rung**	rang
richtit	righted	**S**	
richtly	rightly, well	**sabbid, sabbit**	sobbed
rick-ma-tik	lot	**sab**	sob
rid	red	**sae**	so, saw
rideekilus	ridiculous	**saft**	soft
rig	clothing	**sair**	sore, hard
rileroads	railroads	**saison**	season
riles	rails	**sally**	willow
rileway	railway	**samm**	psalm
rin	run, ran	**san'**	sand
rines	reins	**sang**	a mild oath (Fr. 'blood')
rivenged	revenged	**sang**	song
riverence	reverence	**sasser**	saucer
riz	raised, rose	**sate**	seat
roar	cry	**Sauny**	Sandy (Alexander)
Rob(e)yson	Robinson	**saut**	salt
rocht	wrought	**saxpence**	sixpence
rockit	rocked	**saycondid**	seconded
roomatics	rheumatism	**saycret**	secret
roon, roon', roun'	round	**sayperate**	separate
Rooshin	Russian	**sayries**	serious
roosty	rusty	**sayri(o)us**	serious
rote	wrote	**sayven**	seven
rowl	roll	**scaur**	scare
rubbit	rubbed	**schule**	school

336

Scotlan'	Scotland	**shakit**	shook
scould	scold	**shamefu'**	shameful
scrabbit	scrabbed, scratched	**shampain**	champagne
scraich	screech	**shan!**	attention!
screed	grate, grating sound	**shap**	shop
		shapit	shaped
scythestane	scythestone	**shapman**	shopman
seddle	saddle	**sherp**	sharp
seedyrunts	sederunts (sitting of an ecclesiastical Assembly)	**sheugh, shough**	ditch, the Irish Sea
		shew	show
seegh	sigh	**shods**	metal heel-tips for boots
seek	sick	**shooder**	shoulder
seekaterrier	secretary	**shooer**	shower
seen	saw	**shoon**	shoes
seilin'	ceiling	**shootable**	suitable
selery	salary	**shorthan'**	shorthand
selt	sold	**shud**	should
sen'	send	**shudnae**	shouldn't
sergint, serjint	sergeant	**shug**	shake
serkumstances	circumstances	**shugar**	sugar
sermin, sermun	sermon	**shuggin'**	shaking
		shuggy-shoo	see-saw
sertyfayket, sertyfecat	certificate	**shuk**	shook
servint	servant	**shunner**	cinder
servis	service	**shurt**	shirt
seshin	session	**shurtbreest**	shirtbreast
Seturday	Saturday	**shuv**	shove
seyparate	separate	**siccan**	such
sez	says	**sich**	such
shade	parting (in hair)	**sicht**	sight
shair, shure	sure	**sign-boord**	sign-board

337

GLOSSARY

sikafants	sycophants	**sobryety**	sobriety
simmer	summer	**sodgers,**	soldiers
sinfu'	sinful	**sogers, sojers**	
sirkumstans	circumstance	**sonsy**	stout and comfortable-looking, fine
sirkus	circus		
sityeashin	situation	**soo**	sow
siz	size	**sook**	suck
skerser	scarcer	**soon, soond,**	sound
skite	blow	**soun'**	
skolerd	scholar	**soople**	supple
skringin'	creaking, grinding	**sord**	sword
skripters	scriptures	**sorra**	not, nothing
skuilhoose,	schoolhouse	**sortit**	sorted
skulehoose		**sough**	long sigh or breath
skule	school	**sough**	rumour
skulemaister	schoolmaster	**souse**	the sound of a heavy fall
skyte	skate	**soverin**	sovereign
slaps	slops	**spauk**	spoke
slep'	slept	**spaycimen**	specimen, example
slicht	slight		
slippit	slipped	**spayshil**	special
sma'	small	**speek**	speak
smert	smart	**speer**	enquire, ask
smoothin'	smoothing, ironing	**spen'**	spend
smudjin'	laughing in a smothered way	**splendir**	splendour
		spree	adventure, frolic (often associated with drinking)
smuther	smother		
snappit	snapped	**spreed**	spread
snaw	snow	**squanerin'**	squandering
sne(c)kit	bolted. latched	**squeeled**	squealed
soart	sort	**squib**	lampooning, attacking writing

338

GLOSSARY

stae	stay	**stroup**	spout
staishin, stayshin	station	**strucken, struk**	struck
stampit	stamped	**stud**	stood
stan'	stand	**studdy**	study
stane	stone	**study**	steady
stap	stop	**stuk**	stuck
stappit	stopped	**stumak**	stomach
startit	started	**subjec', subjeck, subjekt**	subject
steddy	steady	**substytute**	substitute
steem	steam	**suin, sune**	soon
steepin's, steepins	stipends	**suksessor**	successor
steers, sters	stairs	**sum**	some
Steevyson	Stevenson	**sumbody, sumbuddy**	somebody
steppit	stepped	**sumhoo**	somehow
sterve	starve	**sumthin'**	something
stied	stayed	**sumtimes**	sometimes
stik	stick	**sumwae**	someway
stimilatin'	stimulating	**sumwhaur**	somewhere
stiraboot	stirabout	**sung**	sang
stoopit	stooped	**sunner**	split
stoot	stout	**suppoas**	suppose
strae, stray	straw	**sur**	sir
strappit	strapped	**suree**	soirée
strate	street	**sut**	sat
strecht	straight	**suverins**	sovereigns
strechtforrit	straightforward	**Swade, swade**	Swede, swede
streck	strike	**swalla, swalley**	swallow
strenth	strength	**sweemin'**	swimming
strickin'	striking	**sweepit**	swept
Stricklin	Strickland	**sweer**	swear
striv	strive	**swep'**	swept

GLOSSARY

swutch	switch
T	
tabaka	tobacco
tableclaiths	tablecloths
tae	to, too
taen, ta'en	taken, took
taes	toes
tak, tak'	take
talkit	talked
talla	tallow
Tam	Tom
Tammas	Thomas
Tamson	Thompson
tangs	tongs
tap	top
tapcoat	topcoat
tapitoorie	high pile, heap
tappyyokey	tapioca
taps	tops
targe	bad-mouthed woman
tastit	tasted
tauk	talk
tay	tea
taypot	teapot
taytime	teatime
teached	taught
teech	teach
teegar	tiger
teemin'	teaming
teer	tear
teerin'	tearing
teeshy	tissue
tek'	take
tell't	told
tell'tit	told it
tenent	tenant
terble	terrible, terribly
terrin cottin	terra cotta
teugh	tough
th', tha	the
thankfu'	thankful
thankit	thanked
theayter, thayeter, thayter	theatre
the	they
the day	today
the morrow	tomorrow
theer	there
theerfur	therefore
thegither	together
theirsels	themselves
thems	those are
themsel's	themselves
thenk	think
ther's	there's
thet	that
tho'	though
thocht	thought
thochtfu'	thoughtful
thon	that
thonner	yonder
thoom	thumb
thoosan, thoosan'	thousand

340

GLOSSARY

thoot, athoot	without	**translaters**	translators
thranyeen	straw	**traycle**	treacle
thrawin'	awkward, contrary	**treet**	treat
thresh	thrash	**tremenjus**	tremendous
thriv	thrived	**trevel, trevil**	travel, walk
thro, thro', throo	through	**trimlin'**	trembling
		trimmel	tremble
throogaun	active, energetic, lively, merry	**trubble, truble**	trouble
		trystit	bargained
throoither	confused, untidy	**tuch**	touch
		tuk	took, taken
throwed	threw	**tummel**	tumble
thumper	magnificent specimen	**tuppence**	twopence
		twa	two
thunner	thunder	**twa-an'-twunty**	twenty-two
thunnerstruck	thunderstruck		
thurd	third	**twal-month**	year
ticht	tight	**'tweel**	truly, indeed
tift	tiff	**'tween**	between
till	to, until	**twuns**	twins
timmer	timber	**twunty**	twenty
tinfu'	tinful, mugful	**U**	
tippit	tapped	**unce**	ounce
tither	other	**uncleen**	unclean
tittivaitin'	titivating	**unco**	very, exceedingly
tollerated	tolerated	**understan', unnerstan'**	understand
toon	town		
toonlan', toonland	townland	**understud**	understood
Toonsend	Townsend	**uner, unner**	under
toother	state of dishevelment	**uneyform**	uniform
		unlerned	unlearned
tootle	tooth	**unmennerly**	unmannerly
trampit	tramped		

341

GLOSSARY

unnateral	unnatural	**wark**	work
unnerstud	understood	**warn't**	warrant, assure
uppermaist	uppermost	**warst**	worst
urgan	organ	**wasnae**	wasn't
usefu'	useful	**wat**	wet
V		**wather**	weather
valyeable	valuable	**watter**	water
vegetaryan, -un, vegyterian	vegetarian	**wauken**	wake, waken, awake
velue, velye	value	**waur**	worse
ventur	venture	**waurst**	worst
vera, verra	very	**wecht**	weight
vershin	version	**wee**	small
Victoryee	Victoria	**weedow**	widow
vinyerd	vineyard	**weel**	well
vittels	vittles	**weel-biggit**	well-built
vokil	vocal	**weelfare**	welfare
W		**weel-informed**	well-informed
w'ud, wad	would	**weemen, weemin, wemen**	women
wa'	wall		
wae	way	**weer**	wear
waen	child	**weerin'**	wearing
waggit	waved, beckoned with	**weethin'**	somewhat, a little (lit. a wee thing)
wake	weak	**welcum, welkim**	welcome
walkit	walked		
walts	welts	**well-tae-dae**	well-to-do
wanner	wander	**welthy**	wealthy
wanrin, wanrin'	wandering	**wesh**	wash
wanst	once	**wesket, weskit**	waistcoat
want	went	**wether**	weather
wantid, wantit	wanted	**wha, whae**	who
war	were		

342

GLOSSARY

whaiver	whoever
wharaboots	whereabouts
whativer	whatever
whatsumiver	whatsoever
whaur, whur	where
whauraboots	whereabouts
whauriver	wherever
wheatstray	wheat straw
wheen	a quantity, number
wheesht.	hush
wheest, whisht	
whiles	at times, occasionally
whin, whun	furze, gorse; when
whuch	which
whulabaloo	hullabaloo
whumeled	turned over
whumle	knock or turn something over
whunbush	whin bush, gorse
whungin'	whinging
whuniver	whenever
whunny knowes	hills covered with gorse
whuns	gorse bushes
whup	whip
whurl	whirl
whusker	whisker
whuskey	whiskey
whuskit	whisked
whusle, whussel, whustle	whistle

whusper	whisper
whustle	a smart blow to the ear
whut	what
whuther	whether
Whutley	Whitley
wi, wi', wid	with
wi'out	without
wi't	with it
wie	weigh
win'	wind
winkers	blinkers
winna	won't
wint	went
wipeit, wipit, wipt	wiped
wireyest	wiriest
Witherem	Witherow
withoot	without
won	win, won
wonner	wonder
wonnerfu', wonnerful	wonderful
wonnerin', wonrin'	wondering
workhoose	workhouse
workit	worked
worl'	world
wrang	wrong
wraseld	wrestled
wreckit	wrecked
writ	written, wrote
wud	would
wuden	wooden

343

GLOSSARY

wudn't, wudnae	wouldn't	**wusn't, wuznae**	wasn't
wuld	wild	**wut**	wit
wulks	whelks	**wuthered**	withered
wull	will	**wuz**	was, were
wull-cat	wildcat		

wull-fire	wildfire	**yallaways**	or alloways, (bitter) aloes
Wullie, Wully	Willie, Willy	**yauk**	yoke
wullin'	willing	**ye**	you
Wulyim	William	**yeer**	year
wuman, wumman	woman	**yer, yir**	you're, your
wun; wun'	win; wind	**yerd**	yard
wundey	window	**yerdstick**	yardstick
wunner	wonder	**yerned**	yearned
wunnerfu', wunnerful	wonderful	**yersel, yersel'**	yourself
wunter	winter	**yez**	you
wur	were	**yin**	one
wurd	word	**yince**	once
wurk	work	**yirr**	growl
wurkhoose	workhouse	**yirrin**	yapping
wurkit	worked	**yirrs**	growls
Wurkman	Workman	**yis**	yes
wurl, wurl'	world	**yisterday**	yesterday
wurnae	weren't	**yit**	yet
wurship	worship	**yokit**	yoked
wurth	worth	**yon**	that, those
wurthy	worthy	**yoner, yonner**	yonder
wus	was	**yott**	yacht
wush	wish	**younker**	young man, youngster
wushers, wushes	wishers	**yung**	young

Printed in Great Britain
by Amazon